ENTRE
ESCILA Y
CARIBDIS

Un thriller caribeño

JAVIER SUAZO MEJÍA

Entre Escila y Caribdis
Autora Javier Suazo Mejía
Tercera edición, 2022 ©
Diseño de portada de Knny Reyes
Diagramación y cuidado editorial de Óscar Estrada
380 páginas, 6" x 9"
ISBN-13: 978-1-942369-71-4
ISBN-10: 1-942369-71-9
Impreso en Estados Unidos.

Casasola LLC
casasolaeditores.com

www.casasolaeditores.com

Javier Suazo Mejía
(Honduras, 1967)

Autor de tres novelas publicadas: *Quetzaltli, la lágrima del Creador* (2018); *El fuego interior* (2018) y *De gobernantes, conspiradores, asesinos y otros monstruos* (2005), reeditada con el título *Entre Escila y Caribdis* (2019/2022); también ha publicado la colección *Distopía, cuentos de ciencia ficción del tercer mundo* (2020); y el poemario *Bajo la curva de la luna* (2020). Realizador cinematográfico con varios documentales, cortometrajes y largometrajes, entre ellos: *La hora muerta* (1989); *Toque de queda* (2012) y Cuentos y leyendas de Honduras (2014); *Kaha Kamasa, en busca de la ciudad perdida* (2019). Músico compositor y bajista en la banda de rock Triángulo de Eva con un álbum grabado, *Cien años* (1998). En la actualidad asesora en la producción de programas de TV y realizaciones cinematográficas. Ha ganado diversos premios y reconocimientos como escritor en las ramas de cuento, novela y como guionista, ganador de tres concurso nacionales de literatura y finalista del concurso de nuevos guiones para series de ficción de la cadena Fox Latinoamérica.

ENTRE
ESCILA Y
CARIBDIS

Un thriller caribeño

JAVIER SUAZO MEJÍA

casasola
www.casasolaeditores.com

Aléjate del hombre que tiene poder de matar,
y no tendrás que temer la muerte.

Eclesiastés 9:13

ABRIL...

El cadáver tenía el aspecto de un querubín: mofletudo, inocente, pálido. Sus labios lucían una sonrisa celestial, dibujada con gracia renacentista. Los brazos del difunto se mantenían firmes, en una posición que le daban la apariencia de haber muerto durante el éxtasis místico del rezo, en un ensueño producido por el canto de las angélicas potencias celestiales. Flotaba como entre nubes, sobre la corriente de aguas cenagosas de la Quebrada Ancha. Iba desnudo, ajeno al pudor, alrededor del cuello llevaba un tenebroso collar de sangre a medio coagular. Siguió río abajo, con los pies por proa y la cabeza por popa. Llegó a un banco de arena en donde viró, cruzó bajo el Puente de Palo, continuó después por el canal que está detrás del mercado municipal, allí se le unió una comitiva de hojas podridas, restos de zanahorias, cebollas, repollos, envolturas de tamal, bolsas de papel y un insolente mojoncito de caca. Al salir del canal navegó río abajo hasta llegar a los remolinos en donde, tras dos volteretas, regresó a su posición original. Un kilómetro más allá, pasó a espaldas de un grupo de lavanderas de torso desnudo que golpeaban sobre las rocas la ropa recién lavada. El cadáver dobló en la curva sobre la que descansaba, suspendido por postes de madera, el bar El Fondeo, desde donde le cayeron los restos de los limones y ciruelas que en la noche anterior, como en todas las fechas de pago, acompañaron los tragos de aguardiente, las risas y el llanto de los obreros de la compañía bananera. Adelante, justo encima de él, sobre el viejo puente de acero y concreto, pasó el colorido tren de la Lone Star Company, dejando una estela de pitazos y voces de negras parloteando sancochos lingüísticos. A pesar del largo trayecto que había recorrido el finado, nadie reparó en él y así, inadvertido, hubiera permanecido hasta llegar a las costas de China si no lo hubiese descubierto el marido de Toña Coca.

Lucrecio Coca se venía despertando con una terrible resaca. Había buscado refugio en el río, con la garganta convertida en arena pura y el cuerpo estragado por los calores del abuso alcohólico. En un intento por refrescarse, metió la cabeza en un charco, sorbió el líquido para matar el fuego en sus tripas y cuando sintió que la barriga ya no podía contener más, se detuvo para respirar, alzó el rostro mientras trataba de enfocar el paisaje con el pelo mojado sobre sus ojos, fue entonces que vio venir una masa navegante. Primero distinguió los pies. Trató de discernir si era realidad lo que miraba. Dio unos cuantos pasos inseguros hacia aquel pequeño islote errante. Con la mano temblorosa, Lucrecio tocó aquello que flotaba frente a él, presionó la panza del muerto y un débil silbido escapó del cuerpo. El borracho pegó un brinco, resbaló sobre las piedras, cayó de espaldas al agua, se puso en pie tan rápido como pudo y corrió rumbo al pueblo.

Media hora más tarde, bajo los picotazos del sol de abril, el doctor Leopoldo Rojas, el teniente Napoleón Flores y el juez Valentín Toro, hacían el levantamiento del cuerpo, rodeados por un enjambre de curiosos. Entre la bulla de los mirones, se distinguían los gritos de varios vendedores de chucherías quienes aprovecharon el hallazgo para hacer negocio con sus tamalitos de frijoles, caramelos de mantequilla, yuca con chicharrón y refresco de horchata. Sumado al ruido de los negociantes, se juntaron las voces de los gendarmes que trataban de poner orden en la zona.

Cuando lograron contener el bochinche, el doctor Rojas procedió a tomar apuntes para el parte oficial: «Identidad, desconocida; sexo, masculino; edad, entre 30 y 35 años; estatura, aproximadamente un metro con setenta centímetros... la única marca reconocible en el fallecido es un tatuaje sobre el hombro izquierdo, que consta de un corazón con alas, cruzado por una flecha sangrante y bajo el cual lleva escrita la leyenda "My sweet Belle"... el cuerpo presenta mutilaciones en el área genital, los testículos y parte del pene. Por la nitidez de las heridas, se deduce que han sido cortados del cadáver con un arma de mucho filo. Es notoria la casi total ausencia de rastros de sangre».

Se disponían a llevarlo al cementerio municipal cuando, entre nubes de polvo y estridentes bocinazos, llegó el gobernador.

El armatoste azul en que viajaba dio tres vueltas en torno a la muchedumbre revolviendo el polvo del suelo y dejando a todos como estatuas de arena, hasta que, por fin, atropellando a una gallina y empujando a un lado a los metiches, encontró un sitio para estacionarse.

La gente quedó inmóvil hasta que se disipó el polvo. El gobernador descendió de la camioneta. Con dificultad puso los pies en tierra, pero no permitió que su motorista, Amílcar Bobadilla, lo ayudara. Pasó revista a los presentes apretando un ojo y clavando el otro en los rostros de oficiales y curiosos. Hizo que le encendieran un cigarrillo y con paso entrecortado, se acercó al cadáver.

No se escuchó ni una palabra mientras el gobernador revisaba al difunto. Tomó una de sus extremidades, le palpó los cabellos, dio vueltas en derredor a él. Se inclinó de nuevo, acomodando cada hueso de su cuerpo de forma meticulosa al agacharse, le tocó la piel y, ante el disgusto de todos, se llevó la mano a la nariz aspirando con fuerza. Le abrió los párpados y examinó sus ojos. Luego, revisó la boca del muerto. Exploró las fosas nasales, espulgó las axilas, las ingles, raspó los codos y las rodillas, contó los dedos de las manos y de los pies, examinó cada lunar, cada peca, cada pequeña mancha que fuese visible sobre la piel del finado.

Cuando terminó, rechazando de nuevo la ayuda de Amílcar, se puso en pie, lanzó otra mirada en derredor, asustando a medio mundo, removiéndoles todos los pecados ocultos y los pequeños crímenes escondidos en el rincón más oscuro de sus corazones.

La expectativa por el diagnóstico del gobernador y coronel, Carlomagno Otilio Obregón, se hizo cada vez más intensa.

El viejo se limpió la garganta, armó un gargajo denso y abundante escupiéndolo a escasos milímetros del pie izquierdo del teniente. Se secó la frente con el pañuelo y, después, con el ojo que tenía más abierto, le echó un último vistazo al fiambre y dijo:

—Está muerto.

Los peritos, los policías y el gentío, guardaron silencio en espera de que el gobernador concluyera su exposición. Éste dio una vuelta más en torno al difunto, se secó de nuevo el sudor de la testa, tan lisa y blanca como la superficie de una perla, le sonrió con malicia a una muchacha que llevaba una cubeta de agua sobre la cabeza, tosió quedo y se encaminó hacia su vehículo. Al pasar junto al teniente Flores le susurró:

—Con éste, ya suman cinco los que encuentran así.

El gobernador subió al coche, hizo una seña de despedida con la mano y le dio a Bobadilla la orden de arrancar dejándolos a todos envueltos en un aire de misterio, dentro de una densa nube de polvo.

Elvira pasó la noche en vela, entre bostezos, peinándose con infinita paciencia. Cuando terminó, dejó caer su cabello como un baño de sangre sobre sus espaldas.

Caminó hacia el espejo. Miró su cara aún infantil, con la gracia de unas cuantas pecas y el adorno de unos labios tiernos. Descendió la vista por el cuello, blanco y liso, hacia el valle al pie de los dos pequeños volcanes que nacían sobre su pecho. Deslizó un dedo travieso sobre los minúsculos pezones que saltaron alborozados al contacto. Observó su vientre con mirada inconforme ante el pubis imberbe. Frotó con violencia los escasos vellos carmesí intentando en vano hacerlos ver más tupidos. La dorada luz del candil bañó sus formas al volverse para comprobar la redondez de sus nalgas, lo único que se le veía como de mujer adulta.

Un sollozo lejano sacó a Elvira de su letargo.

Se puso los calzones, el largo vestido de manta blanca, deslizó sus pies dentro de las sandalias de cuero y salió corriendo. Cruzó el patio, por entre los ciruelos, el descomunal mango y el aguacate. Al llegar al centro se detuvo para remojar sus manos y su rostro en la fuente que, según la señorita Clara, trajeron sus abuelos desde Francia, desafiando al gran océano, las corrientes del indomable río Pitaguana y la Cordillera Maestra que separaba a Santa Ana del resto del mundo.

Reinició la carrera, llegó a los corredores que daban a los dormitorios, el salón y el comedor en donde en otros tiempos, ya olvidados, se celebraban los más fastuosos banquetes de la ciudad.

Elvira se detuvo frente a la habitación de la que provenían los sollozos. Despacio, muy despacio, con una mezcla de miedo y curiosidad, juntó su oreja con la fría madera de la puerta. Un tibio sopor invadió a la muchacha, se llevó el dedo índice a la boca jugueteando con él entre sus labios.

—¡No sigás pasmada frente a la puerta! ¡Buscá qué hacer!

La voz de la señorita Clara sonó a filo de cuchillo.

Elvira huyó hacia la entrada perseguida por los gritos que rebotaron sobre las paredes, corriendo tras ella hasta lanzársele, violentos, contra sus oídos.

La joven se acurrucó tapándose las orejas.

Afuera, el aire helado de la mañana revolvió los cabellos rojos y los pensamientos ensortijados que cubrían su cabeza.

Elvira no recordaba cuándo ni cómo llegó al lado de la señorita Clara y dudaba de la veracidad de lo que ella le había contado: a su edad era imposible aceptar que una cigüeña la hubiese dejado allí, envuelta en un repollo, frente al portón de la vieja casona.

Yo había escuchado dos versiones: Una, que Elvira era fruto de un romance clandestino de la señorita Clara; la otra, que era hija de una media hermana de la señorita. Esta última versión nos la había contado Chila, la mujer de Menecio el barbero. Ella juraba que una noche, frente a la casona, había visto discutir a las hermanas sobre el contenido de un bultito que una de ellas cargaba en brazos. Chila no era una fuente digna de crédito, todos en Santa Ana sabían que su lengua tenía el filo mellado de tantas honras mutiladas. Pero como la gente estaba más dispuesta a creer lo que sonara a escándalo, esa fue la versión que se tomó por verdadera.

Lo cierto es que la mujer y la niña vivían sin cuidado de los chismes, apartadas de las mordaces lenguas, en el refugio de la gran casa azul, acompañadas por una india sorda y muda, más vieja que las tortugas que habitaban en la fuente del Parque Central de Santa Ana desde el siglo pasado. También vivía con ellas un criado negro que no se relacionaba con nadie y prefería el resguardo de las sombras por lo que rara vez se le veía deambular por la calle.

Las conocí bien porque fui vecina de la casa de los Ocaña Martínez en el tiempo en que mandaba la señorita Clara. Yo era la mejor… no, la única amiga de Elvira, eso me permitió conocer de cerca el mundo de la casona azul y todos sus misterios. Por eso sé, que cuando Elvira estaba acurrucada, aquella mañana, en el umbral del portón del Hospedaje Ocaña, no pensaba en otra cosa más que en el gringo que se había ido para siempre. También sé que no estaba sola, detrás de ella, desde el interior, siempre presentes e insaciables en su curiosidad por los asuntos de los vivos, la observaban los fantasmas de la casa.

—¡Halloran está muerto! Lo descubrieron y deben haberlo fusilado en uno de esos pueblos del sur. Si no en Santa Ana, es posible que en Sabana Larga —dijo el teniente Mendoza.

—No hay pruebas de eso —replicó el doctor Machuca golpeando con el puño la mesa.

—Doctor, Halloran lleva demasiado tiempo sin comunicarse. Lo último que se sabe de él es que llegó a Santa Ana con las armas, en ese punto, le perdimos la pista. O lo fusilaron en alguna parte entre La Pijuila y Santa Ana, o se ha fugado con las armas y nuestro dinero.

El doctor Machuca se peinó las patillas, no le gustaba dejar una discusión sin decir la última palabra.

—Si lo capturaron con las armas, teniente, Urtecho ya lo hizo hablar.

—Pero no nos delató, por eso no nos buscan.

—Teniente...

—¡Señores, basta! —dijo el licenciado Sansón Urrutia desde el otro lado de la mesa—. ¡Con sólo escucharlos siento que se me arruga el estómago!

Viejo maricón, pensó Mendoza.

—No sé a qué hora nos metimos en este arroz con mango —Urrutia era la imagen encarnada de la angustia—. Lo mejor sería desaparecer por unos días; de todos modos no vamos a cambiar el mundo de la noche a la mañana.

—¡No sea pendejo, Urrutia ! —cortó el coronel Lucio Gómez Prieto, observando a todos por entre la estrecha ranura de sus ojos—. A Urtecho no se le escapa nada, cualquier movimiento extraño lo haría entrar en sospechas, si es que aún no las tiene, ahí sí es seguro que la cagamos.

—Es mejor esperar —dijo el doctor Machuca.

—Además, tenemos bien vigilado a Urtecho —añadió el coronel.

Urrutia los miró como pidiendo misericordia.

—No sé, aun así temo que nuestra situación es demasiado inestable.

El coronel no ocultó el desprecio en su mirada cuando le respondió:

—Lo es, soy el primero en reconocerlo, pero usted va a tener que hacerle huevos, así como todos nosotros, usted es el futuro presidente de este país y tiene que dar el ejemplo.

—Bueno, en todo caso, el hecho es que ni Halloran ni las armas aparecen y debemos averiguar qué fue de ambos —dijo el doctor Machuca.

—Vamos a tener que mandar a alguien a buscarlo —el coronel se atusó el bigote entrecerrando los ojos.

—Pero habrá que enviar a alguien que no tenga relación aparente con ninguno de nosotros, Urtecho siempre está vigilando.

Una grieta se entreabrió en la pared y una luz rojiza se filtró al interior de la habitación. Mendoza deslizó su mano hacia la pistola, al licenciado Sansón Urrutia se le fue el alma por los ojos, Machuca se mantuvo inerte y el coronel Lucio Gómez Prieto se puso de pie, se cuadró con un saludo militar dándoles la bienvenida a los tres hombres que entraron.

Un aire fúnebre flotó sobre sus cabezas mientras se sentaban.

—No sé a quién se le ocurrió que hiciéramos estas reuniones en un burdel —dijo el licenciado Sansón Urrutia.

—El dueño es leal a la causa —respondió uno de los recién llegados, el general Dámaso El Puma Bertrand.

El general José Francisco Asfura, quien entró por último, tomó la palabra:

—Hemos venido platicando con el capitán López sobre la situación en el Ministerio del Interior y la verdad es que esta papada es de lo más desconcertante: Nada, ni la más mínima muestra de sospecha.

—Es como si Urtecho y el generalísimo no se hubieran enterado —dijo con su voz de galán de radionovelas el Puma Bertrand—. Ahora... hay algo que sí es, más bien, inusual; explicales, López.

López se ajustó las gafas antes de responder:

—Sí, señor. Verán caballeros, Omar, alias Tenampa, Mujica, jefe de los guardaespaldas de Urtecho, apareció con un tiro en la sien, en una de las casas de campo del Generalísimo. Urtecho ha estado tratando de mantener el incidente en secreto desde entonces. A partir de ese suicidio, se ha reducido el número de apariciones oficiales del Generalísimo.

—¿Qué les dije? ¿Es o no curioso todo esto?— dijo Asfura.

—Todo esto ocurrió antes de la desaparición de Halloran, ahora debemos preguntarnos: ¿qué fue del gringo y qué sabe Urtecho de él?

—La pregunta es a quién mandamos a averiguarlo. Urtecho nos conoce a todos y si alguno hace un movimiento sospechoso, nos delata.

Un ronquido interrumpió las palabras del capitán López. Todos voltearon hacia donde surgía el ruido. Acomodado en un sillón, el licenciado Urrutia dormía como un bebé.

—¡Carajo, por la gran puta despiértese! —gritó el coronel Gómez Prieto.

El licenciado saltó azorado de la silla.

—¡No sea bruto, coronel! ¡Casi me espanta el alma del susto!— se quejó Urrutia con su voz de trompeta china.

Un brillo iluminó los ojos del teniente Mendoza.

—¡Ya lo tengo! ¡Ya sé a quién vamos a mandar a buscar a Halloran!

«...Santa Ana es tan sólo el espejismo de lo que pudo ser», escribió Amado Montes de Oca sobre una de las hojas amarillentas de su cuaderno de viaje, debajo de la fecha: Martes, 22 de abril, 1952.

Estaba sentado en cuclillas, bajo la sombra de un árbol. A sus espaldas pastaban las mulas, frente a él, Fidencio, el guía que lo acompañaba desde Sabana Larga, veía el panorama de la ciudad costera.

«Cuenta la leyenda que los conquistadores intentaron tres veces levantar el caserío a orillas del mar, la furia de las tormentas lo destruyó en cada intento; pero, los colonos fueron más tercos en su empeño, negándose a dejar las fértiles tierras que comienzan a pocos metros de las playas y llegan hasta los cerros, que distan unos quince kilómetros de la costa. Así que, llevando a Santa Ana como patrona, se fueron a levantar sus casas a orillas de las lomas que hoy llevan el nombre de Cerros de la Santa Madre y que conectan con los montes de la Pijuila para formar la Cordillera de San Buenaventura.»

Amado Montes de Oca dejó de escribir para echarle un vistazo a las azulosas montañas de San Buenaventura, recorriendo con la mirada sus picos cubiertos por una espesa capa de nubes.

Respiró hondo, se puso en pie. Guardó la pluma y continuó sus anotaciones con otra de tinta roja: «Mi punto de destino está cerca, se me hace largo el día en que haya concluido este trabajo, por lo menos, en Santa Ana habré acabado con el trazo continental del mapa de nuestro país. Pero, antes, lo primero es llegar allí, a la cola del Diablo.»

Amado cerró el cuaderno, ordenó a Fidencio montar el teodolito en la mula y reanudar la marcha. El calor húmedo y lujurioso de la costa se le fue trepando desde los tobillos hasta la coronilla. Tomó su pañuelo y secó el sudor que corría por su rostro, miró en derredor mientras se abanicaba con el sombrero. Estaba por completar un viaje por todo el país para hacer un trazo exacto del mapa nacional; fue así como llegó a conocer muy bien sus distintos climas; vivió durante largo tiempo en la costa atlántica, en donde los zancudos devoraban en pocos días la carne de los que se atrevían a detenerse en sus dominios; no desconocía la sensación a tierra que produce en la boca el paso a través del desierto, ni las heladas nocturnas que reinan sobre la árida extensión de aquella nada que parece no acabar. Sin embargo, algo en el aire de las tierras bajas del sur lo desconcertaba quemándole los huesos a medida que avanzaba con la ilusión de llegar pronto al mar.

—'Ta perra la calor, don Amado —le dijo Fidencio.

—Ojalá lloviera.

—Ojalá.

Alrededor de las cuatro de la tarde pudieron divisar los techos verdes de las casas de la compañía bananera y la carretera, blanca y polvorienta, que conducía de San Cristóbal a Santa Ana.

El rugido de un motor interrumpió el monótono canto de las cigarras, espantando a las mulas. Una camioneta apareció entre los arbustos, al pie de una loma, justo detrás de Fidencio y Amado. En la cabina, un indio viejo y asustado trataba de controlar el volante a la vez que una exuberante mujer se aferraba, entre alaridos, a un niño. Atrás, los pasajeros, o más bien, las pasajeras, pegaban gritos mientras daban tumbos de arriba a abajo y de lado a lado.

Amado Montes de Oca y Fidencio apenas lograron esquivar la desquiciada máquina arrojándose a un lado del camino y, desde el suelo, alcanzaron a ver cómo la misma se embancaba en la cuneta, volcándose sobre su costado derecho.

Amado corrió hacia el vehículo. Adentro, entre el polvo y el desorden de trapos, faldas, medias y calzones descubrió a más de una docena de mujeres de todos los tipos: gordas y flacas, feas y bonitas, negras, blancas, trigueñas, incluso una oriental; algunas frescas y recién entradas en la pubertad y otras, cerrando ya, tras de sí, la puerta del medio siglo de vida. Todas chillaban, vaciándose de gritos, abrazándose a él, pidiendo socorro.

Una teta y una pierna desnudos por ahí, un par de nalgas por allá, raspones, moretones, magullones y llanto.

Amado las ayudó a salir asegurándose que todas estuvieran bien. Dos tenían lesiones de consideración, una estaba desmayada con una herida en la cabeza, la otra tenía la pierna rota. Atendió a la herida; hizo jirones una falda, limpió la contusión, le aplicó una venda tratando de detener la hemorragia, después la cargó en brazos hacia afuera en donde la dejó bajo el cuidado de una mujer que ya se hallaba más calmada, luego se hizo cargo de la otra, le aplicó un entablillado y también la sacó del coche.

Fidencio se ocupó de los que viajaban en la cabina. El indio estaba grave, había perdido un ojo, la mujer se veía bien, pero el aparente niño, que a poco descubrió que en realidad era un enano, tenía quebrado un brazo.

La joven señora, afectada por el susto no paraba de hablar; preguntaba por las otras, por el enano y por el indio, contaba a retazos las causas del accidente y maldecía quejándose de su fortuna.

—¡Dámaso, desgraciado! ¡Maldita la hora en que me dejé convencer! ¡Ay, ojalá no se me haya muerto ninguna! —lloraba la voluptuosa dama en brazos de Amado—. Y este indio cabrón, por irme viendo las piernas. ¡Pendejo! ¡No fijarse en ese pobre burro! ¡Malena, Dorotea, Francia!

—Cálmese señora, las muchachas están bien —intentó tranquilizarla Amado.

—¡Indio pendejo! ¡En vez de voltear a la izquierda voltea para el barranco! ¡Para el barranco, el muy imbécil!

—¡Doña! ¡Doña! —gritó una de las más jóvenes—. ¡Doña! ¿Está buena? ¿No se quebró nada?

—¡Ay, Malena, Malenita! ¡Me duele todo! ¡¿Y las otras, Malena, cómo están?!

—Todas bien, sólo la Cuca que tiene quebrada una pata y la Meches que tiene la cabeza partida...

—¡Ay, tata, qué desgracia!

—Pascualito tiene roto un brazo.

—¡Mi negrito bello, mi muñequío! ¡Ay, no!

—Y el indio se sacó un ojo...

—¡Dios tenía que castigarlo por lépero!... ¿Dónde está mi muñequío, mi negrito?

La voz del enano salió de entre el tumulto de mujeres quienes, olvidándose de sí mismas, se desvivían por atenderle el brazo fracturado:

—¡Doña Rosaurita! ¡Doña Rosaurita, me muero, mi doñita!

La frondosa mujer se puso en pie, desbordando todo su cuerpo de mulata pecadora ante la mirada de Amado y Fidencio quienes no terminaban de explicarse la solicitud con la que ella corría para atender al minúsculo hombre.

Después de atender a los heridos, Amado y su asistente, ayudados por dos de las hembras más corpulentas, voltearon la camioneta. Amado revisó la máquina y la puso en marcha. Pidió a las mujeres que subieran al transporte; ellas, horrorizadas se negaron, pero, al final, las convenció haciéndoles ver que el indio necesitaba atención médica urgente.

Le pagó a Fidencio despidiéndose de él. Colocó su equipaje y el teodolito en el camión y tomando el volante arrancó hacia Santa Ana.

Envuelto por el polvo del camino, Amado pensó en lo que iba a escribir en su diario: «...llegué a Santa Ana conduciendo una baronesa cargada con un indio viejo y malherido (es probable que quede tuerto), un enano con un toque mágico para las mujeres, y unas damas que, más bien, parecen putas...»

ENERO...

Urtecho arrojó el cabo del cigarrillo y lo aplastó con furia contra la grava. Aspiró profundo. El aroma del pinar y el viento fresco le hicieron dibujar una leve sonrisa en su rostro que sus guardaespaldas vieron con incredulidad. Le dio una orden al motorista para que estacionara el sedán negro cerca de la salida y caminó hacia la mansión de campo.

En el pórtico de la residencia apareció el Generalísimo Marco Augusto Zelaya y Ferrer, con una sonrisa que más parecía una cuchillada cruzándole el rostro. Extendió su mano de gigante de circo y envolvió con ella la del ministro del interior.

—Te felicito Urtecho, no se te ha olvidado ningún detalle. Congratulations!

—Don Marco, usted sabe que puede tener plena confianza en mí.

El sarcasmo se dibujó en el rostro del Generalísimo.

—La plena confianza es un lujo que ni vos, ni yo, podemos darnos —dijo.

Urtecho se limitó a sonreír mientras avanzaban por los salones vacíos. El olor a recién pintado y el viento frío que se colaba desde afuera le hicieron recordar la Navidad. El Generalísimo cazó sus pensamientos en pleno vuelo.

—Yo también creo que es una cagada que lo mejor tenga que pasar tan pronto —le dijo a Urtecho—. Hace poco leí en un libro que el tiempo no existe, que es sólo una invención de nuestros cerebros... y ¿sabés? mientras más lo pienso, más lo creo.

Urtecho se detuvo, con la mirada fija en el vacío, meditando las metafísicas del dictador. Se frotó la barbilla y respondió sin empacho:

—Esas son babosadas, señor.

Zelaya lanzó una sonora carcajada que golpeó con fuerza las paredes de los salones vacíos.

El Generalísimo avanzó hacia el ala izquierda de la doble escalinata y, enrollando con lentitud cada metro de su dilatado cuerpo, se acomodó sobre los primeros peldaños de la escalera. Invitó a Urtecho a que se sentara a su lado; le dio indicaciones sobre el tipo de muebles que deseaba y las fechas para las cuales debía estar todo listo, haciendo hincapié en la urgencia de tener la biblioteca antes que cualquier otra cosa; hizo algunas referencias sobre las cortinas y preguntó si ya habían sacado de la aduana el embarque de alfombras persas.

Un mozalbete, con el rostro masacrado por el acné, vistiendo el uniforme de la Guardia De Honor Presidencial, entró al salón con una fuente llena de ciruelas y se la ofreció al Generalísimo. El dictador tomó dos y las puso en las manos de Urtecho.

—Probalas.

Sin despegar la vista de los ojos de Zelaya y sin vacilar un segundo, Urtecho se las llevó a la boca.

—Están buenas.

—Of course.

Zelaya ordenó al soldado que dejara la fuente a un lado, luego, antes de permitirle que se retirara, quedó viendo fijo al joven y le disparó una frase a quemarropa:

—Tenés jodida la cara.

El chico no supo qué responder.

—Es acné, señor.

El Generalísimo intercambió una sonrisa de picardía con Urtecho y de nuevo volteó hacia el muchacho quien intentaba ocultar el temblor de su cuerpo.

—Untate caca de gallina, eso te lo va a quitar.

—Entendido, mi general.

El viejo gigantón despidió al muchacho y volvió la mirada hacia Urtecho. Al ver al ministro del interior, Zelaya sintió de golpe sobre su pecho, el apabullante peso de treinta años de lucha a la par de aquél descendiente de los indígenas de las montañas del oriente del país.

Urtecho no era más que un oscuro subteniente auxiliar de la oficina de material de guerra del ejército, cuando el Generalísimo lo conoció. Trabajaron juntos cuando Marco Augusto fue transferido a la dirección general de inteligencia del ejército y, después, ambos pasaron al Ministerio del Interior desde el cual montaron el golpe militar de 1927, que derrocó al gobierno socialista de Alfonso Borjas Mayor.

Enternecido bajo el peso de los recuerdos, Zelaya bajó la vista y habló quedo.

—En más de quince ocasiones me has salvado el pellejo.

—No se ponga sentimental don Marco; usted no anda con mariconadas.

La risa del Generalísimo volvió a estremecer los cimientos de la casa. Le echó el brazo sobre los hombros y le dijo:

—¡Sos un cabrón!

Hablaron sobre los detalles de la inauguración, la situación de los guerrilleros en el norte y sur del país, las alfombras persas, el encargo de cuarenta y dos cajas con cristales y porcelanas venecianas que había solicitado la primera dama, la necesidad de prepararse en caso de una huelga en las fincas bananeras, los enojosos telegramas del coronel Carlomagno Obregón, exigiendo refuerzos policiales para Santa Ana y agregaron a eso, pizcas de naderías sobre la salud de cada uno y sobre asuntos rutinarios de gobierno. Por fin, Urtecho se cansó de tanta plática así que le soltó, de una, la verdadera razón de su viaje a la casa de campo:

—Tengo en la mira a Urrutia y a Machuca... Usted dirá.

Zelaya le ofreció más ciruelas y permitió que el silencio se apoderara de la estancia. Se frotó la barbilla y luego se puso en pie; tardó unos quince segundos en extender todo su cuerpo para luego llevarlo hasta el ventanal desde donde observó el jardín, una copia en miniatura de los jardines de Versalles.

Su andar era peculiar, estaba marcado por el peso de una leve joroba que lo hacía inclinarse un poco hacia adelante. Se frotó la nuca y respiró hondo, miró a Urtecho como agobiado por alguna angustia.

—Dejalos estar —dijo.

—Se quieren juntar con los ñángaras y usted sabe: los comunistas no se van a quedar quietos.

—¡Por favor, Urtecho! En estos países los comunistas sólo son un atajo de envidiosos que quieren ponerse mi sombrero.

—No se confíe. Recuerde que hay radicales como Soares Bastos.

—Ya te dije que la confianza es un lujo que yo no me doy. Me conviene la relación de Urrutia y Machuca con Soares. Ya sabré valerme de eso cuando me resulte de mayor provecho.

Urtecho no respondió, se limitó a medir los movimientos del gobernante. Afuera, las aves inundaban, con su canto, todos los huecos del jardín. Zelaya se acercó para tomar otro puñado de ciruelas; las saboreó con gusto, como un niño. Pero el placer duró poco, una gota de amargura le estropeó el paladar; sabía que no podría evitar la pregunta por tiempo indefinido.

—¿Qué hay del doctor Resinos? —dijo envolviendo las palabras en un manto de susurros.

—A ese lo tenemos quieto en la casa de Miraflores.

El Generalísimo ya no quiso más ciruelas.

—Merde, il est un fou.

Urtecho, acostumbrado ya a las jerigonzas que soltaba el Generalísimo en cualquiera de los cinco idiomas, los dos dialectos y las tres lenguas muertas que dominaba, no prestó mayor atención al comentario.

—Esto va a ser un golpe demasiado fuerte para Lety —dijo el dictador—. Él es peligroso, y por ser quien es, puede causarnos demasiados problemas. Hacete cargo… pero cuidadito lo torturan; no lo quiero desfigurado, no deseo aumentarle el dolor a mi hija.

Urtecho no dijo nada, se limitó a asentir y se puso en pie para abandonar la habitación con su acostumbrado sigilo.

Una vez solo en la gran estancia, Zelaya dio unos pasos hacia el ventanal desde donde se entretuvo viendo los movimientos de una pareja de gorrioncillos que fabricaban un nido. Por un segundo deseó que ninguno de los sucesos que lo habían llevado hasta ahí hubiesen pasado, que el tiempo se hubiese quedado suspendido, liado en la cometa que de niño solía volar, aprovechando los indomables vientos de noviembre, allá en San Juancito, su pueblo natal; luego volvieron a su mente las rues de París, los amaneceres en Barcelona, las tardes en Hyde Park, las noches de desenfreno, enredado entre las inacabables piernas de su amante alemana, Viola Scheller, en un Berlín en plena reconstrucción. Un estremecimiento le recorrió el cuerpo, se tragó una lágrima y trató de convencerse a sí mismo de que, a la larga, fue mejor que el tiempo lograra desembarazarse de la cola de aquel papalote. Se comió otra ciruela y suspiró.

Urtecho llegó de noche a la ciudad. Al ver las primeras luces que se desparramaban desde los cerros hacia el estrecho valle, encendió un cigarrillo y volteó para verificar que el coche escolta los seguía, luego le dio una dirección al conductor y se acomodó en el asiento.

Demoraron en llegar a causa de los requiebros ocasionados por la red de callejones de los antiguos barrios coloniales. El sedán negro se hundió en aquella sopa de favelas, plazas, condominios, mansiones y amurallados refugios de la pequeña burguesía. Pararon frente a una casucha, en la cúspide de uno de los montes que rodeaban la ciudad.

Un aire sombrío envolvió el rostro de Urtecho cuando entró. Tres de sus hombres lo esperaban en la sala. Bajó seguido por ellos a una especie de sótano mal iluminado en donde yacía un cuerpo enrollado en posición fetal.

—Tenampa, ¿qué le han hecho a este hombre? —la voz de Urtecho iba cargada de furia.

El más grande de todos dio un paso hacia adelante y respondió:

—Tuvimos que calmarlo un poco.

—¿No le jodiste la cara?

—No se la tocamos.

—Por tu bien espero que así sea. Súbanlo al carro y después laven aquí, hiede a mierda.

Lo subieron con dificultad por las estrechas gradas y lo depositaron en el asiento trasero del sedán. Urtecho se sentó a su lado y le ordenó al motorista partir rumbo a los cerros en las afueras de la ciudad.

El ministro del interior aún iba por la mitad del primer cigarro cuando el prisionero volvió en sí. Resinos, todavía mareado, trataba de reconocer el lugar en el que estaba y a las personas que lo acompañaban, hasta que fijó la vista en el anguloso rostro del ministro.

—¡Urtecho!

—Doctor Resinos, vamos a hacer esto lo más rápido y limpio posible.

Resinos sintió el vértigo que produce la certidumbre de estar a la orilla del foso de la muerte. La garganta se le secó y sus ojos se humedecieron.

—Él no me perdonó.

—Él no puede perdonarlo. Él es el Gobierno y el Estado, él es todos nosotros y usted atentó contra él, por tanto atentó contra lo que él es. Se jodió Resinos, y se jodió de puro gusto. Traicionó a su esposa, traicionó a su suegro y traicionó a la patria.

—¿Ella sabe?

—Ella cree que lo han secuestrado por otras razones. La vergüenza de lo que intentó hacer no debe empañar la imagen pública de su familia.

Urtecho le ofreció un cigarrillo, el prisionero lo tomó. Resinos tosió un poco al aspirar la primera bocanada, se acomodó sobre el respaldar del asiento y habló bajito.

—Que ella no me vea desfigurado.

—No se preocupe, él ya ordenó que no lo maltratáramos.

No se dijeron más. El nudo de lágrimas que Resinos tenía trabado en el alma se le desató y todo el pesar le desbordó por los ojos.

El vehículo se detuvo a un lado de la carretera al llegar a uno de los tantos cerros que custodiaban la ciudad. Soplaba un viento fresco, cargado con el dulce aroma de los pinos. Los tres ocupantes del coche se internaron en el pinar. Al doctor se le fueron aflojando las piernas a medida que caminaban, el motorista tuvo que apoyarlo para hacerlo llegar al rincón más profundo de la arboleda. Se detuvieron. Resinos cayó de rodillas sobre el pasto; no pudo controlar sus esfínteres y se orinó encima. Urtecho lanzó un suspiro mientras contemplaba las estrellas, pensó en la Navidad y le dio pesar que ya hubiera pasado.

Un balazo estalló entre el canto de los grillos.

Los titulares paralizaron la nación: «Yerno del Benemérito Señor Jefe de Estado de la Nación secuestrado y vilmente asesinado», «Secuestradores asesinan al doctor Alberto Resinos, yerno del Señor Jefe de Estado», «Muere, a manos de facinerosos, el yerno del Señor Jefe de Estado». Había fotos del Generalísimo, conmovido, estrechando entre sus brazos a su hija Leticia. Las principales radioemisoras brindaron amplios espacios con las últimas novedades al respecto, datos biográficos de la «Ejemplar vida del doctor Alberto Resinos, hijo de noble familia y yerno del Señor Jefe de Estado de la nación». Hubo medios que hacían acusaciones veladas sobre la participación de miembros de la oposición. Muchos de nosotros dudábamos que se tratara de un hecho político y más bien lo habíamos atribuido a la mera codicia de un grupo de secuestradores inexpertos que habían matado a su víctima antes de tiempo.

El pueblo estaba conmovido.

En aquel entonces, la figura del general Marco Augusto Zelaya y Ferrer no nos resultaba apática, por el contrario, muchos de nosotros lo veíamos como a un padre, incluso habíamos chicas que lo mirábamos tan atractivo como un galán de cine. En la escuela nos enseñaron a identificarlo con las más nobles luchas de nuestro pueblo y era fácil aceptar esa lección de historia ya que su origen era humilde.

Sus padres vivían de la producción de café, en una aldea al norte del país. Con perseverante esfuerzo lograron que Marco Augusto estudiara sus primeras letras e ingresara a la Academia Militar. Ahí se destacó como un dedicado cadete y logró una beca para continuar sus estudios castrenses en los Estados Unidos. En sus primeros años como oficial no tuvo la gran notoriedad que alcanzaría una década después, durante la «Guerra de los Curas», pero sí aprovechó muy bien su facilidad con los idiomas y sus notables dotes de bailarín para lograr excelentes contactos a través de las hijas y esposas de los funcionarios extranjeros en nuestro país. Por aquel entonces corrió el rumor de que incluso había seducido a la esposa del agregado económico de Estados Unidos, míster Samuel Hanna. Estas relaciones le fueron muy útiles a Zelaya en su carrera política pues, cuando llegó a apropiarse del poder, Samuel Hanna y señora habían regresado al país como embajadores de la administración Coolidge.

Después de la guerra civil, el Generalísimo se destacó por su activa participación en la reconstrucción de la sociedad. No obstante, al ascender Alfonso Borjas Mayor al poder, Zelaya, como muchos otros de sus compañeros de armas, se vio relegado por las tendencias civilistas del licenciado Borjas. Fue entonces cuando Zelaya pasó al Ministerio del Interior. Durante ese período, el entonces presidente, Borjas Mayor, llevó con buen suceso la descomunal empresa de democratizar la sociedad y de brindarle a la población numerosas ayudas sociales, pero su gobierno cometió un error: quiso hacer a un lado a los militares. Temiendo rebrotes de la guerra civil, Borjas intentó eliminar el ejército y crear una guardia civil que se encargara de los asuntos de seguridad. Esto inició las protestas públicas incitadas por varios sectores de poder, aún dentro del mismo partido Liberal Republicano. El asunto llegó a su punto más agudo cuando se inició el debate sobre la Ley Contra la Corrupción de los Funcionarios Públicos; el congreso se convirtió en un mercado en donde las discusiones de los parlamentarios tomaron matices de peleas callejeras: se dieron trompadas, se repartieron coscorrones, salieron a relucir pistolas, se hicieron dos disparos al techo del recinto legislativo, la dignidad de uno de los padres de la patria fue vejada en forma tal que se vio obligado a salir de la sala en calzoncillos. Ante aquella mojiganga, Borjas Mayor terminó por disolver el congreso. En ese punto fue donde resurgió a la vida pública de la nación, la figura del entonces coronel Zelaya y Ferrer. Siendo un hábil estratega y político, Zelaya se percató de la importancia del momento histórico y decidió convertirse en su protagonista. Sabía que esa era la oportunidad que le daría una gloria imperecedera. Se puso a la cabeza de un triunvirato de coroneles que conspiraron contra Borjas Mayor y lo derrocaron. Pero el golpe de estado desató la violencia. En medio de la matanza fratricida intervino el gobierno de los Estados Unidos, enviando la fragata USS Endeavour hacia el puerto de Los Caballos, con un batallón de marines dispuestos a defender los intereses estadounidenses y la seguridad de los ciudadanos americanos que vivían en nuestro territorio. Borjas Mayor reaccionó de inmediato ante la afrentosa intervención yanqui, logró una entrevista en su cuartel general con el embajador norteamericano en donde le garantizó que sus tropas no harían nada que empañaran las relaciones con el gobierno del norte. A su excelencia, el entonces embajador, míster Archibald Hughes, le valieron un pito todas las garantías del señor presidente y le disparó en el rostro la noticia que para el gobierno de los Estados Unidos de Norteamérica, sería un placer poder ayudarlo a obtener asilo político en cualquier país de Europa. Borjas Mayor comprendió el mensaje, hizo maletas y zarpó ese mismo día en el USS Endeavour, con destino a Nueva Orleans para luego partir hacia Francia, en donde moriría de viejo a la noble edad de noventa y cinco años, entre fracasadas conspiraciones para derrocar a Zelaya y amargos recuerdos de su bochornosa salida de aquel ingrato terruño. Un año después fue disuelto el triunvirato y, tras unas elecciones fraudulentas, Marco Augusto Zelaya y Ferrer asumió la jefatura de estado y el cargo de «Generalísimo de las Fuerzas Armadas de la República».

Durante el gobierno de Zelaya se inauguraron decenas de obras fastuosas; creó la carretera transoceánica que une ambas costas del país; desecó las zonas pantanosas de las afueras de Ciudad Capital y construyó ahí el inmenso complejo olímpico en donde, hasta el día de hoy, jamás se ha celebrado la olimpiada que el generalísimo había soñado; impulsó la explotación del banano, lo cual propició las obras del Ferrocarril Atlántico, que se suponía que también sería transoceánico, pero jamás fue concluido como tal, y cedió un sinnúmero de concesiones a las transnacionales extranjeras; mandó a levantar sobre uno de los cerros que dominaban la vista de la capital, una descomunal escultura llamada Monumento a La Paz, la cual en verdad no tiene forma de nada, pero se ha convertido en un símbolo de nuestra principal ciudad. Las obras de Zelaya fueron más pompa que utilidad para el pueblo, lo que sí lograron fue aumentar la fortuna personal del Generalísimo y de sus más cercanos cómplices, quienes monopolizaron todo lo que pudieron.

Pese a todo, la dictadura quedó impresa en nuestra memoria colectiva como un gobierno de orden, en donde se puso fin a las interminables guerras civiles del siglo anterior. Tanto es el poder de su mito que, aún hoy, se escucha decir que nunca se vivió mejor que en su tiempo, todavía aseguran los viejos que había tanta seguridad en ese entonces, que se podía dormir dejando la puerta abierta y sin tener el más leve temor a ser robado.

Los dolores comenzaron desde que amaneció. Zelaya creyó que a medida avanzara el día se le iban a ir pasando, como en las otras ocasiones. Iniciaron antes que el reloj marcara las cuatro con cuarenta minutos de la madrugada, hora en que, sin que aún sonara la alarma del despertador, se sentó en el borde de su cama para dejar escapar unos leves gruñidos, quejándose de lo que se le viniera en mente, para no perder la costumbre.

Se vistió el pijama y se puso en pie lanzando un suspiro. Pero en aquella ocasión en particular, después de más de cuarenta años, en lugar de dirigirse al baño, como solía hacer siempre, volteó para echarle una mirada a su esposa. Aún era una mujer guapa, su piel mantenía la lozanía de la juventud y si bien era cierto que estaba un poco pasada de libras, seguía viéndose deseable. ¿Quién creería que a los sesenta años todavía dejaba perspirar tanta sensualidad la piel de una mujer? Sin embargo, el destino era así, a pesar de la belleza de su esposa, ahora preferiría estar en Berlín, entre las piernas níveas de su amante alemana, Viola Scheller.

Tomó un puñado de ciruelas de la fuente que permanecía llena, junto a su cama, y se dirigió al baño. El resto fue de lo más rutinario: Afeitarse, ducharse, vestirse, desayunar, leer los periódicos, escuchar la radio, ir al cementerio y dejar un ramo de flores sobre la tumba de su hijo, seguir hasta Palacio de Gobierno y aguantar las reuniones del gabinete, la enfadosa firma de documentos, la diaria audiencia con Urtecho, la programación de la agenda, almuerzo con algún embajador, visita de miembros de la Unión de Banqueros, la Cámara de Industria y Comercio, los chismes sociales, cancelar su presencia en la inauguración de una escuela y delegar a un representante para que fuera en su lugar, supervisar los preparativos para las elecciones en mayo y el Día de la Bandera, en julio, una cita furtiva con alguna de las niñas que el abogado Gamoneda, presidente de la Asamblea Nacional, le solía conseguir, y todo fue así hasta alrededor de las dos de la tarde, cuando el Generalísimo sintió sobre su frente un sudor helado, las manos comenzaron a temblarle, balbuceó tres incoherencias, se agudizó el dolor que había soportado durante todo el día y cayó fulminado, con la copa de coñac que tenía en la mano, enfrente del ministro de recursos agrícolas.

El licenciado Urrutia pagó al taxista y bajó del auto ocultando su rostro bajo el ala del sombrero. Con su pasito de osezno, enfiló hacia un callejón lodoso y maloliente, al final del cual lo estaba esperando otro vehículo. Echó un vistazo hacia atrás para cerciorarse de no haber sido vigilado y entró, vuelto una gelatina, al asiento posterior del carro que, de inmediato, se puso en marcha.

Atravesaron las angostas y retorcidas calles hasta internarse en uno de los más oscuros tugurios de la ciudad. Se detuvieron frente a una casa de dos pisos con la fachada en ruinas. Cuatro hombres descendieron del automóvil. El más joven de ellos subió los tres escalones que daban de la acera a la puerta y dio cinco golpes, bien medidos, sobre la carcomida madera. Alguien se asomó a la mirilla de cristal y aguardó un par de segundos antes de abrir. Un enano de edad indescifrable los hizo pasar con sigilo.

El aspecto del interior era por completo distinto al de la fachada, cortinas de satín escarlata, muebles barrocos, luces tenues, litografías de obras maestras y uno que otro original de afamados pintores nacionales, preciosos objetos de porcelana y una pequeña escultura de mármol representando la imagen de dos amantes entrelazados.

Al fondo se escuchaba una música alegre, el murmullo de la conversación de varias personas y risas femeninas.

Ellos no siguieron por el pasillo que conducía al salón en donde se escuchaba el festejo, se detuvieron a la mitad del corredor y torcieron uno de los candelabros que estaban sobre la pared. Una puerta se entreabrió y todos entraron. En el cuarto había un sofá viejo, una mesa redonda en el centro y ocho sillas. Los cuatro se sentaron en silencio.

—¡Maldición! —dijo Mendoza Menocal con el rostro congestionado—. ¿No se dan cuenta del riesgo que acabamos de correr?

—¡No diga boberías, teniente! Todos los pasos fueron bien calculados y el procedimiento se ejecutó con estricta precisión —protestó el doctor Machuca.

—¿Sabe usted lo que está diciendo, doctor?

—Señores este no es momento para repetir sus inútiles discusiones, guarden la calma —dijo el capitán López.

—Mi capitán —respondió el teniente—, insisto en que debemos tratar este asunto en la reunión de hoy. Nuestra seguridad debe estar en manos de alguien que pueda manejarla bien... el doctor no tiene idea de...

—¡Teniente! Permítame recordarle que fui uno de los héroes del Cuartel Santa Marta, cuando la invasión de los guachaches, y que he estado a cargo de operaciones de seguridad desde...

—Doctor, por favor, eso fue hace tiempo, ahora usted es un civil y no conoce los procedimientos modernos de contrainteligencia, lo cual es mi especialidad.

—Teniente, le di una orden: guarde silencio. Y usted, doctor, le ruego que no siga. El asunto va a ser tratado porque el teniente tiene razón: el operativo fue riesgoso.

—Yo sentía como si mil ojos me estuvieran vigilando —dijo, con su voz de corneta china, el licenciado Urrutia—; era mejor como lo hacíamos antes...

—¡Licenciado! —la intervención de Urrutia fue más de lo que el doctor estaba dispuesto a tolerar, pero prefirió no seguir alegando.

La puerta secreta se entreabrió y todos se mantuvieron con el corazón en vilo. La imagen del general Bertrand seguida por la del general Asfura les devolvió la tranquilidad.

—¿Y el coronel Gómez Prieto? —preguntó el «Puma» Bertrand.

—Tuvo un retraso en el ministerio, Urtecho quería hablar con él —el capitán López se percató de la reacción de pavor en los ojos del licenciado Urrutia e intentó calmarlo—. Sólo iban a revisar la posición de la tropa que el coronel va a comandar el día de elecciones. Mi general —se dirigió López a Asfura—, los caballeros desean que tratemos en la agenda el problema de la seguridad requerida para nuestras reuniones...

—Hay cosas más importantes —interrumpió el general—. Nuestro hombre está en Guatemala y tiene un plan muy bueno para introducir las armas sin el menor problema.

—¿Quién lo contactó? —preguntó un poco molesto el doctor Machuca—; nadie me había informado nada.

—Fui yo —dijo triunfal Mendoza—; quedamos en dar marcha a lo que habíamos acordado así que lo hicimos y, por razones de seguridad, lo mantuvimos en absoluto secreto.

—¿En absoluto secreto? ¡Lo que usted está diciendo es indignante! Todos estamos en esto porque compartimos un ideal, lo menos que podemos pedir es que se nos tenga la confianza suficiente para mantenernos informados.

—Guarde la compostura, doctor. Procedimientos como este son usuales cuando la seguridad de nuestros planes lo exige —intervino el general Asfura.

—No estoy de acuerdo, general. No podemos llevar a cabo acciones aisladas que luego nos puedan comprometer a todos.

—La operación ya había sido aprobada por esta junta, solamente su desarrollo fue lo que se mantuvo en secreto —la sangre estaba hirviendo bajo el rostro del teniente Mendoza.

—Ya paren de hablar babosadas —cortó el «Puma» Bertrand—; no se olviden de quiénes somos: Los libertadores. No podemos estar peleando como viejas en el mercado.

—Todo marcha como la habíamos planeado y eso es lo que importa —agregó el general Asfura—. La distribución de las armas entre la gente que tenemos en la costa norte y las células de resistencia de San Juan de Iliá será un verdadero éxito.

—Si me permite, mi general, sabrán ustedes, señores, que podemos afirmar sin temor a equivocarnos que Urtecho no ha sospechado nada.

—Ojalá sea así, capitán —silbó Urrutia.

—Esto se va a poner bueno —dijo el «Puma» Bertrand.

—El segundo embarque llegará a la frontera dentro de dos semanas. Nuestro contacto se hará cargo de la distribución por todo el litoral sur antes de la fiesta del Día de la Bandera —el rostro de Asfura se iluminó con un brillo siniestro.

—¿Quién es nuestro «famoso» contacto? —dijo Urrutia.

—Lo llamaremos Halloran —respondió Mendoza Menocal, y, antes de que el doctor Machuca pudiera decir algo agregó—: Es sólo un nombre clave que él pidió que le diéramos... por su seguridad y la nuestra.

El ruido del mecanismo de la puerta secreta los puso en alerta.

—Disculpen la tardanza —la entrada del coronel Gómez Prieto los calmó; venía agitado—, pasó algo que los va a tirar de las sillas —tomó aire y sonrió con cierta malicia—. Hace un par de horas... en la oficina de la presidencia... colapsó el Generalísimo.

Urtecho llegó a toda prisa al hospital de las monjas del Carmen, pasó sin responder al saludo de los guardias y entró al salón de espera. Adentro estaban la primera dama, su hija Leticia, Jorge Augusto, el mayor de los hijos varones, y Luis José, el menor. Con ellos estaban varios de los ministros del gabinete de gobierno, algunos senadores y un puñado de jefes militares. Urtecho estrechó con respeto la mano de la primera dama y acarició la cabellera del pequeño Luis José. Preguntó por el estado del Generalísimo y se sentó junto a la esposa de Zelaya para escuchar los detalles de lo que había ocurrido, luego ordenó a una de las enfermeras que le trajera una taza de café y se fue a instalar en un sofá, al fondo de la sala, en donde encendió el décimo cigarrillo de la tarde.

Varios minutos después, entraron el «Puma» Bertrand y el general Asfura. El ministro del interior les echó una mirada gélida, sin saludarlos. Se disponía a tomar su café pero, justo cuando se llevaba la taza a la boca, salió un doctor de la habitación donde atendían al gobernante.

—Lo está llamando —dijo el médico.

Urtecho saltó del asiento, colocó la taza donde pudo y llegó hasta la puerta de la habitación. Tocó con sigilo, una débil voz le respondió desde adentro que pasara.

La imagen del Generalísimo era lamentable; se veía pálido, con el rostro desencajado, los labios resecos, el cabello revuelto, los ojos vidriosos. Los tubos de suero y oxígeno no ayudaban en nada a mejorar su aspecto.

Una pena muy honda se le metió en el cuerpo a Urtecho.

El Generalísimo Zelaya y Ferrer le hizo una seña con la mano para que se aproximara. Urtecho llegó a su lado y se inclinó hasta tener el oído junto a la boca del enfermo.

Las palabras salieron envueltas en un olor a mortadela, herrumbre y formalina.

—Llegó la hora... procedé.

ABRIL...

El coronel Carlomagno Obregón colocó la mecedora a un lado de la puerta, depositó unas bolsitas de manta y un atado de papel para cigarrillos sobre el suelo, se limpió el sudor de la calva con un pañuelo amarillento y se sentó en la silla. Tomó tabaco desmenuzado de una de las bolsitas y luego, de la otra, extrajo clavos de olor molidos. Mezcló ambos con meticulosidad. No lo distrajeron los clientes que entraban y salían de la pulpería, a excepción de una que otra dama de formas apretadas y andar voluptuoso a quienes les lanzaba piropos ingeniosos de viejo verde:

—¡Qué radiante está la tarde!... ¡Ay pero si es esta belleza de mujer la que la ilumina!— así logra robarse sonrisas coquetas y uno que otro beso.

Su mujer lo observaba con indulgencia desde el mostrador sin preocuparse por aquellos zarpazos de tigre viejo.

Obregón se entretuvo por más de media hora con la minuciosa operación de liar los cigarrillos. Cuando llevaba ya un buen número de ellos acumulados sobre la manta que había colocado sobre sus rodillas, tomó uno, se lo llevó a la boca y lo encendió con un deleite que le rebalsó por todo el cuerpo.

Volvió a frotarse la calva y echó un vistazo al parque enfrente de su casa. El aroma del humo del pitillo devolvió a su memoria los días de la guerra, las fogatas en la montaña y los pocos instantes de tranquilidad que tenía la tropa.

El bochorno de la tarde comenzó a diluirse en la frescura del ocaso. El viejo aspiró hondo, en sus ojos brilló un voluptuoso placer por la vida.

Por la esquina opuesta apareció el teniente Napoleón Flores, con su uniforme blanquinegro y su quepí con laureles dorados. Vaciló un poco antes de pasar por enfrente del coronel Obregón, pero ya era demasiado tarde para cambiar la senda, así que, con la determinación de un mártir rumbo a los leones, siguió caminando.

—No tenía que haber dudado en pasar por aquí, teniente, usted sabe que siempre podrá encontrar en mí la ayuda que necesite —le dijo el coronel.

Flores, que ya se había cuadrado para hacerle un saludo militar, se vio desorientado y descubierto ante el viejo zorro.

—¿Disculpe, señor? —no bien terminó la frase, Flores se dio cuenta de la torpeza de su respuesta.

El anciano gobernador soltó una sonora carcajada y le ofreció uno de sus cigarrillos.

—Gracias, pero no fumo, mi coronel —lo rechazó el teniente.

—Vamos, no chingue y venga siéntese.

Flores saludó con timidez a la mujer del gobernador y pasó adelante. El viejo mandó a un muchachito que estaba sentado en la esquina a que le trajera un taburete al teniente, luego envió al mismo chico a la cocina por una taza de café. Apenas salió el chico, Carlomagno, sin rodeos, le disparó el comentario a su invitado:

—Vamos al grano, Flores, lo veo incómodo.

—Usted sabe, mi coronel, lo de los asesinatos. Estoy seguro que muy pronto va a aparecer otro cadáver.

—Si todas sus deducciones fueran así de lógicas, ya habríamos atrapado al asesino.

—¿Y qué opina usted, señor?— preguntó el oficial, un tanto mohíno por el comentario.

—¡Vaya! Hasta que por fin se digna a preguntarme. Mire, teniente, como autoridad de esta provincia, mi deber es velar por la seguridad de los pobladores, así que debo involucrarme en la investigación. No subestime mi ayuda; me gusta la cacería y esta presa es interesante.

Flores no opuso más resistencia, sabía que estaba atrapado por el viejo.

—¿Y cuál es su pensar al respecto? —dijo.

—Dígame teniente ¿Qué tenían en común las víctimas?

—No sé señor, eran hombres normales, corrientes... nada en especial...

El chico apareció con la taza de café, empeñado en no derramar ni una sola gota. El gobernador lo miró complacido y le soltó la misma pregunta:

—A ver, José Antonio, dígame ¿Qué tenían en común los hombres que han hallado mutilados?

El niño vaciló por un momento, en su rostro había una mirada de desconcierto, pero no era tanto por la pregunta en sí, sino por el hecho de que su padrino se hubiera dirigido a él en medio de una conversación con otro adulto. Luego, ya repuesto del estupor y sin dudarlo más, soltó la respuesta:

—Pues eso, padrino.

—¿Eso, qué? —preguntó más desconcertado el teniente Flores.

—Eso, que son todos hombres.

—¿Todos?

—Sí, y además, a todos les volaron los huevos.

—¡Suficiente, José Antonio! Gracias —interrumpió el viejo—. ¿Se da cuenta, teniente? A veces dejamos escapar lo más obvio.

—Pero ese dato no cambia en nada la situación.

El coronel le recetó una mirada de indulgencia y volvió a preguntarle al pequeño:

—¿Qué opina, ahijado?

—Sólo se me ocurren dos cosas, padrino: o es alguien que se las quería cobrar o los mató por puritito odio a todos los hombres.

—En eso ya había pensado yo —dijo apresurado Napoleón Flores.

El gobernador no se veía muy dispuesto a creerle pero no se lo dijo.

—Entonces si ya lo pensó, no le sorprenderá que le diga que, además de que todos eran machos, todos eran forasteros —insistió el coronel.

—Y todos salieron del pueblo antes de ser asesinados —respondió Flores.

El teniente se peinó el fino bigote, se compuso las cejas y se sopló la barbilla. Fijó la vista en un árbol que crecía lleno de color en medio del parque, con flores semejantes a llamas anaranjadas cubriendo la copa. La esposa del juez Toro pasó en ese momento junto al árbol, con sus pechos desafiantes, bien erguidos, y su andar vacuno, cadencioso, como siguiendo el ritmo de un bolero de Agustín Lara, iba acompañada por su madre, ambas envueltas en aura señorial. Por un segundo, la mirada de ambos coincidió, luego la mujer del juez bajó la vista, y él regresó al planeta Tierra. El oficial aspiró hondo deseando estar lejos de ahí.

—La respuesta siempre está en la pregunta, teniente; basta con saber buscar —dijo el gobernador.

—Creo que lo mejor será hallarlas de una vez.

—Hágame caso, teniente, use su sentido común.

—Sólo Dios sabe lo que se nos viene encima —la mirada del teniente se pintó con una melancolía profunda. Con su máscara de serenidad, Napoleón Flores se levantó y volvió a hacerle un saludo militar al coronel. Este sonrió divertido ante la postura del oficial y en lugar de devolverle el saludo le tendió la mano. Napoleón vaciló y, cuando ya se había decidido a tomar la mano del gobernador, una fuerte explosión lo detuvo. El teniente Flores se volvió con la mano sobre el revólver, buscando la fuente del sonido. Su cuerpo saltó como un resorte, preparado para el ataque, y, cuando por fin tuvo en la mira al objetivo, una bochornosa desilusión congeló su dedo sobre el gatillo. Otra explosión escapó de la destartalada camioneta que venía subiendo a toda velocidad, en dirección a ellos, por la calle principal de Santa Ana. Se detuvo frente a la pulpería y, en medio de una nube de humo, un joven alto, pálido y huesudo, bajó muy agitado del asiento del conductor.

Al ver el uniforme del teniente, avanzó hacia él y, sin mayores preámbulos, le disparó la pregunta:

—¿Dónde hay un doctor?

—¿Qué ocu—?

—No hay tiempo para explicar, traigo un hombre con una herida grave en el ojo, y varias muchachas muy golpeadas.

Mientras Amado Montes de Oca trataba de ponerse de acuerdo con Napoleón Flores, el gobernador entrecerró los ojos tratando de cortar el humo para ver a los pasajeros de aquella máquina. Observó, analizó, y al tener su deducción clara en la mente le dijo entre susurros a José Antonio:

—Ahijado, esas señoritas parecen putas.

Elvira se anudó la trenza, acarició sus brazos, deslizó el dorso de sus manos sobre sus lechosas piernas y clavó una mirada de sonámbula sobre la puerta.

Va a entrar, pensó, y enseguida vio girar el picaporte. El aroma de los mangos podridos penetró desde el patio, espeso y dulzón, inundando el dormitorio.

La señorita Clara estaba en el umbral, observó a Elvira de pies a cabeza, con una mirada glacial. Tenía una mano sobre el llavín y en la otra, fina y cruel, balanceaba una fusta de cuero trenzado. Elvira se atrevió a sostenerle la vista, engullendo con el par de almendras de sus ojos todo el hielo que emanaba de su tutora. En ese instante, sólo las miradas hablaron. Con ojos glaciales, la señorita Clara la reprendió; Elvira replicó, con la vista acuosa y feroz, que ella tenía derecho a opinar; Clara entrecerró sus párpados amenazando con reprimir su insolencia a fuetazos; Elvira le respondió con los ojos retadores e imbatibles; Clara volvió a reprenderla con un vistazo fulminante; Elvira, con un relámpago en la mirada, alegó que estaba consciente del castigo que iba a recibir, pero lo aguantaría resignada. Clara le gritó con un chasquido del azote, que no toleraría más insubordinaciones; Elvira levantó la barbilla dispuesta a hacerle frente; Clara avanzó hacia ella y rompió el silencio con un grito metálico, filoso:

—¡Sos una puta!

—¡No me diga eso...! —una bofetada le cortó la frase a la joven, arrancándole un hilo de sangre de los labios.

Clara derribó de un fuetazo varios adornos que descansaban sobre la cómoda de Elvira. La muchacha se estremeció pero no cedió en su postura. Clara le reprochó:

—Te dije que no te metieras con ninguno de ellos.

—¡No lo puedo evitar!

—Sólo vas a lograr que nos destruyan.

—¡Yo no comencé con esto!

—Comenzamos las dos... no podés echarte atrás — a Clara se le volvió líquida la mirada.

—Ellos fueron los culpables...

La fusta se escurrió entre los dedos de Clara y toda su estructura de metal pulido se vino abajo ahogada por un incontenible caudal de sollozos, escombros del pasado, fantasmas del presente y culpas embodegadas en las más profundas cavernas del corazón.

La tregua comenzó.

Clara se arrodilló, Elvira la tomó entre sus brazos, frotó con dulzura sus cabellos y, entre susurros de alivio y caricias maternales, fue secando las gruesas gotas que chorreaban sobre el rostro de la señorita Clara. Con el dorso de la mano, acarició las mejillas de su tutora, a la vez que le susurraba frases de consuelo, como quien trata de calmar a una niña. Besó sus cabellos y la abrazó; entonces una oleada de aire cocido se coló en la habitación, acompañada por el vaho dulzón de los mangos del patio. Elvira tomó entre sus manos la faz de Clara y se observaron por largo rato. La señorita sintió que se iba sumergiendo en el pozo sin fin de los ojos de su protegida, arropada por un vértigo aletargador, ya había lanzado fuera de sí todo enojo, permitiendo que la paz fuera apagando las llamas de su rabia. Acurrucada al borde de la cama, en los brazos de Elvira, la señorita Clara desahogó su alma de todo el fango que, durante años, se le había ido atiborrando en las entrañas. Soñó que todo había sido distinto, que su vida había encontrado la realización plena de sus anhelos de juventud, que nunca en su camino se desataron esas fuerzas oscuras del mal que precipitan a los seres a un destino indeseable.

Envuelta en sus sueños y lágrimas, se dejó llevar por la marea del tiempo hasta aquel día lejano en que jugaba a la rayuela con sus primas, en el gran patio de la casona azul. Era una mañana brillante en el cual parecían haberse juntado todos los colores del mundo, concentrándose en aquel pequeño trozo del universo con el único propósito de brindarle la jornada más bella de su vida.

Siempre había vivido encerrada, apartada de otros pequeños, tejiendo bordados con su madre, arreglando el jardín con la vieja criada india y jugando en su imaginación con niños que jamás existieron. Muy pocas veces había tenido un momento como aquél; podía reír sin preocuparse de molestar a su padre, correr, sudar, empolvarse, gritar a todo pulmón, a los cuatro vientos, sin temores, sin límites. Sólo en las navidades se juntaba con aquellos niños que, de reunión en reunión iban cambiando tanto que cuando los volvía a ver, ya no eran los mismos del año anterior.

Pero aquel día no era Navidad, el sol reinaba sobre los cielos y bailaba con la copa de los árboles. Los niños habían venido porque la mamá de Clara agonizaba. Llegaron con las hermanas de su madre cuando se enteraron que estaba muy enferma. Clara aún estaba demasiado pequeña para comprender lo que ocurría y, aunque había visto cómo mamá Alicia se iba consumiendo de soledad y dolor, no acertaba a comprender el origen y el desenlace que tendría aquella situación. Ajena al drama que se vivía en la gran casona de los Ocaña, Clara jugaba los inocentes juegos de la infancia, sin percatarse de los constantes cuchicheos de sus tías, de las miradas de rabia con las que veían a su padre, de la evidente forma en que ellas esquivaban la presencia del único varón vivo de la casa de los Ocaña de Mexía.

Su papá era el último vástago de una larga lista de otrora ilustres pobladores de Santa Ana, pero, pese a su glorioso pasado, la familia había caído en el inevitable proceso de decadencia de toda estirpe. Antes de él, su padre y su abuelo, habían dilapidado la fabulosa fortuna familiar que con tanto empeño, el fundador de la dinastía, don Diego Alonso Ocaña de Mexía, había cimentado en sus años de conquistador.

A punta de espada, plomo y audacia, don Diego Ocaña dirigió una expedición compuesta por bandoleros, asesinos, despojados, curas sin parroquia, tinterillos sin futuro, mercenarios, indios sedientos de venganza y rameras, hasta las tierras que hoy ocupa Santa Ana. Decidió llevar a su gente más cerca de la cordillera para establecer la villa desafiando las rabietas del mar, que en tres ocasiones anteriores había inundado todo intento de colonización en la costa. Sin embargo, el asentamiento se dificultaba debido a que en la zona habitaban varias tribus de indios guachaches, lencas y chortís, los cuales se encontraban al tanto de las atrocidades que los españoles habían realizado con los indígenas del norte. Pero la tenacidad de don Diego era tan grande como su ambición y su audacia, de tal forma que motivó a aquella banda de miserables para que lo siguieran en su descabellado plan.

Los españoles tomaron provecho de las rencillas entre los caciques locales para ir acabando con toda resistencia a la colonización. Se aliaron a los guachaches para exterminar a los lencas y a los chortís; durante cinco años pelearon de extremo a extremo en el litoral sur hasta asegurar el dominio de los guachaches en la región y luego, al eliminar a todas las tribus hostiles, Ocaña comenzó a sembrar divisiones entre sus aliados, de manera tal que, antes de que hubieran transcurrido dos años más, la población guachache se había reducido en más de un tercio por causa de las guerras internas. El resto de la tribu se vio diezmado por las enfermedades que trajeron los españoles, la escasez de animales de caza, el alcoholismo, el abandono y, al final, por sus mismos amigos españoles, quienes al verles debilitados, les atacaron con todo hasta liquidar a la mayoría y expulsar de la zona a los restantes. Fue así como, diez años después de haber llegado a la costa, los blancos poseían todas las áreas que una vez fueron de los indígenas, quienes de señores de la tierra terminaron por convertirse en mendigos, borrachos y sirvientes de quienes una vez fueron extranjeros en aquellas regiones.

De la estirpe de don Diego surgieron hombres notables por su entrega al trabajo y su natural habilidad para hacer prosperar la fortuna familiar. Pero con la riqueza también se heredaron vicios, enfermedades congénitas y locuras, producto de los matrimonios entre familiares, concebidos para mantener el inmenso caudal en manos de la misma parentela; de tal forma que la sangre turbia y amelcochada a causa del incesto entre primos, tíos y sobrinas, se fue haciendo más densa de generación en degeneración.

A la cola de la estirpe, en el fondo más profundo de la decadencia de los varones de la familia Ocaña, Diego Alonso, el padre de Clara, último descendiente del arrojado conquistador y fundador de Santa Ana, comenzó su vida adulta con un sincero intento por levantar la desbaratada situación financiera que había heredado. Por el tiempo en que aún sus pasos no se habían torcido, Diego conoció a Alicia, la madre de Clara, y se casó con ella. El futuro se veía prometedor para el joven Ocaña y su familia hasta el día en que los demonios que habían hostigado a su parentela durante generaciones, comenzaron a atormentarlo. Fue una lucha cruenta entre su espíritu y su carne, entre el sentido común y los deseos irrefrenables.

Comenzó como un juego; él, que nunca había bebido por el temor a convertirse en el penoso reflejo de sus ancestros, no pudo resistir la curiosidad y así, durante las reuniones con amigos, le empezó a encontrar el gusto al whisky. Con la bebida, también se fue aficionando a las parrandas, los juegos de azar y las mujeres. Todas las perversiones hasta entonces ahogadas en su sangre, salieron a flote, irrefrenables, violentas, rabiosas. Por ese entonces empezó a obligar a su esposa a tomar parte en humillantes sesiones de sodomía y cuando hubo abusado de ella hasta la saciedad, comenzó a buscar placeres más intensos fuera del hogar, aventurándose en nuevas formas de satisfacer su insaciable apetito hasta que se dejó llevar por los más bajos excesos.

La mamá de Clara enfermó de gravedad, quizás de angustia, quizás de vergüenza o quizás de asco. Lo cierto es que doña Alicia perdió todo deseo de vivir por más tiempo. Postrada en su cama iba desgajándose en suspiros y melancolías, mientras sus desesperadas hermanas luchaban en vano por devolverle un aliento de vida.

Esa era la situación a la que Clara era ajena, aquella hermosa mañana de julio en que el sol bailaba con los árboles y las nubes formaban caprichosas figuras sobre un cielo azul como jamás se había visto hasta entonces.

La señorita Clara recordaría, muchos años después, en su habitación, en brazos de Elvira, que ella estaba jugando a la rayuela, junto a la vieja fuente del patio, en el momento en que sus tías, con los ojos hinchados por el llanto, se acercaron para decirle que un ángel había descendido del cielo para llevarse a su mamita al Paraíso, junto a Dios Padre…

Clara abrió los ojos. Las cortinas en la habitación de Elvira bailaban con el viento, al compás de la lluvia; las sombras habían ido rodeando en su abrazo cada uno de los objetos de la recámara.

—Usted es muy posesiva —dijo la muchacha incorporándose sin dejar de acariciar a su tutora.

—Si pudiera te tendría guardada en una caja de cristal.

—Entonces no podría tocarme.

—Por eso no lo he hecho —Clara se desperezó y le dio un beso en la mejilla—. Son unos cerdos que sólo buscan clavarte el puñal; no debés pensar en ellos. No volvás a poner en duda mi autoridad. Nunca.

Afuera de la habitación, caían las enormes gotas que anunciaban la primera tormenta del verano, arrancándoles carreras a las beatas que regresaban de la iglesia.

La lluvia condensó los aromas del patio, fusionando el olor de la tierra mojada con el de los mangos podridos, las ciruelas, los rosales, los jazmines, los cafetales y el de las hojas de plátano que yacían en un rincón del solar. Todos los olores persistieron en invadir el dormitorio donde Clara descansaba rendida de tanto llorar, entre los brazos cálidos de Elvira, envueltas las dos sobre un revoltijo de sábanas, cabellos y almohadas. Un leve temblor hizo que la lámpara que colgaba sobre el centro de la habitación se balanceara. Una grieta casi imperceptible surgió a lo largo del cielo falso, en dirección a una de las esquinas de la pared y luego descendió por allí dejando una serie de ramificaciones a su paso.

—Volvió a temblar —Elvira abrió los ojos y entre susurros acarició la cabeza de Clara, quien comentó:

—Ojalá se termine de hundir este pueblo de mierda.

Yo tenía diecisiete años, lo recuerdo bien, cuando conocí a Amado Montes de Oca. Esa tarde, mientras íbamos a misa, a mi mamá y a mí nos atrapó un aguacero. Era la primera lluvia de la temporada. Hechas una sopa, nos refugiamos en el portal de la casa del doctor Leopoldo Rojas y, mientras esperábamos a que escampara, lo vi venir. Llegó como la Navidad: envuelto en explosiones. Venía conduciendo una camioneta destartalada, con un escape que hacía más disparos que un fusil. Junto a él estaba el teniente Napoleón Flores y, en la parte trasera del vehículo, viajaban un montón de mujeres semidesnudas que parecían haberse fugado de una orgía. Frenaron con brusquedad ante nosotras, salpicando nuestros vestidos con el lodo de la calle y, al nomás detenerse, el carro vomitó aquel ganado humano.

Les escuché decir que se habían desbarrancado por culpa de un burro. Venían arropadas en una confusión de lamentos y maldiciones, pero ninguna se mostraba tan preocupada por sí misma como lo hacían por un pequeñín que traían en brazos. Lo llevaban para un lado, para el otro, lo acostaban, lo sentaban, lo acariciaban, le daban besitos, trataban de sobarle el bracito, le rogaban a viva lágrima al doctor Rojas que lo atendiera y el pobre médico, enredado en aquella madeja de mujeres histéricas, no hallaba por dónde comenzar. Ellas siguieron afanadas con el chiquilín, que le daban agua, que lo arrullaban hasta que el pequeño, ya molesto de tanto zarandeo, les gritó con una voz más profunda que el océano:

—¡Ya dejen de joder!

Fue hasta entonces que me di cuenta de que se trataba de un enano. Un leve escalofrío recorrió mi cuerpo; jamás había visto uno.

Montes de Oca intervino para poner freno al alboroto de aquellas mujeres. Les impuso orden con tres palabras:

—¡Dejen trabajar, carajo!

No sé si fue mi febril imaginación o la fuerte impresión que me había causado aquel forastero, pero podría jurar que, en aquel instante, la tierra tembló. Un bochornoso silencio se despeñó encima de todos los que estábamos ahí. Después de aquello, no pude quitarle la vista de encima a Montes de Oca.

Yo estaba alelada viéndole llevar las riendas de aquella manada de hembras revueltas; iba de un lado para otro con diligencia, untaba pomada sobre músculos adoloridos y limpiaba con agua oxigenada los raspones, entablillaba una pierna y ponía un brazo en un cabestrillo; en cierto momento miré que desataba una bolsa de cuero que colgaba de su cintura y que parecía incomodarle un poco, la trató de ocultar sobre el botiquín y siguió con sus carreras. Yo no podía entender cómo, aquellas mujeres se desvivían por consolar al enano en lugar de consagrarse a aquel portento de hombre.

El corazón se me convirtió en una gallina clueca cuando lo vi venir hacia mí. Fue tanto el gozo que me produjeron sus primeras palabras que nada más importó:

—¡Si no vas a ayudar quitate y no estorbés!

Me hice a un lado sin apartarle la vista. Lo vi hurgar en una mochila que llevaba consigo, buscando algo con desesperación, luego salió hacia la baronesa, regresó, empapado y con la mirada de un puma acorralado.

—¿Quién ha visto una bolsa de cuero? —rugió.

En ese momento toqué el cielo; la oportunidad de convertirme en la salvadora de aquel hombre estaba en mis manos. Abrí la boca pero fue otra voz la que habló:

—La puso sobre el botiquín —le respondió mi mamá, quien parecía que tampoco le había quitado la vista de encima.

Un latigazo de resentimiento marcó mi rostro, calentándolo un poco más de lo normal; los celos se transformaron en un odio insoportable cuando él, agradecido, le dio una palmada en los hombros a ella, regalándole una sonrisa que era miel pura.

Pero la oportunidad de hacerme notar no se había esfumado aún. Amado Montes de Oca sacó un cuaderno de la bolsa de cuero y buscó algo escrito sobre una de las solapas. Luego volteó hacia mi mamá y preguntó:

—¿Sabe usted dónde puedo hospedarme?

Me robé la oportunidad de contestarle:

—Junto a mi casa hay un hospedaje —respondí.

—¿Pueden llevarme?

—¡Sí, con gusto! —dijo mi mamá, clavándome un pellizco en el brazo.

22 de abril, 1952

«Bueno, ya estoy en la Cola del Diablo.

»Llegar debió haber sido más fácil y menos estrepitoso, pero las circunstancias me lo impidieron...

»Después de unas cuantas peripecias, tuve la suerte de encontrarme con una amable señora quien muy gentilmente me ha conducido hasta el hospedaje en donde ahora escribo mis anotaciones. Se trata de una casona azul, ubicada en uno de los extremos del pueblo, cerca del río Pitaguana. La mansión es más conocida como la Casa Ocaña. Dicen los pobladores que la casa perteneció al Presidente Ocaña, quien fuera derrocado el siglo pasado por el General Chamorro.

»Es evidente que la casa en sus mejores tiempos debió haber tenido un porte fastuoso, pero, hoy en día, las enredaderas, el moho y las grietas, se han ido apoderando de ella dándole el aspecto de un anciano melancólico hundido en el anhelo de volver a vivir los viejos tiempos.

»Fui recibido por la dueña, una mujer elegante y de modales muy refinados (no sé por qué al escucharle hablar se me vino a la mente la idea de cuchillos), pero a pesar de su buena disposición y su amabilidad, lo deja a uno con una sensación de frío amarrada en las venas. Puedo entrever que hay muchos árboles frutales aquí. Adivino que un buen número de palos de mango crecen en el jardín debido al fuerte aroma a ese fruto que penetra en el dormitorio y se me cuela por las narices, pero la oscuridad me impide distinguirlos bien; mañana tendré oportunidad de verlos mejor...»

Un ruido afuera de su cuarto lo interrumpió; aguzó el oído y se puso alerta. Dejó la pluma sobre la mesa, se puso en pie y avanzó hacia la puerta. Colocó la oreja sobre la madera. Había alguien ahí, podía percibirlo. Cerró los ojos en un intento por concentrarse y lograr ver con sus oídos, no obstante, lo único que pudo apreciar fue una respiración suave y lejana, intranquila, expectante. Quien quiera que fuese se acercó. Tocó con suavidad.

—La señorita Clara le manda la cena.

Amado entreabrió permitiendo que el haz de luz de su habitación cayera sobre la jovencita. Ella esperaba con una bandeja de comida, en la oscuridad del patio. Al observarla, un diablito impertinente y pícaro se le coló a Amado por entre los pantalones, transmitiéndole un extraño calorcillo que no había sentido en años. Él no supo a qué atribuir aquella sensación ajena, si a las amplias caderas sostenidas por un hermoso y torneado par de piernas, de inmaculada blancura, limpias, dos columnas de la más delicada porcelana, cubiertas de un vello rubio y fino que le recordó la tentadora piel del melocotón; o también habría sido por la inocente sonrisa dibujada en aquellos labios de sandía carnosa, húmeda, lista para ser devorada. Lo cierto es que el conjunto de inocencia y pubertad le revolvió los sesos turbando la sistemática lógica de sus pensamientos, anudándole la lengua con las palabras que quería decir y no se atrevió a pronunciar.

—Gracias...

No dijo más; se limitó a tomar el azafate y cerrar la puerta ante la inquietante chica. Trató de convencerse de que todo estaba bien, que su mente se mantenía invencible, clara, lúcida, pero el ligero temblor de sus manos le gritaba que no, que era mentira, que todo el cascarón que había montado en derredor suyo tenía una grieta por donde comenzaría a desmoronarse como polvorón. El hambre se le fugó del cuerpo. Hizo a un lado la vajilla y fue hacia el aguamanil que le habían puesto al fondo de la habitación. Se vació encima el chorro de agua, sintió la palpitación en las sienes a la vez que un ligero bochorno se apoderó de su pecho. Entonces, tomó una decisión que había estado madurando desde el momento en que vio por primera vez a la mulata que comandaba aquel burdel rodante. Se vistió, sacudió el polvo de su sombrero, se lo puso y salió en dirección a la calle. Afuera, las piedras aún estaban escurriendo los residuos de la tormenta, mientras el aire, aliviado del calor de la tarde, soplaba fresco sobre el rostro de la gente.

Antes de que pudiera pensarlo dos veces, Amado se encontró frente a la casa de Rosaura. Tocó con vacilación sobre el pesado portón de madera. Solo el eco respondió a su llamado. Pasaron los segundos que le parecieron minutos y nada. Amado sudó. Alzó de nuevo su puño pero se arrepintió, no tocó la puerta, ya era avanzada la noche, quizá dormían. Se dio la vuelta, entonces, la voz cristalina de Malena, la más joven de las pupilas de Rosaura, lo detuvo.

—Hoy no atendemos, vuelva maña... —al verlo, Malena cortó la frase y un resplandor de entusiasmo brilló en sus ojos.

—Buenas noches, Malena.

—Buenas noches, don Amado.

—Solamente venía a ver si todas estaban bien.

—Sí, no se preocupe, fue más el susto.

—Que bien, me alegra... Bueno...

—Bueno...

—Buenas noches...

—Buenas... —Amado emprendió la marcha pero Malena lo detuvo—. ¿No quiere pasar?

—¿Se puede?

—¡Sí, hombre! Claro.

Lo hizo entrar a la casa, aún mal iluminada, avanzaron entre maletas y cajones, atravesaron un pasillo que daba hacia el patio y, luego, llegaron a la cocina, en donde estaban las demás muchachas, la agitación de los sucesos del día parecía haberles espantado el sueño. Al verlo entrar, mostraron una extraordinaria alegría y sin asomar empacho alguno por sus escasas vestimentas se acercaron a él para saludarlo.

—¿Y la chica que se quebró la pierna? —preguntó Amado.

—¿Cuca? está adentro ya va a venir —respondió Meches mientras se acomodaba el vendaje que llevaba sobre su cabeza.

—¿Y... doña Rosaura?

—Atendiendo a don Pascualito —dijo Malena.

—¡Don Amado! Le oí la voz y me vine cojeando lo más rápido que pude —Cuca se asomó por el umbral de la cocina.

—¿Cómo va la pierna?

—No está en sus mejores tiempos pero usted le podría hacer maravillas.

—Si usted lo dice...

—Y se lo puedo demostrar.

El juego de las insinuaciones le volvió a despertar el diablito entre sus muslos, pero no dejó de pensar en Rosaura. Pudo sentir cómo lo desnudaban las miradas y se vio a sí mismo como una doncella entre una banda de piratas. Blanquita, una chiquitina de formas apretadas y rasgos asiáticos, jugueteaba con los vellos del pecho del cartógrafo en tanto que Amparo, la mayor de todas, le clavaba sus garras en el muslo a Amado dándole un masaje juguetón muy cerca de la región de los deseos. Malena por su lado, le soplaba palabras calentitas en el oído y Cuca, la más atrevida de todas, le robó un par de besos en los labios.

—¡Buenas, don Amado!

El alma de Amado le dio un salto mortal triple en el pecho cayendo hasta el bajo vientre cuando miró a Rosaura.

—Estamos muy agradecidas por su buena disposición hacia nosotras esta tarde.

—Bueno, yo... estaba un poco intranquilo así que decidí... bueno... venir a verlas... y... ¿Pascualito?

—Mi muñequío, pobrecito... lo dejé durmiendo, ojalá mañana amanezca mejor.

—Ojalá...

—Bien, lo dejo, veo que ellas sabrán agradecerle mejor que yo sus finas atenciones. Buenas noches —dio una palmada y ordenó: «¡Lo mejor de lo mejor, niñas!»

Amado quiso decirle algo: que ninguna iba a poder saciar sus ansias contenidas desde hace años, ninguna más que ella misma; que vino hasta este lugar pensando en ella y que sólo su cuerpo chúcaro, descontrolado, era capaz de librarle todos los diablos del cuerpo, que sólo podría reventar en ella, explotar dentro de su piel, entre sus muslos, entre sus pechos; quiso gritar pero los besos de las otras lo ahogaron, los brazos y las piernas lo contuvieron. Al final... se rindió... y murió como los árboles, de pie... erguido y en posición de firme... respiró hondo y se entregó...

«23 de abril de 1952» (con mano temblorosa, a las cuatro y media de la madrugada y con cualquier color de tinta):

«... ¡Qué vaina!... todavía estoy escuchando ese zumbido...»

Desde los días en que la vieja india la arrullaba con canciones de quetzales y princesas, Clara se vio a sí misma como una heroína, dispuesta a luchar contra la muerte para arrebatar de sus brutales garras las vidas de los soldados heridos en el campo de batalla; de los niños pobres, prisioneros en las cárceles del hambre y la ignominia; de ancianos otrora invencibles proveedores para sus familias, vistos de menos por los de su propia sangre. Dentro de sus infantiles visiones, le dio techo a los vagabundos, consuelo y salud a los miserables, asistencia y esperanza a los desahuciados; descubriría medicinas capaces de curar a la humanidad de las más crueles enfermedades.

Cuando cumplió seis años, su tío Raúl, esposo de una hermana de su madre, permitió que la niña lo acompañara para asistirle en varios partos de ganado. El veterinario, veía con orgullo la eficiencia de su sobrina y compartía con su madre la esperanza de verla algún día convertida en doctora. Sin embargo, la muralla que encontraron cuando hablaron con el padre de la niña fue inexpugnable y arremetió con artillería pesada contra cada intento de los sitiadores por echarla abajo. Al último descendiente de los Ocaña no lo convencían los argumentos del tío Raúl o de mamá Alicia basados en que sería un orgullo tener en la familia a la primera doctora de Santa Ana.

—¿De qué carajos me sirve a mí una doctora? ¡Yo quiero nietos! —era la respuesta del airado padre.

Ocaña refunfuñaba mientras mamá Alicia iba de un lado a otro estableciendo contactos para allanar el camino hacia el brillante futuro de su hija.

Lo que más exasperaba a don Diego era la manía de la pequeña por abrir en canal sapos y ranas. Clara se encerraba en su habitación durante horas para hacer inacabables estudios sobre centenares de batracios.

—¡Tengo una hija loca que prefiere jugar con sapos en vez de muñecas! —se quejaba Diego Ocaña.

Mamá Alicia sólo se encogía de hombros y sonreía; amaba a Clarita más que a nada en el mundo. Su matriz había muerto después del nacimiento de la pequeña y no existía la menor esperanza de volver a tener hijos, así que en lugar de distribuir raciones de amor entre una camada de pequeñuelos, mamá Alicia lo volcaba todo, sin restricciones, sobre Clara.

—La vas a echar a perder con tantos mimos —reñía el padre.

—Yo sé lo que hago —respondía Alicia, para luego agregar en voz baja, a sus espaldas—. ¡Caramba, qué jodarria!

Ambas eran dos eslabones de acero unidos a perpetuidad porque nada, ni aún la muerte, pudo separarlas. Durante varios años, después del entierro de Alicia, Clara se encontraba con el fantasma de ella en un rincón del patio. Eso le brindó consuelo a la niña pues la situación en la casona azul se volvió insoportable a causa de los abusos y excesos de Diego Ocaña.

Diego prohibió a las hermanas de Alicia regresar a la casa, descuidó por completo la educación y el cuidado de la niña y se entregó, sin más frenos ni reparos, a una perpetua borrachera y a un indefinido aletargamiento de los sentidos que lo fue hundiendo en la demencia. La casa cayó en un abandono absoluto; Ocaña despachó a todos los criados, dejando tan solo a la vieja aborigen.

Los tres vivían encerrados en un infierno de podredumbre, consumiéndose en el moho de la degradación espiritual. Diego, abandonado a su locura; la india silenciosa, encerrada en el susurro de ancestrales conjuros; y la niña buscando consuelo en el vacío abrazo del fantasma de su madre.

En el punto más bajo de su envilecimiento, Diego comenzó a abusar de la pequeña. La sometía a fuerza de golpes, la desgarraba y la convertía en una muñeca de trapo, descocida, destrozada. Es muy probable que aquella situación habría continuado hasta el día en que el demonio que habitaba en Ocaña acabase por matar a la chiquilla, pero una noche, tan negra como el ambiente de la casa, mientras Diego buscaba airado a Clara, tumbando muebles, tirando abajo puertas, destrozando cuadros y gritando como loco, la vieja india le salió al encuentro.

—Ya no, don Diego —fue lo único que en toda una vida le había escuchado decir.

Diego, encolerizado ante el abierto desafío de la criada, se abalanzó sobre ella con un candelabro en la mano, dispuesto a partirle el cráneo de un solo golpe, pero nunca pudo completar la acción porque la anciana lo estaba aguardando con la vieja espada con la que don Diego Alonso Ocaña de Mexía había mutilado y descuartizado a los ancestros aborígenes de la vieja sirvienta.

Ella no necesitó fuerzas para traspasarle las vísceras a Ocaña, él mismo, en su rabioso impulso, se arrojó sobre la fría hoja de acero. Aún con vida, el último de los Ocaña se tambaleó hacia atrás, con lo que le restaba de vigor, se arrancó la espada del vientre y la observó durante unos segundos, mientras la sangre le brotaba negra, a chorros, de la herida. Sonrió, tal vez por lo irónico de su muerte o quizá porque se sintió libre de los demonios que lo atormentaban, después cayó de bruces.

La niña ayudó a la india a envolver el cadáver en una sábana, entre ambas lo arrastraron hacia el patio y allí lo enterraron, junto al árbol de mango. Dos meses después, sobre el montículo que cubría la fosa, nacieron unos hermosos girasoles que aún están en el jardín de la casona azul.

Desde aquel momento, el fantasma de mamá Alicia jamás se le volvió a aparecer a Clara.

José Antonio se despertó sobresaltado al escuchar el fuerte zumbido. Por un instante creyó que se trataba de otra de las cuadrillas de aviones que enviaba el Generalísimo hacia la cordillera para bombardear a la guerrilla, pero cuando el pequeño terminó de espabilarse, puso más atención al ruido y se percató de que no eran los aeroplanos. Su insaciable curiosidad comenzó a menearle el esqueleto, y los pies se le fueron hinchando de la pura picazón por ir a ver de qué se trata. Sus ojos cortaron la penumbra de la aurora buscando el camastro de Pascuala, una de las dos mujeres de su padrino, quien dormía ahí en las noches en que el gobernador prefería la compañía de Lorenza, la otra de sus concubinas. La miró acurrucada, convertida en un gusanito que dormía apacible envuelta en su capullo de sábanas. El chico saltó de la cama, besó con sus pies desnudos las baldosas frías del suelo, avanzó con sigilo hacia la salida. Una a una, fue atravesando las pesadas puertas de madera de la casa hasta que llegó a la calle. A medida que se acercaba a la plaza central de Santa Ana, fue aplastando varios bichitos verdes que poblaban por grupos las aceras del pueblo.

José Antonio no era el único en la calle. Varias de las mujeres que iban a misa por la mañana y uno que otro de los hombres que salían para el campo, se encaminaban también hacia el lugar. Las mujeres llevaban una mirada azorada, sobre todo las más viejas. Una de ellas, flaca y cetrina, se persignó murmurando un «Ave María».

Un insistente murmullo de rezos se fue haciendo cada vez más fuerte y se mezcló con el zumbido que invadía todos los oídos de Santa Ana.

José Antonio llegó a la esquina de la casa de su padrino y se quedó de una pieza ante el espectáculo que se ofrecía frente a sus ojos: bajo la suave luminiscencia del amanecer, frente al atrio de la iglesia, brillaba un mar verde esmeralda formado por millares y millares de langostas, congregadas como en espera de que el cura párroco iniciara el oficio de Laudes, uniendo su zumbido al murmullo de los rezos de las escuálidas beatas y los asustados peones.

Más gente se fue asomando a la plaza. Entre la multitud que llegó se escucharon lamentos; gente que aseguraba que había llegado el día del fin del mundo y se arrancaban los cabellos entre agudos gemidos; mujeres que rogaban a Dios Todopoderoso por el perdón de sus almas; enemigos que se abrazaban pidiéndose disculpas por las injurias inferidas al calor de la pasión; adúlteros y adúlteras escondiendo sus rostros del sol; fornicarios y fornicarias, jurando arrepentimiento sincero; padres buscando hijos pródigos, e hijos pródigos buscando a sus padres.

El juez Valentín Toro, salió al balcón de su casa junto con su esposa, aún llevaban puestas las ropas de dormir y la mirada cargada de legañas. El teniente Napoleón Flores llegó con un pelotón de guardias para tratar de restablecer el orden, pero lo único que logró fue recibir amonestaciones de las viejas beatas que lo amenazaron con los más crueles castigos del infierno por ateo, hereje y masón. Toña Coca rezaba por la salvación del pobre diablo de su marido, mientras su hermano Roque, juraba no volver a amancebarse con la lujuriosa Chila, la esposa de Menecio el barbero. Anaxágoras, el molinero, no había puesto en marcha su molino provocando con eso un desbalance en la vida cotidiana del pueblo debido a la ausencia del ruido del motor que despertaba a todos desde muy temprano.

Pascuala, quien también se había despertado a causa del bullicio de la gente, el silencio del molino, y el zumbido de las langostas, buscaba entre la multitud al pequeño José Antonio.

Aparecieron los puestos de carne asada, yuca con chicharrón, enchiladas, chilaquiles, tacos de papa, pastelitos de perro, malanga frita, quesadillas, pupusas y baleadas, además de los infaltables changarritos de candelas aromatizadas para los santos, estampas de la Virgen y del Corazón de Jesús, escapularios, rosarios, agua de Florida, agua bendita, medallas de la Virgen Negra del Pitaguana, camándulas, y crucifijos de todos los tipos. Lucrecio, el marido de Toña Coca, buscaba quién lo invitara a un octavo de guaro, pero la beatífica concurrencia lo rechazó con desprecio, amonestándole por su impiedad.

Sí, el fin del mundo ya está próximo, pensaban todos los que coreaban ave marías, los que rezaban el rosario y aquellos que prendían velas a toda la hueste de santos, ángeles y arcángeles; todos los que estaban en la plaza, gimiendo por sus pecados; todos los que se amasaban el pecho a puñetazos mientras murmuraban «mea culpa, mea culpa»; y todos los que se habrían arrancado los cabellos, los ojos, la lengua, el corazón... etcétera... etcétera... etcétera, de no ser porque el padre Arístides Occhiena, italiano, de sesenta y ocho años, hastiado por los disparates de la gente, armado con una escoba y una olla de agua hirviente, arrasó con cuanto bicho verde se le puso enfrente, sin importarle llevarse de encuentro a uno que otro fiel, soltándoles, en su lengua materna, un par de improperios que ellos creyeron que eran salmos en latín.

Con un sonido atronador, el enjambre se alzó en vuelo formando una monstruosa nube oscura en el cielo. En ese momento, se desató el caos. El juez Valentín Toro, asustado, empujó a su mujer hacia el interior de la casa y ésta, confundida por la brusca reacción de su marido, le dejó ir un bofetón en la cara. Roque Coca había salido disparado en medio de la multitud llevando a su hermana doblada sobre sus espaldas, don Anaxágoras hincó las rodillas en el suelo, suplicándole perdón a Dios a la vez que apretaba con ansiedad el grueso collar de rosarios, crucifijos y escapularios que colgaban alrededor de su cuello. Menecio, el barbero, se había sacado la gruesa faja de cuero con incrustaciones de plata y comenzó a reventarle las nalgas a Chila, su mujer, con un ímpetu salvaje y obsesivo, tras haberla descubierto en brazos de Serafín Gallo, el sacristán, en el momento en que ambos se juraban seguir adelante con su amor, «aun así sea en el mismísimo infierno». Amílcar Bobadilla, también observaba lo que ocurría en la plaza, pero siendo un recalcitrante ateo, no hizo más que reírse de aquella masa esperpéntica. Por encima de sus cabezas, la nube de bichos se había vuelto más densa, cubriendo los débiles rayos del sol, sumiendo a la plaza en una penumbra similar a la del alba. El zumbido fue atronador. Los dientes rechinaron, los huesos temblaron, los ojos lloraron y las gargantas no paraban de lamentarse. Pascuala sacudió a José Antonio y, tras propinarle un certero coscorrón, lo arrastró hacia la casa, mientras este, fascinado por el espectáculo, no despegaba la vista del cielo que se había vuelto más negro que las uñas de Francisco Lee, el chino de la tienda de regalos.

Todos los creyentes, las beatas, los supersticiosos y la demás chusma de pecadores compungidos, creyeron ver la llegada del fin; se desmoronaron, se diluyeron en lamentos, quejas y arrepentimientos tardíos; la gula, la ira, la codicia, la lujuria, la avaricia, la vanidad, la envidia, el chisme, todo lo que fue dulce en un momento y amargo en otro, bullía en sus venas y reventaba en un llanto de cocodrilo, porque allá en el fondo, bien adentro de sus almas, sabían que si mañana tuviesen una segunda oportunidad, iban a pecar con tanto ahínco y esfuerzo como lo habían hecho hasta ese mismo instante.

La densa nube de langostas verdes y coloradas descendió en picada sobre la multitud, las cabezas se agacharon, los brazos buscaron proteger las partes más vitales del cuerpo, Anaxágoras sujetó sus escapularios, Menecio a su mujer, y los demás sujetaron lo que pudieron y lo que quisieron, incluso Amílcar Bobadilla se agachó, sólo uno de ellos se mantuvo en pie ante el ataque: el padre Arístides Occhiena, y, en el instante en que el sacerdote soltó sus amonestaciones en un idioma que nadie pudo descifrar, muchos creyeron ver al Arcángel Miguel blandiendo su temible espada de fuego, ahuyentando la masa de insectos.

Ese fue el día en que nació la fama de santo del padre Occhiena y, desde entonces, hubo quien le atribuyera todo tipo de milagros, desde curar el mal de amores hasta la diarrea, desde interceder por causas perdidas hasta hacer que el número de la lotería cayera en favor de fulano, mengano o perencejo; es más, yo llegué a escuchar en varias ocasiones que, al dar la misa, su cuerpo emanaba una luminiscencia dorada.

Fueron pocos los que no se percataron o no le dieron importancia al asunto: El coronel Carlomagno Otilio Obregón, que en ese momento estaba más pendiente de las caderas de Lorenza; Amado Montes de Oca, víctima de los efectos de una orgiástica noche; Rosaura, su alcahuete enano y sus pupilas, quienes yacían tendidas, roncando a gusto tras una día de tremendas peripecias; Lucrecio Paz, el marido de Toña Coca, que sólo percibía a la muchedumbre como imágenes borrosas producidas por su perpetuo estado báquico y, finalmente, Elvira y la señorita Clara, quienes estaban enredadas en un tierno abrazo cuando las descubrió el sol.

FEBRERO...

Elías Humboldt dio muestras de su genio a temprana edad. A los cinco años ya era la causa de encarnizadas batallas entre sus tías. Ellas peleaban a uña y diente el privilegio de sacarlo a pasear y exhibirlo ante sus amigas. Con gran orgullo lo presentaban como el «Pequeño Gran Prodigio» de la familia Humboldt y Ferrer. Durante improvisados espectáculos hacían que resolviera acertijos matemáticos que dejaban pasmada a toda la corte de urracas compañeras de sus tías. Todas esperaban ver, ansiosas, cada semana, sus nuevas gracias. Dejaba estupefacto al público no sólo por la perfecta exactitud de sus respuestas sino, también, por la velocidad con la que respondía. En ocasiones, las representaciones de Elías incluían música. Si había algún piano en la casa, el chico se sentaba ante él, estiraba sus brazos, se tronaba los dedos y con toda pompa, gracia y esplendor, hacía que la concurrencia babeara de emoción al brindarles exquisitos conciertos de Bach, Beethoven, Chopin y, el favorito de Elías, Mozart. Si bien es cierto que su especialidad eran los clásicos, también disfrutaba tocando jazz, tango y bolero, ejecutándolos con mucho sabor para hacer las delicias de las díscolas amistades de su tía Margarita. Otro de sus entretenimientos preferidos era aprender de memoria los cuentos que su madre le leía en voz alta. Luego, libro en mano, acudía a cualquiera que estuviera dispuesto a escucharle y, con aire docto, comenzaba a «leer» los cuentos memorizados, asombrando con sus precoces habilidades a los incautos.

Y es que desde antes de que viera la primera luz, el niño parecía haber estado destinado a un futuro brillante; Toña, su nana, juraba y perjuraba que el pequeño Elías había hablado cuando aún estaba dentro del vientre de su madre. Por razones obvias, ante sus amistades y por vergüenza, su mamá, doña Astrid Ferrer de Humboldt, prima hermana del Generalísimo Marco Augusto Zelaya y Ferrer, negaba toda aseveración sobrenatural y supersticiosa que tuviera que ver, de algún modo, con su hijo. Por su parte, el padre de Elías, el ingeniero Johann Humboldt, siempre creyó que su vástago tenía un aura especial, prometedora, por eso trató de darle al chico la mejor educación posible; deseaba hacerlo tan astuto y refinando como su tío el Generalísimo, pero menos brutal, los cual Johann, un socialista de corazón, criticaba en privado.

Elías fue una esponja que absorbió hasta la última gota de la rebeldía socialista de su padre. El veneno de la libertad lo transformó del encantador «pequeño gran prodigio» en la «terrible oveja negra» y en el «eterno dolor de cabeza» de la familia. Ya cumplidos los trece años, había agotado todo el repertorio de quejas de su madre: «¿Por qué no podés ser como tus hermanos?», «siempre estás dándole vuelta a todo», «¿Por qué no hacés algo de provecho?», «¡Por Dios, estate quieto!».

A los catorce años sedujo a su prima Herlinda, quien, en aquel entonces se preparaba para hacer votos con las hermanas carmelitas. Entre lisonjas y arrumacos, Elías terminó truncándole su vocación de monja. Ese mismo año, también hizo caer en tentación a una amiga de su tía Margarita, consiguiendo, como trofeo por la hazaña, una preciosa motocicleta Harley-Davidson que la agradecida mujer le obsequió.

Tuvo otras aventuras, de menor monta, con compañeras del colegio, sirvientas de la casa (a las cuales, además, las sometía a un prolongado discurso político sobre sus derechos obreros), hijas de diplomáticos entre las cuales la que causó mayor escándalo fue la hija del embajador norteamericano. A los quince, montó una huelga en el colegio salesiano exigiendo libertad de culto y de expresión, con lo que consiguió una expulsión definitiva del mismo. A los dieciséis casi se mata en su Harley-Davidson y a los diecisiete le hizo papilla el carro a su padre.

Recibió el título de abogado a los veintiún años y a los veintidós, agarró su bicicleta y recorrió medio continente sin buscar nada en particular. Cuando cumplió los veintitrés años, mientras el anhelo de democracia sacudía las dictaduras centroamericanas, Elías tomó un viejo fusil de su padre y se enmontañó con la Armada Revolucionaria De Liberación que comandaba el doctor Plinio Soares Bastos. Antes de llegar a los veinticuatro, Elías se había convertido en la mano derecha del comandante Adelmo Prieto, famoso por el asalto al cuartel de Sabanetas. A los veinticinco, Humboldt fue herido de gravedad en la emboscada que les tendieron, durante un operativo urbano, en pleno centro de Ciudad Capital. En el encuentro murió Adelmo Prieto tras lo cual, Elías, una vez recuperado de sus heridas, tomó el lugar del fallecido comandante. Vengó de manera inmisericorde la muerte de Prieto. Volvió loco a Urtecho con una serie de atentados dinamiteros por todo el país, asaltó unidades del ejército y saboteó las principales líneas de abastecimiento de los puestos fronterizos.

Durante ese período, la familia Humboldt sufrió mucho, tanto por las represalias de Zelaya como por el aislamiento social que los obligó a emigrar hacia Costa Rica.

En 1951, después de una serie de encuentros con unidades del ejército y tras sufrir constantes bombardeos sobre sus campamentos en la cordillera de San Buenaventura, la lucha de los rebeldes alcanzó un punto muerto. Sus acciones habían logrado ser detenidas por el sistema de seguridad de Urtecho. Muchos de los líderes habían caído abatidos en emboscadas fraguadas por el ministro quien, con la ayuda de sus espías infiltrados dentro del movimiento revolucionario, mantenía congeladas todas sus acciones.

Ante la falta de progreso, Soares Bastos se sintió acorralado y aceptó una propuesta de coalición con políticos y militares disidentes del gobierno. Elías, por su lado, estaba contrariado por la decisión del doctor Soares, sabía que a través de la coalición podían infiltrarse los agentes de Urtecho para aniquilar el movimiento revolucionario, pero no podía probar nada. Si había alguien infiltrado no sería descubierto con facilidad. Lo que menos gracia le causaba eran los militares de alta graduación que estaban involucrados en la lucha contra Zelaya. En un extracto decodificado de su famoso diario, expuesto hoy día en el Museo De La República, Elías escribió bajo la fecha 21 de diciembre de 1951: «... Hablan de armas suficientes para echar por tierra todas las guarniciones del ejército apostadas en nuestra zona, generando así, una brecha que corte las comunicaciones entre los dos extremos del país... hablan por hablar. No tienen nada en concreto. Para mí, esto es una trampa, sospecho que alguien está infiltrado en medio de este grupo de locos, Blas Jiménez me da mala espina...» Luego, en la fecha 3 de Enero de 1952, confiesa: «No creo en nadie, ni aún en el doctor, la mano que va a matarme puede estar ahora acariciando mi espalda...» En esa misma fecha concluye: «... porque el traidor es uno de nosotros, no puedo estar equivocado, sé que lo es...» Y en abril escribió: «... El tiempo se ha estirado como un hule y por más que queremos llenar las horas con alguna actividad, no lo conseguimos. La inoperancia nos está matando el espíritu y las armas no llegan; bien decía yo que era un suicidio confiar en esos demagogos, sobre todo en los militares, las armas no vendrán nunca. Urtecho y sus perros nos van a cercar... no debí permitir que esto ocurriera...»

El filo de la navaja jugueteaba sobre la flácida piel de su garganta. Una pequeña gota de sangre surgió entre la espuma de afeitar y comenzó a fluir despacio, corriendo sobre su manzana de Adán hasta llegar a la base del cuello. El Generalísimo masculló una maldición y continuó con el penoso ritual de afeitarse. Una vez seguro de haber retirado el último vello de su faz y de haber drenado por el lavabo al menos diez años que, según él, se alojaban en su bigote, retiró con la toalla los restos de la espuma de afeitar y sonrió a su imagen en el espejo. Al verse a sí mismo, lo invadió el deseo de arrancarse las grietas que invadían su rostro, los dolores que anidaban en sus entrañas y las penas y nostalgias que le poblaban el alma, para poder lanzarlas por el caño, como había hecho con el bigote. Un papalote de papel rojo cruzó por su mente, arrancándole un melancólico suspiro. Arrojó agua sobre su rostro, tomó la toalla y lo secó con vigor. Vistiendo una camiseta, con los tirantes del pantalón colgando sobre sus muslos, caminó hacia el comedor en donde ya estaba servido el desayuno. Comió sin apetito, con una parsimonia desesperante, tragando, a cada bocado, mil ideas indefinidas sobre lo que haría al volverse a encontrar con Viola Scheller.

Una vez concluido el desayuno, pasó a la biblioteca en donde estuvo leyendo los periódicos hasta que le anunciaron que Hauser había llegado. En ese momento se vino abajo el muro de hielo que lo protegía. Se puso en pie y ordenó que pasara adelante. Sin más dilaciones, hizo que su guardaespaldas alemán le rindiera el informe. A medida que Hauser hacía su relación, la sonrisa expectante se le fue borrando del rostro al Generalísimo.

—El tipo es su amante, se llama Antón Zadorov, es un ex-oficial del Ejército Rojo. Posee un título como ingeniero mecánico. Después de la guerra lo dejaron estacionado en Berlín. Ahora trabaja en una fábrica de tractores —Hauser titubeó un poco, se rascó la nariz y prosiguió—. Comenzaron a frecuentarse cuando aún estaba usted aquí, aunque no hay evidencia de que esas relaciones hayan sido de índole sexual, pero he logrado averiguar que, cuando menos, era una amistad muy íntima. Ahora viven en las afueras, en Erkner, un pueblo rodeado de bosques y lagos, al este de la ciudad; asumo que él debe tener buenos contactos políticos, sólo así se puede explicar que tengan una casa como la que tienen.

Zelaya aguardó con aparente frialdad, con la mirada congelada en el pasado, a que Hauser terminara su relato.

—Como sea, están juntos. No han tenido hijos y no creo que deseen tenerlos. Eso es todo. Hay datos más específicos en el dossier que le entregué.

—¿No tienen hijos?

—Como le decía...

—¿Me recordará?

—No me cabe la menor du...

—¡Carajo! Vivo para no ser quien quiero ser.

—Yo...

—Busque a Heine y llame a Velásquez también.

—Enseguida.

Esperó a que Hauser saliera de la habitación para abrir la carpeta. Tomó una de las fotografías de Viola y las ventanas de la memoria se le abrieron de par en par. Al compararla con las imágenes de su recuerdo la notó más delgada, pero aún conservaba ese aire trastornador en torno a su cuerpo, esa sensualidad de la leche cremosa, del perfume de almizcle y hierbas, de la sensación fluida de la seda. Luego puso atención en la foto de Zadorov, contrario a lo que había pensado, Antón era un hombre joven, muy bien parecido, con rasgos que le recordaban a Clark Gable. Cuando lo vio tan vital, con un aire de triunfo rebalsando en cada una de las imágenes, poseedor de lo que ya no era suyo, sintió ganas de beberle la sangre, de hacerlo añicos en su puño, de destrozarlo a mordiscos para luego escupirlo y pisotearlo y hacerlo lodo y mear sobre él y maldecirlo y...

Hauser entró seguido por dos guardaespaldas, se quedaron junto a la puerta esperando las instrucciones del Generalísimo. Zelaya se levantó del sofá y caminó hacia la ventana. Berlín brillaba bajo un cielo plateado por el invierno. El frío invadió sus ojos y le congeló el alma. Viola estaba ahí, del otro lado, quizás para siempre; a medida que la idea de no verla más cuajaba en su mente, el calor se fue apoderando de su mirada y cuando volteó hacia los tres hombres tenía brasas en los ojos.

—Están del lado oriental.

—Así es, señor.

—Hauser, vamos a cruzar mañana. Prepárelo todo.

—¿Vamos por ella?

—Vamos a comerle el corazón a ese hijueputa.

Urtecho sacó la cajetilla de cigarros y le ofreció uno al licenciado Urrutia.

—Fumar es malo para los pulmones. —La voz del licenciado sonó como flauta aguda.

—De algo hay que morirse —dijo Urtecho con una fría sonrisa.

El jefe del Ministerio Del Interior caminó hacia el borde del precipicio con las manos dentro del gabán. Se dejó llenar por el imponente espectáculo que ofrecían las boscosas montañas, el verde valle que se extendía entre ellas y las nubes que flotaban perezosas entre el cielo y la tierra. Se agachó para recoger varias agujas de pino, las estrujó entre sus manos y se las llevó a la nariz. Aspiró con ansiedad el aroma hasta que su barbilla tembló. En sus ojos resplandeció un brillo vital que conmovió a Sansón Urrutia.

Urtecho rodeó el hombro del licenciado con su brazo y, como viejos camaradas, caminaron un rato hablando naderías.

El cielo brillaba inmaculado, con la inocencia de un recién nacido.

Los hombres se fueron alejando del automóvil y de los guardaespaldas hasta lograr el espacio de intimidad que necesitaban. Urtecho detuvo la marcha y se plantó frente a Sansón. Tomó el rostro del licenciado entre sus manos y lo miró con desaprobación.

—¿Qué se traen entre manos vos y tus amigos?

—No sé de qué me habla...

Urtecho no le permitió terminar la frase. Lo tomó por la corbata y con un empujón lo acercó al borde del precipicio.

—¡Quiero irme de aquí con respuestas!

—¡Coño, Urtecho, déjese de papadas, hombre, me va a matar!

—¡Eso es lo que voy a hacer si no me respondés!

Los labios de Urtecho garabatearon una sonrisa sádica. Soltó la presión del puño permitiendo que la corbata se deslizara unos cuantos milímetros entre sus manos. Urrutia trastabilló durante unos segundos que se le hicieron eternos en el corazón, el alma se le fugó por entre las posaderas y la muerte, con un frío vaho, le susurró al oído.

—Sansón, no te pido que traiciónés a nadie, tampoco te exijo nombres, sólo quiero saber qué es lo que están tramando.

—¡Urtecho, sus fantasmas lo están volviendo loco!

A Urtecho se le salió el demonio por los ojos. Apretó con rabia la corbata de Urrutia y de un tirón lo atrajo hacia sí hasta tenerlo tan cerca que, con facilidad, podría contarle todos los poros de la piel.

—¡Mis fantasmas, pedazo de mierda, son hombres de carne y hueso que harían lo que fuera por comernos vivos a Zelaya y a mí!

—¡Urtecho, no puede pasársela viendo enemigos en todos lados!

—Tengo que hacerlo... de eso vivo.

Urrutia respiró cuando por fin sintió los pies en tierra firme. El gélido aire de la montaña se le metió en el alma, congelando dentro de sus huesos el terror que lo consumía. Urtecho apartó al licenciado de un empellón, molesto por haber perdido su acostumbrada serenidad. Miró a Sansón de soslayo. Sacó un cigarrillo y lo encendió con dificultad por la insistente brisa que los envolvía, luego se colocó frente al regordete Sansón Urrutia y le soltó una bocanada de humo sobre el rostro.

—Sansón —le dijo mientras lo tomaba del brazo- ¿Hace cuánto estás en el gobierno?... ¿doce?... ¿quince?... ¿o son muchos años más?

Urrutia intentó formar alguna frase pero el temor le atascó las palabras en la garganta.

—Te lo pregunto porque creo que a estas alturas ya sabés lo que soy capaz de hacer para conseguir lo que quiero. No te voy a presionar demasiado, ya te dije que no quiero nombres, sólo quiero enterarme de lo que van a hacer.

Sin atreverse a verlo a los ojos, Sansón, con a mirada húmeda, comenzó a esbozar la frase:

—Usted lo sabe todo, Urtecho. ¿Qué necesidad hay de preguntar?

—Quiero confirmar lo que sé. Para mí sería más fácil pegarte un tiro en medio de la frente.

Urtecho retiró de sus labios el cigarrillo, lanzando con placer la bocanada de humo y observó con detenimiento el pitillo que sostenía entre sus dedos.

—Imaginá que vos sos este pitillo...

Lanzó el cigarro hacia el precipicio, observando con agrado cómo se perdía entre las peñas. Urrutia apretó las mandíbulas.

—Yo sé que ha llegado la hora de que Zelaya se retire del poder —le dijo Urtecho—, pero quiero que la transición se haga en forma ordenada. No voy a darles la menor oportunidad a los comunistas... y vos me vas a ayudar.

Un estremecimiento recorrió el cuerpo de Sansón Urrutia y por un segundo deseó haber sido la colilla de cigarro en el fondo del abismo.

Al principio, el coronel Carlomagno no tenía ni la más remota idea de las causas de los asesinatos y no fue sino hasta que apareció el tercer difunto, en febrero del 52, que la primera teoría cruzó por su mente. Cuando el coronel descubrió que todos habían sido inquilinos en la pensión de la señorita Ocaña, recordó el cruel pasado de Clara y se inclinó a pensar que ella los había asesinado bajo un sicótico impulso de venganza.

No obstante, su ahijado, José Antonio, le hizo notar varias inconsistencias en esa teoría: Todos habían abandonado el pueblo antes de aparecer muertos, por lo tanto no fueron asesinados en la casa de la señorita Ocaña. Si Clara era la culpable, entonces todos en su hospedaje tenían que ser cómplices o encubridores, puesto que ese tipo de asesinatos no iban a pasar desapercibidos por los inquilinos o los criados. En cuanto a la participación de estos últimos, la india muda estaba tan vieja que ya no andaba para estar metida en esos asuntos y mucho menos para recordar viejos rencores y buscar venganza. Elvira, por el contrario, era demasiado joven y no tenía ningún antecedente que la impulsara a buscar tal ajuste de cuentas. Luego estaba la misma señorita Clara, ella había fundado el hospedaje desde la muerte de su padre, mucho tiempo atrás. ¿Por qué habría de empezar, justo ahora, a matar cristianos y convertirlos en rodajas de jamón? No tenía sentido, faltaba un móvil de peso.

José Antonio le hizo ver que quedaba un sospechoso más en casa de los Ocaña: el negro Bautista. ¿Qué razón podría tener Bautista para buscar la muerte de todos aquellos hombres? ¿Robo? ¿Extorsión? ¿Habría algún secreto de por medio? ¿Algo en su pasado? ¿Serían crímenes pasionales? Tal vez Bautista estaba enamorado en secreto de la señorita Clara o incluso de Elvira y sus enfermizos celos lo habían llevado a matar a todo aquel que se atreviera a seducirlas. ¿Pero cómo probar que los difuntos habían intentado seducir a cualquiera de las dos mujeres?

Durante varios días, Lorenza, Pascuala y la mujer del gobernador, vieron, preocupadas, las carreras del coronel junto a su ahijado y Amílcar Bobadilla. Más se preocuparon después, cuando les vinieron a quitar ropa prestada y comenzaron a fabricar unas pelucas con pelo de mula. Pero ninguna de las mujeres se atrevió a despertar la cólera del anciano gobernador preguntándole sobre la razón de tanto disparate.

Listos los disfraces, con las trenzas bien acomodadas y las enaguas en su lugar, el coronel Carlomagno, su lugarteniente Bobadilla y José Antonio salieron a pescar al asesino de Santa Ana. Lo único que atraparon fue una fuerte gripe y millares de picadas de zancudos.

A la octava noche de vigilia, después de regresar con sus pelucas bajo el brazo y la cola entre las patas, mientras se daban un banquete de tortillas con chicharrón en la cocina, José Antonio comprendió la razón de aquel fracaso: era simple, en los últimos días nadie se había hospedado en casa de los Ocaña. Alegres por el descubrimiento y avergonzados por su poca cabeza, decidieron suspender sus rondas nocturnas y aguardar hasta que llegara un nuevo huésped. Entonces apareció otro cadáver.

El muerto era un vendedor que solía pasar con su mercadería por Santa Ana. Lo habían crucificado, desnudo, sobre un gran ceibo plantado en el parque, justo frente al atrio de la iglesia. Al coronel se le puso en huelga el corazón por el ataque de cólera que le sobrevino al enterarse del macabro hallazgo. Como resultado del síncope cardíaco, se produjo la destitución del jefe de la Policía Municipal, a quien el coronel calificó de incompetente e imbécil.

Luego de tres semanas y un cadáver más, llegó desde Ciudad Capital el teniente Napoleón Flores, con la mirada brillante y un poderoso deseo de sentirse el héroe de la película. En cuanto puso pie en Santa Ana, el coronel lo mandó a llamar y una vez que lo tuvo enfrente, lo hizo sentarse en un taburete, junto a la hamaca en la que el viejo gobernador se mecía. Ordenó que le pusieran una taza de café en una mano y en la otra, una quesadilla. Lo interrogó durante dos horas al cabo de las cuales lo despachó hacia el cuartel.

—Dudo que ese muchacho vaya a resolver algo... es demasiado sofisticado para andar en estos pueblos —fue la evaluación del coronel. Así que, no satisfecho con su nuevo jefe de policía, ordenó a su guardaespaldas y a su ahijado que se volvieran a poner los disfraces para salir a realizar sus rondas de vigilancia.

No importaron las mil protestas de sus mujeres, de poco valieron las quejas de Pascuala y los refunfuños de Lorenza, quienes se imaginaban que tanto relajo y misterio debía ser otra de las tunanterías del coronel Obregón. Tampoco valieron de nada las legiones de zancudos que devoraron su piel, ni los dos perros que le dejaron las pantorrillas maltrechas a Bobadilla. Nada pudo detener el tozudo esfuerzo de Carlomagno Otilio Obregón por descubrir al asesino de Santa Ana. Noche tras noche, se apostaban ocultos en el zaguán de una casa vecina. Entonces, en una de tantas vigilias, cuando ya los ánimos se hacían más flacos, ocurrió lo que tanto habían anhelado: el asesino salió de su guarida.

En efecto, aquella noche en que el calor envolvía como colcha gruesa, cuando ya estaban a punto de abandonar el puesto, vieron salir de la casona azul al negro Bautista. Salió con la malicia de la culpa, escabulléndose entre las sombras. Amílcar fue quien lo descubrió, de un codazo despertó a José Antonio y puso en alerta al viejo coronel. Lo vieron doblar la esquina y tomar por la calle que iba a dar al cementerio.

La experiencia de la guerra aún palpitaba en los dos viejos soldados, por lo que supieron ocultar su presencia y la de su pequeño acompañante. El coronel sintió como si los años no hubieran pasado y comenzó a revivir con tanta avidez sus días de aventurero que pudo olfatear en su memoria la densa nube de vaho que despedían las hojas de la jungla, el árido aroma de las rocas quemadas por el sol del desierto, el pegajoso humor de los sudores de los pantanos, el escurridizo perfume de la muerte agazapada en cada rincón, en la sombra de las esquinas.

Llegaron hasta el cementerio, junto a un grupo de casas que se dispersaban a la orilla de la carretera. Los improvisados investigadores vieron cómo el negro Bautista se acercaba con prisa a la última de las chozas. Se ocultaron tras un árbol de mangos mientras el sospechoso llamaba a la puerta con leves rasguños. Alguien estaba esperándolo y abrió con prontitud. La luz de un candil que brillaba dentro de la casucha iluminó el rostro sonriente y ansioso de Bautista quien, veloz, entró, cerrando la puerta a sus espaldas. El gobernador y sus asistentes se acercaron procurando hacer el menor ruido; uno a uno, fueron pegando el oído a la puerta, tratando de penetrar en el secreto de aquella casa, pero no estaban preparados para lo que escucharon. Fue fácil para los tres identificar la voz del juez Valentín Toro, lo difícil fue admitir lo que escucharon:

—Negro sinvergüenza, te vi en el mercado, coqueteando con Micaela, la lavandera. ¡No voy a perdonar tus lisuras!

—Don Valentín, yo sólo le estaba diciendo a Micaela que no llegara a la casa a lavar el jueves porque la señorita Clara me lo pidió. ¡Yo soy un hombre honesto y de un corazón fiel!

—¡Negro, maldito, vividor! ¡Te voy a destripar como a una mosca! —se escucharon objetos golpear las paredes y muebles caer sobre el piso.

—¡Ah no, don Valentín! ¡A mí no me va a tratar así! —el ruido seco de una bofetada puso punto final al escándalo.

—Bautista, no soporto verte junto a nadie más.

—Pero no me maltrate.

—¡Pegame! ¡Me lo merezco por ser un estúpido celoso! ¡Pegame!

Lo que oyeron a continuación los dejó congelados. Bautista

juraba amor eterno y fiel al juez Toro y éste le exigía al negro que se desvistiera, escucharon jadeos, murmullos, suspiros de insaciable pasión. Pudieron interpretar el leve susurro de los besos, el fragor de las audaces caricias y el deleite de la batalla que se estaría escenificando en el interior. Tras las protestas de amor que salían de los exuberantes labios de Bautista, vinieron las quejas de la unión de la carne que, sin pudor, llenaban el aire de la vivienda. Al escuchar aquello, el coronel le tapó las orejas al pequeño José Antonio y con las espaldas dobladas por la vergüenza y el rabo de nuevo entre las piernas, el gobernador y Bobadilla arrastraron al niño lejos de la casa.

El coronel se pasó una semana entera sin salir de la pulpería, rumiando una pesada frustración que trataba de mitigar liando sus cigarrillos. Se sentía tan abochornado que, durante todo ese tiempo, no se atrevió a verle la cara a su ahijado quien, al igual que su padrino, se la pasó tan meditabundo que, durante dos ocasiones, estuvo a punto de caerse en la gran olla donde hacían los nacatamales. Sin embargo, el catatónico estado del infante se debía a causas un tanto distintas a las de su padrino.

José Antonio no era ajeno a los secretos del juego amoroso pues, a su edad, ya mostraba signos inequívocos de seguir los pasos de su protector: más de una de las mujeres de Santa Ana llegó a quejarse, ante las burlonas sonrisas del gobernador, de las lisuras que les proponía el precoz pequeñín. Pero esta vez el ahijado estaba enredado en algo que jamás había conocido a profundidad, un aspecto oscuro sobre las perversas variantes del amor carnal. Entendía muy bien el sentido de las palabras que había escuchado entre Toro y Bautista. Podía adivinar con diáfana clarividencia el significado de los lamentos del negro y los amorosos quejidos del juez, pero no acertaba a comprender por qué misteriosas vías llegaban a dar plena satisfacción al fogoso deseo. Deambulaba por la residencia envuelto en un silencio pegajoso que lo ataba a las paredes, las columnas, los marcos de las puertas y a todas aquellas partes de la casa en donde podía reclinarse a meditar taciturno.

Cuando la desesperación por encontrar una lógica en aquel enredo se volvió insoportable, mandó a volar todas sus cavilaciones y se fue a la primera fuente de información que encontró: detuvo a la nerviosa Pascuala en el corredor y le disparó a quemarropa la pregunta sobre si era posible que dos hombres se amaran de la misma forma en que un varón lo hacía con una mujer. A Pascuala se le fueron todos los colores del rostro y le agarró una tembladera de conejo que le entrecortó las palabras mientras se persignaba clamando a todos los santos del Olimpo caribeño. La única respuesta que José Antonio pudo conseguir para sus detonantes preguntas fue:

—¡No hable de eso, Jochito, que es pecado!

Y el chico se quedó tan perdido con la respuesta como con la pregunta.

El estremecimiento que le provocó la interrogante a Pascuala se le subió hasta la lengua y no pudo reprimir el deseo de contárselo al coronel, pero lo hizo de un modo que casi mata al gobernador del susto:

—¡Yo creo que Jochito se quiere hacer maricón!

El pobre coronel quedó sumido en una depresión mayúscula que lo hizo mandar a volar todas las malditas ideas de meterse a investigador y comenzó a presionar con ahínco al Ministerio Del Interior para que enviaran más gendarmes de Ciudad Capital.

Un día, el gobernador ya no pudo más con su agotamiento nervioso y resolvió arreglar aquella vaina agarrando al toro por los cuernos. Así que se amarró muy bien los pantalones, se secó el sudor de la calva, se peinó el bigote y, como toreador que sale al ruedo, fue al encuentro de José Antonio. Lo halló subido en una rama del árbol de mango, con la mirada perdida en el vacío. Cuando lo vio, el corazón se le comprimió en el pecho y un puño invisible le hizo polvo las costillas. Con un remedo de grito le pidió que bajara. El pequeño obedeció sin prisas. Una vez que estuvo en el suelo, el gobernador se puso en cuclillas frente a él, lo tomó por los hombros y lo miró directamente a los ojos.

—Son maricas —le dijo.

José Antonio lo quedó mirando con una gratitud infinita y un brillo de locura y júbilo en los ojos y luego sin empachos ni más vueltas le preguntó:

—¿Eso quiere decir que hacen cosas feas, verdad padrino?

—Así es, m'ijo.

—Ahora entiendo...

—No se siga enfermando con ese asunto.

—No es por eso...

—¿Y entonces?

—Que si el negro es el amante del juez Toro, no puede estar enamorado de la señorita Clara.

—Tiene razón, ahijado.

—Entonces, estamos como empezamos.

—Puede ser...

—¿Qué puede ser?

—Puede que al negro también le gusten las mujeres.

—¿Y eso se puede?

Al coronel se le pusieron rojas las orejas y le pesó en el alma estarle abriendo, de aquella manera, los tiernos oídos a su ahijado.

—Sí, también se puede.

—Pero no creo que alguien pueda sentir tanta pasión por dos personas al mismo tiempo.

—Mire ahijado, yo estoy viejo y la vida que he vivido me ha permitido conocer a muchos tipos de hombres, les he visto sus mañas y sus virtudes, sus flaquezas y sus momentos de gloria, pero para serle franco, hasta el día de hoy nunca he podido adivinar de qué es la materia que les forma el alma y los impulsa a actuar como lo hacen, eso es más oscuro y misterioso que la razón de los caprichos de la mujer.

El viejo gobernador miró con cariño al pequeño, le dio una palmadita en la espalda y le dijo que debían continuar con la investigación. Cuando su padrino lo vio alejarse por el corredor, lo volvió a llamar.

—A usted no le gustan los hombres... —afirmó el viejo, con cierta inquietud.

71

José Antonio le clavó los ojos y con el rostro más serio que pudo poner le respondió:

—Me va a disculpar padrino, pero mejor dejémonos de mariconadas.

El viejo volvió a sonreír al verlo cómo daba la vuelta hacia el corredor.

El interior del automóvil era bastante cómodo. Adentro apenas se sentía el frío que afuera estrujaba a los árboles, resquebrajaba el suelo y enfriaba los corazones de los que no tenían la suerte de contar con un buen abrigo. Pero, a pesar de la comodidad, Zelaya sentía que el alma se le iba congelando a medida que se adentraban en el sector oriental de Berlín. Una sola idea recorría los polvorientos rincones de su mente: presenciar la muerte del desgraciado Antón Zadorov. Si la única forma de desterrar su huella del corazón de Viola Scheller era matándolo, no dudaría en hacerlo. La vida se le estaba haciendo demasiado corta para permitir que sus últimos días se vieran privados de su único gran amor.

En su cabeza se le revolvía, con un gusto cruel, todo el pasado que compartió con ella. Se veía a sí mismo descubriendo los rincones secretos de su amante germana, navegando con su lengua sobre el trepidante oleaje de sus piernas, anclando su nariz en aquel vientre pálido y tibio, sorbiendo la espuma de su cuerpo, flotando en la marea de su amor, y cuando estaba a punto de descubrir el tesoro oculto de aquella playa púbica de vellos rubios, aparecía el maldito rostro de Zadorov, sonriente, triunfal, entonces Zelaya convertía sus puños en temibles mazos y le desbarataba el rostro de galán de cine, hasta dejarlo convertido en una masa de huesos y sangre que le cubría todo el pensamiento. Una vez diluida la gota carmesí que manchaba sus ideas, tonos de azul y verde llenaban otro lienzo en su mente, hasta crear nuevas formas de ternura que abarcaban todo el espacio, allí se veía a sí mismo flotando en los brazos de Viola.

Al llegar a la fábrica, estacionaron el vehículo, cuidando de ocupar un sitio en donde pudieran observar mejor a todo el que entrara y saliera del lugar. El generalísimo sintió cómo se le estiraban y luego se le volvían a contraer las tripas. La espera se le hizo viscosa en las venas, se le coaguló en las sienes. De pronto, se sintió enfermo de miedo. Temió que su aborrecido rival no aparecería. A lo mejor había tomado el día libre y estaba en ese momento con Viola... ¡envuelto en su calor! Por un momento quiso estar de nuevo en su país para disponer de un pelotón de gendarmes, enviarlos en busca del mal nacido comunista y hacerlo desaparecer en un agujero, en el mero centro del desierto. Luego se imaginó estar acompañando a Viola en un concierto en Viena, caminando orgulloso, con su magnífica amante teutona al lado, tomada de su brazo, siendo la envidia de todos los presentes.

El soberbio e imponente Generalísimo Marco Augusto Zelaya y Ferrer era ahora tan sólo un niño impaciente que se mordía las uñas de pura ansiedad. Volteó hacia Hauser con enfado y le preguntó si aún faltaba mucho. Hauser respondió que sólo quince minutos y Zelaya musitó un «¡Carajo!». El reloj tenía plomo en las agujas.

Por un instante, la mente se le fugó en otra dirección: vio los rostros de su mujer, de sus hijos y por último de Marco Antonio, su hijo muerto. Junto con ese último fantasma vinieron otros: su yerno, Alberto Resinos, también Adelmo Prieto, Alfonso Borjas Mayor, María Gálvez Riuz, Robert Lennox, el coronel Asdrúbal Medina, Andrés Cerritos, el sacerdote Dino Giullianni y muchos otro más, muchísimos más, tantos que el peso de su presencia espectral le retorció las tripas. Todos aquellos espíritus grises convergieron en un solo rostro, frío, sin el menor asomo de bondad o crueldad, como la roca, duro y sin el más mínimo ápice de sensibilidad: la cara de Urtecho. Zelaya sonrió ante la idea de traer a su sabueso favorito, cómo le enseñaría al nazi pedante de Hauser la manera de hacer las cosas con eficacia y discreción. A estas alturas, Urtecho ya le habría permitido reunirse con Viola, evitándole la molestia de Antón Zadorov. Sin perder el tiempo en preguntas se habría hecho cargo del estorbo.

De súbito, los músculos del rostro se le tensaron. Su rival estaba saliendo de la fábrica. Dio la orden para que el chofer se pusiera en marcha siguiendo con cautela al vehículo del ruso.

Pasaron cinco minutos antes que Zadorov se percatara del coche que lo seguía. Una alarma de pánico se disparó en su mente. Pensó que se trataba de una patrulla de la seguridad estatal vigilándolo. El ruso no podía explicarse cómo se habían enterado de su decisión de desertar hacia occidente, no se lo había comentado a nadie, no recordaba ninguna indiscreción. En el primer cruce que encontró hizo un violento viraje hacia la derecha, alejándose del camino acostumbrado hacia su casa; si era inevitable que lo arrestaran, prefería que lo hicieran lejos de Viola. Los sueños se le estaban cayendo encima, a pedazos.

El Mercedes negro seguía, siniestro, tras él. A pesar del frío, una gota de sudor resbaló por su frente y se alojó en su ojo izquierdo, causándole ardor. La adrenalina recorría en salvaje precipitación por todas sus venas. Nunca, ni aún envuelto en la más sangrienta batalla, había sentido tanto miedo como ahora. Antes, nadie esperaba su regreso pero, ahora, Viola estaba en casa, con sus brazos abiertos, con sus labios siempre dispuestos y su vientre tibio, aguardando para acoplarse en perfecta armonía al suyo. Por eso el miedo, como una vil sabandija, le recorría todo el cuerpo, se le ocultaba en el corazón y hacía un nido en su garganta.

El maldito Mercedes seguía ahí, conteniendo cuatro figuras siniestras. ¿Por qué rayos no lo detenían de una buena vez? Tal vez sería mejor frenar y acabar con todo de golpe, enfrentándose sin vacilaciones a sus enemigos. Pensó en su pistola pero recordó que no la traía consigo, hacía cuatro años que la tenía guardada en un cajón, y aunque de vez en cuando la sacaba para pulirla y aceitarla, nunca pasó por su mente que tendría que usarla de nuevo.

A medida que se acercaba a los suburbios de Berlín, fue aumentando la velocidad del vehículo. El Mercedes hizo lo mismo. El caucho de las llantas del auto de Zadorov iba gastándose en cada rodada sobre el asfalto, dejando sus huellas marcadas en cada curva.

Recién habían cruzado por uno de los sectores residenciales, en las afueras de la ciudad, cuando el conductor del Mercedes decidió que ya era momento de ponerle alto a la persecución. Aceleró el coche antes de que Zadorov pudiera percatarse y, en un segundo, se puso a su lado. El ruso vio por el rabillo del ojo la oscura forma del Mercedes avanzando por su costado izquierdo y, antes de que pudiera hacer algo para evitarlo, sintió el estremecedor golpe a un lado de su vehículo.

Chispas, crujido de metales, cristales rotos. El auto rozaba con la valla de contención, al borde de la calle. Más por instinto que por miedo, el ruso hundió el acelerador para eludir el segundo golpe, pero fue demasiado tarde: el conductor del otro coche se le venía encima para lanzarlo de nuevo contra la valla.

Zadorov tomó rápido la iniciativa después del golpe; en cuanto sintió que cedía la presión del Mercedes, devolvió el impacto con toda la furia del mundo. Atrapó por sorpresa a Heine, quien se enredó en el volante ante el inesperado contraataque. En un segundo perdió el control y dio una vuelta de trescientos sesenta grados sobre el húmedo pavimento.

—¡Carajos, Heine, no sea imbécil, concéntrese! —escupió Zelaya mientras el corazón se le salía por los ojos.

El alemán arrancó el vehículo con rabia, quemando sin misericordia los neumáticos. El aroma a caucho llenó el interior del carro. El motor del auto de Zadorov no tenía la potencia del Mercedes y pronto le dieron alcance.

El perseguido pudo ver por el retrovisor al copiloto en el momento en que éste sacaba un revólver por la ventana apuntando hacia él. El primer disparo hizo añicos el vidrio trasero, le pasó zumbando por la diestra y salió del coche destrozando el espejo de la puerta derecha. El auto del ruso dio un coletazo, chocó con la trompa del otro vehículo sacando al conductor de balance por segunda ocasión. Pero esta vez Heine estaba mejor preparado y no dejó que el Mercedes volviera a patinar.

Velásquez sacó el revólver y, sin molestarse en afinar la puntería, disparó sin hacerle un rasguño al carro de Zadorov. Hauser vio con burla cómo el «desgraciado mestizo» desperdiciaba las balas y, con toda la calma del mundo, preparó su fusil Máuser, bajó la ventanilla de su lado, sacó por ella su torso y, con mucha precisión, apuntó hacia el automóvil de Zadorov hasta tener en la mira las espaldas del ruso. Apretó el gatillo. El cañón del fusil escupió fuego y la bala salió rasgando el aire con furia, en busca de sangre, pero no pudo dar en su objetivo pues, al momento de salir el proyectil, un brusco giro del Mercedes desvió su dirección cuando un camión salió de una curva, justo hacia ellos. El bocinazo distrajo la atención de Hauser, quien tuvo que sostenerse de la capota del coche para no salir volando. Heine giró el volante con sangre fría y sacó al vehículo de la carretera, por el margen izquierdo, permitiendo que el camión pasara por en medio de la calle. Sin vacilar reanudaron la persecución.

Hauser retomó la posición de tiro y apuntó de nuevo, a las espaldas del ruso. Disparó sin un sólo pestañeo. La bala siguió una trayectoria recta y fue a incrustarse en el hombro derecho de Zadorov. Lo primero que sintió el ruso fue el ardor en la piel acompañado del desgarre de tejidos, la ruptura de huesos y las gotitas de sangre en su barbilla cuando el proyectil salió por el frente. Sus manos aflojaron el timón y un calor sofocante le recorrió el cuerpo como un relámpago. La vista se le nubló y, antes que pudiera percatarse de ello, perdió el control absoluto del vehículo.

El mundo giró a su alrededor, sintió que su frente golpeaba un borde duro y, luego, algo impactó con violencia contra su pecho. Un frío mortal desalojó el calor de su cuerpo y una náusea cruel invadió su cabeza. Sintió un agudo dolor en su sien izquierda y, a continuación, le pareció como si cientos de insectos trataban de devorarle la pierna derecha. Todo había ocurrido en nueve segundos que se alargaron hacia la eternidad. El auto había dado tres vueltas en el aire antes de caer a la zanja al borde del camino.

A pesar de que Zadorov se sentía ya sin fuerzas, su instinto de soldado lo hizo intentar ponerse a salvo y, con la vista nublada por la sangre, se arrastró fuera del vehículo, alejándose lo más que pudo. Apenas había recorrido unos cuantos metros cuando un par de piernas se plantaron frente a él. La presa sabía lo que eso significaba: el cazador había triunfado, la muerte se acercaba. Giró sobre sí hasta quedar boca arriba. Limpió la sangre de sus ojos y distinguió cuatro figuras desconocidas encima de su cuerpo.

—¿Quiere hacerlo usted? —le preguntó Hauser a Zelaya.

—Por supuesto.

El Generalísimo sacó de su abrigo una pistola automática y apuntó hacia la pierna sana de Zadorov.

—Esto es por tomar lo que no te pertenece —le dijo en perfecto alemán al herido, a la vez que le soltaba el balazo—. Esto es porque me caen mal los comunistas —dejó ir un segundo disparo hacia la pierna fracturada.

Zelaya observó con hielo en los ojos a su rival que se retorcía de dolor. Apuntó a la cabeza del herido y fue entonces cuando la imagen de Viola Scheller vino a su mente. Se vio a sí mismo viejo, enfermo, y acabado a la par de la esbelta y deslumbrante alemana y sintió vergüenza. Volvió el recuerdo del barrilete que solía volar en su infancia y deseó que el tiempo hubiese dejado de correr, hace muchos años atrás, para que él pudiera permanecer, por toda la eternidad, en aquel pueblo escondido, en la tierra de su niñez y vivir jugando sin preocupaciones, sin dolor.

—¡Por un carajo! —Miró con detenimiento el rostro del joven ruso y comprobó que, en efecto, sí se parecía a Clark Gable. Sintió celos y náuseas a la vez—. ¡Te odio, coño! —gritó en español mientras halaba el gatillo.

La bala mordió el hombro sano de Zadorov. Zelaya escupió el rostro de su rival, metió el arma dentro de su abrigo y dio la vuelta ante el asombro de sus hombres.

—¡Quiere huevos! Déjenlo vivir —dijo entre dientes mientras se alejaba— ¡Ya estoy viejo!

ABRIL...

Aníbal Robaina, el cohetero, entró a Santa Ana el día de la peste de langostas, cuando aún se podía sentir un aire apocalíptico remolineando sobre las callejuelas, con su brisa de miedos enredada entre las hojas de los árboles y las sombras extraviadas. Tras él, sobre una carreta tirada por una vieja mula parda, venía su fábrica de juegos pirotécnicos.

El único que presintió algo malo con la llegada del cohetero, fue el gobernador. El viejo trataba de dormir la siesta, pero el molesto revoloteo de las harpías del desasosiego no le permitía conciliar el sueño. De un codazo hizo a un lado a Pascuala, su concubina, murmuró tres o cuatro indecencias y se rascó la barriga. El calor de la tarde se le había pegado a la piel, espantándole toda la gracia al sesteo. Para ahogar el bochorno, se echó encima el agua del vaso que tenía en la cómoda y entre dientes dijo: Huele como si todas las cloacas de Santa Ana hubieran reventado.

Elvira y yo estábamos entre las pocas personas que andaban en la calle a la hora en que el cohetero llegó. Lo vimos sobre su carromato de explosivos, guiando a la mula parda hacia el corazón de Santa Ana. Se dirigió hacia la plaza central. Al llegar, entró sin vacilaciones al Cabildo Municipal. Sin citas, ni trámites burocráticos, consiguió los permisos para fabricar y vender en el pueblo sus cohetes, bengalas, morteros, espanta suegras, silbadores, volcanes y demás exquisiteces de su industria de pólvora. Siguió su camino hacia la loma que, desde el poniente, dominaba la vista de Santa Ana.

Iba tan absorto en sus negocios que no se percató de que Elvira y yo lo seguíamos. Lo escuchamos hablar consigo mismo, pero no pudimos distinguir lo que decía. No se dio cuenta de nuestra presencia hasta que comenzó a desmontar las piezas de su improvisado campamento. Al vernos, su rostro se ensombreció más de lo usual.

—¿Qué carajos quieren? ¿Por qué me vienen siguiendo?

En ese momento y lugar, las palabras se le hicieron masa de maíz en la boca, y ya no pudo continuar con el regaño. La imagen de Elvira se había vitrificado en sus ojos, congelándolo por unos segundos. Yo aún era demasiado pequeña para comprender lo que era el deseo, por eso no pude entender la brusca transformación de Aníbal Robaina.

—No es bueno que dos muchachitas anden por estos lados... —A medida que las palabras salían de su boca, las iba sintiendo más pesadas y torpes hasta que terminaron rodándole por la lengua, la garganta, y acabaron en su panza—. En fin ¿Qué buscan aquí?

Yo no hubiera podido encontrar el aplomo necesario para responderle si no hubiese sido por el pellizco que Elvira me dio en el brazo.

—Yo... nosotras, quiero decir, sólo queremos verlo trabajar en sus cohetes.— Nunca hubo frase más solitaria que la mía, perdida en un vacío eterno entre los ojos de Aníbal Robaina y los de mi amiga. Era obvio que él estaba mucho más interesado en descubrir las profundidades de la mirada gatuna de Elvira que en escuchar mi perorata de perico. Por su parte, mi compañera parecía gozar con el efecto que causaba en el cohetero.

—¿Oyó lo que le dijo mi amiga? —preguntó Elvira con falsa inocencia.

—¿Qué? Perdoná, no te escuché bien. ¿Qué decías, niña?

—Que si nos deja ver cómo hace sus cohetes. —Me metí en su conversación con cierto dolor en mi orgullo.

Aníbal Robaina buscó la respuesta entre las nubecillas de colores que flotaban en su mente. Era evidente que se le hacía difícil responder. Aquella reacción era común en los hombres que veían a mi amiga pelirroja por primera vez. Nos vio, mejor dicho, miró bien a Elvira y, tras un par de segundos, contestó:

—¡Qué más quisiera yo!... Pero el trabajo es primero.

Nos tomó con suavidad y nos hizo voltear hacia Santa Ana. Acarició con sus toscas manos los fulgurantes cabellos de Elvira y a mí me pegó un leve coscorrón.

—¡Tienen que irse ya!

Avanzamos unos cuantos pasos, pero luego nos detuvimos para volver la vista hacia el cohetero.

—¡Muévanse carajitas, caminen que ya es tarde!

No esperamos más y echamos a correr cuesta abajo. Nos quedamos con las ganas de verlo fabricando sus cohetes pero, a la vez, ambas sentimos cierto alivio al alejarnos de él.

José Antonio salió con mucha cautela al corredor. Primero asomó la cabeza, esperó un instante, y hasta que descubrió la sonrisa de su padrino, entró con la bandeja del desayuno.

Carlomagno hurgó la comida como un niño, y después de revolverla toda, le dio su aprobación. Tomó una tortilla de maíz y con ella envolvió una cucharada de frijoles refritos, un trozo de huevo en torta, un pedacito de plátano maduro y le echó encima queso rallado para luego dárselo todo al glotón de su ahijado, quien ya estaba esperando el bocado con ojos relumbrantes.

—A ver, José Antonio ¿Le ha puesto sesos al asunto de los muertos?

—Sigo pensando, padrino, que todo tiene que ver con la casa Ocaña.

—La verdad, yo también, ahijado, pero sin pruebas, no son más que puras papadas las que estamos hablando.

—Esas pruebas sólo hay que ir a buscarlas.

El coronel se llevó a la boca un trozo grande de tortilla con aguacate y luego mordió un pedazo de queso. La mezcla de sabores le supo a gloria, el dulce y resbaladizo gusto del aguacate con el salado y áspero sabor del queso, todo mezclado con la discreta presencia del maíz amarillo de la tortilla. José Antonio le sirvió una taza de pinol con leche tibia y se sentó sobre el suelo a un lado de la hamaca, aguardando a que su padrino continuara con sus teorías sobre los crímenes.

—Yo sé que lo que buscamos está debajo de nuestras narices —dijo el coronel sin dejar escapar el pedazo de comida que aún tenía entre los dientes—. Veamos una cosa ¿Cuáles son las razones más probables de cada muerte? Consiga un papel para anotar y vamos tratando de eliminar lo que parezca menos creíble hasta encontrar algo común entre toda esta carnicería.

Tras la orden de su padrino, José Antonio salió disparado hacia el interior de la casa. Regresó al poco rato con un cuaderno escolar y un lápiz de grafito. El coronel abrió el cuaderno y se topó con una caricatura de un tipo gordo y calvo, colgado de una horca sobre una leyenda que decía: «El profe Arturo Guevo Duro».

—¡Ahijado, me asombra su falta de respeto hacia la autoridad!

—Es que el profe friega mucho, padrino.

—Pero aun así debe respetarlo. Además, su ortografía anda muy mal: huevo se escribe con hache.

—Sí, yo sé, pero es que allí, los que puse son los de gallina.

—¡Todos los huevos se escriben con hache! Pero ese no es el tema, íbamos a hablar de los muertos. A ver ahijado, apunte.

Sin perder el tiempo, el pequeño tomó nota de las conclusiones de su padrino garabateando las líneas, haciendo una completa masacre de las reglas ortográficas:

«Tiorias del coronel y governador Don Carlosmagno Obregón, sobre las muertes de trese onbres en la suidad de santa Ana entre los meses de enero y avril de 1952:

Relasion entre las victimas:

1. Todos eran onbres

2. Todos fueron castrados

3. Todos eran de fuera

4. Todos pasaron la noche donde la señorita Clara

5. A todos se les vio salir del pueblo

Posibilidades:

1. La señorita Clara busca vengarse de los onbres matando a todos los que pueda.

2. Bautista el criado de la señorita es un dejenerado que mata a todos los que llegan a la casa y no kieren nada con el (aser la cochinada).

3. Algun loco que no vive en la casa esta enamorado de la señorita Clara y mata a los que se le asercan.

4. Todos los inbolucrados tienen algun pasado comun o algun negocio turbio que les a causado la muerte.»

José Antonio hizo una breve pausa para comerse otra tortilla de maíz con frijoles refritos y queso.

«Sobre la conclusion 1:

Si la señorita Clara está loca y mata a los onbres por vengansa entonses:

1. ¿Quien la ayuda a mandar al otro mundo a tanto onbre y mantenerlo en secreto?

2. ¿Todos en la casa son conplises? ¿Si no como ase para tenerlo todo tan oculto?

3. ¿Cómo ase para matarlos si todos ya se an ido del pueblo?

4. No todos los que se ospedan en la casa aparesen muertos ¿Como escoje a sus victimas?

Por todo esto siento que es muy poco probable que la asesina sea la señorita Clara porque ella sola no podria aserlo, ella no sale de la casa, todos los muertos an salido de la suidad y si ella matara a todos los onbres que se quedan en su casa ya abrian mas de sincuenta muertos.

Sobre la conclusion numero 2:

Si el negro Bautista es el culpable entonses:

1. ¿Quiénes podrian ser sus conplises?

2. Es un dejenerado ¿Sera visex...?»

—¿Qué es bisexual, padrino? —interrumpió José Antonio.

El coronel, colorado por la vergüenza, se atoró con un bocado de tortilla y aguacate, se limpió el bigote y entre murmullos respondió:

—Es uno que le da por los dos lados...

—¿Qué dos lados, padrino?

—¡Mire, chigüín, no sea sacón y limítese a escribir lo que le dicto! —contestó furioso el gobernador mientras buscaba salir del atoro con un sorbo de pinol.

«Desia:

3. ¿Qué relasion tiene en todo esto el jues Toro?

4. ¿De donde viene Bautista? »

—Oiga, padrino, esto se nos enreda más de la cuenta.

—Pero sé que la respuesta está en medio de todo ese enredo que usted dice, ahijado. Ahora mejor terminemos de comer. Pienso mejor con la barriga llena.

El coronel dedicó su concentración a la mezcolanza carnavalesca de sabores que engullía a cada bocado. José Antonio, mientras tanto, tenía la vista perdida en el más lejano rincón del universo, tratando de sustraer, con la mirada, la esencia de las cosas. Don Carlomagno se percató de la actitud ausente de su ahijado y le puso pausa a su festín.

—¿En qué está pensando, m'ijo? —preguntó, asustado, el viejo coronel.

—Padrino. ¿Y si no es uno? ¿Y si son varios los asesinos?

«23 de abril, 1952.

Uno de los acontecimientos más increíbles de la naturaleza ha tenido lugar en este rincón olvidado de Dios. El zumbido insistente que escuché hoy por la madrugada, fue producido por millares de langostas que, a causa de la tormenta de anoche, se desviaron de su tradicional ruta de migración y amanecieron alfombrando las calles de Santa Ana.

Aquel espectáculo rebasaba todas las delirantes visiones de cualquier obra surrealista, desafiaba toda cordura y por su naturaleza misma, perturbadora e irracional, sumergió en la demencia total a toda la población. Ante la imponente imagen de aquellos miles de bichos cubriéndolo todo, la gente se desmoronó en una histérica masa de aullidos y rezos, atribuyendo aquel hecho de la naturaleza a un castigo divino o a la inminente llegada del día del juicio final».

Montes de Oca dejó de escribir. Se frotó los ojos, distrajo por un segundo la mirada viendo los árboles de mango bajo la luz del atardecer y dejó que la imagen de Elvira capturara su mente de nuevo. Se preguntó que en dónde estaría y una urgencia por verla lo invadió.

Entonces, un calor sofocante se le metió de súbito en el cerebro: Rosaura. No supo cómo explicar que aquella combinación de lujuria y castidad pudiera sacudir los fundamentos de su eremítica filosofía. Su mente divagó entre la indecisión dialéctica que lo llevaba de la mirada de Elvira a las tetas de Rosaura. No sabía si culpar al calor o a la locura por el terrible despertar de sus impulsos viriles, naturaleza que creía enterrada y olvidada por su intelectualidad metódica y analítica con que ceñía cada acción de su vida.

Tan sólo la noche anterior había tenido sexo con más de una docena de mujeres y las entretuvo por seis horas con creativos y a veces despiadados, juegos eróticos. Pero lo más lamentable de todo fue descubrir que era cierto lo que, por años, mantuvo como una irrefutable teoría: «el desahogo irreflexivo de los impulsos bestiales primarios, tan sólo conllevaba a una satisfacción instantánea la que, después del desahogo de la lujuria, lleva a una sensación insoportable de vacío.»

No hubo forma de sacudirse aquel hueco de soledad que se le abrió en el estómago y le tragó el corazón. Obtuvo lo que buscaba, alucinante gratificación sexual, pero no puede decir por qué razón, el efecto obtenido había sido todo lo contrario a lo que esperaba.

—No sólo de pan vive el hombre —la voz metálica de la señorita Clara lo trajo con violencia a la Tierra.

—¿Cómo? —preguntó desorientado, Amado Montes de Oca.

—Hoy despertó tarde, no tocó sus alimentos y aún continúa aquí, ensimismado, sin probar comida. Por eso supongo que usted es de los que se alimentan de puro intelecto.

Montes de Oca no respondió, se limitó a sonreír. Presintió una inteligencia peligrosa en la señorita Clara, un razonamiento capaz de arrancar, con una mirada, los secretos más ocultos de cada persona.

—Disculpe, creo que lo estoy interrumpiendo —dijo Clara ante el silencio.

—No, no. Por favor, quédese. —En un impulso irreflexivo, Montes de Oca tomó de la mano a la señorita, quien retiró la suya de inmediato ante el atrevido contacto.

Amado la miró a los ojos y un estremecimiento recorrió su espalda ante la metálica frialdad que encontró en ellos. Ella bajó la vista, no por vergüenza, sino tratando de ocultar de él la misteriosa sustancia de su ser.

—Es muy agradable su compañía. No me prive de ella. —Insistió Amado.

—También es muy agradable para mí conocer a alguien con quien hablar de algo más que de lluvias e infidelidades. —Admitió la señorita Clara.

—Me cuesta creer que la vida sea tan monótona por estas partes.

—Usted lo dice por lo de esta mañana.

—¿El milagro de las langostas?

—Exacto. —Ella tomó uno de los mangos que traía en una cesta de mimbre y se lo ofreció a Montes de Oca.

—No es sólo por eso —dijo él mientras tomaba la fruta.

—¿Ah, no?

—La gente de Santa Ana tiene el don de ver el mundo con otros ojos.

—¿Me quiere tomar el pelo o es pura galantería? —La pregunta de la señorita Clara contenía un aire de flirteo que Amado no pasó desapercibido.

—No es por quedar bien que lo digo, hoy usted fue testigo de ello. —Montes de Oca sintió que se le desestabilizaba un poco la razón ante la belleza de los ojos de Clara Ocaña—. Lo de las langostas es sólo un ejemplo. Ustedes toman cualquier hecho cotidiano y lo transforman en algo mágico, incluso cataclísmico.

—No creo que haya aprendido a conocernos muy bien aún, don Amado.

—Dígame Amado, a secas.

—Le diré don Amado, es más correcto —le respondió ella con firmeza dejándolo abochornado—. Como le decía, usted aún no ha tenido el tiempo suficiente para conocernos bien. Nuestra realidad es más real que la de ustedes, los capitalinos, o que la de gentes de otros países que se dicen más civilizados. Aquí no tenemos tiempo para dedicárselo a la metafísica. Los problemas existen, son muy reales y, créame, nada tienen que ver con el idílico cuadro que ustedes se han formado de la vida en la costa.

—Yo no digo que la vida aquí no sea dura. Al contrario, estoy seguro que lo es y, precisamente, por tal razón, pienso que han desarrollado una forma de amortiguar la dureza de esa realidad.

—Aquí la gente no amortigua nada. Ven las cosas como son, como ustedes, los citadinos, olvidaron verlas hace mucho tiempo.

—No crea, también podemos ver las cosas de una forma muy particular.

—De eso no me cabe la menor duda.

—¿Por qué es tan despectiva hacia la ciudad?

—No es desprecio, don Amado, es lástima —Clara tenía una forma afilada de decir las cosas y Amado Montes de Oca sintió que se le cortaba el habla a tajadas cada vez que ella le respondía—. Pero no sigamos con eso, mejor cuénteme sobre su proyecto del mapa.

—Es el trabajo de toda una vida. Ya estoy por concluir el trazo continental y me queda pendiente el de las islas del Pacífico y los cayos del Caribe.

—Me parece un trabajo descomunal para un solo hombre.

—Pero no lo estoy haciendo solo.

—¿Viene alguien más para unírsele?

—No, me refiero a que cuento con el trabajo que otros cartógrafos han hecho antes que yo. Además, conocer todo este país es la mejor recompensa.

—Es usted un romántico —la coquetería de la señorita Clara, aunque sutil, impregnó todo el aire alrededor de Montes de Oca y lo puso nervioso.

—Prefiero que me vean como un idealista.

—¿Ah, sí? ¿Y cuáles son sus ideales?

—Los mismos de todos, creo. Un mundo más justo, la felicidad, la paz.

—Ojalá fuera cierto.

—¿Duda de mis ideales?

—¡Oh, no, en absoluto! Me refería a que ojalá esos fueran los ideales de todo el mundo.

—Pues, créalo o no, de verdad lo son, porque, incluso, hasta el hombre más vil persigue la felicidad —Montes de Oca intentó disipar un poco la fuerza de atracción que ejercía Clara, mirándola fijo a los ojos, pero descubrió, demasiado tarde, que esa táctica provocaba en él un resultado opuesto al esperado.

—¡Usted es todo un filósofo! —se burló Clara.

—Sólo una persona con sentido común.

El silencio se fundió con los olores del patio y el fresco viento de la tarde. Durante un segundo, tan breve como sólo un segundo puede ser, pero que para ellos se estiró hasta convertirse en todo el tiempo del mundo, sus almas se encontraron en ese punto donde, al tocarse, los espíritus se unen para siempre y se condenan a vivir el uno para el otro por toda la eternidad.

Siguieron charlando por horas, dando vueltas sin sentido entre todos los árboles del patio, sin prestarle atención al cruel paso del tiempo, ni mucho menos al llamado para cenar que, impertinente, les hizo Elvira. Conversaron sobre la vida y la muerte, sobre la efímera ilusión de la libertad, sobre anarquía y democracia, discutieron sobre las razones de la pobreza y analizaron la avaricia de los poderosos, reflexionaron durante horas acerca de lo que impulsa a un hombre a buscar el poder y a sacrificar por él las cosas más valiosas de la vida, hablaron sobre las culturas y las tradiciones, incluso hicieron espacio entre sus elevados temas para distraerse con recetas y secretos de cocina, en fin, hablaron de todo y sacudieron de los bolsillos de su memoria todos los temas de conversación habidos y por haber, todos menos uno: durante las horas que estuvieron charlando, como siguiendo una tregua pactada o, tal vez, huyendo de las arenas movedizas del compromiso y el sufrimiento, el único asunto que se negaron a tocar fue el del amor.

—¡El círculo se cierra y el tiempo se nos agota! —protestó el teniente Mendoza Menocal.

—Nuestro hombre ya está en Santa Ana; pronto encontrará alguna pista sobre Halloran —añadió el general Asfura.

—Lo que me preocupa, señor, es que Urtecho también ha movido uno de sus peones a la zona —intervino el capitán López. El efecto que provocó en los presentes fue devastador. La muerte se les dibujó en el rostro y el silencio les comió las entrañas.

—¿Cómo sabe usted eso? —preguntó, tembloroso, el licenciado Urrutia.

—Pongo en juego mi vida a diario vigilando a Urtecho —respondió López.

—Sea más específico, por favor —reclamó el doctor Machuca.

—Atajo de cobardes —murmuró Mendoza Menocal.

—¿Decía algo, teniente? —Machuca tenía miedo y trató de disimularlo peinándose las patillas.

Mendoza Menocal negó con la cabeza y se sentó en el mullido sofá frente al gran ventanal de la casa de campo del doctor.

—Prosiga, López —dijo Asfura.

—Hoy por la mañana, intercepté un telegrama que le mandaron a Urtecho desde Santa Ana.

—¿Qué decía? ¿Nos han descubierto? —preguntó Urrutia angustiado.

—El texto decía: «La feria comenzará en Santa Ana antes de lo esperado».

—No entiendo ni una palabra —dijo Urrutia.

—Es un mensaje cifrado; explíqueles, López —explicó el general Asfura.

—Es una clara alusión a que ciertos eventos se han desencadenado en Santa Ana, eventos positivos para Urtecho y sus secuaces.

—¿Y cómo deduce, usted eso? —dijo el doctor Machuca.

—Por el empleo de la palabra feria, si hubieran dicho el velorio o el entierro, entonces estarían hablando de algo negativo para ellos.

—¡Esto es una tragedia —chilló el licenciado Urrutia!

—Sin embargo, no tenemos aún confirmación positiva de que en realidad hayan detectado a nuestro agente —dijo Asfura.

—¿Y vamos a quedarnos sentados, esperando a que nos descubran? —Machuca estaba pálido y nervioso.

—Negativo. Por eso el «Puma» Bertrand está en el Ministerio del Interior, pendiente de la más leve señal; él nos informará si detecta que nos han descubierto —dijo Asfura.

—Nuestro agente está en peligro —Machuca le dio a su frase un tono de fatalidad que se filtró en el alma de todos en la habitación.

—No lo creo. Le hemos enviado apoyo —dijo López.

—¡Esto es demasiado, se está escapando de nuestro control! —protestó Urrutia.

—Ya estamos hasta el cuello en esta conspiración; hemos quemado nuestras naves y no existe posibilidad de dar marcha atrás —dijo el teniente Mendoza—; sólo nos quedan dos salidas de esta vaina, señores: un paredón de fusilamiento o el poder.

—Mendoza tiene razón —agregó Asfura—; o vencemos o morimos en el intento.

—No podemos acobardarnos en el momento más crítico —dijo Machuca, tratando de no perder el liderazgo.

—Entonces entremos en materia —dijo Mendoza, dispuesto a quitarle protagonismo al doctor Machuca y para evitar que añadiera algo más, le indicó al capitán López que comenzara con su exposición sobre la estrategia que emplearían.

Con sus ademanes de ratón, oculto tras sus gruesas gafas, el capitán comenzó a hablar. El plan A, les explicó, era el que están ejecutando: enviar un agente a Santa Ana para que investigara el paradero de las armas, solucionar el retraso en la forma más expedita posible y entregárselas a los guerrilleros. El plan B era más complejo, dependía de la muerte de uno de ellos.

—¡Puta, López! Usted anda a verga. ¡Cómo se pone a creer que nos vamos a dejar matar! —le increpó el coronel Gómez Prieto.

Con suma paciencia, tratando de imponer su voz sobre los chillidos de pánico del licenciado Urrutia, el capitán López les explicó que lo que trataba de decir era que tendrían que encontrar un fanático que estuviera dispuesto a inmolarse por la causa, lanzándose, cargado de dinamita, sobre Urtecho y el Generalísimo. La acción deberá llevarse a cabo el Día de la Bandera.

—Por suerte los idealistas sobran —dijo el doctor Machuca.

El teniente Mendoza Menocal lo miró con desprecio y luego dio la media vuelta, mientras López proseguía con los detalles de su plan.

El momento se aproximaba y el teniente sabía que estaría listo para ocupar el lugar que le correspondía.

El trabajo del campo era duro. Despertarse antes de que cantara el gallo; ir a traer los animales al potrero, lidiar con ellos, meterlos al corral, ordeñarlos, llevarlos al río; volver para herir con saña la tierra y depositar en ella la semilla; limpiar el monte; estar alerta para que no le robaran las pocas vaquitas que le quedaban, devolverlas al potrero; reparar cercas, abrir pozos, limpiar caminos, improvisar puentes, recoger cosechas, y todo eso repetido trescientos sesenta y cuatro días del año, dejando tan sólo el Viernes Santo para descansar. Eso hacía que el humor a uno se le pusiera reseco, salobre, y que se le endureciese el rostro cuando le querían jugar una broma. Por eso, Joaquín Varela caminaba con cara de muy pocos amigos detrás de Ingenio Coca, porque creía que «ese malparido retrasado mental» le estaba jugando una broma estúpida al jurarle y perjurarle que había un hombre muerto al fondo del potrero de Las Charcas. Joaquín iba tras él, con paso militar, pesado y rítmico, empuñaba una vara en su mano derecha, lista para partírsela en la espalda a Ingenio si todo resultaba ser una de sus patrañas. En el cielo no se veía volar a un tan sólo zopilote y eso hacía que Varela dudara más. Pero a medida que se iban acercando, algo en el ambiente comenzó a indicarle que a lo mejor sí era cierto. Ingenio apresuró la marcha, se perdió entre los matorrales y removió algunos arbustos. Varela continuó atrás, lo perdió de vista un instante, siguió, lo volvió a encontrar. Al hallarlo, se detuvo en seco. Una mueca de asco le colgó del rostro y en forma instintiva se llevó las manos a la boca. Ingenio dio gritos en derredor a un extraño montículo, repitiendo hasta la histeria que había dicho la verdad. Joaquín Varela sintió que un frío penetrante le anudaba los huesos. Del suelo surgían, como dos arbolitos de carne, un par de pies, más huesos que piel, los restos del festín de los animales carroñeros.

MARZO...

La curiosidad se le introdujo por el recto, le hizo cosquillitas en la panza, se convirtió en un gran vacío en su pecho, le indujo corriente eléctrica a sus manos, le erizó todo el vello corporal, aumentó el ritmo de su respiración, puso a bailar sus ojos, y le calentó las orejas. Sansón Urrutia estaba nervioso: no era cosa frecuente que el doctor Abelardo Machuca lo invitara a una barbacoa en su casa de campo. El viejo zorro está tramando algo, pensó Urrutia.

El aroma de la carne asada excitó las glándulas salivales del licenciado quien se abanicó con una revista, se quitó las gafas de sol para limpiarles el vaho del sudor y decidió incorporarse, pero luego cambió de idea y siguió descansando en la hamaca. El ambiente del corredor estaba bastante agradable, mucho más fresco que allá afuera bajo la tiranía del sol de verano. Sin embargo, a pesar de aquella escenografía de lasitud, de colores verdes contrastantes con intensas tonalidades azules, había algo que mantenía incómodo a Urrutia.

El doctor Machuca se sentó en una mecedora, al lado del licenciado. Tomó de la hielera una botella de cerveza y se la puso sobre el cuello para refrescarse. Hablaron sobre la situación en Europa, los grandes avances en la reconstrucción de la infraestructura y la economía; luego, cambiaron el tema, charlaron sobre la nueva política exterior norteamericana. En ese punto, el aire se tornó más denso, con tufo a conjura, entre los dos hombres. El doctor adoptó una postura de misterio y habló en voz baja. Lo que dijo le heló la sangre a Sansón Urrutia:

—El Gobierno está a punto de colapsar; tenemos que estar preparados para descabezar a nuestros aliados.

—¿Los comunistas?

—A ellos y a los generales.

Sansón prefirió pensar que había escuchado mal, la idea de guillotinar a los militares era algo tenebroso en lo cual no había pensado antes. Urrutia sintió que aquella confidencia lo había infectado de una enfermedad como la viruela, que saltaría a la vista de todo el mundo y se vería expuesto a la ira de Urtecho.

La frialdad con la que Abelardo Machuca describía su plan era turbadora. Empezó por intentar convencerlo de que los militares querían utilizarlos a ellos como simples monigotes y que al momento en que dejaran de ser útiles, los eliminarían. El doctor ya había previsto esa jugada, de tal forma que, con la asombrosa paciencia de los intrigantes, había tejido una red de lealtades muy poderosas, no sólo entre el influyente grupo de industriales y empresarios al que representaba, sino también entre la mayoría de viejos generales, algunos, antiguos camaradas de armas quienes compartían intereses con él y que tampoco aceptarían verse relevados con facilidad por oficiales de promociones inferiores. Con los poderes económicos y castrenses asegurados a favor suyo, él y el licenciado Urrutia debían aliarse para utilizar a los milicianos, dejándolos que le dieran impulso al golpe de estado para luego hacerlos papilla al momento de asumir el poder.

Sansón Urrutia, que sabía que no era para nada bueno que Machuca lo había invitado a la barbacoa, empezaba a dudar que sus nervios pudieran soportar tanta intriga. Con la excusa de que necesitaba orinar, salió lo más pronto que pudo en dirección al baño. Las piernas se le habían hecho gelatina y su piel estaba fría como la de una culebra cuando se sentó en la taza del excusado. Mientras se le vaciaban las tripas sintió que todo le daba vueltas. Entre estertores de dolor, silbidos de fetidez y angustias lacerantes de mil clavos de herrumbroso terror, arropado en aquella inmundicia de traiciones, maniobras y contramaniobras, un pavor profundo se apoderó de él. Era como si pretendieran descuartizarlo cuatro corceles salvajes. Soares Bastos, Urtecho, los generales y ahora Abelardo Machuca, todos, hambrientos de carne humana. Tarde o temprano tendría que escoger un bando y él prefería hacerlo con el ganador, de eso dependía su vida. Pero para ganar tiempo tendría que jugar una charada con cuatro máscaras. Secó el sudor frío que corría por su frente y ante el espejo arregló su antifaz de hombre mundano. Aspiró hondo y volvió al lado del doctor Machuca.

El anfitrión se había acomodado en la hamaca y se veía tranquilo. Sansón Urrutia se metió todo el miedo debajo de la lengua. Con mucha propiedad se sentó en la mecedora e incluso tomó un trozo de carne. Con toda la frialdad que pudo acumular en el recorrido entre el inodoro y la terraza, miró a los ojos de Machuca.

—Vamos a darle en el culo a esos hijueputas —dijo Urrutia mientras masticaba un trozo de chorizo.

Rosaura se convirtió en un baño de caramelo que se derramó con lentitud sobre el cuerpo del general. Se coló a través de cada poro de su piel, metiéndosele hasta en el lado oscuro del alma.

La sensación de estar siendo embadurnado de miel hizo estremecer todo el esqueleto de Dámaso el «Puma» Bertrand.

Sin darle tregua, la mujer atacó con toda la artillería de sus dientes y la infantería de su lengua cada flanco en donde encontró débiles las defensas. Rosaura era el único mariscal de campo en aquella guerra sin piedad. Hizo hundir la viril flota del «Puma» en el tempestuoso mar de su vientre y le sacudió hasta el último galón de su rango con un bombardeo incesante de sus invencibles tetas. Lo puso contra las satinadas sábanas preparándolo para fusilarlo a punta de cosquillas. Dueña del terreno de las acciones, volteó hacia el gran espejo en donde se reflejaba en todo su esplendor aquella batalla de carnes, y al ver la triste imagen de aquel pecado de alborotos e impudicias, dejó escapar una carcajada amarga.

El cristal en donde los apresurados amantes se reflejaban, era enorme. Iba desde el piso hasta el cielo de la habitación. El marco era una obra de arte del rococó, con cientos de querubines de falsas sonrisas y cuerpo de alas talladas entre los vericuetos de las rocallas y las torceduras vegetales de una parra de vid. Sobre aquella superficie de ilusiones bidimensionales se habían reflejado cientos de miles de fornicaciones, adulterios, perversiones e incluso uno que otro acto de amor puro y santificado por la bendición eclesiástica. Sin embargo, sus funciones iban más allá de sus propiedades reflectoras. Era un espejo falso que ocultaba otro mundo de depravadas exquisiteces tras de sí. Al otro lado de él se encontraba el paraíso de los voyeristas. Cientos de solitarios y solitarias onanistas se habían deleitado observando, sin ser vistos, las maromas sexuales de los amantes que se entregaban a sus placeres en la otra habitación. Era el cuarto de los suspiros, de los amores egoístas y melancólicos, incapaces de la entrega, ineptos para recibir. Gracias a ese mecanismo, mientras Rosaura y el general Bertrand encajaban lo cóncavo con lo convexo, una pequeña figura los observaba. Bajo un baño de sombras, Pascualito, el enano amante de Rosaura, se tragaba el orgullo, viendo como aquel hombrón, con aspecto de galán de cine, alzaba a su mujer, haciéndola girar en miles de piruetas y posturas en las que él jamás podría hacerla gozar.

Pascual sentía un odio instintivo hacia todos los hombres grandes. En su memoria y en su piel estaban frescas las heridas de todos los males que, a causa de su corta estatura, le habían infligido desde que era un niño. Las burlas, las humillaciones, las bromas pesadas, eran todas insoportables; pero él entendía muy bien que el comportamiento de esas personas no era más que el reflejo de los temores que sentían ante todo lo que tuviera una apariencia ajena a lo común. Por eso, aprovechando la curiosidad que despertaba entre ciertas mujeres, y sus contactos en el mundo social, había seducido con vengativo placer a las esposas de aquellos gigantes, a sus madres, a sus hermanas y a sus hijas. Dios lo había compensado con la espada de la venganza que despertaba ansias en las damas y le permitía causar estragos al honor de sus enemigos, poniéndoles cornamentas de venado sin que ellos lo sospecharan. Muchos de los vástagos de las casas más aristocráticas del país, eran en realidad hijos suyos. Por fortuna para él y las encumbradas adúlteras, hasta la fecha, ninguno había nacido con su corta estatura y su cabeza de sandía.

Sin embargo, ahora era él quien sufría el peso de unos enormes cuernos de buey. Maldecía todo lo que tuviera que ver con el poder y los poderosos. Si no fuera por la precaria posición de su negocio, no tendría que soportar al maldito gorila que estaba montándose a su mujer, al otro lado del espejo. Pero él sabía cuándo callar y gracias a eso, era bueno para escuchar. Y escuchó... escuchó muy bien cada frase que los estúpidos clientes le decían a sus muchachas, escuchó cada sílaba arrancada a los secretos que se enredaban entre las sábanas de satín y la espuma de la champaña, escuchó con detenimiento las opiniones, pesadillas, traiciones y mentiras de aquellos adúlteros irredentos. Guardó cada frase robada en medio de jadeos y sudores, y con ello construyó un mosaico gigantesco del lado oscuro, de cada hipocresía, de todas las mentiras y la vida oculta de nuestro país y esperó... esperó con paciencia infinita el momento en que todas esas verdades escondidas llegarían a serle útiles como lo fue descubrir aquella noche, en que tuvo que tragarse su orgullo de macho, que el «Puma» Bertrand pretendía asesinar al general Asfura.

Aquél era el bálsamo de la calma, la poción de la cordura que evitaba que se desprendieran las correas de la ira y entrara en aquel cuarto, machete en mano, para descuartizar al desgraciado y beberse su sangre. Con aquel secreto bien guardado en uno de los recónditos escondrijos de su mente, aguardó a que Rosaura fingiera el orgasmo para acabar con aquel coito fastidioso, fijó la vista en el miembro, que ahora pendía con flacidez de la entrepierna del jerarca militar, y murmuró con rabia:

—Yo la tengo más grande…

La habitación era un reino de sombras salvo por el rincón en donde una lámpara iluminaba la otrora gloriosa figura del Generalísimo Marco Augusto Zelaya y Ferrer. El dictador estaba desparramado sobre el sofá. Hilos de humo azul hacían rizos en el aire; escapaban, lánguidos y continuos, de un habano que colgaba entre sus dedos. A su lado, sobre una mesita, brillaba el dorado contenido de una copa de coñac. Una mano, larga y huesuda, surgió de las tinieblas, tomó la copa y la llevó a sus labios. El sorbo fue prolongado, después, un ruido de satisfacción llenó el espacio.

Urtecho lo observaba de pie, desde el otro extremo de la habitación. Retiró el cigarrillo de sus labios y avanzó unos cuantos pasos hacia el Generalísimo. Un leve olor a decadencia lo alcanzó mientras se acercaba. Esperó parado unos segundos hasta que Zelaya lo invitó a tomar asiento. Se hundió en el mullido respaldar de la silla y aguardó en silencio a que su interlocutor iniciara el diálogo.

Zelaya soltó las primeras palabras envueltas en una bocanada de humo.

—Ha sido un camino muy largo —la voz del Generalísimo se escuchaba con más claridad que nunca, algo agotada sí, pero diáfana, vitrificada en el aire—. ¿Recordás? ¿Cuánto hace ya? ¿Veinticinco años? ¿Más? Para mí ha sido mucho más.

Urtecho no respondió, se limitó a observar cada gesto.

—Al final de cuentas tuve lo que quería... bueno, casi todo lo que quería. ¿Cuántos podrían decir eso? Tuve que pasar momentos muy amargos por muchas de las decisiones que tomé, pero no me arrepiento de ninguna de ellas, jamás lo haré. Ni siquiera me arrepiento de haber obligado a Marco Antonio a entrar en el ejército. Lo que pasó, pasó. ¿Sabés qué es lo único que lamento? Que todos esos momentos, cada una de esas sensaciones y emociones que tanto atesoré, se van a perder en la enorme corriente del tiempo, serán una gota de sangre diluida en el mar... nada más.

—¿Una gota de sangre?

—La sangre es vida, Urtecho.

—Demasiada poesía para mí.

Bajo otras circunstancias, la insolencia de Urtecho le habría parecido divertida al Generalísimo, pero en aquel momento la situación era que el dictador se estaba muriendo, así que defendió sus sentimientos con todo el veneno posible.

—Tenés razón, pensar es subversivo... por fortuna, vos no lo sos.

Urtecho se revolvió mohíno en su asiento y aplastó con fuerza el cigarrillo en el cenicero. Pero su mal humor no provenía de la velada alusión a su escasa mollera para la poética, sino a la ineludible situación a la que debía enfrentarse. Marco Augusto Zelaya y Ferrer estaba a punto de desaparecer. El cambio era inevitable y él, que se adelantó a todas las eventualidades de su vida, no estaba preparado para esta situación. Siempre vivió por el orden y para el orden y jamás imaginó que la perfecta estructura que había fabricado se le vendría abajo antes de su propia muerte.

—¿Sabés qué es lo que más voy a extrañar cuando me muera? —la pregunta del Generalísimo lo irritó un poco más.

—No va a extrañar nada. Ya va a estar muerto.

—Tu sentido del humor siempre me encantó —respondió Zelaya, tratando de restarle importancia—; lo que más voy a extrañar cuando esté muerto... es la vida.

—Creo que debemos concentrarnos para que esta vaina no nos aplaste.

—Debemos, deber, esa palabra siempre me disgustó —Zelaya acomodó la cabeza displicente sobre el respaldar del sofá, mientras se llevaba el habano a la boca.

—Ellos no van a dar el golpe antes del Día De La Bandera, eso nos da más de tres meses para anunciar el traspaso de mando de la Jefatura De Estado y salir de todo esto de la mejor forma posible.

El Generalísimo se incorporó hasta sacar su rostro de las sombras. Una mirada de incredulidad llenaba su faz.

—La desesperación te vuelve vulnerable, Urtecho.

—No es desesperación, es sentido común.

—Yo no voy a traspasar el cargo.

El silencio se apoderó del espacio al igual que lo había hecho el gélido aire de la madrugada.

—Necesitamos ganar tiempo —protestó Urtecho.

—No hay más tiempo del que ya hay.

—Usted debe pensar en su familia… en mí familia.

—Yo debo pensar en todos —la voz del Generalísimo era el rugido de un león viejo y agotado—. Mi cuerpo podrá morir, podrirse y ser banquete para los putos gusanos, pero Marco Augusto Zelaya y Ferrer, Generalísimo De Los Ejércitos De La Nación, Padre y Salvador De La Patria, Jefe de Estado Supremo y líder único de este país del carajo, quien todo lo ha dado por su pueblo, no tendrá derecho a pasar a mejor vida. Yo no puedo improvisar.

Urtecho no agregó nada más, aspiró el humo del cigarrillo y se acomodó en la silla.

—Te lo voy a explicar. Si me apresuro a dejar el cargo en este momento, todo saldrá a la luz. Pondré un arma temible en manos de mis enemigos. Sabrán que estoy muriéndome. El resultado será, al final, el caos. El grupo de Machuca y los militares van a acelerar sus planes para no verse relegados por un proceso democrático. Mi partida voluntaria no les conviene, hará que se desboquen, hundiendo al país en una guerra civil.

—Podemos aplastarlos antes que levanten la cabeza —apuntó Urtecho.

—No, mejor los manejamos para nuestros fines. Ellos te van a proveer el colchón de tiempo que estás pidiendo. Vos sólo acostumbrate a la idea de que ya no vas a vivir en este país, que vas a estar muerto y que nunca vas a regresar de tu tumba.

—Esa es la idea que más me cuesta aceptar.

—Pero así debe ser. Ahora, debemos dejar bien arreglado este cagadal.

—La mejor forma de arreglarlo sería matando a todos los políticos.

—Tenés razón —Zelaya se tomó su tiempo para paladear otro trago de coñac y cambió de tema—. Yo quería que Marco Antonio continuara mi labor, pero ya ves la broma que me jugó la muerte.

—Ahora tenemos una realidad que enfrentar.

—Eso es muy cierto. Ya es tarde y nos queda mucho por hacer.

La melancolía se coló en medio de las grietas de aquel par de corazones secos y rocosos, desprendiéndoles el polvo de la amargura de la mortalidad y los unió en aquella hora muerta en la que se mantenía suspendido el engranaje de nuestro devenir. En medio de las sombras, los dos hombres se acercaron más el uno al otro, y comenzaron a revisar sus estrategias, a elaborar sus planes, como en los viejos tiempos cuando planearon tomar por asalto la historia y convertirse en los dueños del destino de este país.

El primer cadáver que encontraron fue el de Froylán Céspedes, vendedor ambulante de máquinas de coser. Estaba embutido en una manta de dril, cortado en canal. Lo hallaron en una playa a la orilla del río Pitaguana. El cuerpo aún no despedía mal olor ni había atraído a los zopilotes. Las autoridades creyeron que se trataba de una venganza por razones pasionales. Recogieron el cadáver y se lo mandaron a su viuda. Luego, todos se limpiaron las manos y se fueron para sus casas con la peregrina idea de darle solución al misterio algún día, cuando lo mandase Dios.

El tiempo continuó con su paso lento, sin sobresaltos ni novedades hasta que hallaron la segunda víctima. En esa ocasión casi encuentran dos muertos en lugar de uno, porque fue tal el susto que el descubrimiento del difunto le provocó a doña Tencha Sagastume, que la pobre anciana estuvo a punto de conocer el purgatorio a causa de un violento síncope cardíaco. La beata Sagastume regresaba de misa de seis cuando vio salir de un solar baldío, junto a la casa de don Saúl Suazo, un gato que llevaba entre los colmillos una oreja humana. Doña Tencha se persignó y murmuró dos avemaríapurísimas antes de meterse al solar para curiosear. Con un valor más grande que su pequeño cuerpo, se aventuró entre los árboles para buscar la procedencia de la oreja. Al entrar sintió que una enorme gota le había caído sobre el hombro. Volteó furiosa para tratar de descubrir, en la penumbra, al miserable pájaro que la había cagado. Abrió los ojos, espantada, al ver el cadáver mutilado y lleno de sangre que se le venía encima.

La gente acudió alarmada al escuchar su grito. La encontraron pálida y muda, bajo aquél cuerpo que le había caído desde las ramas del ciruelo. La anciana se había orinado encima y no podía respirar. Por fortuna para ella, el doctor Rojas pasaba por allí y le dio los primeros auxilios.

Identificaron al finado con el nombre de Alonso Quijano. Era vecino de Pasto Alto y viajaba con frecuencia por la zona, vendiendo telas, bisuterías y cosméticos. Igual que en el caso anterior, habían abierto el cuerpo en canal con la habilidad de un carnicero de profesión. Lo que había variado en esa ocasión fue la disposición del muerto. No lo habían convertido en un chorizo como al otro, sino que lo habían colgado de las ramas del ciruelo, igual que un lomo de res expuesto en una carnicería. Como el cuerpo no despedía ningún hedor, las autoridades asumieron que no debía llevar mucho tiempo muerto. Envolvieron el cadáver, lo pusieron dentro de un cajón de pino y como no tenían ninguna viuda a quien enviárselo, ni tampoco se le conocía pariente alguno que lo llorara, abrieron un agujero en el cementerio municipal y lo echaron adentro.

La alarma de que algún loco andaba suelto se esparció por todo Santa Ana, con la misma velocidad con la que se propagaban las llamas en los potreros durante el verano. La población comenzó a vivir una especie de estado de sitio. Después de las siete de la noche, las calles quedaban desiertas, y por la madrugada, los campesinos salían en grupos a realizar sus labores. El gobernador y el alcalde presionaron al comandante de policía para que efectuara una investigación a fondo de los hechos, pero el gendarme, más militar que investigador, no atinaba a dar un paso positivo en aquel misterio. Lo único que el inepto alguacil pareció hacer bien fue establecer patrullajes más exhaustivos por toda la zona. Con eso, los ataques del loco cesaron. El revuelo se asentó y la ciudad fingió volver a la calma. El comandante le rogó a Dios que no continuaran apareciendo más muertos y que el tema fuera relegado a la condición de leyenda.

Parecía que Dios le iba a cumplir el deseo hasta que, por una de esas ironías de la vida, frente a la iglesia, apareció el tercer cadáver. Serafín Gallo, el sacristán de la parroquia, había madrugado, como siempre, para prepararle toda la parafernalia de la misa al padre Occhiena. La primera actividad que realizaba todos los días era barrer el atrio del templo. Con su escoba de ramas en las manos y una paila de agua, agarró para la calle refunfuñando impiedades por tener que levantarse tan temprano. Aún llevaba cobijado en los párpados el agradable sueño de la madrugada cuando advirtió el extraño bulto colgado del gran ceibo del parque. Dejó a un lado la escoba y avanzó hacia el lugar donde se levantaba el árbol. Un disparo de hielo le atravesó el cuerpo cuando al fin se percató de lo que estaba viendo. Crucificado, desnudo y abierto en canal, lo observaba, con la fija mirada de la muerte, el cadáver de la tercera víctima.

El coronel Obregón fue quien lo identificó; se trataba de Gabriel Vargas, vendedor de telas, vecino de Pitaguana Valle. Presentaba las mismas características que las otras víctimas, excepto por una fuerte contusión en el cráneo la cual, asumieron, había sido la causa de su muerte. No mostraba indicios de corrupción, por lo que también dedujeron que lo habían matado hacía poco.

El pánico estalló entre los santeños. Nombres como «El Caníbal de Santa Ana» y «El Destripador Santeño» se hicieron comunes entre la población. Volvieron las trancas a las puertas y ventanas, los corazones se encerraron en el más profundo rincón del miedo, los niños dejaron de jugar en las calles y disminuyó la cantidad de parroquianos en las cantinas. Las mujeres gozaron una memorable temporada de maridos fieles y hogareños como nunca antes se había visto en Santa Ana. Y mientras el silencio y la noche se apoderaban de las calles de la ciudad, el gobernador, su guardaespaldas, y su ahijado, jugaban a los detectives, disfrazados de mujer con pelucas de tuza, recorriendo las callejuelas en busca de un escurridizo asesino.

En esa ocasión, la calma tardó un poco más en llegar, pero, al cabo de varios días, logró posarse entre la medrosa población a punta de taciturnos días de sol y religiosas tardes de preparación para la Semana Santa. Durante los repetitivos rosarios y los constantes padrenuestros se escuchaban peticiones por la pronta captura del asesino, no obstante, conforme pasaban los días, las solicitudes fueron disminuyendo hasta que la esperanza de que el monstruo se hubiera ido lejos llenó los corazones de los santeños. Llegó la Semana Santa con su Domingo de Ramos, sus procesiones, penitentes y crucifixiones y nada pasó. El Santo Entierro se llevó a cabo sin el más mínimo sobresalto, la Vigilia Pascual contó con la presencia de muchos más fieles de los que se esperaba. La misa del Domingo de Resurrección estuvo muy concurrida, y ya para en la tarde se podía respirar un aire festivo en la ciudad. El calor del ocaso se diluyó en una agradable brisa que sopló desde el mar, la noche llegó serena y estrellada. Pero toda la paz que se respiraba en el ambiente se disipó al estallar el grito de Chila, la mujer del barbero.

Celín Suazo, el hijo menor de don Saúl, llevaba toda la intención de hacer mil perversiones con la díscola de Chila en el oscuro callejón, tras el salón parroquial. Su corazón bailaba alegre de sólo pensar lo que le iba a hacer a la mujer. La recostó contra la pared y comenzó a distribuirle caricias por todo el cuerpo. Chila reía alocada por el éxtasis del deseo y se dejaba hacer sin ningún pudor. El joven logró observar, en la penumbra, lo que le pareció ser un tronco arrimado a la pared. Decidió utilizarlo para colocarse a Chila a horcajadas y gozar de todos sus retozos, pero al momento de sentarse, sintió el tronco demasiado húmedo y blando, y se alzó de inmediato tumbando a Chila a su lado. Ésta intentó incorporarse apoyando sus manos sobre el bulto, pero las sintió impregnadas de una extraña humedad pegajosa y sintió asco. A su nariz llegó el fuerte olor a herrumbre de la sangre y una chispa de pánico se le disparó en la mente. Extendió una mano para palpar aquella cosa; cuando tocó la cabeza, todo el horror expectante salió liberado en un espantoso grito de terror.

Tras el levantamiento del cuerpo, el coronel Obregón ordenó al doctor Rojas que hiciera un reconocimiento minucioso de la víctima para determinar su identidad y ver si en los restos aún podía hallarse algún indicio que ayudara a determinar quién había sido el asesino. El exhaustivo trabajo del doctor no brindó muchos resultados, tan sólo lograron identificarlo como Roberto Facussé, un palestino dedicado al mercadeo de café quien averiguaron que había salido de la ciudad dos días antes.

La esperanza de paz en Santa Ana y toda ilusión de volver a la tranquilidad se esfumaron con la aparición del cuarto cadáver. La sospecha y el temor vivían en cada mirada, los pobladores veían a la muerte agazapada en cualquier recoveco de los callejones. Cambiaron sus hábitos a tal punto que varios negocios quebraron, entre ellos la cantina de Orbelina Pagoaga, en donde, además de aguardiente, se expendían virginidades y vacíos placeres genitales. Era el único burdel de Santa Ana y tuvo sus épocas de esplendorosa prosperidad; pero como todo exceso de la vida tiene que acabar o acaba con nosotros, la bohemia se terminó en la cantina Pagoaga por falta de hombres ya que no había varón en Santa Ana que se atreviera a salir por las noches. Así que las putas hicieron sus bultitos de trapo, recogieron todo el licor que pudieron, los vetustos espejos de pared, el bar, una estatua de Venus, una que otra melancolía, las sillas, un baúl y un par de recuerdos enmohecidos, subieron todo al techo de una camioneta y agarraron camino con sus penas, impudicias y soledades a otras tierras de hombres lujuriosos e infieles, en donde no hubiera asesinos locos inmolando a los pobres machos.

Por eso, cuando Mauricio Borjas llegó a Santa Ana tratando de poner terreno entre él y su esposa, no encontró sitio en donde desahogar sus ansias de cometer adulterio, y tanta gana acumulada en su cuerpo hizo que se le hinchara la pasión y que comenzara a tunantear con cuanta zagala se le ponía enfrente. Pero sus planes se estrellaron contra el muro de miedo que rodeaba a Santa Ana. Al día siguiente, Mauricio preparó sus maletas y se dispuso a regresar a su casa, pero jamás llegó a su destino.

Se marchó por el camino hacia San Buenaventura bordeando la orilla del río Pitaguana. Cerca de las tres de la tarde, se detuvo en las afueras de la Villa de San Antonio, se recostó al pie de un almendro para comer algo de lo que llevaba en sus alforjas. Desde la pequeña loma en que se había situado podía observar el camino y los techos anaranjados de la villa. Era un día magnífico, azul, verde, blanco y, contrario a la mayor parte del tiempo, soplaba una ligera brisa que menguaba el usual bochorno de la tarde. Ya había comido y estaba a punto de sucumbir a la tentación de una siesta, cuando divisó la nubecilla de polvo que venía por el camino en dirección suya. Poco a poco fue distinguiendo la figura de un burro que a todo galope traía por jinete a un niño. En menos de tres minutos estuvieron frente a él cabalgante y cabalgadura. El niño dijo que lo habían mandado para darle un recado. Mauricio le preguntó quién enviaba el mensaje, pero el pequeño se negó a responderle y tan sólo se limitó a entregarle un sobre adornado con una cinta roja. En cuanto se lo dio, el zagal dio vuelta y regresó tan apresurado como llegó. Un brillo de concupiscencia centelló en los ojos de Mauricio al leer el contenido de la carta. Amarró sus alforjas y agarró camino para Santa Ana.

Durante todo el trayecto se endulzó la mente con la idea de lo que estaba por recibir. Antes de las nueve de la noche, ya había llegado al lugar convenido, en la ribera del Pitaguana. Se puso a tararear una canción de Pedro Infante y entrecerró los ojos mientras se recostaba sobre una roca. El cielo estaba estrellado, era el tercer día de la luna nueva. Desde su posición trató de sumergirse en la gran inmensidad del espacio para nadar en aquel mar negro cuajado de luceros. Lo último que sintió fue la tibia mano que sujetaba su barbilla y el filo helado de un cuchillo abriendo un surco profundo en la carne de su cuello, partiendo desde la yugular y vertiendo a cada milímetro, la tibia y espesa sangre de su cuerpo. Al principio no se dio cuenta de que iba a morir y confundió el ataque con una perversa caricia o un erótico juego de amantes, pero mientras la hoja metálica hacía su recorrido y la sangre comenzaba a escapársele a chorros, como surtidor de ballena, se percató que pronto iba a dejar de existir en este mundo, que ya no vería más el color verde de las lomas de Pasto Alto, ni volvería a probar la leche de cabra, recién ordeñada en las doradas mañanas del campo; su mujer, Lupita Martínez de Borjas, se convertiría en viuda y llevaría un luto riguroso por dos años, comiendo lágrimas y devorando suspiros. Al final, todos los recuerdos se le fueron para el carajo junto con la vida y así, inmolado sobre una fría roca, a la orilla del torrente del Pitaguana, Mauricio Borjas se convirtió en la quinta víctima del asesino de Santa Ana y no sería la última porque varios días después, Ingenio Coca, el tonto del pueblo, encontraría el cadáver de Angus Halloran, sembrado, cabeza abajo, en el potrero de Joaquín Varela.

Urtecho ordenó a sus guardaespaldas que se bajaran del coche y al conductor del auto escolta le dio instrucciones de que no se moviera. Luego, partió al volante del sedán negro, por la calle que conducía a Miraflores. El ministro se metió entre las estrechas calles del centro de la ciudad y siguió hasta la zona de los mercados desde donde continuó, sin más desviaciones, hasta la autopista de las Fuerzas Armadas. Diez minutos después llegó a la colonia Satélite. Se detuvo frente a una casa de muro empedrado, tocó el claxon y las puertas de la cochera se abrieron para permitirle meter el automóvil. Mientras apagaba el motor del vehículo, una mulata alta y delgada cerraba el portón. Urtecho salió del sedán, se quitó el sombrero y tomó a la mujer entre sus brazos. Le estampó un beso largo y apasionado. El ministro sintió cómo se le aceleraba el corazón al ver aquella piel acanelada y suave fundiéndose con la suya.

Era su secreto mejor guardado. Nadie, ni siquiera el Generalísimo, sospechaba de su relación con Miriam Grant. El romance había iniciado hacía cinco años, cuando ella era su secretaria. Sería difícil decir si fue la cercanía obligada del trabajo, las conversaciones casuales, la sensualidad de hembra en celo que flotaba siempre alrededor de ella, o la combinación de todas esas cosas lo que le cambio el estatus de «asistente» a «querida». Lo cierto es que, durante el bochorno de una tarde de junio, en su oficina, Urtecho la arrinconó contra un librero, la besó con desbocado ímpetu mientras le bajaba las bragas y la poseyó de pie, recostada sobre los archivos que contenían la información de todos los disidentes, guerrilleros y sospechosos que por décadas había perseguido el ministro del interior. Y tras ese primer y urgido intercambio de líquidos salivales y lubricativos se sucedieron otros, algunos más prolongados, otros, más tiernos, hasta establecer una cotidianidad de antiguos camaradas, cómplices de años y viejos esposos, que le desordenó la vida al hombre más metódico y organizado del mundo.

Cuando las palpitaciones de su corazón le indicaron que estaba enamorado de la perturbadora Miriam Grant, decidió despedirla para evitar cualquier sospecha y la ubicó con todas las comodidades, en la casa de la colonia Satélite, abriéndole una jugosa cuenta bancaria para que ella pagara, de contado, todos los gastos de su clandestino hogar. De esta forma, el hombre de doble rostro, de los días luminosos en que envuelto en aura dorada se transformaba en el amoroso padre de los sabios consejos y la honrosa disciplina, y el verdugo de las noches oscuras, el que planeaba las masacres de familias enteras para defender como perro rabioso su modo de vida, llegó a tener una triple vida como esposo, monstruo y amante.

Ese día no hubo sexo apresurado y sudoroso sobre los sillones de la sala, ni juegos refrescantes y húmedos en la gran bañera de porcelana y mármol, tampoco se entregaron a los besos hambrientos con que se devoraban las tardes en que no deseaban más que saborearse la piel el uno al otro, se limitaron, como muy pocas veces lo hacían, a charlar en sosiego mientras tomaban una taza de café.

Miriam Grant detectó la inquietud hundida en las fosas de los ojos negros y fríos del ministro de interior, y lo dejó hablar, sabiendo que él necesitaba tener un poco de calma para decirle lo que llevaba atado a la lengua. A través de ese lenguaje oculto de los amantes, ella comprendió que la noticia que él le traía no era la de la separación definitiva; no sentía el temor de hallarse al borde del precipicio de las queridas, sabía que ese hombre era suyo, pero no dejaba de molestarla aquella impotencia de no poder adivinar qué sería lo que él estaba a punto de decirle. El ministro esperó al último sorbo de café para darle la noticia.

—En mayo vas a tener que mudarte de aquí —ella no esperaba aquellas palabras, se sintió suspendida como equilibrista sobre un cable a gran altura.

—¿A dónde me vas a llevar?

—A Miami.

Ella comprendió de golpe. La vida que Urtecho había tratado de preservar se le iba a ir a la porra.

Urtecho depositó la taza de café sobre la mesita del centro, dejando junto a ella, el peso de la noticia que traía. Había pensado que su amante se iba a resistir al principio y que él tendría que rogarle, por eso se sintió aliviado cuando ella accedió con docilidad a seguirlo a donde fuera. La amó más y la deseó más, pero miró su reloj y ya casi habían transcurrido los ciento cinco minutos que dedicaba a sus encuentros, así que mejor optó por darle un beso discreto, que no pusiera en riesgo su agenda por las locuras de la carne, y le prometió que al día siguiente regresaría.

De vuelta en la calle, mientras conducía el sedán negro, Urtecho comenzó a idear el siguiente movimiento de su estrategia. Hasta el momento todo iba como lo había planeado y eso lo tenía satisfecho. Recordó la cita con el embajador norteamericano y hundió más el acelerador para pasar por sus guardaespaldas y llegar a tiempo.

El ministro desvió la atención hacia las edificaciones que pasaba a toda velocidad. Se percató que la ciudad se había ido convirtiendo en un sancocho de grises casas de madera, ranchitos de bahareque, torres de cristal y concreto, residencias estilo New Orleans, bodoques de ingeniería y solares baldíos con el pasto alto ocultando basuras, heces fecales y cadáveres de víctimas de asaltos, violaciones, venganzas y purgas políticas. Esta mierda se va para el carajo, pensó. Entonces Urtecho recordó todas las batallas, las intrigas, los cuartelazos, las maniobras políticas y aceptó que, de hecho, lo único que habría de cambiar en aquel panorama de caudillos, presidentes, dictadores y liderzuelos de opereta, serían ellos dos, el Generalísimo y él, por lo demás, no importaban los cientos de miles de renovaciones, reformas y revoluciones que viniesen porque todo seguiría igual; iguales los pobres y los mendigos; iguales los funcionarios corruptos; iguales los dirigentes sindicales vendidos; iguales los periodistas al mejor postor; igual la intelectualidad inerte, criolla y pueblerina con sus sueños decimonónicos y victorianos; iguales los empresarios timoratos y voraces; iguales los hacendados feudales; iguales los maestros analfabetas; iguales los campesinos borregos que iban para donde les ordenaran; iguales los obreros huelguistas y adoradores de la mordida, la desidia y la holgazanería; iguales los politiqueros demagogos, chauvinistas, podridos, de lenguas peligrosas como cascabeles sueltas en medio de aquel baile de zambos; iguales los resentidos sociales para los que nada estaba bien y todo estaba mal, pero que no se atrevían a levantar un tan sólo dedo para mejorar las cosas; iguales los críticos de todo que soltaban su ponzoña mientras se hartaban a costillas de otros en los cócteles, galas y reuniones de la intelligentzia rural de aquella sociedad ruinosa; igual, en fin, todo aquel submundo en donde los idealistas y los visionarios estrellaban sus ideas contra el despiadado muro de la comodidad y el hedonismo de una clase media, decadente y burguesa que, agazapada en las sombras de sus conveniencias, impulsaba aquella máquina de terrores y espantos a la que llamaban sociedad. Él les había ofrecido orden y control y ellos lo habían rechazado, que comieran mierda entonces, y que siguieran matándose en sus juegos patrióticos y sus mentiras nacionalistas, Urtecho se iba, pasaría su vejez tranquilo, con su familia y su negra ardorosa, a la orilla de una blanca playa en la Florida.

El Generalísimo Marco Augusto Zelaya y Ferrer se veía agotado a pesar del sobrehumano esfuerzo que hacía para aparentar la vitalidad de antes. El embajador norteamericano lo miraba con pesadumbre, habían sido buenos amigos y, aunque por ratos sintiera un poco de reticencia ante el hecho de saber que el Generalísimo era uno de los dictadores más sanguinarios de Latinoamérica, lo aceptaba por saber que también era uno de los bastiones más importantes de los intereses yanquis en esta parte del continente. Pero en ese momento, le resultaba repugnante aquel tufo a herrumbre que invadía el entorno del dictador, y que se le pegaba a todo lo que lo rodeaba.

—¿Entonces, el presidente Truman no tiene ningún inconveniente?

—En absoluto, Generalísimo. Para el presidente será un placer brindarle a usted, a su familia y a sus más allegados, el asilo político que solicitan —respondió con su acento neoyorquino, el embajador gringo.

—Sólo hay un punto, excelencia, en el que sí quisiéramos insistir —intervino el secretario de la embajada, Edward Foch—, la administración Truman pide, como garantía de protección a nuestros intereses, que el actual gobierno haga todos los esfuerzos necesarios para impedir que elementos comunistas asciendan al poder.

La diplomacia con la que soltó sus condiciones Foch le causó agruras a Urtecho.

—Nosotros tenemos un plan muy elaborado para impedir tal situación. Recuerden, por favor caballeros, que a pesar del imprevisto giro que ha tenido nuestra situación política, nosotros somos, ante todo, patriotas, amantes del sistema republicano y democrático y que, por ningún motivo, permitiremos que nuestra independencia sea subyugada y mancillada por un puñado de bolcheviques que tan sólo buscan el poder como medio para hacerse de las arcas nacionales.

—Sus palabras son muy confortantes, Generalísimo, y sin lugar a dudas, sabemos que hará honor a ellas— a pesar del hedor a herrumbre, el embajador Nichols se acercó al dictador en confidencia—; pero necesito saber qué rayos van a hacer para detener a esos «commies» de mierda.

Urtecho, por primera vez en la noche, rompió su silencio.

—Por razones de seguridad nacional no vamos a darle detalles de nuestro plan, señor embajador, sólo le adelantaremos que nuestra estrategia está en marcha y eso garantiza la seguridad de los intereses de Estados Unidos en nuestro país.

—El Departamento de Estado desearía tener una participación más activa para ayudarles a alcanzar sus objetivos —insistió Foch.

—El Departamento de Estado puede estarse tranquilo, yo estoy a cargo de esta operación y hasta el momento, todo va de acuerdo a como se ha planeado —respondió Urtecho, con hiel en los labios.

—No dudo que así sea, señor ministro, por lo que debo asumir, entonces, que usted ya está al tanto del contrabando de armas que los disidentes entregaron a la guerrilla.

El silencio invadió el salón. Tomado fuera de base, Urtecho no encontró las palabras que deseaba gesticular hasta que, por fin, garabateando ideas en el aire logró encontrar la respuesta.

—Esas armas son parte de nuestro plan y no están en manos de la guerrilla.

—Su excelencia, déjeme reiterarle que el Departamento de Estado se especializa en este tipo de operaciones y que podemos garantizar que el doctor Soares Bastos y su secuaz, Elías Humboldt, pueden quedar fuera del juego en menos de setenta y dos horas si usted nos autoriza operar en su país.

—Mi querido Jeremy, usted debe coincidir conmigo en que lo último que deseamos es darle mártires a la causa rebelde. Es mejor desprestigiarlos y dejarlos que se quemen. Como ya le dijo Urtecho, nosotros nos encargaremos de ellos.

—Sin embargo, ese asunto de las armas…

Urtecho atajó la frase de Foch y lo detuvo en el camino.

—Lo de las armas no es nada. No llegarán a su destino. Ahí acaba la vaina.

Zelaya intervino para bajar la temperatura que comenzaba a calentarse en el salón.

—No es necesario, señores, que los Estados Unidos hagan gastos onerosos para intervenir en un affaire que nos compete a nosotros. Mi promesa consiste en asegurarle que antes de que salgamos del país, la situación de la República habrá sido encaminada hacia un plano que favorezca los intereses norteamericanos. Además —dijo clavando la mirada en Urtecho—, nosotros le estaremos brindando un informe constante sobre el avance de nuestro plan, con lo cual usted y su gobierno podrán estar más tranquilos.

—Le tomo la palabra, Generalísimo, e igual espero que usted tome la mía de que en los Estados Unidos, usted y su familia tendrán todo el apoyo necesario —no escapó de la atención de Zelaya que el embajador había dejado a Urtecho fuera de la promesa que le hacía.

—Sé que no podríamos esperar menos —dijo el dictador, poniéndose de pie con dificultad y estrechando la mano de los dos norteamericanos.

Cuando él y su ministro salieron de la habitación, el embajador se apresuró al baño a lavarse.

El licenciado Sansón Urrutia venía saliendo de Palacio de Gobierno cuando los guardaespaldas de Urtecho lo interceptaron. Dos hombres enormes lo empujaron hacia el sedán negro del ministro del interior. Urrutia, asustado, trataba de buscar a alguien que le brindara ayuda, pero ya era tarde y había poca actividad en las calles.

Atravesaron todos los vericuetos de la ciudad hasta llegar a la salida del norte desde donde enfilaron por un viejo desvío que comunicaba con un antiguo campamento minero. Entre las derruidas chozas, en un callejón oscuro, pudo distinguir la inconfundible silueta de Urtecho atizando las llamas de una hoguera. El sedán se estacionó junto al fuego y el olor a leña y resina alcanzó el olfato del licenciado. Lo bajaron a empellones del coche y lo pararon frente a Urtecho quien parecía no percatarse de su presencia. Con los ojillos revueltos, Sansón observó al ministro del interior mientras éste removía las brasas con una vara de hierro.

—Antes —comentó Urtecho—, marcaban a los prófugos con un hierro candente.

Urrutia observó al ministro mientras retiraba la vara de las llamas. La apuntó, humeante y chirriando, hacia el rostro del licenciado.

—Tal vez no logre evitar que te volvás a salir de control, pero sí estoy seguro que la próxima vez que lo hagás, te vas a acordar muy bien de mí.

Los dos guardaespaldas que lo habían secuestrado lo sujetaron con fuerza, le dieron vuelta y le bajaron los pantalones. Sintió el calor del hierro encendido acercándose a sus nalgas y el pánico se le desparramó por todo el cuerpo.

—¡Urtecho, por su vida! ¿Qué carajos está haciendo? ¿Qué le hice? —el terror se apoderó de la voz del licenciado volviéndosela más chillona que de costumbre.

—Eso te lo hubieras preguntado antes de pensar que ibas a poder ocultarme información.

—¡Yo no le he ocultado nada! —el licenciado ahogó el final de la frase en un angustioso aullido de dolor cuando el hierro candente se posó sobre él derritiéndole la piel.

—¡Dos cargamentos de armas! Uno entró por el norte a finales de enero y fue distribuido entre los guerrilleros del Frente de Restauración Nacional. El otro contrabando entró hace poco por el sur, dirigido a la Armada Revolucionaria de Liberación. ¡Vos, pedazo de mierda, estabas al tanto de esta operación y no me lo advertiste!

—¡Si hablaba, usted iba a impedir la entrada de los pertrechos y ellos me habrían descubierto! ¡Tenía que esperar a que usted se enterara por otra fuente!

—¿Creés que soy un pendejo como vos? ¡Cabezón! ¡Mi fuente sos vos, animal! ¡Me vas a dar detalles de ese contrabando o te meto esta vara por el culo!

—¡Me van a descubrir y me pondrán un balazo en la cabeza!

—¡Es lo menos que te merecés, maricón! Pero yo te ocupo vivo, así que vas a seguir mis órdenes para que no te descubran. De vos depende ahora que los comunistas no lleguen al poder.

El coche escolta se quedó afuera mientras el sedán negro se estacionaba con sigilo en la espaciosa cochera. El ministro del interior entró a la casa por la cocina. Se detuvo frente a la nevera de donde extrajo un trozo de pastel helado. Se lo sirvió en el desayunador junto con un vaso de leche fría.

La residencia no era tan grande como se esperaría que lo fuera la casa del segundo hombre más poderoso del país. La verdad es que Urtecho nunca fue ostentoso. La obsesión de él era el control, mantener todo en su lugar a costa de lo que fuera.

Terminó de comerse el bocadillo y bebió su vaso de leche. Llevó la loza sucia al lavaplatos y la lavó, despacio, teniendo cuidado de eliminar hasta la última mota de sucio. Luego la secó y la colocó en su lugar. Buscó en la alacena una bomba de insecticida, con ella en la mano, se dirigió hacia la puerta de la cocina. Roció todo el marco sin dejar libre un sólo hueco. Regresó a la alacena y guardó el aparato en su lugar. Se lavó las manos en el lavaplatos. Las secó con una toalla distinta a la que usó para secar los trastes, luego caminó hacia el interior de la casa. Pasó por la habitación de su hija menor, abrió la puerta con sigilo y llegó hasta la cama en donde la joven dormía. Acarició sus cabellos con ternura y depositó un dulce beso sobre su frente. Con los dos varones repitió la misma acción; esa era una rutina que había realizado infinidad de veces desde que sus hijos eran unos recién nacidos, y de buen agrado habría seguido haciéndolo con la mayor de veintiséis años si no fuera porque ya estaba casada y lejos de casa; vivía en los Estados Unidos, con un sobrino del Generalísimo. Después, enfiló hacia la alcoba principal en donde sabía que su mujer lo esperaba despierta. Entró y la saludó con un beso en la mejilla, se quitó por fin el saco y lo guardó en el ropero, junto con la corbata. Depositó la camisa, los pantalones y los calcetines en la canasta de la ropa sucia, debidamente doblados. Se sentó en la cama, junto a su mujer que leía una revista. De la mesita de noche sacó un paquete de cigarrillos y un encendedor. Aspiró con placer el humo del tabaco, se acomodó en la cama y comenzó a leer la edición vespertina del diario «El Centinela». El único ruido que se escuchó en la habitación fue el de las hojas del periódico al pasar de una página a otra. Leer todo el diario le tomó unos veinte minutos tras los cuales lo dobló, lo llevó hasta la mesita de las revistas, entró al baño, hizo gárgaras con quina, se lavó los dientes y regresó a la cama, besó de nuevo a su esposa en la mejilla y le dio las buenas noches. Ambos apagaron sus lámparas de noche a la vez. Ella le preguntó cómo había estado su día y él le respondió entre susurros:

—¡Pura mierda!

Llevaba encima todo el peso del húmedo vapor de la jungla, junto al cansancio de dos días de marcha cuando encontró el pequeño claro en donde decidió sentarse a descansar. Sacó de su mochila un trozo de queso y dos tortillas de maíz. Se recostó lo más cómodo posible sobre un tronco y comenzó a comer. El bocado le supo a gloria. Tomó un sorbo de agua de su cantimplora, agarró la libreta de apuntes y escribió:

«1 de abril, 1952.

Escalar los cerros de la cordillera de San Buenaventura es un reto que nunca creí sobrellevar. El cansancio es agobiante, duelen cientos de punzadas en mis piernas; el calor es otro cruel torturador, pesa insoportablemente y es denso, se hace un solo caldo con los zancudos, la picazón, el hedor a plantas podridas y la impaciencia por llegar a mi destino. Son las cuatro de la tarde y aún no he avanzado ni la mitad de mi trayecto. Será otra noche a la intemperie, bajo la cruel serenata de todos los bichos de la selva. Lo peor de todo es que no sé qué voy a hacer o decir cuando llegue. No llevo ninguna buena noticia, tampoco malas, no llevo nada. No les daré respuestas, sólo tengo preguntas. Ni siquiera sé por qué, a ciencia cierta, estoy metido en todo esto.

De lo que sí estoy seguro es que quiero llegar, porque una vez que lo haga podré regresarme lo más pronto posible.

Tengo ganas de…»

El cañón de un fusil se acomodó sobre su mejilla.

—Si movés una pestaña, te vuelo los sesos —la voz era seca, escarpada, rocosa y caía sobre Amado Montes de Oca como una avalancha fría y mortal.

Un miedo vergonzoso se le subió desde la ingle hasta la cabeza, congelándole la sangre en las venas y enredando en su cerebro todas las instrucciones que le dieron junto con la contraseña que debía decir en una situación como aquella. El guerrillero le indicó que se pusiera de pie. Al hacerlo, otro rebelde lo registró para cerciorarse de que no llevara ningún arma. Le ordenaron que se tendiera de bruces sobre el suelo, con las manos sobre la nuca y las piernas abiertas, mientras revisaban sus pertenencias. Amado entreabrió los ojos y se percató de que habían más de cinco guerrilleros en torno a él. Todo transcurrió en un tiempo que le pareció eterno. Sintió tierra en la boca y el aroma dulzón de la vegetación podrida del suelo. El miedo se le anudó en los calzones mientras los observaba. Le colocaron el cañón de un fusil sobre la nuca haciéndolo estremecer al frío contacto del metal. Ese no era el final que él tenía planeado para su vida, no en esas condiciones y mucho menos en ese lugar.

—Nos vamos a quedar con tu mula. Vos tenés que regresarte por el mismo camino que llegaste… si querés salir vivo de aquí.

El pánico se disipó como por arte de magia y el aplomo volvió a su cuerpo. Recodó, de pronto, la contraseña:

—A la niña María le gusta la leche fría.

Los rebeldes lo rodearon sorprendidos. A un mismo tiempo montaron sus fusiles y le apuntaron. Los metálicos chasquidos le volvieron a congelar la sangre a Montes de Oca.

—Creo que éste es el hombre —dijo uno de ellos.

De inmediato lo pusieron en pie, le ataron las manos y vendaron sus ojos.

Amado sintió que la saliva se le convertía en arena dentro de la boca. Dos de ellos lo tomaron con violencia por los brazos y lo obligaron a caminar en medio de la oscuridad, tropezando con cada roca y cada raíz.

No supo cuánto tiempo pasó desde que lo atraparon escribiendo en el claro del bosque. A sus oídos tan sólo llegaban los sonidos de la jungla y de sus propios pasos. Pudo percibir que subían, luego que bajaban y que de nuevo volvían a subir; a través de sus botas penetró la humedad de una quebrada; todas las plantas de la selva se confabularon para rozar su rostro y jugarle crueles bromas; lo agacharon a la fuerza y lo obligaron a seguir avanzando en cuclillas, trató de incorporarse un poco, pero la dura y filosa resistencia de una roca golpeó su espalda y lo disuadió del intento; lo alzaron de un tirón y lo empujaron hacia el frente, Amado sintió que estaba a punto de perder el equilibrio, que caería al vacío y que el dolor de mil huesos rotos invadiría su cuerpo, pero entonces, las tenaces manos que lo sujetaban lo devolvieron con brusquedad a una posición vertical.

Debía ser una hora muy cercana al ocaso porque pudo percibir los aromas de la noche. Entonces, comenzó a escuchar en derredor el murmullo de varias voces. Escuchó el crujido de la leña en la hoguera, el aroma de la comida, el metálico sonido de las armas cuando las limpian. Este es el campamento, pensó Montes de Oca. Sintió que iba recobrando la compostura y que el pánico inicial se había disipado. Con la misma brusquedad con que hasta el momento lo habían tratado, lo obligaron a sentarse sobre un suelo húmedo y blando. Un extraño olor a medicamentos le invadió el olfato mientras escuchaba pisadas frente a él. Sintió que lo observaban con detenimiento, que escrutaban cada centímetro de su piel.

—¡Carajo! Deben estar desesperados para que te hayan enviado —la voz de Elías Humboldt sonó empapada de sarcasmo. La misma voz burlona ordenó que le quitaran la venda. Lo hicieron de un tirón y luego lo sentaron sobre un taburete de madera, frente a una mesa desvencijada.

Montes de Oca estaba dentro de una tienda de campaña; intentó definir las figuras que se aglomeraban a su alrededor. De una de las sombras que estaban frente a él surgió, de nuevo, la voz burlona del comandante rebelde.

—Sólo decinos una cosa ¿Dónde están las armas?

—Eso es lo que he venido a averiguar...

—Esa broma te puede costar la vida —la voz se volvió amenazante.

—Nos puede costar la vida a ambos. Imagínese, usted y sus hombres atrapados en estas montañas, sin armas, siendo cazados por la jauría de Urtecho y sus sicarios.

Elías no pudo contenerse, con los ojos inyectados de sangre y el sudor empapándole el rostro tomó a Montes de Oca por las solapas y lo alzó en vilo aproximando su cara a la del asustado cartógrafo.

—Halloran salió de Santa Ana hace casi una semana, llevaba las armas ocultas entre su cargamento. Yo hice que lo vigilaran y lo protegieran. Todo marchaba de acuerdo a lo planeado hasta que entró en la selva. Y ahora, de la nada aparecés vos para decirme que las armas están extraviadas.

—¡Nadie sabe lo que pasó! ¿Dónde están sus hombres, los que vigilaban al gringo?

—Tampoco se han reportado —respondió Humboldt, un poco con vergüenza, un poco con rabia, mientras soltaba al prisionero dejándolo desparramado sobre la mesa.

Amado lo miró con incredulidad mientras intentaba incorporarse. Trató de planchar las arrugas de su dignidad a la vez que se abotonaba la camisa y se acomodaba los mechones de pelo que caían sobre su frente. Elías se paseaba en el fondo murmurando maldiciones, escupiendo diablos y sudando la calentura de la furia.

—Usted mantiene un control absoluto sobre la selva. ¿Cómo es posible que les haya perdido la pista a sus propios hombres y al cargamento de armas?

—Eso no es problema tuyo. Sin las armas no tenés nada que andar haciendo aquí.

—Me mandaron para averiguar qué era lo que estaba pasando.

—¿Te mandaron? Entonces estás con los militares.

—No, aunque en cierto modo se puede decir que sí.

—¿Te gusta jugar con las palabras?

—Me refiero a que los apoyo, aunque no comparto su ideología. Yo también estoy en contra de la dictadura, pero me opongo rotundamente a otro gobierno militar.

—Un republicano demócrata.

—Un anarquista.

Elías Humboldt no pudo contener la carcajada. Observó al maltratado Montes de Oca, de pies a cabeza y sintió lástima por él.

—Ahora sí puedo decir que lo he escuchado todo —la ira se disipó de su rostro—. Traigan agua para este hombre —ordenó.

—¿Qué está ocurriendo, Humboldt? ¿Dónde están las armas?

—Eso vas a tener que averiguarlo vos en Santa Ana. El tiempo se nos viene encima y esos fusiles son indispensables.

El silencio llenó el espacio que había entre los dos.

Por la mente de Amado, comenzaron a desfilar las circunstancias que lo llevaron hasta ese momento de su vida.

Fue durante uno de los cursos extra curriculares de la universidad que conoció a Mendoza Menocal. El entonces cadete Mendoza llevaba como asignatura complementaria el mismo curso de topografía que Amado Montes de Oca, y dada la brillantez académica de ambos estudiantes, no resultó extraño que terminaran llevándose bien.

Cuando ambos acabaron sus estudios, decidieron hacer una excursión por el lago de San Jorge. Todo fue espléndido hasta una tarde en que decidieron cruzar en canoa hacia la otra orilla. Mientras atravesaban el lago, el clima fue variando de fresco a lluvioso y antes de lo que esperaban, el viento comenzó a soplar con una fuerza inclemente, las aguas se convirtieron en corceles salvajes que mecían, sin piedad, la frágil embarcación. La furia de los truenos rebotaba contra sus afligidos corazones mientras la luz de los relámpagos llenaba los cielos. La canoa acabó por zozobrar, afortunadamente, la pericia y la sangre fría de Mendoza le permitieron salvar su propia vida y la de su amigo. Al llegar a la orilla del lago, Montes de Oca se lanzó de bruces sobre el fango y, arrastrándose, se alejó lo más posible del agua. Con el pecho todavía agitado por el susto, Amado se aferró a su amigo en un abrazo de gratitud.

—Me has salvado la vida —le dijo.

—Bueno, eso quiere decir que estás en deuda conmigo —respondió Mendoza.

—Eternamente.

—Recordalo cuando llegue el momento.

Y el momento llegó unos cuantos años después, cuando Amado Montes de Oca coordinaba el proyecto del trazo del mapa nacional. Estaba en su estudio de Pasto Alto, analizando unos planos de curvas cuando escuchó el sonido del jeep que venía. Fue una sorpresa encontrarse en el umbral de la puerta a su antiguo camarada. El oficial estaba muy agitado y le era difícil ocultar, bajo su máscara de serenidad, los nervios que cargaba encima. Sin muchos preámbulos, Mendoza le recordó la deuda y Amado le reafirmó que cumpliría su palabra, entonces, el militar, le dijo lo que necesitaba. Le explicó cuál era la posición que él y los demás conspiradores tenían con relación al Gobierno, sin entrar a detalles, también le refirió sobre Halloran, el cargamento de armas perdidas y la urgencia que tenía de averiguar sobre el paradero de las mismas. Era una misión muy arriesgada, pero debido al trabajo que realizaba Montes de Oca para el Estado, no despertaría ninguna sospecha al desplazarse entre las selvas de la cordillera de San Buenaventura hasta llegar a Santa Ana. El teniente le dio la contraseña para que pudiera llegar hasta territorio ocupado por la guerrilla. Después debía ir hacia Santa Ana para encontrar cualquier pista sobre Halloran.

Ahora, varios días después, a dos mil seiscientos sesenta y cinco metros sobre el nivel del mar, en una tienda de campaña oscura y maloliente, frente a un patético grupo de guerrilleros, Amado Montes de Oca se preguntaba en qué momento se había metido en aquel lío, y cuándo podría escapar de todo ese embrollo.

Halloran sabía que arriesgaba mucho pero, Total, pensó, sólo se vive una vez. Además, sólo iba a retrasar la entrega de las armas por un día y eso no afectaría los planes. Las armas estaban bien ocultas, después volvería a Santa Ana por ellas. En cuanto a los dos guerrilleros que lo vigilaban, sabía que no serían problema; simplemente lo dejarían en paz: también eran hombres y sabían lo necesario que era eso.

La impaciencia hacía que el corazón le palpitara con desenfreno. Llevaba ya más de una hora esperando. Las sombras de la noche comenzaban a robarle el color a las cosas, pero estaba seguro que la espera valdría la pena y aunque no fuera así, él era un caballero dispuesto a cumplir con las damas. El viento traía un aroma delicioso, a montaña, a río, a corral, a hojas, a campo y a vida. Junto a los olores, la música del agua, de los grillos y del viento entre la lujuriosa vegetación. Una relajante sensación de seguridad se acomodó en el gringo. Iba a ser una noche grandiosa.

Se recostó contra el tronco de un árbol y dejó que los sueños lo rodearan. Pensó en lo maravillosa que era esta región. Tal vez, cuando todo ese alboroto hubiera pasado, se vendría a vivir por estas tierras, se conseguiría una trigueña chúcara para estarla montando en las noches y darle ternura en el día. Levantaría un ranchito y se dedicaría al contrabando y a la ganadería, dos actividades muy lucrativas en la zona. Se llenaría de hijos y más adelante, cuando el fuego se entibiase en el corazón de su trigueña, se iba a conseguir otra mujer para que le calentara las noches: una vida perfecta.

Un leve ruido lo despertó de sus ensueños. Se incorporó tratando de descubrir el lugar del cual provenía. El momento se acercaba y estaba anhelante. Escuchó más ruidos… Está cerca, se dijo. Avanzó decidido hacia el lugar de donde provenían. No preguntó quién andaba por ahí, estaba más que seguro de saber de quién se trataba. Las primeras estrellas iluminaron el cielo. Sintió que había un cuerpo muy cerca del suyo e incluso percibió su aroma.

Se aproximó lo más rápido posible y muy tarde descubrió que había bajado demasiado la guardia. El helado filo de una hoja metálica le partió el pecho y, antes de que pudiera retenerla con sus manos, toda la sangre se le escapó del cuerpo mientras caía de espaldas sobre el suave colchón de grama a sus pies.

El tiempo transcurrió con infinita lentitud entre el ataque y la caída. Mientras iba en descenso, Halloran alcanzó a ver que su cita sí llegó a tiempo.

MAYO...

Amado Montes de Oca estaba entre los curiosos que se amontonaban en el solar de Joaquín Varela para ver cómo desenterraban a la quinta víctima del destripador de Santa Ana. El cartógrafo observó de lejos al teniente Flores quien interrogaba a Ingenio Coca. Por lo que pudo observar, el oficial estaba de muy mal humor. En el centro de la multitud entrevió la figura blanca del gobernador quien, junto al doctor Rojas y al juez Toro, inspeccionaban el cuerpo. Amado se movió con dificultad entre aquella muchedumbre que no se retiraba del lugar pese a la violencia con la que el sol caía sobre ellos.

Mientras Amado miraba los afanes de aquella masa humana, una figura que se garabateaba sobre el horizonte capturó su atención. Tenía algo que lo hacía verse distinto a toda aquella gente que devoraba indiferente el calor, el extraño parecía preferir mantenerse alejado, como evitando embarrarse de la ansiedad del populacho. Montes de Oca no sabía que ese hombre se llamaba Aníbal Robaina, que era cohetero, que, por puro placer, trabajaba para Urtecho y que andaba tras él y tras las armas que traía el gringo que yacía sembrado en el terreno de Joaquín Varela.

Aníbal miraba a la multitud más interesado en esta que en el muerto. Mientras repasaba con la vista a cada uno, cruzó sus ojos con los de Amado. Las miradas de ambos se anudaron por unos segundos y luego se desataron y huyeron la una de la otra como serpientes sobre la arena.

Montes de Oca prefirió dejar de pensar en el cohetero y volvió a enfocarse en el doble misterio que tenía enfrente. La pregunta no era tan sólo quién había matado a Halloran sino, también, qué rayos se habían hecho las armas. Al principio, Amado desconocía la identidad del muerto, pero cuando sacaron el cadáver de gruesos mechones pelirrojos, alguien gritó que se trataba del gringo. De inmediato, se puso a buscar las armas en los alrededores pero no encontró nada, así que regresó al lugar del hallazgo para averiguar qué otros datos útiles lograban recabar las autoridades.

Mientras Amado Montes de Oca buscaba sus pistas, alejado varios metros del tumulto, el chino Francisco Lee, dueño de la abarrotería más surtida de Santa Ana, buscaba un lugar para mear con tranquilidad. Sofocado por la agobiante presión de su vejiga, encontró pronto en donde poder liberarse a gusto. Mientras gozaba las delicias del desahogo, una hilera de bravas hormigas treparon por sus piernas y, antes de que el oriental pudiera percatarse del ataque, decenas de rabiosas mordidas laceraron su piel impulsando hacia su boca toda la gama de imprecaciones del vocabulario mandarín. El chino se revolvió en una serie de remolinos y piruetas para quitarse de encima a los feroces bichos y, entre contorsiones de tirabuzón y malabares sobre un pie, se enredó en las raíces de un arbusto y cayó de bruces. Se revolcó sobre la tierra hasta sacarse de las piernas sus minúsculos atacantes. Jadeante, sobándose todas las partes en donde las hormigas lo habían picado, se sentó sobre un túmulo de tierra. Cuando se le pasó el susto, tomó aire y observó con detenimiento el suelo para ver si no había más insectos cerca.

Un objeto blancuzco capturó su atención. Se inclinó para tomarlo, tiró de él y de súbito una mano inerte, descarnada y amenazante, surgió de la tierra. El alarido que pegó el chino atrajo la atención de algunos curiosos que llegaron en carrera. Al poco rato, estos regresaron al lugar del primer hallazgo con la noticia de los otros dos cadáveres recién encontrados.

Todos corrieron en bulto, dándose de codazos y halándose las camisas y los pelos para no perderse el nuevo espectáculo. Mientras llegaban, el chino Francisco Lee, removió la tierra que cubría los dos bultos. Entre jadeos y estremecimientos, abrió los ojos más allá de lo que sus oblicuas órbitas habrían permitido bajo circunstancias normales y gritó desaforado: «¡Les coltalon la cabeza! ¡Les coltalon la cabeza!»

Amado Montes de Oca se abrió paso entre la muchedumbre para ver el cuadro con sus propios ojos. Sin lugar a dudas, se trataba de los hombres de Humboldt, los que custodiaban al gringo y a las armas. El misterio se le volvió un sólo ovillo, enredándose en su cerebro. Montes de Oca trazó teorías en el aire, pero las ideas que empezaban a cuajársele en el cerebro se le derritieron de súbito, una palmada en la espalda lo distrajo, era el gobernador quien le sonreía. Le preguntó por el mapa, él le contestó con un murmullo sin sentido, mientras lo observaba abrirse paso, acompañado por Amílcar Bobadilla, el doctor Rojas, el juez Toro y el teniente Flores.

Amado prefirió retirarse, ya había visto suficiente. Mientras se alejaba iba pensando en Elías Humboldt, sabía que la noticia iba a llegarle en pocas horas pero no podía adivinar cuál sería la reacción del guerrillero.

Caminó sin rumbo, reflexionando sobre cada detalle de la situación. Se suponía que Halloran llegaría con las armas hasta cierto punto de la cordillera de San Buenaventura, en donde las entregaría a los guerrilleros. A finales de marzo, el gringo había abandonado Santa Ana y desde entonces desaparecieron sus huellas. Humboldt había dispuesto dos hombres dedicados a escoltarlo. Durante el trayecto, por alguna misteriosa razón, Halloran se había detenido, en ese punto el asesino decapitó a los guerrilleros, capturó al contrabandista, le quitó las armas y después lo mató.

—¿Le preocupa algo, profesor? —la voz lo arrancó de sus cavilaciones y lo trajo de vuelta al caluroso día de mayo. Volteó para descubrir a Robaina caminando tras él.

—¿Disculpe?

—Va hablando solito y eso no es buena seña— a Montes de Oca le resultó chocante el tono impertinente de Aníbal Robaina.

—Perdone... ¿Lo conozco?

—No creo, profesor, pero ya me va a conocer, me llamo Aníbal Robaina. Ando preparando la pirotecnia para la próxima semana... usted sabe, van a celebrar lo del milagro de las langostas.

—Ya veo, ¿pero usted de dónde me conoce a mí?

—¿Quién no conoce al famoso profesor que anda midiendo todo el país?

—No sabía que yo fuese tan popular.

—Muchas cosas pasan en esta vida sin que uno se las imagine.

Amado intentó cortar el incómodo diálogo, pero Robaina persistió.

—¿Y es muy tardado hacer esas mediciones que usted anda haciendo?

—¿Por qué?

—No, por nada. Es que veo que ya lleva varios días en esa vaina y no acaba.

—Tal vez sea tan prolongado como preparar carreras de bombas y torofuegos —la respuesta llevaba la clara intención de picar a Robaina pero éste no se da por aludido.

—Usted debe conocer muy bien este país, profesor.

—Sí... de punta a punta.

—Yo también he viajado mucho. Hasta las islas del norte he ido a dar.

—...

—Usted, como yo, ha de haber visto muchas cosas en esos viajes —insistió Robaina—, pero la verdad es que esta mortandad no la había visto yo por ningún lado. Y no es que no haya visto muertes. Usted sabe, siempre, por esos pueblos de Dios, hay cualquier cantidad de matanzas; la gente se mata por cualquier cosa, pero en ningún lugar había visto lo que está pasando aquí. Esta es una seña de que el mundo ya se está acabando —Aníbal Robaina se persignó haciendo cuatro veces la señal de la cruz, una, sobre la frente, «Por la señal de la Santa Cruz...»; la segunda sobre los labios, «...de nuestros enemigos...»;

la tercera sobre el pecho, «...líbranos Señor, Dios nuestro...»; y la última, la más grande, dibujada en el aire desde la frente hasta el pecho y cruzando del hombro izquierdo al derecho, «En el nombre del Padre, del Hijo y del Espíritu Santo, amén.»

Amado quería desprenderse de aquel hombre lo más pronto posible; buscó excusas, no encontró así que decidió ser tajante.

—Bueno, don Aníbal, aquí me despido yo, tengo que seguir con mi trabajo así que otro día continuamos con la plática.

—¿Sabe, profesor? Todos somos hijos de la muerte, pero esa es una bendición, fíjese, porque si no tuviéramos ese negocito pendiente con la pelona, nos volveríamos locos. Hay un hombre en este mundo, condenado a no morir jamás y a vagar sin rumbo fijo por toda la tierra: el Judío Errante, le dicen. Él daría lo que fuera por morir, pero no puede. Yo mismo he visto al mentado, fíjese, lo vi despeñarse de un gran barranco y no se hizo nada, se levantó y me quedó viendo a los ojos, tenía una mirada que me causó dolor, dijo una jerigonza en unas palabras que sonaban a locura y pegó una gran carrera huyendo de mí. Aunque no entendí su lengua, me imagino que sus palabras fueron «vale más morirse».

Amado se quedó inmóvil, viendo al hombre alejarse. Percibió un olor extraño que se quedó flotando a su alrededor, liado con el calor que sofocaba a la tierra.

Clara se sumergió en el húmedo placer del agua. Se entretuvo acariciando la piel de su rostro, de sus brazos, de sus piernas, entre espumas de jabón y burbujas que cargaban perfume de lavanda y de las esencias que había vertido en su bañera. Dejó que el suave masaje del líquido la invadiera y le penetrara por cada poro, desterrando al olvido de las cosas indeseables el sofocante calor que recorría, lento y maligno, por todas las calles de Santa Ana. Buscó a tientas, en el fondo de la bañera, el paste para frotar su cuerpo, lo encontró, lo enjabonó y volvió a masajear sus miembros con él. Fue una dicha arrancarse las impurezas que le habían invadido durante el día para dar paso a aquella sensación de ligereza, etérea y sensual, que la renovaba y la llenaba de energías. Su piel se volvió crema, suave y blanca, gracias a la magia de la pastilla de jabón. Se deleitó, abandonada al placer de acariciarse a sí misma con una dulzura que sólo ella podía brindarse.

Para estimular sus sueños, reemplazó la rutinaria realidad que la retenía por la fantástica mansión en donde habitaban las imágenes de sus visiones. Era una gran casa de estilo colonial, de amplios salones con cielos altos, con arañas de cristal y vitrales de vivos colores, grandes puertas de caoba con herrajes de bronce, largos corredores enlosados con fina cerámica, bellos cuadros de temas míticos con sensuales matronas rosadas y complacientes. Un enorme tragaluz, del mismo cristal de colores, bañaba de resplandor el comedor principal. Más allá del área social, había un gran pasillo que rodeaba un jardín en cuyo centro reinaba una fuente rematada por un travieso cupido que meaba, insolente, un eterno chorrito de agua. Ella corrió a lo largo de ese pasillo, en busca del imaginario amante que la iba a saciar. Se detuvo ante una gran puerta en donde se veían, tallados en la madera, los cuerpos entrelazados de un hombre y una mujer. Las hojas de la puerta se abrieron de par en par y ella avanzó, entre temblores y gozos, hacia el interior de aquel aposento diseñado por los febriles ingenios de su deseo. Adentro, desnudo y glorioso en su palidez de santo de altar, aguardaba el amante que su fantasía había escogido para esa ocasión. Era la primera vez que él visitaba su mansión de sueños y ella se estremeció ante lo inevitable de aquel encuentro. Él estaba tendido sobre un diván, con la serenidad del entresueño flotando sobre su rostro. Clara lo contempló sintiendo que los huecos de su corazón se llenaban con sólo verlo. Él le sonrió. Clara revolvió los cabellos del hombre, juguetona, y se dejó caer en la seguridad de sus brazos. Sin paz ni tregua, ella llenó su boca con la piel de su amante y como gusanito inquieto, entre torsiones, vueltas y revueltas, se alimentó del placer que le provocaba a él.

En la vida real, el agua de la tina se agitó, su temperatura aumentó en milésimas de grado.

De vuelta a la casona de imaginación, los cuerpos de ambos jugaban a dar y tomar, a esconderse para ser encontrados, a negar para entregar y entre rodeos y llenuras de dicha, los dos fueron buscando la conjunción exacta para volver en una la carne y las ansias. Ella se lanzó, fluida y melosa sobre él, dispuesta a ser conquistada y vencida, presta a descubrir los secretos que encerraba aquel bosque de misterios, a olvidar toda conveniencia y propiedad por un segundo de éxtasis. Y cuando por fin sintió que su carne iba a ser invadida y que su piel sería traspasada por el fogoso ímpetu de Amado Montes de Oca, una voz lejana e impertinente la devolvió con violencia a la realidad del cuarto de baño. La ilusión y el buen humor se esfumaron dejando a Clara sola, con el bochorno de la pasión insatisfecha.

La voz intrusa provenía del patio. Era Elvira que se acercaba. Un golpe seco sobre la puerta. El chirrido de unas bisagras al abrirse. Chaclás, chaclás de sandalias sobre la losa del piso. Su nombre pronunciado por una voz fresca que le preguntaba, desde el otro lado de la puerta, si aún estaba en el baño. Todo se escuchaba lejano. Clara todavía no abandonaba el mundo de sus fantasías. Entrecerró los ojos y se hundió en el agua de la tina, sin darle importancia a la insistencia de Elvira. Esperó unos segundos sumergida para terminar de ahuyentar las fantasías. Emergió de súbito, aspirando profundo a la vez que agitaba sus cabellos. Le ordenó a Elvira que aguardara. Salió de la bañera con la piel perlada por gotitas de agua. Fue hacia la puerta, abrió recelosa, mirando a los ojos de Elvira.

—¿Qué querés?

—Ya encontraron al gringo.

—¿Y a mí qué me importa?

—Creí que le gustaría enterarse.

—Ya me enteré... andate.

Elvira dio la media vuelta y se retiró disgustada. Al salir, volvió la vista hacia Clara y de sus grandes ojos gatunos dejó escapar un melancólico reproche. La señorita Ocaña se sintió culpable al verla desaparecer tras la puerta, pero no hizo nada para resarcirse de su conducta. Siguió molesta por la interrupción de su baño pero, en el fondo, sabía que lo que en realidad la incomodaba era haber permitido que Amado Montes de Oca entrara a su mansión de fantasías.

Por lo general, habían sido hombres de poca importancia, anónimos y lejanos los que se hospedaban en las habitaciones de su palacio de imaginación. Siempre amantes fugaces, construidos con detalles del hombre ideal. Montes de Oca era demasiado distinto a ellos, no era fácil de olvidar y mucho menos de enviarlo al limbo del anonimato. La señorita Clara comprendió el peligro de tal situación, intentó bloquear con razones el desbocado trote de los sentimientos, como si fuese capaz de lograr lo que ningún ser humano vivo ha podido conseguir: contradecir desde la raíz a su propia naturaleza.

Miró a través de la ventana a una mariposa de vivos colores que, tras revolotear alegremente, se posó sobre las rosas del jardín en cómplice silencio.

El rumor de huelga había alcanzado las lejanas costas de Santa Ana. Comenzó ligero, inofensivo, casi imperceptible, como las primeras gotas de una tempestad. Aunque nadie supo nunca dónde ni cómo, era probable pensar que se había iniciado en la barbería de Menecio, en una de aquellas calurosas tardes de verano en que el bochorno se desenvolvía con pereza y sensualidad sobre Santa Ana. Tal vez los parroquianos ahí presentes, entre espumas de barbero y cafecitos bien cargados, estuvieron hablando de los macabros asesinatos, de cómo atrapar al asesino y de la falta de sentido común de la policía. Pudo ser que hubieran estado hablando de cualquier cosa, en fin, amén del tema que fuere, el susurro de huelga se fue colando entre las gentes en medio de la cotidiana queja por los salarios, el alto costo de los alquileres y la comida, la explotación a la que eran sometidos los obreros en las fincas de la compañía bananera. Y así, las sediciosas tertulias fueron contagiando los cafetines, los billares, las confiterías, el mercado, las pastelerías, las salas de espera de los centros de salud, los partidos de fútbol dominicales e incluso llegaron a reptar entre las bancas de la iglesia hasta llegar al púlpito, desde el cual, el padre Occhiena, hilaba, a fuerza de gruesos cordeles de oratoria cantinflesca, los retazos de sus homilías que igual hablaban de la Virgen y toda su corte de santos, como de asuntos tan terrenos como los bajos salarios y las huelgas, exhortando a sus feligreses a buscar primero el reino de Dios y después sus sueldos. El rumor siguió esparciéndose hasta solidificarse en misteriosos panfletos, impresos quién sabe dónde, que circularon por todo el país, desde las islas del norte hasta los departamentos del sur. Los corazones de los obreros se volvieron más huraños y susceptibles a enzarzarse con los patronos, hasta el punto que, el mismo sacristán, Serafín Gallo, se le cuadró al padre Occhiena con la demanda de que si no le aumentaba el sueldo iba a dejar de tocar las campanas, la única victoria de su breve rebelión fue un par de coscorrones bien encaramados en su desfavorecida testa. Todos comenzaron a murmurar, y el murmullo se hizo bulla, y la bulla le causó insomnio e incomodidad al teniente Napoleón Flores, quien ya no sólo tenía que lidiar con el problema civil de los crímenes de Santa Ana sino, también, con el conflicto que estaba germinando por todas partes.

Lo peor era que al Gobierno parecía importarle un cacahuate el asunto, ya que el Ministerio del Interior no había enviado un tan sólo despacho con instrucciones al respecto. El teniente Flores se sentía abandonado pues sabía que contaba con la animadversión del alcalde y las demás personalidades de la ciudad. Su único aliado era el coronel Carlomagno Obregón, así que se valdría de la senil manía del gobernador por jugar a los detectives para cubrir uno de los dos flancos que sentía amenazados, el otro, el de la huelga, lo resolvería colocando espías entre los simpatizantes del paro, para atajar a tiempo cualquier acción sediciosa.

Por todo eso, Napoleón Flores no se sentía de humor para dedicarle tiempo a las teorías del coronel Obregón, pero, por la conveniencia, hizo de tripas corazón y, mientras levantaban los cadáveres del gringo y de los dos desconocidos, consintió en acudir a su llamado para escuchar lo que el viejo guerrero tenía que decir. Carlomagno estaba esperándolo, sentado en la silla del copiloto de su desvencijada camioneta azul, secando el sudor de su cabeza con un pañuelo blanco. Al verlo llegar, el rostro del anciano se iluminó, luego invitó al joven oficial a que entrara al vehículo para que pudieran charlar. La primera frase que soltó puso en alerta al teniente Flores.

—Ahora sí estoy convencido de que el asesino no es uno sino varios.

Cuando el coronel le formuló sus hipótesis, el teniente se sintió como un niño recibiendo lecciones y eso lo incomodaba.

—La primera impresión del asunto puede hacernos pensar eso —respondió el oficial, tratando de desestimar la conclusión del gobernador.

—No sólo la primera, mi estimado, lo que le digo es resultado de examinar con detenimiento muchos detalles.

—Por favor, explíqueme —Flores se reclinó en el asiento, un tanto escéptico.

—Hay evidencias obvias de la participación de más de un individuo, por lo menos en este nuevo escenario.

—Concuerdo con usted, coronel, que la forma en que mataron a estas personas no es la misma. Pero no alcanzo a ver en qué radica lo obvio.

—En ese punto es donde su vista se acorta, mi estimado. Usted se basa en lo que ve y deja por un lado lo que no se puede ver.

—Siento como si le estuviera tomando declaración nuevamente a Ingenio —bromeó Flores.

—No es tan enredado, teniente. Existe una causa detrás de cada asesinato, un móvil, que puede verse, o intuirse, en la forma en que el asesino dispone del cadáver.

—Creo que voy entendiendo.

—Entonces entenderá que la forma en que encontramos al difunto nos indica, de alguna manera, por qué lo mataron.

—En eso estoy claro; la mayoría de los cuerpos aparecieron en forma muy peculiar.

—Exacto, los tres primeros parecen seguir un patrón o ritual; añadiendo a esto el hecho de que todos fueron castrados. De los cinco restantes, tres también sufrieron la mutilación de sus genitales, pero, salvo ese detalle, no había nada excepcional en la disposición de los cuerpos. Los dos últimos estaban decapitados, método que el asesino no había usado nunca antes, y tampoco les volaron las pelotas. Finalmente, los tres cadáveres que acabamos de hallar llevan bastante tiempo enterrados, todas las otras víctimas aún estaban frescas cuando las encontramos —concluyó orgulloso el coronel.

El teniente Flores sentía vacilante y débil su estima personal, al estar recibiendo una contundente lección de métodos deductivos de un senil aficionado al detectivismo.

—El asesino nos está dejando un mensaje —acertó a decir el teniente.

—Yo diría, los asesinos —corrigió el coronel—. Nos están contando los móviles de sus crímenes, aunque aún es muy difícil leerlos, están ahí; usted verá que hay un código detrás de todo.

—Tal vez sea una forma de decir cuánto odia a los hombres, o es una advertencia, una forma de infundir temor.

—Esa es una opción muy interesante, sin embargo, yo opino que la causa es otra.

—¿Y cuál sería esa causa, mi coronel?

—Estoy de acuerdo en que el asesino se ve a sí mismo como un vengador, pero también pienso que este vengador siente una enredada culpa en su interior que lo motiva a dejarnos pistas —el gobernador sacó uno de sus cigarrillos y lo encendió, aspirando el humo con fruición—. El asesino quiere que lo descubramos, teniente.

Flores tuvo que concederle un punto más al gobernador. Por lo menos, el flanco de los crímenes estaba bien guardado, tan sólo tendría que asegurarse de que sus espías no fueran tan estúpidos como sus gendarmes, así mantendría el flanco de la huelga bien cubierto.

Los dos hombres se despidieron; el teniente bajó del auto. La camioneta arrancó mientras don Carlomagno Obregón le gritaba desde el vehículo:

—¡Y recuerde ver bien lo que no se puede ver!

La tormenta se desató con alevosía y ventaja sobre la indefensa Capital. Las personas corrían, entre los estruendos del trueno y la alharaca de los rayos, en busca de un agujero en donde refugiarse. El tráfico se congestionó, parecía obra de algún malévolo prestidigitador que había hipnotizado a todos los conductores para que volvieran más lento el rodar de sus coches y presionaran hasta la locura sus bocinas. El capitán López era uno de los conductores atrapados en aquella sopa motriz, pero él no era de los que recurrían al apoyo del claxon para descargar frustraciones reprimidas. Esperó con espartana paciencia a que el nudo de vehículos se deshiciera. Mientras tanto, en el asiento trasero, el general Bertrand se revolvía inquieto ante el atolladero en que estaban metidos.

—Esta ciudad nos queda muy chica para tanto carro —farfulló el general.

—Vamos a estar atascados aquí, por lo menos, veinte minutos más, señor; es mejor no desesperarse —intentó calmarlo el capitán.

—No joda, López, lo que está ocurriendo no es como para quedarnos aquí, tranquilos, esperando. Es urgente que nos reunamos con los demás para enterarlos.

—Es muy probable que Mendoza ya esté enterado, recuerde que él tiene un agente en Santa Ana.

El Puma Bertrand pensó en su propio espía en Santa Ana y la lujuria volvió a su cuerpo.

—¿No hay otra forma de dar el golpe? —preguntó el general.

—Dependemos de una acción audaz y suicida —le contesta el capitán López.

—Un loco que se aviente, relleno de dinamita, sobre Urtecho y el Generalísimo. Yo no creo que hallemos un voluntario, López. Eso es muy desesperado.

—Pero efectivo, mi general. Analícelo, hay un día del año en que los dos hombres más poderosos de este país van a estar juntos, en un sitio público, protegidos por una seguridad que nosotros podemos burlar —la emoción acudió a López a medida que exponía su táctica—. Podemos colocar a nuestro hombre ahí, en el momento preciso.

—¿Y sí sólo les colocáramos una bomba? Un artefacto oculto en el auto, por ejemplo…

—No, es muy arriesgado. Es mejor asegurarse que el trabajo quede bien hecho —opinó el capitán.

—¿Pero, quién será el valiente dispuesto a reventarse en mil pedacitos?

Un silencio plomizo inundó el vehículo mientras López buscaba una respuesta inteligente con la cual responder al desafío de Bertrand.

—Averigüe qué es lo que pasa; esta espera ya me tiene podrido —ordenó el general.

López tomó el paraguas y descendió del vehículo. Avanzó hacia el frente de la cola en busca del origen del atolladero. Mientras caminaba bajo la lluvia, en medio del ruido de las bocinas y los motores, comenzó a realizar un análisis de cada uno de los candidatos dispuestos a llevar encima una bomba para mandar al infierno al Generalísimo Zelaya. No era fácil hallar uno. Quienes pudieran sentir el suficiente odio hacia él ya estaban bajo tierra o lejos, en el exilio. Los guerrilleros tampoco iban a aceptar enviar a uno de los suyos, además, Urtecho los tenía bien identificados, no podrían acercarse ni a un kilómetro del dictador.

A unos cien metros del coche encontró la causa del embotellamiento. Había cinco automóviles chocados, en medio del accidente divisó el cadáver de una vaca, con las patas rígidas hacia el aire. Las ambulancias ya estaban en el lugar del siniestro, la policía trataba de controlar a los curiosos y los bomberos luchaban por sacar a los heridos de entre el amasijo de metal.

—Este país es un relajo —murmuró el capitán López—, por más que se les dice que no anden dejando sueltas las vacas, no hay forma de que hagan caso... —la frase se le congeló en la boca en el instante en que un nombre llegó a su mente: Adrián Rodas Baca. «¡Cómo no se me ocurrió antes!» pensó el capitán. Volvió apresurado sobre sus pasos para comunicarle su nuevo plan al general Bertrand.

Jadeante y todo empapado, llegó hasta el vehículo. Entró apresurado y mientras colocaba a un lado el paraguas, le dijo al general:

—Tenemos al hombre, no sé cómo no lo habíamos pensado antes... ¿general? —ante el silencio de Bertrand, López miró por el espejo retrovisor y no vio a nadie en la parte trasera del vehículo. Un estremecimiento recorrió su cuerpo, giró la cabeza para revisar bien y lo que vio lo dejó congelado: El cuerpo del general estaba inerte, tendido sobre el asiento, bajo su cabeza había una extensa mancha de sangre.

La galera estaba abarrotada de hombres. Los olores se entremezclaban, ácidos unos, melancólicos los otros, densos, secos, húmedos, extraviados, intensos, fugitivos; olor a tabaco, a cidra y cerveza, aroma de muelle, hediondez de continuas resacas y largos días bajo el sol en el estribadero, fragancia lejana de esperanzas perdidas, perfume de sardinas y bacalao, efluvios de banano podrido, vaho de cocoteros taciturnos; olía a expectativa, a coraje, a rebelión, a costa, arena y mar, a relajo, a cansancio; todo olía, olía profundo, olía intenso... todo olía... menos el miedo.

Los líderes obreros estaban ahí, los de las fincas de banano, de los muelles, de las empacadoras, los maestros, los auxiliares del centro de salud, los empleados del Correo Nacional, representantes de los campesinos y los maquinistas de la fábrica de manteca y jabones. Decididos, aguardaban con impaciencia el momento de dar inicio a la huelga.

La galera era propiedad de los gringos, estaba cerca de la playa, oculta por una espesa mata de arbustos, palmeras y árboles de naranja. En ella se habían oficiado misas, cumpleaños, recepciones a embajadores, investiduras de funcionarios públicos, coronaciones de reinas del carnaval y graduaciones. Era el centro de reuniones sabatinas más popular de la costa norte en la década de los treinta, hasta que en una infortunada noche se convirtió en el macabro escenario de la venganza de los Montero.

Fue en agosto de 1939, en la galera se celebraba la boda de Estrella Márquez con Felipe Llosa. La pareja se disponía a iniciar el vals cuando, sin previo aviso, irrumpieron en el salón los hermanos de Abel Montero. Lo único que se les escuchó decir fue: ¡Si no fue para Abel, no será para nadie! y acto seguido vaciaron sus escopetas sobre toda la concurrencia. Hubo catorce muertos, entre ellos los novios, y veintisiete heridos. Los hermanos Montero se fueron del lugar como llegaron y jamás nadie los volvió a ver. Al día siguiente, la gente de Puerto Mendoza se enteró que Abel Montero se había suicidado al mismo tiempo en que se celebraba la boda de Estrella con Felipe. Los hermanos Montero se habían cobrado una deuda de honor así que el asunto fue dado por concluido, pero desde ese día no se volvió a celebrar ninguna fiesta en la galera de los gringos.

No era un buen augurio para la reunión, pero el lugar era ideal para organizar la huelga. Era fácil de vigilar, no solían rondar curiosos, los árboles cubrían bien los alrededores y no había quien pensara en que existiera gente tan loca como para ir a meterse ahí de noche. Eliseo Cárcamo, el presidente del clandestino Sindicato de Estibadores, se sentía seguro en aquel lugar. Él mismo había escogido el sitio para la reunión. Estaba orgulloso de su poder de convocatoria y de que las cosas hubiesen marchado tan bien hasta ese momento. Todo iba conforme a la agenda y tan sólo faltaba que Plinio Soares Bastos hiciera aparición para dirigir su discurso a los trabajadores.

Ya habían terminado los discursos cuando Eliseo Cárcamo le dio la bienvenida al doctor Soares Bastos. El menudo dirigente de la Armada Revolucionaria de Liberación, ARL, hizo su entrada vistiendo su tradicional guayabera blanca y sus distintivos quevedos de carey. Lo acompañaban el comandante Marcos Pastor, líder del Frente de Restauración Nacional, FRN, y su lugarteniente, un joven argentino llamado Julio Sábato. Eliseo Cárcamo les pidió que ocuparan el sitio de honor en la mesa principal. Luego, tomó la palabra y solicitó a los cuarenta y siete asistentes que guardaran silencio para escuchar al doctor Soares Bastos. Todos los ojos se concentraron en la diminuta figura del revolucionario. Soares Bastos avanzó hacia ellos para hablarles. Ese simple y astuto gesto capturó la atención de todos y lo acercó más a su público. Él no habló con la acostumbrada verborrea de los políticos, en lugar de eso les dijo cosas que podían entender, les hizo reflexionar sobre las causas por las cuales los ricos se veían cada vez más prósperos, más lozanos y más gordos, si el país, como decía el Generalísimo, estaba ajustándose la faja para alcanzar el definitivo despegue económico. Con diáfana claridad les explicó que el capitalismo no era una ideología liberal que promovía la justicia y la iniciativa individual, los únicos intereses que promovía eran los del capital, era, un mecanismo para hacer a los grandes empresarios más ricos e ilusionar a la masa gris con un futuro de bonanza que jamás llegaría. Soares Bastos les explicó que era necesario que ellos se unieran con decisión a la lucha, desde sus puestos de trabajo, saboteando el aparato económico del Generalísimo. El doctor los iba haciendo sentir cada vez más importantes, esenciales para el éxito de la revolución. Ellos eran los llamados a rescatar la Patria, la última esperanza de redención tras veinticinco años de dictadura.

Al momento de pronunciar aquellas palabras, la galera se estremeció por el rugido de una repentina explosión. De inmediato el pánico se apoderó de los presentes. Todos corrieron en busca de la salida pero en las puertas tan sólo encontraron el umbral del infierno, pues ahí, donde esperaban hallar la salvación, los aguardaba un nido de metralla que comenzó a escupir, incesante y sin misericordia, toda la carga de plomo que llevaba en las entrañas. Los gritos se enmarañaban con el humo de la pólvora, la sangre hizo charcos sobre las losas de barro. Seres invisibles disparaban los mortales proyectiles a un ritmo macabro y trepidante.

El cadáver de Soares Bastos, irreconocible por las innumerables perforaciones y con la blanca guayabera teñida de carmesí, yacía de espaldas, en el centro del edificio. A pocos metros, de bruces sobre una poza color purpúreo, Eliseo Cárcamo temblaba a causa de los últimos estertores de su cuerpo, con los ojos desorbitados, intentando tomar aire mientras el líquido vital se le escapaba a chorros por una enorme perforación en la garganta. Los demás asistentes estaban regados por toda la galera, algunos muertos, otros moribundos y unos pocos, los menos afortunados, heridos.

De súbito, tal y como empezó, el ruido de las ametralladoras se detuvo. Envueltos en un espantoso silencio, los atacantes invisibles, surgieron de la oscuridad y comenzaron a levantar los cuerpos. Uno a uno fueron depositando los cadáveres dentro de tres camiones que habían estado ocultos entre la maleza. A los moribundos los remataban de un tiro en la cabeza, luego los subían a los camiones. A los heridos los levantaron sin miramientos, aquellos que aún podían ponerse en pie fueron metidos a fuerza de culatazos en un remolque tirado por un jeep, a los más maltratados los sacaron a rastras, los colocaron contra la pared lateral de la galera y los liquidaron a metralla.

Los verdugos recorrieron los alrededores en busca de sobrevivientes, revisaron entre las matas, en cada rincón de la galera, escarbaron todo el perímetro del edificio, incluso, se subieron al cielo falso.

Al fin, cuando creyeron que no había ningún sobreviviente, rociaron gasolina por todos lados, le metieron candela al viejo edificio y subieron a los vehículos para emprender retirada. Pero no buscaron bien, pues, de haberlo hecho, habrían encontrado, en el fondo de la letrina, cubiertos de inmundicia, a Marcos Pastor y al argentino Julio Sábato.

El siniestro convoy de camiones, precedido por el jeep que halaba un remolque, pasó inadvertido en la madrugada, sobre el accidentado camino hacia la montaña de San Antonio. Iba dejando tras de sí, un rastro de sangre negra que regaba aquella tierra dura y pedregosa. Atrás, humeante, convertido en cenizas y polvo, quedó el cadáver de la galera, intentando mantener en pie los restos de la poca dignidad que aún le quedaba.

El filo de la piedra surcaba la superficie de la pared por enésima vez. Los rayones iban juntándose para ir adquiriendo forma. Las líneas comenzaron a representar volúmenes y los volúmenes dejaron entrever figuras en movimiento las cuales, a su vez, formaban parte de una escena completa. Adrián Rodas Baca se alejó un poco para echarle un vistazo a la obra que, con la paciencia de quien sabe que no tiene más que hacer con su vida, había elaborado durante años, en la penumbra de la celda. Era una creación magnífica: Prometeo Encadenado. Sobre los doce metros cuadrados de cemento musgoso, Adrián había plasmado la trágica historia del héroe que robó el fuego de los dioses para entregárselo a los mortales. El último trazo sobre el rostro de Prometeo describía a la perfección el dolor y la agonía que aguardan a todos aquellos que se meten a redentores y que acaban con las entrañas eternamente devoradas por el buitre del desagradecimiento y la incomprensión.

El prisionero dio un par de pasos más hacia atrás y tropezó con el cuerpo de Abdenego Cubillas, quien dormía sobre el húmedo suelo de la prisión. El duro contacto con el piso devolvió a Rodas Baca al mundo real. Abdenego se incorporó soltando imprecaciones contra la madre de Adrián, su abuela y toda su parentela pasada y por venir. Le propinó una patada en el muslo al maltrecho artista y se fue para otro rincón a seguir su siesta. Adrián se sentó despacio, pasó la vista en derredor, observó toda la inmundicia y miseria en la cual vivía con su compañero de celda, luego, volvió la mirada a la obra recién terminada y comenzó a sollozar.

Había perdido la cuenta de los días, meses... años que llevaba prisionero en aquel agujero de hongos, podredumbre y decepciones. Tampoco pensaba en el pasado o en el futuro, sabía que hacerlo abriría las puertas de la locura.

Al principio, estuvo a punto de perder la razón, recordando la lluvia en invierno, las tardes de abril, el abrazo de una mujer, las pláticas entre amigos, el vino, el sabor de los mangos, la frescura de las sandías, el olor del lienzo recién pintado, o el del ocote al arder en el fuego, la arena en la playa, el viento en el rostro... la libertad.

No era fácil aceptarlo, había luchado mucho para llegar a tener lo que un día tuvo. Su origen era muy humilde, provenía de una numerosa familia de campesinos de la Costa Norte. Desde pequeño mostró una sorprendente habilidad para el lenguaje y el dibujo. Su profesora de escuela, al ver en él un alumno con brillantes posibilidades de desarrollarse, hizo todo lo que estuvo a su alcance para conseguirle una beca de estudios en la Academia Nacional de Bellas Artes. Una vez ahí, Adrián no tardó en destacarse entre sus compañeros.

Por aquel entonces, comenzó su larga amistad con Abdenego quien, además de ser su maestro de Historia del Arte, lo instruyó en los fundamentos del socialismo y el anarquismo. Él le fue alimentando ideales de un mundo mejor y más justo, sin el estropicio de las guerras, los crímenes, y los gobiernos. Le hizo ver el menosprecio que la dictadura mostraba hacia los intelectuales, desprecio que surgía del miedo a ser derrocada por la razón, el entendimiento y la belleza. A través de él, Adrián se iba percatando de cómo se había infectado toda la sociedad con la lepra de la corrupción. Descubrió que ni la cacareada pureza de los artistas quedaba intacta ante el avance de aquel cáncer hediondo bajo el cual sucumbían muchos de los que se autodenominaban «intelectuales», «líderes de opinión» o «mentes avant garde». Muchos de ellos preferían hacer revoluciones en cafetines, disparando sílabas huecas, cavando trincheras de migajas de pan dulce, atacando feroces tazas de café y peligrosos club sándwiches, emboscando a algún «camarada» o «compañero» para pedirle prestado un peso, y reventando bombas de fanfarronería para seducir ingenuas estudiantes y desvirgar a las niñas de papi y mami.

Abdenego le mostró a Adrián cómo Zelaya había embadurnado el arte nacional con el mismo maquillaje barato con el que pretendía ocultar toda la realidad del país. Los artistas estaban castrados por el temor y el acomodamiento; el teatro era un simple divertimiento para las veladas parroquiales; la danza era inexistente a excepción de unos cuantos cuadros escolares de bailes folclóricos; la escultura seguía siendo muy pobre con raquíticos productos de escasa calidad estética; la música estaba huérfana de compositores notables, limitándose, nomás, a míseros grupos de mal parchados mariachis que tocaban «Las Mañanitas» y «Las Golondrinas» a cincuenta centavos la media hora de esperpéntica serenata; las letras estaban representadas por licenciados, doctores y periodistas, allegados al gobierno, por supuesto, que aún vestían de ropajes decimonónicos sus apolillados versos y sus vetustas y románticas prosas. Lo que andaba por caminos más decorosos era la pintura, pues las obras se vendían bien y se podía hacer un decente oficio con los óleos y lienzos. Sin embargo, la temática de los cuadros era demasiado cursi, primaria, ajena a la realidad del país; la dictadura había implantado como pintura oficial todo lo que exaltara el falso cuadro de paz y prosperidad que Urtecho y el Generalísimo habían pintado; todo era paisajes, bodegones, escenas eróticas, épicas y religiosas, nada más podía salirse de ese esquema; el cubismo, realismo, expresionismo y el abstraccionismo eran temas tabúes: no se vendían, no se hacían. Los pocos pintores verdaderamente revolucionarios en su técnica y temática habían tenido que emigrar o acababan como Daniel Santos, el más extraordinario pintor que tuvimos durante la primera mitad del siglo, quien decidió volver al país, tras una fulgurante trayectoria en Europa, para pintar la realidad de nuestro pueblo y acabó en la más miserable pobreza, con un sueldo de muerte que le fijó el Gobierno con la comisión de que agarrara una brocha gorda para ir a pintar escuelas y centros de salud en una montaña perdida de la misericordia de Dios.

Adrián, quien ya había alcanzado una creciente fama como pintor y escribía artículos sobre cultura para el principal periódico del país, se entregó con todo su entusiasta idealismo a la tarea de revivir las artes. Creó un grupo llamado «La Generación del 40» y se propuso transformar por completo la plástica nacional. Comenzó a realizar audaces intentos en sus obras, desde las cuales protestaba contra la descarada tragicomedia en la cual se había convertido nuestra sociedad.

Urtecho, a quien nada se le escapaba, pronto se percató de que, Adrián Rodas Baca y Abdenego Cubillas, tenían en el grupo del 40 un semillero de rebeldía. El ministro del interior prefería destruir la flor en botón antes de llegar a tener algún inconveniente con la espina, así que comenzó por arrestar a Cubillas y a siete miembros más. Adrián escapó a la captura de milagro y se mantuvo oculto por más de un mes. En dos ocasiones estuvieron a punto de atraparlo, y en ambas escapó de forma casi milagrosa. Los meses se le volvieron espesa angustia, y la desesperación lo envolvió con un incómodo manto de calor. Sabía que estando en la mira de Urtecho, no había posibilidad humana de escapar de sus temibles fauces.

Adrián estaba al borde de un colapso nervioso provocado por la feroz persecución, cuando decidió que no se dejaría atrapar sin antes realizar un gesto heroico de protesta que trascendiera a toda la sociedad. El 14 de julio de 1942, Día de La Bandera, hizo acopio de todo su ingenio para colarse por una grieta en el estrecho cordón de seguridad de Urtecho. Iba vestido con su mejor traje, así logró ubicarse, inadvertido, entre las figuras que ocupaban la tribuna principal y aguardó con impaciencia la llegada del Generalísimo. Tenía la garganta seca y el corazón dándole brincos desde el pecho hasta el cerebro, pero su apariencia externa era reposada. El tiempo se le congeló en el alma mientras aguardaba la llegada del dictador, miles de ideas cruzaban su mente. ¿Sería capaz de hacerlo? ¿Valdría de algo el sacrificio? ¿Lo acribillarían a quemarropa? ¿Qué harían con su cadáver? En el angustioso y lento tiempo que transcurrió hasta la llegada del mandatario, muchos lugares, rostros, aromas, voces, ideas, melodías, poblaron sus pensamientos hasta relajarlo y darle más confianza en su decisión.

Cuando por fin apareció el Generalísimo, Adrián Rodas Baca estaba más que dispuesto a realizar su misión. Comenzó el protocolo, el corazón le latía con desesperación, los saludos de rigor, luchaba una intensa batalla con su interior para dominar el exasperante nerviosismo, redoble de tambores, silencio, el Himno Nacional, la garganta se le había convertido en un peñasco seco y escabroso, la oración de Monseñor, temía que la excesiva transpiración lo delatara, el discurso del tirano, un frío intenso le recorrió las entrañas, las salvas en honor a la bandera, tenía los músculos tensos y el alma le hacía malabares al borde de un precipicio. Los saludos finales: el momento se acercaba. Estaba a cinco pasos de él... cuatro... tres... dos... uno...

La primera bofetada se la propinó con el dorso de la mano, reventándole el labio inferior al Generalísimo; la segunda se la estrelló con la palma de la mano en la mejilla derecha, sacudiéndole toda la alta investidura; la tercera ya no alcanzó blanco porque fue detenida con firmeza por la enorme mano del sátrapa. El ataque fue tan absurdo e inesperado que los guardaespaldas tardaron un siglo en reaccionar para proteger al jefe de estado. Fue un lapso de tiempo largo, tan disparatado como el atentado de Adrián Rodas Baca y, mientras duró, los dos adversarios quedaron enfrascados en un gélido duelo de miradas que lanzaban dagas de rabia de uno a otro lado. De pronto, cuatro enormes guardaespaldas brincaron sobre Adrián propinándole una paliza salvaje. Desde ese instante, el pintor convertido en terrorista, jamás volvió a mirar la luz del día.

De vuelta a la mohosa realidad de su celda, Adrián volcó su atención sobre su «Prometeo Encadenado», después de terminada la obra, su vida volvía a carecer de sentido; sintió un hondo vacío en el corazón pero las lágrimas ya no acudieron a él. ¿Qué haría entonces, con su bajorrelieve acabado? ¿Con su ópera máxima escondida del mundo, enterrada en las tripas del infierno, cubierta por todas las heces de la dictadura? Se puso en pie y comenzó a destruir su grabado sobre la roca para volverlo a comenzar de nuevo al día siguiente.

En el fondo de la celda, Abdenego se estaba masturbando.

Clara afiló el cuchillo con una paciencia casi artística. Observó los brillos plateados de la hoja, escuchó atenta el canto del metal al frotarse sobre la piedra. Sintió que volvía a ella una paz que parecía extraviada, a cada pulida del acero se le desprendía un trozo de la costra de miedo y rabia que pareciera estar adherida a su alma desde los tiempos lejanos del conquistador, don Diego Ocaña de Mexía.

Varios momentos se le cruzaron por la memoria, momentos que ella se esforzaba en creer que habían sido sólo una pesadilla. El cuchillo era su salvación... porque su filo destrozaba a todos los demonios que se burlaban de ella, a todos los monstruos que bailaban en su cabeza, desgajaba todos aquellos momentos que la atormentaban. Cuando lo afilaba, su mente abría puertas, paseaba por los frescos corredores de su casa de imaginación, recorría habitaciones confortables y descubría nuevos cuartos con decorados impresionantes. En aquel viaje hacia el palacio de sus fantasías, ella había decidido estar sola; necesitaba confrontarse a sí misma para retomar las fuerzas que requería su constante lucha contra los enemigos que atacaban el lugar más íntimo de su vida: su mente.

Al fondo escuchaba un sonido, música, una tonada vieja, una melodía de un pasado lejano, abandonado a la decrepitud de sus borrosos recuerdos; retrajo todos los olores, colores, sabores y demás sensaciones de su turbulenta adolescencia y la envolvió con un aroma a sepia, a tierra vieja. Al abrir la puerta, en medio de una habitación adornada por pesados terciopelos rojos y dorados retoques del más retorcido rococó, encontró un mohoso gramófono en el cual giraba un acetato. La aguja hirió sin miramientos la superficie del disco y el vetusto cuerno del aparato recogió las desgastadas notas de la canción: «...el día que me quieras...» La señorita Clara respiró hondo y se tragó hasta la última corchea de la melodía. Subió en una ola sónica y se dejó mecer por el arrullo de la fantasmal voz del cantante. Se fundió con los compases, la armonía, los sostenidos, bemoles y silencios... se sintió libre, como sólo las almas pueden serlo, en ese mundo que era solo suyo, que no compartía con nadie. Su cuerpo flotó, y mientras se elevaba, danzó con las rojas cortinas, envolviéndose en ellas para luego desenvolverse, perdiéndose en un burbujeo de risas sin sentí—

—Veo que estás muy alegre. —El fuerte acento del gringo la hizo descender de su levitación—, seguro ya te contaron que estoy muerto.

—¡Vos!

—Es bueno saber que me recuerdas —Halloran había estado observándola desde el fondo del salón. Siguió todos sus movimientos con su característica sonrisa llena de sarcasmo y lejanía. Vestía la misma ropa que traía puesta el día que se fue.

—¡No deberías estar aquí! —Clara estaba furiosa, su voz era metal afilado.

—¿Sabes? cuando hablas, cortas... hasta hacer sangrar.

—Vos no estás vivo.

—Estarlo no es un requisito para visitarte en este lugar.

—Andate de aquí.

—¿Por qué siempre me estás pidiendo que me vaya?

—Porque te lo merecés. —Ella caminó hacia la puerta, intentó abrirla para salir de la habitación pero estaba cerrada con llave.

—¿Aún después de muerto vas a seguirme echando en cara mis errores? —dijo el espectro.

—Tu condición no es razón para no hacerlo.

—Fui asesinado de un machetazo que me abrió el pecho en canal. ¿Fue justo?

—Preguntáselo a Dios —respondió ella sin darle importancia.

—No ha querido recibirme.

—Pues hablá entonces con el diablo, pero a mí no me encordiés más.

—Sólo tú me escuchas. —El conmovedor tono de la voz Halloran hizo que Clara bajara la guardia.

—Hace mucho que estás muerto... ¿Por qué venís hasta hoy a verme?

—Porque los caminos del más allá son distintos a los del mundo de los vivos. No conozco el lugar en donde estoy, no sabía llegar hasta ti. He tenido que preguntar a muchos otros muertos si conocían el lugar donde tú vivías.

—¿Y por qué alguno de ellos habría de saberlo?

—En muchas ocasiones dejas la puerta abierta y ellos se asoman a ver lo que hay dentro.

Una profunda tristeza llenó el corazón de Clara y se le trepó como hielo candente por todo el cuerpo. El aspecto de Halloran la entristeció aún más. Sea como fuere, él había sido su amante, compartió con ella su vitalidad, su calor, el germen de otras existencias. Pero aquella imagen del gringo estaba azul, inmaterial, perspirando una soledad gris que le chorreaba por todo el cuerpo y se pegaba en todo lo que él tocaba.

—Vos escogiste tu propio destino, ¿A qué venís ahora pidiéndome cuentas? —dijo Clara.

—¿Te he pedido yo algo?

—Tu sola presencia lo hace.

—¿Deseas que me vaya?... No lo haré.

—Me da igual lo que hagás... tan sólo, no estorbés.

Halloran se sentó junto a ella, sobre el piso, la acechó como el diablo a los mortales, pero no intentó tocarla.

Después de un rato, Clara comenzó a sonreír. El fantasma se sintió entonces más dueño de la situación, con más confianza, y decidió robarse un trozo del cielo y tocar sus cabellos, pero ella se apartó con brusquedad.

—¿Qué pretendés? —la voz de Clara volvió a ser seca, como el metal pulido, como el cuchillo que ella estaba afilando en el mundo real. Las sílabas rasgaron la piel de Halloran—. No fuiste especial para mí en vida, mucho menos ahora que estás muerto.

—Clara... crueldad debería ser tu nombre.

—¿Qué buscás? ¿Perdón? ¿Redención? ¿No podés más con tu soledad? Vestite con las ropas que escogiste llevar y no jodás más. Yo no soy Dios.

—Tú me mataste Clara.

—Te mató tu lujuria.

Halloran se levantó pero sus pies no tocaron el suelo, levitó con suavidad, ascendiendo muy lento. Ella apartó la vista. El gringo extendió su mano hacia Clara. Una brisa suave llenó la habitación y las pesadas cortinas de terciopelo rojo ondearon con delicadeza. Irritada, la mujer se puso de pie. Caminó hacia el extremo contrario de donde Halloran flotaba hinchado de soledad.

—No sufrás más, es mejor que te largués. —Había un tono de conmiseración en la voz de la mujer.

Halloran lo sintió y deseó contestarle pero las palabras ya no salieron de su boca. Desesperado por decirle una última cosa, por contarle, antes del final lo que sentía, el gringo gesticuló voces mudas y en su angustiosa batalla por hablar, se fue elevando más y más rápido, hasta que su cuerpo comenzó a traspasar el techo.

Una abeja zumbó alrededor de Clara.

—Es mejor así, que los muertos se entierren solos. —Clara terminó de afilar el cuchillo. Tomó un trozo de carne aún sangrante y probó el filo. Deslizó la fría hoja del metal, casi con ternura, sobre el filete. Una fina lasca cayó, como un ala ensangrentada de mariposa, sobre la tabla de cortar.

La gotita caía, incesante, de la hoja hacia el pequeño charco a los pies de Elías Humboldt. El guerrillero tenía más de un minuto con la mirada fija en la pertinaz gota. El universo se había reducido a una pequeña esfera líquida que caía sin propósito aparente sobre el zacate húmedo. La vida era sólo una ironía de la muerte y, la razón del ser, una vanidad fatua, menos consistente que la pequeña gota a sus pies. Cuando murió Adelmo Prieto, el más valiente comandante guerrillero que él hubiese conocido, su corazón se sintió triste. Ahora que Julio Sábato estaba frente a él con la noticia de la muerte de Plinio Soares Bastos, más que la tristeza, se había apoderado de Humboldt un inmenso vacío de angustiosa desolación, la absoluta certeza de que el peso del mundo caía inmisericorde sobre sus hombros. Quería refugiarse en el universo de la gotita de agua, aislarse por completo de aquella tierra agreste, reducida a polvo de fatalidad, en donde ya no florecían hombres valientes y con ideales, como aquellos que eran arrancados sin piedad por el sanguinario machete de la dictadura. Quería escapar porque sabía que ahora estaba por completo solo.

Julio Sábato intuyó que por la mente de aquel hombre cruzaban las millares de consecuencias que acarrearían las decisiones que llegase a tomar, así que lo dejó estar y no le hizo preguntas. Observó en silencio mientras el nuevo comandante supremo de la ARL meditaba sobre la noticia que recién le acababa de dar.

—¿Qué hace un argentino en medio de los molotes de Centroamérica? —la pregunta de Elías tomó por sorpresa a Sábato.

—Apoyo una causa justa —respondió con un tono de voz sencillo, sin grandilocuencias.

—Tu país también te necesita.

—En su momento voy a volver para hacer lo necesario.

—Aquí siempre es bienvenida una mano, si Marcos Pastor no tiene inconvenientes quisiera que te quedaras con nosotros por un tiempo.

Es astuto..., pensó Sábato, desconfía de mí así que desea tenerme cerca para vigilarme bien. Si no acepto quedarme, me pega un tiro, y si acepto demasiado a prisa, también me da plomo.

—¿Y entonces, argentino? —insistió el comandante.

—No es fácil responder, en el FRN también soy muy necesario. Dejame pensarlo.

—Pero no lo pensés mucho —Elías Humboldt se puso en pie—. ¿Qué es exactamente lo que Marcos Pastor quiere de mí?

—Que finjás mantener tu alianza con los militares hasta después del golpe.

—¿Y luego?

—Que unan fuerzas para enfrentarlos y apartarlos definitivamente del poder —las respuestas de Sábato eran concisas, bien estudiadas.

—¿Y cree él que este país está listo para un cambio?

—Para un cambio socialista, sí.

—¿Cómo lograron escapar con vida ustedes?

Las preguntas de Elías podían sacar de balance a cualquiera, pero el argentino sabía responder con la serenidad del inocente:

—Nos escondimos en un pozo de mierda.

Elías se detuvo para observar de nuevo al argentino. Lo escudriñó de pies a cabeza. Este sí tiene agallas, pensó.

—¿Pudiste ver el cadáver del doctor Soares Bastos?

—No, estábamos afuera cuando todo ocurrió.

—¿Por qué creés que fueron los militares?

—¿Quién más lo haría?

Ustedes, pensó Elías, pero se limitó a responderle a Sábato que Urtecho podía actuar solo, sin ayuda de los militares, y que aquella acción llevaba todas las trazas de la brutalidad característica del ministro del interior.

—Tenés razón, comandante, es más lógico que Urtecho lo haya hecho. Los militares no tenían interés en eliminar a Soares Bastos y a Marcos Pastor.

Elías se agachó para recoger una piedra blanca y redonda del suelo y comenzó a jugar con ella por entre sus dedos.

—La otra pregunta es ¿quién los traicionó? Los atacantes no llegaron por casualidad a la galera —Elías lanzó la piedra sin dirección fija, hacia el verde follaje.

—No creo que Urtecho haya dejado vivo al traidor. Nadie escapó de ahí.

—Ustedes sí.

Sábato sabía que su respuesta era clave en aquel momento. De lo que respondiera dependía la confianza y la decisión de Elías Humboldt.

—Porque tuvimos miedo.

Elías lo observó en silencio.

—¿Miedo?

—Sí, miedo. Marcos estaba en la letrina, no se sentía bien. Yo lo seguí porque soy su guardaespaldas. El pánico me invadió cuando se oyeron los tiros, y lo primero que se me ocurrió fue entrar para tirarnos con él al pozo de mierda. Así fue como nos salvamos. Ellos registraron el lugar, pero no nos vieron. Yo estaba aterrado por la posibilidad de que nos descubrieran, pero no pasó nada más, estuvimos ahí un día entero hasta que pensamos que ya no habría más soldados en el lugar. A duras penas logramos salir del pozo y luego, escondidos entre la maleza, hicimos el recorrido hasta una de las casas de seguridad que tenemos en Puerto Mendoza. Lo demás ya lo sabés vos.

Elías quiso creerle porque ya estaba cansado de tanta intriga y confusión, así que no respondió nada. Se abotonó bien la chaqueta, la noche comenzaba a caer y el frío ya se estaba apoderando del campamento. A su nariz llegó el aroma de los ocotes quemados en las hogueras y quiso ir con sus hombres al círculo alrededor de la fogata.

—Muy bien, tenemos que actuar rápido. Pero ustedes tienen que ayudarnos con las armas. —El argentino no esperaba aquella respuesta.

—Ese problema ya lo resolveremos, por ahora veamos cómo vamos a empezar.

Caminaron en silencio hacia la tienda, dibujando escurridas sonrisas en sus rostros, sin saber a plenitud, ambos, si confiar o no, el uno en el otro.

MARZO...

La «República» que gobernaba Zelaya no tenía nada que ver con el sistema republicano. Estaba constituida por una estructura muy sui géneris dominada por un jefe único, incuestionable, todopoderoso, infalible, soberano, omnipresente, padre del pueblo, señor de todo lo visible e invisible, Generalísimo Magno de las Fuerzas Armadas y definitivo responsable de todas las acciones del estado: Marco Augusto Zelaya y Ferrer. Su presencia invadía todo nuestro universo, colándose hasta por la más pequeña hendidura en el muro de la individualidad y la libertad personal, pero él se empeñaba en negar, ante el mundo entero, que su gobierno era una dictadura fascista y totalitaria. De manera oficial, nuestro país se regía bajo los esquemas de la democracia, lo que pasaba es que no nos dábamos cuenta, ni siquiera el Gobierno mismo.

La nación también contaba con un presidente que, en la realidad, tenía funciones decorativas; también contábamos con un vicepresidente, un secretario general del Partido Republicano Patriótico, un presidente de la Asamblea Nacional, un juez superior de la Suprema Corte, diputados, gobernadores, alcaldes municipales, líderes vecinales, magistrados de policía, generales, ministros, etcétera, etcétera, etcétera. Cada cuatro años se convocaba a elecciones para votar por los candidatos a esos cargos, el único problema es que sólo existía un partido político autorizado a presentar candidatos para las elecciones: el Partido Republicano Patriótico, el cual, de manera incuestionable, dirigía Zelaya.

Dada la característica paranoia de los dictadores, ninguno de los funcionarios de la República Zelayista lograba detentar por mucho tiempo su nicho de poder, tampoco se les permitía tener mayor notoriedad que el Generalísimo. Si alguno asomaba demasiado la cabeza, el mismo Zelaya se la cortaba. Uno de los pocos servidores públicos que sobrevivió a las decapitaciones fue el abogado Alejandro Gamoneda y Pereira, presidente de la Asamblea Nacional y compadre del caudillo. Gamoneda era un ser gris a la par de Zelaya; bajo la sombra del dictador, no era más que un monigote insignificante y decorativo, que decía sí a cada palabra del dictador y reverenciaba cada uno de sus actos, a tal grado que también estaba encargado de conseguirle niñas recién entradas en la pubertad para organizarle citas clandestinas con las nínfulas al jefe supremo del Gobierno, por eso lo apodaron el «Celestino».

Sin embargo, el abogado Gamoneda se convertía en un temible tirano en su propio feudo, la provincia norteña de Balboa, en donde descargaba las frustraciones y el peso de todas las burlas con las que amasaban su decaída dignidad en la Capital. El abogado Gamoneda llegaba todos los fines de semana, en un avión de la Fuerza Aérea a Yorito, la cabecera provincial de Balboa. Ahí estaban, esperándole siempre, todos los niños de la Escuela Profesor Álvaro Gamoneda Villaseñor, quienes entonaban en su honor las gloriosas notas del himno de la patria. Bajaba del aparato con toda la pompa de un embajador o de un príncipe, pasaba revista a la tropa de niños y luego subía a un jeep que lo llevaba a lo largo de la avenida Gamoneda, pasando por el parque Profesora Estela María de Gamoneda, para continuar por el barrio Gamoneda, después de ahí cruzaba el puente Epaminondas Gamoneda Matute y, al final del periplo, enfilaba hacia las afueras de la ciudad, a su casa de campo, en donde esperaba a que todos los políticos y personalidades locales llegaran a rendirle pleitesía. Nadie se atrevía a dejar de ir a saludarlo. El pueblo entero le rendía culto con sus obsequios: la gallinita, unos huevitos, queso, leche, pan dulce, un cabrito, nacatamales, dos arrobas de frijoles, una carga de maíz y todo lo demás que pudieran regalarle.

Lo único que no le llevaban nunca eran sombreros. Gamoneda jamás cambió su tradicional casco de explorador inglés. Siempre lo llevaba puesto en sus viajes a cualquiera de las provincias del país y sólo dejaba de ponérselo en la Capital; tan singular de él fue su uso que se le llegó a conocer, en toda la región, como «sombrero de abogado» y sólo lo lucían los más relevantes miembros de la sociedad: altos funcionarios, doctores, capataces de la compañía bananera y hacendados.

De la augusta gracia de Alejandro Gamoneda y Pereira dependía la hacienda, la libertad y la vida de las personas en Balboa. Movía unos cuantos hilos y alguien iba a parar a la cárcel; movía otro tanto y ese mismo alguien, salía libre. Tal situación le permitía ejercer la abogacía en su provincia con el más impresionante descaro y la absoluta admiración de todos, pues jamás perdía un caso. Siendo él mismo quien nombraba y destituía jueces, secretarios y a todos los demás funcionarios de las cortes, era imposible que se llegara a fallar un juicio en contra de sus representados.

El abogado Gamoneda también se valió de este sistema para reclutar a su guardia personal. Elegía a los criminales más peligrosos para que formaran parte de su pequeño ejército, les daba la libertad y los mantenía contentos con la mejor ropa, buenas cabalgaduras, aguardiente y todas las mujeres que quisieran. Haciendo el papel de Viejo de la Montaña, Gamoneda enviaba a sus asesinos a borrar del mapa a todo aquel que pudiera convertirse en una seria amenaza para sus intereses.

Él prefería a los más sanguinarios. Se cuenta que en una ocasión llevaron ante el abogado a uno que tenía la fama de ser el más peligroso de la región. Gamoneda notó que el felón tenía el rostro partido por una enorme cicatriz; al ver esto, le dijo a los que le habían llevado al matón que éste no servía para nada, ellos le preguntaron la razón de su juicio y el abogado les respondió:

—Pues, porque tiene más pelotas el que le marcó la cara.

Lo único que le robaba la paz al ilustre jurista era salir de Balboa, pues al retornar a la Capital, ante la presencia del Generalísimo, el todopoderoso abogado Gamoneda se convertía en el «Compa Pirulín» y tenía que agachar la cabeza para soportar las neurastenias de tirano, las paranoias de déspota, los malos humores de sátrapa, los miedos de genocida, los remordimientos de dictador y las angustias de mentiroso de Zelaya.

Sin embargo, después de vivir largo tiempo, resignado bajo la brutal sombra de aquél autócrata castrense, el día en que el Generalísimo colapsó en el despacho presidencial, a pesar de que Alejandro Gamoneda durmió como no lo había hecho en los últimos dieciséis años —tan sólo se despertó durante un breve instante para intentar hacerle el amor a su esposa, hecho insólito después de casi siete años de resequedad en la relación conyugal, pero la señora no estaba dispuesta a rendir su dignidad ante un pasajero capricho de su marido, y lo mandó a freír espárragos al infierno, acompañando el desprecio con un par de bochornosos epítetos que lo hicieron olvidar la infortunada idea y retomar la dulce e inofensiva compañía de sus almohadas—; al alba del día siguiente, mientras limpiaba su dentadura postiza, Gamoneda se percató de un hecho que le heló la sangre: Si el Generalísimo Marco Augusto Zelaya y Ferrer moría en aquel momento, todo el orden de la nación se haría añicos, pues no existía nadie que pudiera hacerse cargo del mando. El presidente Estrada Bárcenas era sólo un monigote al igual que el vice-presidente Urrutia; el doctor Soares Bastos iba a agitar a sus revolucionarios en el sur, pero no tenían la fuerza para tomar el control absoluto del país; los militares tenían como líderes a los generales José Francisco Asfura, Dámaso Bertrand y Arturo Colindres Zepeda, pero tampoco los creía capaces de ponerse de acuerdo y asumir el mando; Urtecho era muy astuto y peligroso, pero no era un estadista; Abelardo Machuca, Arturo Nuila y Samir Abudoj tenían tras ellos el empuje de la empresa privada pero no disponían de la capacidad política para asumir el mando; en el norte estaba el Frente de Restauración Nacional de Marcos Pastor, pero tampoco contaba con los recursos para tomar el poder por la fuerza.

Entonces, el abogado Gamoneda se dio cuenta de la clave del dominio que ejercía Zelaya: Divide y vencerás. El país estaba atomizado en tantos focos de interés, tan disperso, que era imposible unificarlo en contra del dictador. La anarquía que se avecinaba era inevitable, no estaban preparados para el vacío que representaba la ausencia de Zelaya, su desaparición repentina crearía un enorme remolino del que no escaparía la falsa paz en que flotaba el país.

Entonces, Gamoneda se sintió inspirado por un viento divino y se creyó a sí mismo como el mesías que necesitaba la nación para poder sobrevivir a la agonía que se avecinaba. La idea anidó en su mente, él sería el sucesor. Eso significaba que tenía que moverse cuanto antes, tejiendo todas las alianzas necesarias para ocupar el puesto.

Desde ese día, el abogado volvió a perder el sueño, importunado por sus quimeras de poder y gloria. Se volvió un poco más paranoico y mucho más neurasténico, sabía que se trataba de un juego peligroso que sólo podía tener dos resultados: la presidencia o la muerte. De tal forma, Gamoneda buscó la mejor manera de obtener información sobre quién o quienes estarían dispuestos a secundarlo en un golpe de estado. Sabía que la gente a su alrededor no era confiable, en todos lados había espías de Urtecho, así que revisó las alternativas y dándole vuelta a todos los archivos de su memoria, recordó a un personaje cuya discreción siempre le había sido de muchísima utilidad: Pascual Baquedano, el enano rufián que manejaba la famosa casa de citas de Rosaura la Muca y que, por aquella estrecha relación entre Eros y el olimpo Zelayista, conocía los secretos más privados de toda la cúpula del poder.

Arregló una apresurada cita con él en la casa de Rosaura. Ya reunidos, le habló de su preocupación por la salud del Generalísimo, de la delicada situación por la que atravesaba el Gobierno y de la necesidad de preparar una transición ordenada en caso de que la fatalidad se desencadenara.

Pascualito lo escuchó atento, fingiendo creer todas sus palabras, con la certeza de que el abogado Gamoneda era el instrumento ideal para ajustar cuentas con el general Dámaso Bertrand.

Cuando el abogado terminó su perorata, los ojos de Baquedano brillaban con diabólica intensidad.

—Hombres como usted son los que necesita la patria —le respondió el enano—. Quiero brindarle mi humilde ayuda, tengo algo que le será de mucha utilidad —Pascual, se tomó un trago de escocés para crear una mayor expectación en Gamoneda.

—¡Hombre, me tenés en ascuas! —admitió el jurista.

—El hombre que usted necesita es el general José Francisco Asfura.

—¿Asfura?

—El comparte su preocupación... pero hay un problema.

—¿Urtecho? —preguntó Gamoneda.

—No. El peligro que acecha al general Asfura es su más cercano amigo.

—¿El Puma Bertrand?

—Exactamente.

—¿Qué tiene que ver Bertrand en todo esto?

—Bertrand quiere tomar el poder, pero para hacerlo...

—...debe Eliminar a Asfura del camino —concluyó la frase Gamoneda.

—Precisamente —Pascualito se inclinó con un aire siniestro hacia él y le susurró—: Esta es su gran oportunidad, abogado. Ponga al general Asfura al tanto de la situación y ganará un aliado incondicional.

Gamoneda vio la luz. Un brillo angelical cubrió su rostro al encontrarse, de repente, de cara con su glorioso destino.

Pascualito sonrió como un niño travieso.

Las fotografías se le clavaron como pequeños anzuelos en las paredes del corazón y rasgaron la delicada tela de su alma. Al verlas, Zelaya se dio cuenta de que uno se pasa la vida construyendo probables futuros que jamás se llegan convertir en lo que se había proyectado. Nada es eterno, ni siquiera él, padre de una nación, líder del pueblo, luz de multitudes, señor de la vida y la muerte, pero incapaz de detener su propia extinción.

Comenzó buscando un ideal, luego, la batalla fue por la trascendencia histórica, el legado imperecedero para las generaciones del porvenir; después aparecieron razones como la familia: un reino estable para los herederos al trono, la preservación del modo de vida, la responsabilidad para con aquellos que luchaban de su parte; por último, después de haber enterrado mil ideales, un hijo, parientes, amigos, razones, destinos y de haber mandado a los infiernos a la historia misma, se percató de que, en el fondo de todo, tan sólo quedaba su ego, desnudo y abatido, luchando por sostenerse sobre una descomunal pila de cadáveres entre los cuales yacían su piedad, su conciencia, su honor, su paz, su alegría, su inocencia y los últimos vestigios de una humanidad que fue una vez gloriosa, cuando se divertía con la simpleza de una cometa roja sobre el azul profundo del cielo. Una tímida lágrima intentó formarse bajo el refugio de sus párpados, pero su espíritu estaba tan reseco que la pequeña y salobre gota se evaporó antes de tocar la piel de sus mejillas.

Es obsceno que un hombre sobreviva a sus hijos, pensó mientras sostenía en su mano temblorosa el retrato de su hijo Marco Antonio. Jorge Augusto en el gobierno, Marco Antonio en las Fuerzas Armadas, Andrés Esteban en la diplomacia, Leticia y su esposo manejando las empresas y Luís José a cargo de la prensa... era un buen plan... ¡y se nos fue al carajo por un miserable cáncer!, se dijo a sí mismo. La muerte lo había derrotado con tres jugadas: primero le había quitado a su hijo Marco Antonio, su yerno lo traicionó y después, la parca le había hecho jaque al rey, eliminándolo del juego.

Fue él quien obligó a Marco Antonio a entrar en la infantería. Lo acorraló sin darle tregua hasta obligarlo a ceder a sus deseos, a seguir obediente el rol que ya le había designado aún antes de nacer, en sus arrebatos de dios todopoderoso, trazando los destinos de todos a su alrededor.

El muchacho tenía todos los rasgos físicos del Generalísimo, su portentosa estatura, el rostro decidido, las grandes manos que al extenderse parecían alas de cóndor, su contextura ósea, granítica y la eterna tristeza clavada en los ojos. Pero en su interior palpitaba el alma de su madre, vaporosa, intelectual, más preocupada por resolver enigmas metafísicos que por manejar los hilos del poder.

A pesar de la falta de vocación que mostraba Marco Antonio por la vida militar, Zelaya decidió que su hijo debía acallar sus inclinaciones naturales y someterlas a la preservación de la estirpe. De esta forma se inició aquella batalla silenciosa que habría de durar hasta la trágica muerte del muchacho en las barracas del Primer Batallón de Infantería.

Nadie, ni aún Urtecho, pudo determinar jamás qué fue lo que en realidad ocurrió en la unidad militar, la noche del veintidós de abril de mil novecientos cuarenta y ocho.

El día había transcurrido con toda normalidad. Al toque de la corneta, el teniente Marco Antonio Zelaya Oyuela se había levantado para iniciar las actividades matutinas. Supervisó el izado de la bandera, la formación de los pelotones, distribuyó órdenes a los clases, participó en los ejercicios combinados con un pelotón de Rangers norteamericanos hasta las cuatro de la tarde, tomó una larga ducha y descansó hasta las seis, se presentó al comedor como de costumbre y cenó ahí. Salió hacia el club de oficiales, se tomó dos cervezas, jugó una partida de billar, ganó treinta y dos pesos con cincuenta centavos, contó un chiste y volvió a su habitación a las nueve con cuarenta y cinco minutos de la noche.

A las once y veintitrés, a doscientos quince kilómetros de distancia, doña Leticia Oyuela de Zelaya, Primera Dama de la Nación, se había levantado de la cama, muy agitada por un terrible sueño en el que un enorme cuervo de insondable negrura le picoteaba el pecho. A las cinco y dieciséis minutos de la mañana siguiente, el sargento primero, Evaristo López, tocó con insistencia a la puerta del dormitorio del teniente Zelaya Oyuela, pues el oficial se hallaba demorado para la ceremonia del izado de la bandera. Al no recibir respuesta, pidió autorización a su oficial superior, el teniente Francisco Andino, para forzar la entrada a la habitación. Una vez concedida la orden, el sargento López procedió a derribar la puerta. Adentro hallaron el cuerpo del teniente Zelaya, sentado sobre la taza del inodoro, en calzoncillos, con la cabeza echada hacia atrás. Mostraba un pequeño orificio en la frente y un enorme boquete de salida en la parte posterior del cráneo. Enfrente de él estaba tirada una pistola automática cargada con balas explosivas.

Se ordenó a la prensa guardar el más hermético silencio. El parte oficial dictaminó muerte accidental, se clausuró el dormitorio en donde ocurrió el siniestro, le organizaron un entierro con todos los honores militares y civiles, se le otorgaron dos condecoraciones póstumas y el Gobierno de la República decretó tres días de luto nacional con suspensión de labores en todas las instituciones públicas. Después de los rigurosos nueve días de rezo, el Generalísimo se retiró, por unos días, a su residencia de vacaciones. Jamás se le escuchó volver a decir una palabra al respecto.

Cuatro años después, inmerso en el silencio de su nueva mansión en los cerros, ahogado en un mar de fotografías, Zelaya intentaba exorcizar el lacerante agobio de todo aquello que no había podido decir en el tiempo que llevaba muerto su hijo, pero las lágrimas, única agua bendita capaz de echar fuera a todos los demonios que lo atormentaban, se negaban a rodar sobre sus mejillas, como si la sustancia que las creaba se hubiera secado dentro de su cuerpo hacía ya muchos años.

Y comprendió entonces, en aquel breve lapso de lucidez, en medio de la locura que desbarata el alma de los gobernantes, que el poder contenía la maldición de la soledad, el confinamiento en una celda incomunicada de la fraternidad que unía a los demás hombres; se le estaba negado el compartir su humanidad ya que él había abandonado su carne mortal en el momento en que ascendió al olimpo de los que no mueren jamás, de los que viven por incontables generaciones en los libros de historia y en las anécdotas del pueblo: ya no era un ser humano y, por tanto, le estaba vedada toda redención pues tan sólo le quedaba como destino, el fatal desenlace de aquellos que se convertían en deidad: volverse un icono y vivir confinado en los sombríos palacios del mito.

Urtecho tomó entre sus manos el rostro de Miriam Grant. Se estremeció al ver aquellos ojos negros contemplándole con toda la pasión y la ternura que sólo el amor era capaz de mezclar. Se lanzó de clavado en el pozo de aquel insaciable y desesperado querer, y se hundió en un beso arrebatado.

Ella, por su parte, lo abrazaba con un impetuoso apetito por llenarse de su ser. Lo había abandonado todo siguiendo a ese hombre que ocultaba, con celo, su contumaz adulterio con aquella mujer de huracanes ígneos y cadenas de seda.

Miriam trató de esconder el reloj de Urtecho, pero, aunque puso toda cautela en el intento, sus ojos la traicionaron y el ministro, al percatarse, la tomó por la muñeca antes de que escondiera el objeto bajo la almohada. Él agarró su puño con delicadeza y lo cobijó entre sus manos. Besó a la mulata con ternura y murmuró:

—No luchés contra el tiempo. Eso no nos pertenece ni a vos ni a mí.

Ella comprendió y soltó la prenda. Mohína se separó de él y volteó hacia el rincón opuesto de la cama. Él se inclinó sobre su cuerpo y le besó la espalda desnuda, el cuello, las orejas, hasta hacerla explotar en aquella risa escandalosa y brillante que era como el anuncio de una lluvia de verano. Jugaron a ser niños entre las sábanas; él pretendía cazarla y ella, como fiera indómita, se negaba a dejarlo. Se enredaron en juegos de cosquillas, se entregaron a la ternura y descubrieron que el tiempo era tan sólo una ilusión inventada por seres débiles que temían desorientarse en los intrincados dédalos de la vida.

—Cada día estamos más cerca de mayo —le dijo Miriam tras una pausa.

—Aún queda mucho por hacer antes que podamos irnos —le respondió Urtecho.

—Tengo miedo... quisiera que estuviéramos lejos ya.

—Yo también quisiera estar lejos —confesó el ministro—. Olvidarme de este país del carajo, de toda esa bola de conspiradores... olvidarme hasta de mi Generalísimo.

Ella lo ayudó a abotonarse la camisa, le anudó la corbata y le quitó de encima un par de cabellos delatores.

—¿Qué diría tu esposa si te encontrara uno de estos?

—Se quedaría callada.

Miriam sonrió ante la respuesta pero decidió picarlo más.

—Algo haría.

—Sí —afirmó Urtecho—, se iría donde un brujo y te haría mal de ojo.

Miriam se estremeció y decidió no seguir insistiendo. Observó con orgullo a su hombre mientras él se preparaba para volver a su otro mundo. El traje impecable, el nudo de la corbata tal cual debería ser, el pelo con suficiente vaselina para mantenerlo domado y peinado hacia atrás. Se había convertido en el otro: el hombre frío, calculador y cínico.

—Hoy me espera un día largo —le dijo él mientras le ayudaba a ajustarse el sostén—, tengo que ir donde mi Generalísimo.

—¿Por qué nunca le has hablado de mí?

Urtecho se quedó viéndola. Tras unos segundos, se ajustó las mancuernas en los puños de la camisa y luego buscó la cajetilla de cigarros entre las bolsas del saco.

—Vos sos mi única debilidad. No le voy a dar esa arma a nadie... menos a don Marco.

Se despidió como siempre, tomó el revólver y se lo acomodó en la cintura. Ella no pudo reprimir la sensación que la estremecía cada vez que él se iba.

El embajador norteamericano escogió con calma su palo de golf. Revisó el peso, probó entre sus manos la empuñadura y lo batió al viento con energía. Una vez seguro de tener el bastón indicado, le pidió al cadi que le colocara la pelotita blanca sobre el césped. Hacía calor pero a él le gustaba sentirlo; trataba de huir del recuerdo de los helados inviernos de su natal Nueva York.

«Dos de los hombres del comando botaron la puerta de entrada de la casa y comenzamos a pegar tiros por todas partes»

Aspiró profundo, clavó la mirada en el horizonte, intentando atravesar con la vista la arboleda al fondo del campo.

«Al principio no pasó nada, pero la monja se levantó pidiendo misericordia y entonces, siete disparos, le dieron justo en el pecho mandándola para el otro mundo...»

Colocó el otro extremo del palo junto a la pelotita blanca y se concentró en calcular la fuerza necesaria para lanzarla más allá de los árboles.

«...seguimos la tirazón contra todo lo que se movía. Esa gente tenía que saber que no bromeábamos y que íbamos a irnos de ahí con lo que buscábamos»

Alzó con determinación la vara y la impulsó hacia abajo haciendo un arco para golpear la esfera.

«La fregada es que no habían más que mujeres y niños... y las monjas, que de remate eran gringas. Nos dieron mal el soplo, en ese caserío no encontramos ni un machete, fíjese.»

Mientras tomaba aire, alzó la vista para seguir la curva que trazaba la bola en el cielo. Satisfecho observó cómo cruzaba la meta establecida y sonrió orgulloso en dirección a su secretario, Edward Foch.

«Teníamos que borrar aquella cagada... lo que sí me dio lástima fue lo de los niños ¡Qué vaina! Alguien se equivocó y ellos tuvieron que pagar. ¡Es pijiada la vida, míster!»

El embajador Nichols pidió al cadi una pequeña toalla para secarse el sudor de la frente, unos metros más allá, Foch se preparaba para hacer su lanzamiento.

El secretario se dispuso a hacer su tiro con la convicción de que debía imprimirle menos potencia que la que había empleado el embajador en su jugada. A Nichols le encanta ganar, pensó el secretario de la Embajada. Todo su cuerpo se preparó para seguir aquella premisa, lo tenía bien calculado, pero en el último segundo, una ráfaga de dignidad se coló entre las fibras musculares del espigado tejano. El golpe fue perfecto, atravesó sin dificultad la arboleda hacia la mullida alfombra de pasto verde, al fondo del campo.

Nichols dejó de sonreír y ordenó con sequedad al cadi que avanzaran. Comenzó a sentir que el calor que tanto le agradaba se iba volviendo molesto y pegajoso, y soltó un par de insultos maldiciendo el clima del país. Foch se arrepintió de su estúpida dignidad sureña.

—Hablé con Faraday, dijo que tratarán de mantener callado el asunto de las monjas lo más que puedan.

Las palabras del secretario lograron el efecto deseado en el embajador, quien se ajustó las gafas antes de volver la vista hacia el tejano.

—La situación de Zelaya no ha variado —contestó Nichols—, el presidente Truman no tiene reparos en brindarle asilo.

—¿Y Urtecho? —preguntó Foch mientras sacaba su pañuelo para limpiarse el sudor.

—Tenemos tres opciones. Una, lo dejamos aquí para que trate de sobrevivir por sus propios medios; dos, nos aseguramos de que se quede... pero muerto; o tres, nos lo llevamos.

—Prefiero la segundo opción —respondió el secretario sin vacilar—, es mucho más limpia y nos evitará cientos de problemas.

Ya estaban más cerca de la arboleda cuando Nichols decidió detenerse.

—A mí nunca me ha caído bien el son of a bitch, pero ha sido muy útil. Es uno de los hombres mejor documentados sobre la penetración del comunismo en Centroamérica.

—Pero también es una enorme bola de problemas.

—Como sea, no es una decisión fácil, creo que debemos pensarlo mejor.

—Es un arma de doble filo. Cuando se enteró de lo de las armas se volvió loco. Borró del mapa toda una aldea indígena, buscando los pertrechos. Además, mató a tres monjas norteamericanas. Ese asunto no se va a quedar en el silencio por mucho tiempo.

—Yo sé muy bien lo temible que es ese hombre, pero debo tener presente nuestra situación en esta zona, el comunismo se está propagando como una infección, debemos eliminarlo y Urtecho es la clave para lograrlo.

Foch decidió no seguir rebatiendo, estaba seguro que Urtecho era una bomba de tiempo que debía desactivarse de inmediato, pero no deseaba seguir contraviniendo las opiniones del embajador. De momento dio gracias al cielo por la fresca sombra que ofrecía la arboleda y volvió a secarse el sudor de la frente.

—Vamos, Foch, no se quede atrás, no puede agotarse ahora, el juego apenas está comenzando —lo apuró el embajador, ya con el ánimo de buenas.

El secretario se quedó pensando durante unos segundos tras los que respondió:

—Eso es, precisamente, lo que me preocupa, que apenas viene comenzando.

El café estaba delicioso, era la mejor cosecha del país en varios años. El doctor Abelardo Machuca sabía muy bien lo que aquello significaba: buenas ventas, muchos dólares. Ahora, la situación era examinar lo que pasaría con la economía durante la transición de Zelaya a Urrutia, y después de la purga de los generales.

Las elecciones estaban programadas para el último domingo de mayo y los designados a la presidencia del Gobierno eran Sansón Urrutia, el doctor Gustavo Prats y el licenciado Víctor Saborío. A pesar de todo el montaje preelectoral, ya se sabía que el ungido del Generalísimo era el licenciado Saborío.

El doctor Machuca confiaba en que la mayoría de los involucrados en la nueva administración lo apoyarían a formar un nuevo mandato con Urrutia al frente, pero tenía sus dudas sobre Gamoneda. Machuca conocía bien al ambicioso presidente de la Asamblea y estaba seguro que no se acomodaría con facilidad a un nuevo régimen, no le cabía duda de que exigiría una importante cuota de poder.

—¿Y entonces, doctor? ¿Está bueno el café o no? —le preguntó Gamoneda, orgulloso de saber de antemano que la respuesta sería positiva.

—Muy bueno, abogado. Usted es muy afortunado —Machuca tomó otro sorbo del aromático líquido y mostró con una sonrisa su beneplácito.

—La fortuna nada tiene que ver conmigo, yo sé muy bien qué y cuándo plantar.

—Estoy muy seguro de eso.

—¿Qué dice, hacemos el trato?

Machuca meditó la respuesta. Gamoneda era un hombre conocido por su voracidad en los negocios. También debía tomar en cuenta que el abogado podría llegar a ser un enemigo demasiado peligroso, sobre todo en aquél momento en que el éxito de sus planes estaba en juego.

—¿Cuánto tendría que poner yo? —preguntó el doctor para ganar tiempo.

—Ciento diez mil pesos.

—¿Y cuánto voy a ganar por mi participación? —añadió Machuca sin inmutarse.

—Setecientos ochenta mil, libres de impuesto.

El silencio se impuso en la habitación.

Abelardo Machuca tomó otro trago de café. Se reclinó en la silla de mimbre.

—Usted es quien maneja la información sobre esas nuevas leyes, abogado. Si la cosa es como dice, cuente conmigo.

—Los datos son confiables, si no de qué carajos serviría estar al mando.

Machuca no estaba convencido aún de hacer partícipe a Gamoneda en la conspiración, no obstante, acostumbrado a jugársela, le disparó la aseveración:

—El Generalísimo no va a sobrevivir a este nuevo período.

Gamoneda se inclinó hacia él, siguiéndole el juego, asumiendo el rol de conspirador, envolviendo su voz en el mismo tono de complicidad:

—No va a sobrevivir ni siquiera hasta la Navidad...

Machuca percibió que la señal había tenido una recepción muy buena en Gamoneda, así que se aventuró a avanzar en la conversación.

—¿Qué va a pasar con el Gobierno, abogado?

Gamoneda era lo bastante astuto como para saber que debía emitir una respuesta cauta y ambigua.

—Eso es preocupante, mi buen doctor, verdaderamente preocupante...

El doctor decidió aminorar el ímpetu de su abordaje.

—Pero su compadre debe tener todo bajo control.

—Afortunadamente, así parece ser.

—Confío en Dios que así sea. Por mi parte yo siempre voy a estar dispuesto a apoyar a todo aquel que asegure la estabilidad de la

República.

—Yo opino lo mismo, doctor, siempre voy a apoyar lo mejor para la patria.

El doctor Machuca tomó con satisfacción otro sorbo de su café, pero esta vez había un extraño sabor en su lengua que le confundió el paladar.

Urtecho avanzó con pasos enérgicos y rápidos a través de los corredores de la mansión de campo del Generalísimo. La ira se le arremolinaba en furiosas lenguas de fuego alrededor del cuerpo y a cada metro dejaba escapar una andanada de insultos y maldiciones contra sus ineptos secuaces.

Envuelto en los vapores de su rabia llego hasta el despacho del caudillo, dio dos golpes secos sobre la inmensa puerta de roble. Sin esperar la autorización para entrar, abrió las dos pesadas hojas y siguió hacia el interior de la oficina.

Adentro, el frío de la habitación y el intenso hedor a herrumbre, amainaron su furia. Redujo el ritmo de su andar y avanzó hacia el escritorio donde le aguardaba Zelaya, en medio de una densa nube de humo de tabaco.

Contrario a lo que Urtecho esperaba, el hombre estaba calmado, no reflejaba en su rostro el enojo que debió haberle provocado el enterarse de la brutal masacre. No había en Zelaya señal alguna que pudiera darle una pista de cuáles serían sus pensamientos al respecto. Tan sólo se quedó viéndolo fijo, con una mirada desconcertante que más parecía de pesar que de otra cosa.

El Generalísimo se echó hacia atrás mientras los muelles del asiento crujían con agonía, agobiados por el peso de aquella mole humana. Zelaya se llevó el habano a la boca y aspiró con placer el denso humo. Alcanzó una botella de Napoleón que tenía sobre la mesa. Prescindió del vaso y tomó directo del frasco. Limpió sus labios con el dorso de la mano y exclamó una insolencia. Se frotó el encanecido cráneo y dejó escapar un desahogado suspiro. Zelaya se impulsó hacia adelante y colocó los codos sobre la mesa mientras se cubría el rostro con las manos.

—Hace cinco meses esto no hubiera significado nada. Tal vez me habría sobresaltado, al ver lo sanguinario que podés llegar a ser. Hace cinco meses, pero ahora no... ¡Ave María purísima...!

El ministro del interior se mantuvo firme en espera del insulto y la iracunda explosión que de un momento a otro vendría de parte de su jefe.

—Me voy a morir —la afirmación se escuchaba demoledora en la voz de aquél coloso—, y queda mucho por hacer: las elecciones, asegurar la sucesión, trasladarlos a todos ustedes a otro país y yo sólo no puedo hacerlo, pero en lugar de ayudarme dejás que todo se te enrede. Permitís pasar un contrabando de armas como si nada, eliminás todo un caserío para tapar tu error, de paso te despachás a tres monjas gringas, y para colmo no encontrás ni rastro de los benditos pertrechos. ¿Qué carajos estabas pensando?

Urtecho continuó callado, quieto, en espera del huracán.

—Lo último que necesitábamos ahora es que la administración Truman se enterara de esta salvajada tuya y nos mandara a comer mierda.

—Nadie se va a enterar de lo que pasó; mis hombres…

—El embajador Nichols ya está al tanto —en ese momento Urtecho pudo sentir el impacto de la furia escondida en la aparente calma—. ¿Sabés qué es lo más irónico del poder? Que llega un punto en que perdés poder sobre tu poder.

Urtecho tomó otro cigarrillo del paquete y sin mostrar el más leve asomo de la inquietud que le taladraba el cerebro, lo encendió.

—Yo ya hablé con Nichols y está dispuesto a ocultar el asunto —continuó Zelaya—. La versión oficial será que las tres monjas se debieron haber perdido en la montaña.

El Generalísimo hizo un gesto de dolor mientras se inclinaba sobre el respaldar de su asiento. Aguardó un momento, inmóvil, a que el malestar pasara, pero la sensación de tener un punzón atravesándole la carne permaneció ahí con rabiosa terquedad, lacerándole el cuerpo. Al verse vencido en tan bochornosa manera, por un enemigo invisible, decidió continuar a como diera lugar con la reunión y con la cabeza echada hacia atrás comenzó a decir:

—Las elecciones están programadas para el último día de mayo. Ellos van a dar el golpe el Día de La Bandera, o sea el 14 de julio. Durante ese lapso de dos meses, el grupo de Urrutia va a preparar el ambiente para el día de mi asesinato, debés permitirles que conspiren sin dificultades hasta ese día; solamente te vas a encargar de asegurarte que las armas no le lleguen a Humboldt —un acceso de tos interrumpió al dictador y agudizó el dolor en su vientre. Al limpiarse los labios con el dorso de la mano, descubrió una mancha de sangre y se mantuvo en silencio durante unos segundos.

—¿Pasa algo? —dijo Urtecho.

—Sólo son babosadas —respondió Zelaya, haciendo un gesto despectivo—. Te decía que tenés que asegurarte de que las armas no lleguen jamás a manos de Humboldt.

—¿Qué va a pasar con el Gobierno? —preguntó el ministro en medio de una densa nube de humo.

—El pobre Saborío se va a ir al carajo. A Gamoneda eliminalo, pero que no parezca que yo di la orden. Los golpistas van a intentar hacer gobierno, pero vos les vas a sembrar semillas de anarquía, para que el pueblo exija un líder, van a pedir a alguien con las suficientes pelotas para poner orden. A Luis Augusto le va a tocar pasar la tormenta en el exilio, pero te vas a encargar de que regrese en el momento indicado, como el salvador de su pueblo.

—¿Y los insurrectos?

—Ahora en abril va a ser la reunión en la costa norte, ponete de acuerdo con Blas Jiménez, él te va a dar los detalles —el caudillo se acomodó intentando respirar mejor—. Esperá a tenerlos a todos reunidos para aplastarlos.

—¿Y con «El Puma» Bertrand qué hago?

—De ese se van a hacer cargo los otros, vos no te preocupés —el dolor se hizo más inclemente y el acceso de tos volvió con mayor intensidad hasta hacerlo doblarse sobre su estómago.

—¡Voy a llamar al doctor! —comenzó a decir Urtecho, pero con un gesto, el Generalísimo lo contuvo.

—Mejor llamá al enterrador...

—¿Un viejito con tres pelitos en el culito? —preguntó el abogado Gamoneda.

—Mmm... si no sos vos, no sé —le contestó su secretaria privada.

—¡No seas pendeja, la respuesta es el nance! —la regañó en tono de broma el abogado, mientras se abotonaba la camisa. Se levantó hacia el bar y sacó una cerveza de la nevera—. Vestite rápido, Asfura ya viene en camino.

Hacía calor a pesar de que todos los ventiladores estaban encendidos. Gamoneda se acomodó en el sofá y tomó un trago largo de cerveza. Mientras se refrescaba, observó las piernas de su asistente y pensó que, aunque estaba un poco pasadita de libras, le servía muy bien a sus propósitos. Ella terminó de ponerse las bragas y el vestido, y recogió unos documentos.

—Mandame a la tintorería el traje para el Santo Entierro —le ordenó Gamoneda.

—Santo Entierro es el que me acabás de hacer —le respondió ella con insolencia.

—¡Sos bayunca vos! —le dijo sonriendo el presidente de la Asamblea.

La mujer salió en carrera tras recibir una certera nalgada que le propinó Gamoneda. El abogado regresó a su escritorio y buscó la corbata. Se la anudó sin mucho entusiasmo y se recostó en la silla, cerró los ojos y soñó con las posaderas de su amante.

El teléfono timbró, despertándolo de su dulce ensueño. La voz de su secretaria le anunció la visita del general José Francisco Asfura. Gamoneda lo hizo pasar de inmediato; le ofreció asiento, él accedió; luego una cerveza, pero el general declinó la oferta. Gamoneda le hizo el comentario del calor que hacía, sin embargo, Asfura, con su acostumbrada parquedad, le respondió que él no sentía el bochorno y se mantuvo con su cadavérico aspecto en espera de que Gamoneda fuera al grano.

El abogado se percató de que la mejor táctica para asaltar al general era la de la confrontación directa así que pensó desestabilizarlo soltándole toda la artillería de una vez.

—General, tengo informes de que piensan asesinarlo —le dijo con tono dramático.

Asfura mantuvo inerte su rostro esquelético, tan sólo se movió para acomodarse un botón de la guerrera.

—Mi informante es una fuente de la más absoluta confianza —insistió el abogado.

Asfura se sacudió una pelusa de la solapa y fijó su glacial mirada sobre el gordo.

—Me sorprende que usted pueda confiar absolutamente en alguien —fue el único comentario del general.

Gamoneda sintió que se burlaban de él y un calor insoportable le invadió el rostro. Trató de imitar la frialdad de Asfura y se reclinó en el mullido sillón. Estudió con detenimiento las facciones del militar y se propuso otra línea de ataque.

—En estos dorados tiempos no es una actitud aconsejable —admitió—, no obstante, uno debe mantener sus fuentes de información.

—Y la suya es...

—Un pajarito, estimado general —era el momento de cambiar de táctica—. Bien, eso es todo lo que tenía que decirle, usted sabrá.

Asfura midió bien al hombre que estaba frente a él. Sabía que era una persona de cuidado.

—¿Qué desea proponerme?

—Una alianza.

—¿Y qué me ofrece?

—Además de su vida... poder.

Asfura se levantó de su asiento con tranquilidad, se acomodó el traje y caminó hacia el fondo del despacho. Abrió las puertas corredizas de vidrio y salió hacia el balcón. El abogado Gamoneda comprendió de inmediato y fue tras él.

—Lo que acaba de decirme es traición —le disparó Asfura desde que lo tuvo enfrente.

—No lo creo. Pronto vamos a necesitar un líder fuerte, eso usted lo sabe mejor que yo. Lo único es determinar quién, cómo y cuándo.

—¿Qué propone?

—Yo le salvo la vida, usted me apoya para ser ese líder, gobierno por el tiempo necesario para asegurar mis asuntos y luego yo le cedo el mando.

—¿Así de sencillo? —Asfura se reclinó en la baranda, viendo hacia Palacio de Gobierno.

—¿Por qué complicarlo? —le respondió Gamoneda, más seguro de sí.

—Esto involucra a mucha gente.

—Sólo la necesaria.

Asfura se encaminó de nuevo hacia la oficina y Gamoneda avanzó tras él. El general siguió hacia el escritorio, tomó su quepis y observó durante un rato una reproducción que colgaba tras el escritorio del abogado: la Muerte de Marat por David.

—Voy a pensarlo —dijo después de un rato.

—Yo tengo más tiempo que usted —le respondió el abogado.

—Nadie sabe de cuánto tiempo dispone —repuso el general mientras cruzaba el umbral de la puerta.

El calor se había hecho aún más insoportable y la humedad se condensaba sobre la piel del jurisconsulto. Gamoneda se quedó, con su cerveza en la mano y, en el pecho, el alivio de haber dado ya el primer paso.

El asistente Foch sonrió con calidez. Tenía la asombrosa habilidad de transformar su rostro en mil máscaras distintas. Sabía disimular a la perfección su arrogancia tejana y su egocentrismo sureño.

Se puso en pie para saludar al licenciado Sansón Urrutia quien recibió con alivio aquella bienvenida. Foch intuyó con acierto que ya se había ganado una buena parte de la confianza del designado presidencial, así que continuó con la seducción adulando su buen gusto para vestir y repitiéndole, varias veces, que era un honor que

Urrutia hubiese aceptado reunirse con él.

El vicepresidente cayó en la trampa y se dedicó a responder que el honor era para él y que esperaba que de aquella entrevista surgieran los lineamientos que trazarían el nuevo rumbo de la patria.

El lugar de la reunión también había sido bien estudiado por Foch. Eligió el sitio más idóneo para que Sansón se sintiera a gusto y seguro, libre de la eterna compañía de su paranoia. La casa del embajador Nichols era un sitio muy bien protegido de las acechanzas de Urtecho y por lo tanto, podía ofrecerle al asustadizo licenciado, toda la confianza necesaria para hablar de los temas que tratarían. Foch había pensado en todo, incluso, se cuidó de mantener durante la entrevista, un frutero lleno de exquisitos manjares que constituirían un excelente escape a la ansiedad del jurista.

El asistente del embajador tomó la batuta de la conversación, partiendo de los más triviales temas como la campaña presidencial en los Estados Unidos, la discutida capacidad como estadista de Eisenhower, la cruzada anticomunista de McCarthy, la inconveniencia del gobierno socialista de Árbenz y la respuesta norteamericana a la amenaza China en el sudeste asiático. Con su viscosa fluidez, el funcionario norteamericano fue introduciendo el tema del combate al comunismo en Centroamérica y la necesidad de contar con gobiernos y políticas que neutralizaran el peligro bolchevique. Urrutia seguía la conversación con deleite hasta el punto en que Foch le taladró la masa encefálica con una pregunta inesperada:

—¿Está usted listo para hacerse cargo del Gobierno?

Urrutia comenzó a sudar frío, se sintió desnudo, con todas sus rechonchas vergüenzas expuestas ante un despiadado pelotón de fusilamiento. Buscó con sus pequeñas manos algo a que sujetarse. Esbozó una estúpida sonrisa de «yo no sé nada» y comenzó a registrarse las bolsas del saco en busca de cualquier cosa. Sus saltones ojos voltearon en todas las direcciones para cerciorarse de que estaban solos.

—Me alegra que tenga confianza en mi campaña electoral —fue la respuesta que pudo hallar.

—Usted sabe muy bien que no me refiero a las elecciones —las palabras de Foch fueron un gancho al hígado contra el tembloroso licenciado.

—No sé de qué está hablando.

—Por favor, licenciado, estamos muy bien informados de lo que sucede en este país —el secretario sabía que Urrutia estaba en sus manos—. Nuestro gobierno mira con beneplácito sus acciones para garantizar la estabilidad del país cuando Zelaya falte.

—No entiendo, míster Foch...

—Licenciado, voy a ser honesto con usted. Estamos al tanto de toda su operación y apoyamos casi todo lo que planean... casi todo menos una cosa.

—¿Pero cómo?

—Ese no es el asunto. Lo que sí importa es que atienda esto: Sus relaciones con Plinio Soares Bastos y Marcos Pastor deben cesar de inmediato. No toleraremos a otro Árbenz en Centroamérica. Corten todo tipo de relaciones con la izquierda.

—Yo... no sé...

—Usted es el líder, Urrutia. Hable con su gente.

Un río de plomo fundido surcaba el intestino grueso del licenciado a medida se percataba de toda la dimensión de aquel embrollo: Urtecho lo manipulaba para obtener información de las acciones del grupo de conjurados, Machuca intrigaba para eliminar a una parte de ellos, todos conspiraban entre sí para destruir a sus aliados izquierdistas una vez asumido el poder y estos, a su vez, debían estar urdiendo para hacer lo mismo con ellos y ahora, para colmo de males, los gringos se habían metido de lleno al juego y trataban de imponerles sus propias reglas.

En ese momento apareció la sirvienta con una jarra de limonada fría y su presencia evitó que el ambiente se tensara hasta el rompimiento. La mujer dejó servidos los vasos y se marchó de inmediato.

Foch aprovechó para retomar el tono cordial del inicio de la conversación; era de vital importancia que Urrutia se marchara de allí tranquilo y seguro para que no inyectara un peligroso pánico dentro del grupo de sediciosos.

—No tiene de que preocuparse, licenciado, le reitero el apoyo de nuestro gobierno a cambio de que cesen sus acercamientos con la ARL y el FRN. La democracia estará más segura si ellos quedan al margen de este proceso.

—¿Qué garantías tenemos?

—Mi palabra, licenciado, y la del presidente de los Estados Unidos de América.

Sansón Urrutia no sabía si reír o llorar al verse desvalido, con la dignidad hecha un detrito agusanado. Tan sólo le quedaba acurrucarse a esperar la misericordiosa sentencia del Tío Sam.

Urtecho estrujó entre sus manos el telegrama y lo arrojó al cesto de la basura. El Tenampa Mujica siguió en silencio la acción de su jefe y esperó con paciencia el inevitable comentario.

—El pendejo del coronel Carlomagno sigue insistiendo —dijo el ministro—. Todavía está metido en la jodarria de ese asesino misterioso en Santa Ana. Como si yo estuviera para oír pendejadas.

Avanzó hacia el escritorio y sacó un cigarrillo de una cajita de madera que estaba sobre el mueble.

—¿Qué sabés vos de eso? —preguntó Urtecho.

—Pues... que de un tiempo acá han aparecido cuatro muertos con las bolas cortadas.

—¿No hemos tenido nada que ver?

—Por los momentos... no.

—Muertos hay todos los días, ese no es asunto nuestro. Mandá cinco gendarmes más para Santa Ana. Le vamos a dar gusto al viejo para que deje de joder.

Urtecho tomó su sombrero y con una seña le indicó al Tenampa que lo siguiera. Abajo le aguardaban sus guardaespaldas junto al vehículo escolta. Tenampa y el ministro subieron al sedán negro mientras Urtecho daba la orden de arrancar. Sin perder un instante, el conductor se puso en marcha y salió del edificio, seguido del coche escolta, para meterse en las vísceras de la ciudad.

Mientras recorrían los estrechos callejones del centro, Tenampa comenzó a darle un resumen pormenorizado de las actividades del día. Le informó que ya habían pasado por las armas a todos los ejecutores de la masacre de Cholotillo, no quedaban huellas de lo que sucedió y la arquidiócesis no tendría forma alguna de conocer cuál había sido el destino de las tres monjas.

Urtecho sonrió satisfecho y aspiró con gusto el humo de su cigarrillo. Luego, Mujica continuó con su relación de los últimos acontecimientos; le explicó al ministro sobre las actividades de Eliseo Cárcamo, el presidente del Sindicato de Estibadores de Puerto Mendoza, en la costa norte. Eliseo estaba organizando un mitin clandestino con diferentes líderes de varias organizaciones y pretendía establecer una alianza sólida que les permitiera levantar una huelga general que hiciese tambalear al régimen.

Urtecho cerró los ojos y reclinó hacia atrás la cabeza. Se dio un suave masaje sobre la sien derecha mientras su mente se ocupaba en realizar una infinitesimal cantidad de cálculos. Volteó hacia el lado de la ventana y observó a través de ella, las desvencijadas construcciones coloniales que atestiguaban sobre el pasado aristocrático de los barrios del centro y su fatal avance hacia la decadencia y la descomposición. El corazón de la patria estaba podrido y así el resto del país. No había forma de extirpar la podredumbre que los iba devorando a todos.

—¿Él fue quien contactó a Soares Bastos? —la voz de Urtecho delataba agotamiento.

—Sí, jefe —respondió su sicario.

—Seguí vigilándolo. Dejalo que organice su reunión. Quiero la cabeza de Soares y, a los demás, les vamos a reventar las tripas de un sólo golpe.

Tenampa sonrió con malicia y volvió a su informe. De una bolsa de papel extrajo varias fotografías y se las entregó al ministro. Al verlas, una leve carcajada descongeló el rostro de Urtecho.

—Han estado buenas las reuniones hoy, Tenampa.

—Así parece.

—Nuestro amigo Urrutia en la casa del embajador gringo y

Gamoneda en la terraza con Asfura. Esto se pone bueno. Urrutia nos va a contar sobre su entrevista con los cheles. A Gamoneda no le vamos a sacar información tan fácilmente... utilizá a su secretaria, ella nos va a decir todo lo que necesitemos saber.

El sedán ya había salido de los callejones del centro y estaba entrando a la autopista, seguido por el carro escolta. El tráfico era ligero. Las luces de los faroles comenzaban a encenderse para volver a su diaria lucha por vencer las tinieblas. La ciudad guardaba la afligida inmovilidad de la presa escondida mientras la acecha el depredador.

—¿Cuántas veces has suplantado al Generalísimo? —le preguntó el ministro a Tenampa.

—Unas quince.

—En una ocasión diste unas palabras de bienvenida.

—Imito bien su voz.

—¿Podrías imitar uno de sus discursos?

—Eso es más difícil; creo que se darían cuenta si me tocara hablar tanto tiempo.

—Pues andá preparándote.

Tenampa se quedó algo incómodo con la orden, sabía que era una tarea muy difícil, pero tampoco se atrevía a decirle que no a Urtecho.

De repente escuchó un chirrido de llantas y un fuerte golpe a sus espaldas. Volteó para ver el instante en que el coche escolta era sacado del camino por otro vehículo. Ambos carros dieron varias vueltas sobre el pavimento antes de que se detuviera el aparatoso choque. La reacción instintiva de El Tenampa fue la de empujar hacia abajo el cuerpo del ministro del interior mientras lo cubría.

Mujica sacó su revólver a la vez que el conductor aceleraba. Buscó con la mirada el otro vehículo que debía venir tras ellos. Con urgencia volteó hacia todos lados pero no pudo detectar el segundo coche, entonces reflexionó y miró hacia adelante para percatarse de la trampa en la que habían caído. En frente, atravesándose en el camino estaba el otro auto.

El conductor no pudo esquivarlo y de repente el mundo comenzó a girar. El Tenampa Mujica y los demás pasajeros fueron sacudidos con tremenda violencia mientras el sedán daba vueltas en el aire y se estrellaba sobre el duro asfalto.

El Tenampa escuchó como un eco lejano las detonaciones de los fusiles sobre el metal blindado del auto de Urtecho. El vidrio especial de las ventanas y del parabrisas había soportado la colisión, pero podría comenzar a resquebrajarse de un momento a otro.

Mujica sabía que tenía que actuar rápido, pero sus miembros no le respondían con la velocidad que él hubiera deseado. Estaban atrapados, los disparos no cesaban. Urtecho estaba inconsciente, frío. El corazón de El Tenampa se aceleró con paroxismo. Los disparos continuaban. Una pequeña grieta comenzaba a extenderse sobre el parabrisas.

MAYO...

Elvira era un peñasco escarpado, silencioso, inmóvil. Protegía, bajo un grueso manto de rocas, todos los misterios que, entre capa y capa de sedimento, conformaban su naturaleza a ratos pasiva y a ratos, brutal. Solía pasar horas en contemplativo silencio, excavando en las profundidades de su ser en un intento por encontrar las causas que estremecían su vida con terremotos destructores. Pero en ese instante, a pesar del magma que bullía en su interior, Elvira era una roca, inerte, acurrucada con las largas y blancas piernas entre sus brazos, en toda la gloria de su desnudez, a la orilla del estanque.

La palidez de su piel, contrastaba contra el vivo carmesí de sus cabellos y el azul del cielo. Ajena al mundo, recreaba en su memoria los rostros de Mauricio Borjas y Angus Halloran. Estudiaba cada detalle de sus facciones, recorría cada ángulo de sus caras y acariciaba los fantasmas de sus lejanos rasgos. Escuchaba las mentiras de la seducción, miraba sus ojos ansiosos, saboreaba los caminos salobres de sus cuerpos, olía el perfume de la incontinencia que los despeñó hacia un destino fatal.

Extendió su torneado cuerpo a todo lo largo del pasto, a la orilla del agua, y dejó que su piel se frotara contra la suavidad de la fina grama. Se desperezó con un abandono sensual, libre de todo temor a ser descubierta en cueros por cualquiera que acertara a pasar por ahí.

Dibujó nubes imaginarias en el aire y bailó con ellas en el cielo, dejándose llevar por las caricias del viento. Se puso en pie y se lanzó de cabeza al estanque. La envolvió la frescura de las aguas y se sumergió en aquel mundo de silencios y escamas en donde se sintió más segura.

Cuando se agotó de su danza acuática y los pulmones le exigieron otra porción de oxígeno, salió a la superficie envuelta en la espuma de Venus. Parado frente a ella, mudo, estatua de cera, y un poco asustado, la observaba Amado Montes de Oca. Ambos se miraron en silencio, Amado con todas sus entrañas en ingobernable alboroto, y ella tan fresca como el agua de la que acababa de emerger.

—Buenas tardes, don Amado —le dijo Elvira sin darle importancia a la presencia del cartógrafo ni a la absoluta desnudez de su propio cuerpo.

Como Amado se quedó sin responder, ella optó por caminar hacia el bulto de ropa que tenía sobre la hierba y, con toda la parsimonia posible, comenzó a vestirse.

—Buenas... —el esfuerzo por musitar ese par de sílabas dejó agotado a Montes de Oca. Buscó un lugar donde sentarse y encontró una roca colocada en un ángulo muy apropiado para no tener que seguir viendo a la muchacha y así poder controlar mejor aquella sensación que le estremecía la piel por fuera y por dentro. Elvira sabía lo que provocaba y le causó gracia. El silencio se desplomó sobre ellos con enorme pesadez mientras Amado buscaba las palabras que pudieran quebrar el insufrible silencio que los dividía.

—¿Conociste al hombre que encontraron en el potrero de Joaquín Varela? —preguntó al fin Amado.

Para Elvira, la pregunta del cartógrafo resultó más que desconcertante y, por primera vez, se sintió fuera de balance frente a alguien.

—¿A cuál de los tres? —respondió ella para ganar tiempo.

173

Él recordó que, en efecto, fueron tres los cadáveres encontrados y contestó:

—Al que estaba enterrado cabeza abajo.

Ella se limitó a calzarse las sandalias de cuero y quedó viéndose los pies.

—¿Se hospedó con ustedes? —insistió Amado.

—Pasó pocos días en la casa.

—¿Lo visitó alguien?

Elvira trenzó su desconcierto con la larga cabellera zanahoria y fingió tratar de recordar mientras razonaba la respuesta más adecuada.

—No, pero lo seguían dos hombres.

—¿Y vos, cómo te enteraste que ellos lo estaban siguiendo?

—Los vi. Estuvieron rondando la casa; luego, cuando el gringo se fue, también se fueron ellos —dijo Elvira mientras intentaba trenzarse el pelo.

—Vos debiste cruzar con él algunas palabras, ¿no es así?

Ella no toleró más tanta pregunta y se lo reclamó:

—¿A qué viene tanto interés?

Ahora era Montes de Oca quien se sentía fuera de balance, sin escudo.

—Quiero ayudar en la investigación —sabía que la respuesta es absurda, pero fue lo único en lo que pudo pensar.

—Usted no es policía, no debería meterse en esos asuntos — Elvira arremetió con toda la artillería sintiéndose de nuevo en control de la situación.

—Tenés razón, pero me entretiene y no estorbo a nadie —Amado decidió tomar el toro por los cuernos—. No me has contestado.

—Sí, hablamos unas dos veces, pero nada más fue para decirnos los buenos días —Elvira estaba molesta. Se puso de pie para marcharse pero él le pidió que aguardara.

—Sólo dejame hacerte una pregunta más.

Ella lo midió de pies a cabeza y decidió esperar a que por fin soltara la interrogante.

—¿Te fijaste en el cargamento que llevaba?

—Sí...

—¿Qué era?

—Una camionada de sandías. Dejó el pueblo con ellas y ya no lo vimos más.

—¿Se fue con ellas?

Elvira le dio la espalda y comenzó a caminar hacia el pueblo.

—¡Elvira!

La chica lo observaba sobre sus hombros con una seriedad que se cuajaba en la tremenda fuerza de su mirada gatuna.

—Usted dijo que sólo me iba a hacer una pregunta más —le reprochó.

—No voy a preguntarte más —la tranquilizó Amado—. Tan sólo deseaba decirte que te veías muy bella...

Después de todo, sí es de carne y hueso, pensó la pelirroja. Ella sonrió con picardía y desapareció envuelta en el humo de su silencio.

Arriba, en lo alto de la loma, entre los arbustos, Aníbal Robaina silbaba quedito, más que nunca estaba decidido a matar a Montes de Oca, pero primero dejaría que lo llevara hasta donde yacían ocultas las armas.

Clara era un remolino. En ella se agitaban las aguas de un espíritu dividido entre los impulsos sin freno de un oscuro y caprichoso Yo y la prudente espera de su conciencia. La señorita Clara sabía bien que todo aquel que intentara acercarse a sus turbulentas profundidades, sería tragado sin remedio, engullido hasta el fondo de sus oscuros torbellinos. La inesperada presencia de Angus Halloran en la casa de su imaginación le corroboró su fatal condición de abismo negro de las almas que osaban aproximarse a su vorágine. Una profunda tristeza la acompañaba desde que lanzó a Halloran hacia los fríos ángulos del olvido. Los ecos de su diálogo con el fantasma persistían en un interminable rebote dentro de las paredes de su imaginación. La insólita silueta de Halloran seguía grabada en sus retinas y nada podía borrarla, ni aún el recuerdo de la sonrisa de Amado Montes de Oca.

El agua fluía en sus adentros, pero no lo hacía con calma. Se revolvía, se arremolinaba, batía con estrepitosa furia contra los escollos a su lado y destrozaba las naves que la cruzaban.

En medio de aquella agitada mar de ideas, Clara cortó en trocitos la cebolla, la mezcló con el chile verde, el tomate, el ajo, y puso todo a freír en manteca de chancho. Mientras lo hacía, dejó que el ensueño la llevara hacia la casa en su mente. El alto muro de adobe abrió sus enormes puertas de caoba tallada para permitirle la entrada. La senda del zaguán, flanqueada por vistosos napoleones, la condujo hacia la puerta principal. A su alrededor, cientos de abejas zumbaban de flor en flor. Ya estaba cerca de la entrada, con la ansiedad de encontrar a su amante con cara de santo, tendido desnudo, aguardando por ella sobre la acolchonada cama de barrotes de bronce.

Pero el mundo externo le cortó el viaje con violencia.

Sonó la campana del portón. Clara aguzó el oído atenta a averiguar de quién se trataba. Su corazón aún latía agitado por su interrumpido encuentro.

Bautista entró por la puerta de la cocina con mirada de asombro.

—El gobernador, quiere hablar con usted, niña —le dijo el criado.

—Atendelo. Llevale una taza de café y decile que me espere —ordenó Clara mientras trataba de discernir la razón de aquella visita. Ensayó una filosa sonrisa y salió a recibir al gobernador.

El coronel aguardaba bajo el sopor de un entresueño senil, convertido en un tierno capullo de mariposa, cabeceando bajo el arrullo de sus propios ronquidos.

A su lado, un chiquillo, sin rasgos particulares, observaba con detenimiento cada espacio de la habitación. Al ver llegar a Clara, fijó su vista, oscura e intensa, sobre ella. La mujer sintió una leve inquietud ante la obsesiva mirada del niño, intentó disiparla con una de sus metálicas sonrisas, pero la inmovilidad del pequeño no se dejó cortar tan fácil.

El gobernador despertó de su vaporoso sueño al escuchar la voz de la mujer. Secó con un pañuelo el sudor sobre su pálida calva, se puso en pie e hizo una bizarra reverencia a la dueña de casa.

—¡Señorita Clara! ¡Pero qué guapa está usted! Al verla me doy cuenta que es un imperdonable pecado su empecinado encierro en esta casa, pues nos priva a todos de su delicioso encanto.

—Es más conveniente preservar en esta casa esos encantos que usted dice que tengo; la calle, o mejor dicho, las lenguas que merodean en la calle, suelen ser animales muy peligrosos para la honra de una dama —su voz cortó de tajo los requiebros del coronel.

—Por supuesto, y bien hace usted en velar con tanto celo por su intachable reputación.

—¿Y quién es este pequeño caballero que lo acompaña, coronel?

—Permítame presentarle a mi ahijado, José Antonio Suárez, hijo de mi compadre Ezequiel Suárez; lo tengo bajo mi tutela mientras cursa sus clases de primaria.

—Me imagino que debés extrañar mucho tu casa —le dijo al chico la señorita Ocaña.

—Viajo cada quince días para visitar a mis papás —respondió José Antonio.

Clara sonrió. Fue hacia el gobernador y se sentó a su lado. La emoción fue evidente en los ojos del anciano.

—Usted dirá, coronel.

—Señorita Ocaña, hace unas semanas vine aquí para interrogarla en relación al extraño caso de los asesinatos de varios de sus huéspedes...

—Coronel, le ruego que no se refiera a ellos como mis huéspedes —el tono de voz de Clara mostró un evidente enojo que el coronel percibió de inmediato—. Es bien sabido por todos que ya se habían ido del pueblo al momento de su muerte, por tanto ya no estaban hospedados en mi establecimiento.

—Perdóneme, Clarita, si la he ofendido, tan sólo deseaba referirme a la extraña coincidencia de que todos ellos se hubiesen hospedado aquí.

—Eso también lo discutimos la vez pasada, coronel. Santa Ana sólo cuenta con cuatro hospedajes, y el mío es el preferido por la gente que viene aquí por negocios.

—Le doy toda la razón en eso, pero aun así me llama poderosamente la atención el hecho de que ninguno de los clientes de los demás hoteles haya sido atacado.

—¿Esto es un interrogatorio, coronel? —dijo ella acercándose al gobernador hasta ponerlo nervioso.

—Más bien véalo como una forma de pedir ayuda —respondió él.

—¿Qué es lo que desea saber?

—Usted me confirmó que ellos no habían recibido ninguna visita, no tenían razones para regresar a Santa Ana y no dejaron a su cargo nada. En todo eso estoy claro; lo que por recato no pregunté en la anterior ocasión, fue si alguno de ellos intentó entablar una relación, digamos, de carácter íntimo con alguna de las damas de esta casa.

Clara Ocaña pegó un respingo al escuchar las palabras del gobernador.

—A no ser que se hayan enamorado de mi criada, aquí no ha ocurrido nada de eso.

—Es probable que se hubieran sentido atraídos hacia usted...

—¡Coronel! Lo que está diciendo es inapropiado.

—...o hacia su protegida, Elvirita.

—¡Señor! ¡Eso que usted está proponiendo es un absoluto irrespeto!

—Discúlpeme, por favor. No pretendía dar a entender que, alguna de las honorables damas que habitan esta casa, hubiese cedido a los galanteos de esos señores; tan sólo me interesa saber si ellos intentaron acercarse más de lo que el decoro permite.

—Jamás los habríamos permitido —respondió categórica la señorita Clara.

José Antonio seguía el diálogo con sumo interés y en el brillo de sus ojos se podía percibir su incontenible deseo de participar. Trataba de atar, con los débiles hilos de la discreción, las mariposas que le hacían cosquilla en la lengua, pero, al cabo de unos minutos, vencido por su incontenible ímpetu, flaqueó y acabó por balbucear la primera sílaba de su intervención, pero el coronel, con una agilidad ajena a su edad, le tapó la boca.

—Disculpe a mi ahijado, Clarita, aún debo corregir muchos de sus modales.

—No se preocupe, coronel, déjelo hablar, me interesa conocer su opinión.

—Creo que eso no sería adecuado —respondió el gobernador.

—Usted no me va a contrariar en este capricho, ¿verdad, coronel?

La melosidad en la petición de Clara se le escurrió por las orejas de zorro al viejo gobernador, y avanza hasta los dominios de su razón, bloqueándole los intrincados y sutiles mecanismos del sentido común.

—Está bien... ¿Qué iba a decir, ahijado?

José Antonio puso sumo cuidado al escoger las palabras que iba a decir:

—Señorita Clara, puede haber alguien vigilándola, una persona muy celosa que no deja que ningún hombre se acerque a usted. Ese puede ser el que estamos buscando.

Clara lo miró con detenimiento y comprendió lo sagaz que podía ser el niño.

—¿De dónde has sacado esa idea? —le preguntó ella con indulgencia.

—Eso no importa tanto, señorita Clara, lo que usted necesita saber es que hay una persona siguiendo sus pasos y que puede ser muy peligroso.

La respuesta de José Antonio logró distraer la defensa de Clara quien optó por responder lo que fuera.

—Eso que ustedes mencionan es improbable —la parquedad de

sus palabras se acentuó con el frío metálico de su voz—, además es absurdo.

—¿No existe la menor probabilidad de que alguno de los gestos de ellos hacia usted haya sido malinterpretado? —insistió el coronel.

—En absoluto. La relación entre los señores y yo, incluso, entre ellos y las demás mujeres de esta casa, ha sido de lo más formal y limitada tan sólo a los rigurosos intercambios de palabras que la urbanidad y los buenos modales exigen.

El gobernador volteó hacia José Antonio con mirada de resignación, sacó de nuevo su pañuelo y se lo pasó sobre la sudorosa calva.

—Ahijado, vaya avísele a Bobadilla que prepare la camioneta, ya nos vamos —el niño atendió de inmediato la orden; se puso en pie, con mucha reverencia se despidió de la señorita Ocaña y la dejó a solas con el coronel.

—Es muy inteligente ese pequeño —comentó Clara.

—Más de lo que se imagina —le confesó él con una sonrisa, pero al instante transformó su rostro en una máscara de gravedad—. Niña Clarita, estoy sumamente preocupado por su seguridad —la voz del gobernador tenía un ligero tono de alarma.

—Me halaga su atención, coronel, pero le aseguro que no tiene nada de qué preocuparse, dentro de esta casa estoy bajo completo resguardo.

—Por su bien, espero que esté en lo cierto —el coronel encontró cierta dificultad para levantarse del sofá. Clara lo ayudó a ponerse en pie, ocasión que el enamoradizo Carlomagno aprovechó para oler el delicado perfume que emanaba del cuello de la señorita Ocaña—. Usted es la primavera personificada en la belleza femenina —le dijo mientras le guiñaba el ojo.

—¡Coronel, usted siempre tan incorregible! —le contestó Clara con cierta coquetería.

—No soy yo, Clarita, el culpable es el aroma de su perfume.

—¿Ah, sí? ¿Y a qué huele?

—A intenso peligro.

¡TAN-TAN-TAN-TAN-TAN-TAN-TAN!

Despacio... muy despacio... fluye... agua... espacios melancólicos... espacios-despacios... vuelo... lejano... despacio...

¡TANTAN-TANTAN-TAN!

Yosoyelquesoy... por eso puedo vivir despacio... más despacio que los demás... despacio dueño del espacio... espacios azules espacios viscosos espacios resbaladizos espacios húmedos espacios tristes espacios blandos espacios suaves... soyelquesoy...

—¡MENDOZA, ABRA CARAJO!

Encima del mundo... encima del mundo... lleno todo el espacio... lo lleno despacio... lo lleno espacio... lo lleno yo... despacio-espacio... despacio-espacio despacio-espa...

— ¡POR SU MADRE, ABRA MENDOZA! —el retumbar de un trueno en medio de la tormenta ahogó la voz del coronel Lucio Gómez Prieto mientras aporreaba sin piedad la puerta de la cabaña. Adentro, el ruido le había despedazado el sueño al teniente Mendoza Menocal. Dando tumbos avanzó hacia el lugar de donde provenía la voz del coronel.

—¡Ordene, mi coronel! —el teniente Mendoza, vestido en calzoncillos, hizo el saludo a su superior. Gómez entró como estampida de elefantes a la cabaña, se quitó el empapado gabán y el quepis, echó una ojeada hacia el interior y preguntó:

—¿Y su compañero?

—Hoy le toca guardia— respondió Mendoza, con un bostezo atorado en su boca.

—¡Excelente! Lo que tengo que hablar necesita privacidad —la urgencia en la voz del coronel puso en alerta al teniente—. Hace unas cuantas horas, sobre la autopista, balacearon al Puma Bertrand.

—¡No puede ser!

—Viajaba con el capitán López, pero al momento de hallar el cadáver, la policía no encontró ni huella del capitán —explicó Gómez Prieto.

—¿Fue Urtecho?

—Así parece, pero no estamos seguros.

El coronel se dejó ir como un alud sobre la única silla en la estancia.

—Intenté localizar a Asfura pero fue imposible.

—La situación es delicada —comentó el teniente—. ¿Y los demás?

—Machuca y Urrutia ya están al tanto. Decidimos no reunirnos para evitar hacer movimientos sospechosos.

—¿A qué hora ocurrió?

—Fue como a eso de las siete.

Mendoza caminó hacia la ventana en silencio, se tomó su tiempo para meditar la situación, luego volteó hacia Gómez Prieto.

—No fue Urtecho —le dijo al coronel.

—¿Y cómo putas sabe usted eso? —le preguntó Gómez Prieto.

—Si Urtecho se hubiera movido, lo habría hecho para aniquilarnos a todos de una vez. La pregunta es: ¿Quién querría liquidar al general Bertrand y por qué?

—Eso es fácil de contestar: Si no es Urtecho, entonces son los subversivos.

—Tenemos una alianza con las dos fuerzas rebeldes más grandes en el país ¿Por qué habrían de poner en riesgo las negociaciones acribillando a un general del ejército?

—Por venganza —el oficial sacó un paquete de cigarrillos de su guerrera, tomó uno y lo encendió.

—No entiendo, mi coronel. ¿De qué venganza me habla?

—Urtecho realizó una operación secreta con la Guardia Presidencial; barrieron con toda la dirigencia de las asociaciones civiles de la costa norte. He recibido informes de que Plinio Soares, Eliseo Cárcamo e incluso, Marcos Pastor, cayeron en el asalto.

—¿Muertos?

—Los agujerearon a tiros —responde Gómez Prieto.

—¿Por qué no se les avisó de la emboscada?

—Nosotros nos dimos cuenta ya muy tarde —se excusó el coronel Gómez Prieto.

—¡Debemos hacer contacto con ellos, de inmediato!

—¡Lo que tenemos que hacer es reventarlos! —replicó Gómez.

—No, mi coronel, no estoy de acuerdo. Lo primero es averiguar qué pasó. Luego vamos a tratar de restablecer la alianza. Es la única opción que tenemos para evitar que nos hagan mierda —la vehemencia en el discurso del teniente dejó mudo a Gómez. Mendoza caminó hacia la ventana, con la vista perdida en el vacío.

—Vamos a encontrar el cargamento de Halloran —dijo con determinación—; es la única opción que nos queda para que no nos manden al infierno.

—¡A la pucha, teniente! —le respondió sorprendido el coronel— ¿Y es que no se ha dado cuenta todavía?

—¿De qué, mi coronel? —preguntó, intrigado, Mendoza.

—Ya estamos en el infierno.

Tomó la pastilla de jabón y comenzó a restregarla sobre el paste húmedo. Frotó con desesperación hasta que la espuma se volvió abundante. Con delicada suavidad enjabonó su cuerpo. Se sintió disolver entre las burbujas que, alegres, gobernaban en aquel reino de humedades. Ante sus divertidos ojos, una modesta pompa de jabón quiso enseñorearse sobre las demás y comenzó a crecer, hinchando sus ínfulas desmesuradas hasta convertirse en la reina flotante de aquel país espumoso, pero, al alcanzar su máxima redondez, mientras flotaba a mayor altura, todas sus vanas esperanzas desaparecieron en el aire, en medio de una repentina y silenciosa explosión. El juez Valentín Toro rió entretenido ante el trágico destino de la fugaz reina de las espumas. Se sumergió, dichoso, en el agua de la bañera, esperó durante un largo segundo bajo la superficie, y volvió a emerger con la alegría de un niño dibujada sobre el rostro. Se sentía limpio, fresco, listo para su encuentro con Bautista.

Era una gran ventaja para él contar con una posición acomodada que le permitía el lujo de una doble vida. Valentín Toro debía buena parte de su fortuna a la herencia que le dejó su padre, aunque el viejo nunca se quiso dar por enterado de la existencia de Valentín;

le hizo sufrir el desprecio de la bastardía y la mirada desdeñosa de la exigente sociedad santeña, pero, al final de sus días, agobiado por la cercanía de la muerte, pretendió resarcir la injusticia heredándole una buena parte de su riqueza.

Su madre, Olivia Toro, era una mujer instruida, perteneciente a una familia de comerciantes que gozaban de mucho respeto entre los pobladores de Santa Ana. Al quedar encinta por su relación prematrimonial con el padre de Valentín, sus padres le dieron la espalda y la echaron de la casa. Olivia tuvo que valerse por sus propios medios para no morir de hambre en la calle. Se las ingenió para rentar un pequeño cuarto en el barrio de los pescadores y logró sobrevivir dando clases domiciliares de música. Con los paupérrimos ahorros de ese trabajo, ella inició un pequeño comedor en donde le fue bien y logró ir sacando ingresos adicionales para la educación de su primogénito.

Doña Olivia se volcó por completo a la estricta crianza de Valentincito. Fue exigente en cuanto a su disciplina y su aplicación en los estudios, no le toleraba notas inferiores a la máxima, le prohibía con castigos atroces distraerse de las tareas escolares. Las penas se volvían aún más duras, sobre todo, si el pequeño era encontrado en compañía de niñas. También fue muy severa en el aspecto religioso, le clavó en el alma un catecismo de sangre y autoflagelación, de cilicios y romerías de hinojos hasta la capilla de la Virgen Negra del Pitaguana, de inacabables oraciones en latín y ayunos devotos en miércoles de ceniza, Semana Santa, Pentecostés, Cristo Rey, Santísima Cruz y Natividad. Ella metió en la cabeza de su hijo todos los demonios, fantasmas, rencores y odios que hacían trinchera en su ser, le inculcó el recelo, la duda, los temores y las ansiedades que cubrían, como espinos, su marchito interior.

Así creció Valentín Toro, apartado de todos, desconfiado, eremítico y melancólico. Viviendo de miserias y padrenuestros, contrito pero con una jauría de fieras rugientes en su pecho, lleno de fantasías y sueños beatíficos, dispuesto a convertirse en santo. Hasta que, en el extremo más angustioso de sus aflicciones económicas, recibió un auxilio inesperado: su padre, agobiado por el peso de la conciencia, le heredó una jugosa parte de su fortuna, librándolo a él y a su madre de un futuro de zozobras y nubarrones.

Doña Olivia aprovechó el patrimonio para mandar al joven a estudiar el bachillerato en el Colegio Salesiano de la Capital, no obstante, antes de enviarlo, se esmeró en hacerle un lavado de cerebro a lo nazi para enraizarle el concepto de «sexo igual a pecado, igual a muerte, igual a infierno, igual a dolor eterno». Con esas crueles imágenes grabadas en su cerebro, Valentín Toro viajó hacia el internado salesiano en donde pasó un mes entero de penitencias, madrugando para orar y amarrándose con saña el cilicio que llevaba alrededor de la cintura.

Entre los curas, su vocación sacerdotal se volvió más fuerte y deseoso de conocer aún más sobre la vida religiosa se hizo inseparable acompañante de un joven sacerdote encargado de impartirles las clases de filosofía y teología. El padre Grazzia le brindó consejo espiritual y una profunda amistad, caminaban del brazo por los parques del colegio hablando durante horas sobre el amor cristiano y la renuncia de todo lo terreno. El sacerdote lo introdujo en las delicias del éxtasis místico ante el Señor. Sin embargo, a pesar de toda la amistad y la dedicación que el joven ministro le profesaba a Valentín, tuvo que decirle que no podía ser aceptado en la orden religiosa debido a su bastardía. Esto produjo un dolor profundo en el chico y le reavivó todas las dudas y desconfianzas que su madre le había inyectado. Valentín se alejó del padre Grazzia, sintiéndose de nuevo rechazado y traicionado. Así, solitario y esquivo, el muchacho terminó su bachillerato y se dedicó a seguir la carrera de abogado.

Al concluir la universidad, en recompensa a su excelencia académica, su madre lo autorizó a realizar un viaje por Europa otorgado por su alma mater en premio ha haber recibido el suma cum laude de su generación. Fue ahí, en París, donde Valentín Toro perdió su castidad con un rubio y atlético muchacho inglés, Nigel Ryes-Jones. Entró con toda la inocencia de una virgen a su primera relación y llegó a enamorarse por completo del joven, pero conforme avanzaban los días, fue descubriendo el temperamento promiscuo de su pareja y entendió que jamás iba a hallar en él, un amor fiel. Entonces, Valentín, hizo de tripas corazón y comenzó a compartir con Nigel su desaforado abarraganamiento. Su despertar sexual fue incontenible, desordenado, no hizo distingos de clase, credo, raza y tan sólo discriminó de sus bacanales al sexo opuesto. En esa nueva fase de su vida, Valentín desahogó todos los espectros que encenegaban su vida en un perpetuo remolino orgiástico que lo llevó de la santidad a la más canalla perversión.

Regresó a Santa Ana con el alma purulenta y la conciencia enterrada bajo la gruesa capa de excremento en que había convertido su vida. Vivía para satisfacer su hedonismo, su frenético apetito por el dinero era causado por su exagerado deseo de reconocimiento, posición e ilimitados recursos para cubrir todas sus ansias.

Se declaró a sí mismo ateo al ver que Dios no había sido capaz de castigar su iniquidad, pero no se atrevió a hacer reconocimiento público de sus ideas religiosas, es más, atendía con puntualidad a todas las misas de domingo, y se autoproclamó el principal defensor de la moral en la provincia.

Su artificiosa posición le permitió realizar excelentes negocios, le valió la candidatura para fiscal de Santa Ana y luego para juez municipal, y le vislumbraba un futuro muy prometedor. Su plan se deslizaba con vaselina, suave y silencioso, hasta que una mañana, mientras doña Olivia le servía la avena y el jugo de toronjas, le soltó un comentario que lo dejó con agruras para el resto del día:

—Tenés que casarte pronto, la gente está murmurando sobre tu prolongada soltería.

Él quiso responder cualquier cosa para defender su postura: que no había hallado la mujer indicada, que aún era muy prematuro pensar en matrimonio, que no podía casarse con cualquiera, pero sabía que su madre no admitiría oposición alguna así que al fin cedió y optó por planificar su futura boda.

Lo primero que hizo fue pasar cinco días en la capital con una de las meretrices más caras que pudo hallar para quitarse con ella su patológica repulsión hacia las mujeres. No lo logró, pero aprendió muy bien a fingir su rol de hombre en el lecho. «La Tronadora», que era el nombre de batalla de la prostituta, hizo bien su trabajo adiestrándolo en las diferentes técnicas eróticas recomendadas para llevar a la mujer a un perfecto orgasmo. Tanto así que, a partir de la segunda noche con Valentín, comenzó a experimentar, ella misma, gozos que creía ya marchitos a lo largo del yermo camino del sexo profesional. Para la tercera noche, ya estaba enamorada de él, a la cuarta, la Tronadora no pudo más y le rogó que se quedara, que sería su esclava y que viviría sólo para atenderlo a él, pero Valentín, inconmovible, le recordó su homosexualidad y el origen exclusivamente comercial de su relación con ella. La Tronadora lloró inconsolable hasta que sacó fuerzas de la nada y revestida con la callosidad de su largo bregar en el negocio de la concupiscencia, se dio a la resignación y se conformó con expresarle en un suspiro:

—Dios le da pan al que no tiene dientes.

Cuando Valentín dio por sentado que la lección estaba aprendida, hizo maletas de nuevo para Santa Ana y se dedicó a la tarea de buscar una esposa ideal. La escogió con minuciosidad desmedida, buscando parámetros imposibles de satisfacer. Sin embargo el destino le jugó la broma de ponerle, más pronto de lo que él esperaba, a la candidata de sus pesadillas, y se la colocó sobre la vía más difícil de esquivar: su madre.

Doña América de Suazo, la esposa del acaudalado terrateniente, don Saúl Suazo, buscaba un buen candidato nupcial para su segunda hija, Margarita, pero no había tenido la oportunidad de encontrar uno a su gusto. La mayoría de los vástagos de las familias pudientes de Santa Ana, eran hombres adinerados pero rústicos, «machos descabritados» les llamaba ella, mujeriegos, alcohólicos, bravucones, herejes, sádicos, irrespetuosos, que andaban regando hijos con desenfado e irresponsabilidad por todos aquellos pueblos de Dios. Ella no estaba dispuesta a permitir que uno de esos roñosos sátiros se le fuera a meter a la casa para hacer sufrir a Margarita y seducir a sus otras hijas. Fue entonces que Doña América se fijó en el hijo de Olivia Toro. Así que, buscó un pretexto para reunirse con doña Olivia y le planteó la conveniencia para las dos familias de unir a sus retoños en santo, católico y apostólico matrimonio. La madre de Valentín, inspirada por la idea de ser consuegra de don Saúl Suazo, le dio un ultimátum a su hijo de que, si no aceptaba el enlace, terminaría siendo tildado de maricón por todo el pueblo y vería su futuro arruinado. Él no esperó más advertencias y con la brevedad de un sermón de mudo, partió a la hacienda de los Suazo para cortejar a Margarita.

En apariencia, la joven reunía todos los requisitos que Valentín exigía y esto calmó un poco su ansiedad ante la inminencia de su unión de por vida con una mujer. Sin embargo, pronto descubriría que el recato de Margarita era tan aparente como la hombría que él trataba de mostrar. A medida que se formalizaba el noviazgo y una vez fijada la fecha de la boda, Margarita iba perdiendo el pudor con su prometido. Al inicio, doña América estaba presente en todas las visitas que Valentín le hacía a su hija, luego, conforme pasaron los meses, la suegra se dio cuenta de que su yerno era inofensivo para las mujeres, y al enterarse de que había estado a punto de tomar los hábitos durante su mocedad, le tuvo tal confianza que los dejaba con Rosa, la hermana menor de Margarita, como chaperona. La novia de Valentín se las ingeniaba para deshacerse de Rosita y durante estas ausencias de supervisión, asaltaba a su prometido con frenético ímpetu a fin de saciar diversas curiosidades sexuales.

Comenzó por robarle inocentes besos de esquimal, a lo cual Valentín condescendió para evitar que su novia sospechara de sus verdaderas inclinaciones. Pero a la insaciable Margarita no le bastó con los besitos boreales y cuando Valentín le contó que había vivido un tiempo en París, comenzó a exigirle besos franceses. Como viera que su prometido se resistía con vehemencia a profanar la castidad de sus labios, amenazó con acusarlo ante doña América y doña Olivia de una conducta impropia. Ante el pánico de verse expuesto de esa manera, Valentín optó por ceder y desde aquel momento ambos comenzaron a pegarse unas ensalivadas asquerosas que los dejaban todos revueltos y con los pelos alborotados.

Las angustias de Valentín no acabaron ahí porque la fogosa Margarita ya no se contentaba con el sobijeo y las ansias, y decidió explorar las últimas fronteras del mundo erótico.

Le tendió una astuta emboscada, lo atormentó con amenazas de contarle todo al padre Occhiena, a don Saúl y a las madres de ambos si no accedía a que consumaran su compromiso; horrorizado, Valentín se negaba a ceder terreno ante la desaforada amazona y le respondía que estaba dispuesto a afrontar las consecuencias pero que no haría lo que ella estaba exigiendo. Ella no cedió tan fácil y contraatacó con determinación; ante la firme negativa de su prometido, optó por tomar la iniciativa y una tarde calurosa de marzo, en pleno salón de visitas, se desvistió por completo frente a él. El joven abogado estaba aterrado, si los descubrían en aquellas circunstancias todo se le vendría abajo, así que recurrió a la religiosidad, implorándole piedad a su novia, pidiéndole que lo eximiera de sus exigencias ya que él había hecho votos a la Virgen Negra del Pitaguana, de llevar inmaculada a su novia al tálamo nupcial. Margarita era supersticiosa y no estaba para meterse con la Santa Virgencita, pero como era terca en sus resoluciones le ofreció a Valentín una salida: para no romper su voto y mantener intacto su himen antes de la noche de bodas, ella permitiría que él la sodomizara. El bastión del asustado novio se vino abajo como merengue de pastel ante el argumento de Margarita. Se entregó como un cobarde, cerrando los ojos y haciéndose la idea de que con quien estaba copulando era con el rubio Nigel Ryes-Jones.

Fue así como Margarita llegó «virgen» al matrimonio, doña Olivia recibió su absoluta reposición social, doña América obtuvo un «irreprochable» yerno, y Valentín consiguió elevarse con estabilidad en la escalera social.

Una vez superado el obstáculo de su estatus marital, el joven se consagró a la tarea de aumentar su fortuna personal y su poder político.

Formó un hogar ejemplar e intachable y su esposa, una vez dedicada a la crianza de los cuatro hijos que le parió, dejó de molestarlo con sus apetencias sexuales y él pudo contentar sus gustos con periódicos viajes a la Capital.

Todo resultó conforme a sus planes, pero el pecado está hecho de corcho y siempre sale a flote. Valentín Toro, creyéndose seguro al trasladar sus apetitos fuera de Santa Ana, descuidó la guardia y en uno de los bacanales que solía montar, se le armó un tremendo escándalo que lo condujo a la cárcel.

Ahí, Valentín pasó el peor rato de la noche al encontrarse con Gabriel Vargas, vendedor de achinerías que solía viajar bastante a Santa Ana. El comerciante, que había caído preso por borracho, llevaba ya un buen rato de haberse recuperado del exceso de alcohol cuando vio que metían en el calabozo a Valentín Toro. Supo quién era desde que lo miró. Esperó durante un rato considerable a que él también lo reconociera, pero luego cayó en cuenta de que era muy poco probable que alguien de tan elevada posición social, se acordara de él. Fue entonces que Gabriel Vargas tomó la iniciativa, se puso en pie y se acercó al abogado.

—Buenas le de Dios, señoría —le dijo con malicia.

De inmediato, Valentín se puso en alerta. No reconocía al vagabundo y no estaba seguro si le decía señoría por la costumbre de tratar a las personas de cierta clase bajo ese título o porque en realidad lo había reconocido.

—Buenas —respondió Valentín, sin querer darle importancia.

—¿No me reconoce, verdad? —la pregunta de Gabriel Vargas le disparó una bala de hielo por toda la espina dorsal a Valentín Toro.

—¿Debería? —respondió el abogado manteniendo su actitud distante.

—Pues si no quiere que todo Santa Ana se entere mañana de dónde me encontré al ilustre abogado, don Valentín Toro, es mejor que se acuerde —en ese instante se volvió evidente que había sido descubierto.

Tomó a Vargas por el brazo y lo llevó hasta un rincón aparte. Le ofreció sacarlo de la cárcel y pagarle una buena suma de dinero si guardaba silencio. Vargas aceptó y dio por hecho el trato.

Cuando ambos salieron, Valentín se marchó a su apartamento pensando que, a fin de cuentas, había salido bien librado de la aventura. Pero cuatro meses después, mientras se encontraba preparando la campaña para que lo eligieran juez, apareció en su despacho la sombra de Gabriel Vargas. Trató de ocultar el tremendo disgusto que le causaba ver a aquel hombre y lo hizo pasar a su privado en donde le dio otra fuerte suma de dinero. El chantaje se prolongó un par de meses más durante los cuales, Vargas, también logró enterarse de su romance con Bautista. Fue así como su vida, tan planeada a la perfección, se topó con un asqueroso pelo en la sopa. Valentín perdió el sueño y el apetito, sufrió un absceso de herpes en los labios, comenzó a mostrar el mal humor que tanto había intentado ocultar y su neurastenia se fue haciendo más y más insoportable hasta el punto que un buen día su mujer lo confrontó diciéndole:

—¡Tenés otra mujer y por eso andás bravo! ¡Llevate tu mal genio a donde esa puta y cortá la jodarria en esta casa!

El comentario despertó la señal de alarma en Valentín. Quiso hallar una solución eficaz para el problema pero, por más que buscó, no la encontró. Terminó por contarle el asunto a Bautista, quien juró que cortaría al chantajista en pedacitos para comérselo y luego defecarlo en la más hedionda cloaca de Santa Ana. Valentín se horrorizó ante la determinación de su amante y por un tiempo no volvió a comentar el tema. Entonces, cuando todo parecía venírsele abajo, Serafín Gallo, el sacristán, halló el cadáver crucificado de Gabriel Vargas y toda la pesadilla terminó.

Ahora, en medio de su baño de burbujas, viendo en retrospectiva los últimos acontecimientos de su existencia, Valentín Toro se sentía satisfecho de la forma en que la fortuna le había sonreído, de nuevo era libre para flotar hasta el cielo, como sus burbujitas en la bañera.

Volvió a restregar el jabón en el paste hasta obtener suficiente espuma y, para terminar, hizo la pompa más grande que había visto en su vida.

El bachiller Emiliano Coca Céspedes, Ilustrísimo Señor Alcalde de Santa Ana, yacía enfundado en medio de los cuerpos desnudos de Malena y Meches. Su dignidad había desaparecido enrollada en los desvergonzados retozos de las dos rameras. Su noble figura se tendía envilecida, con los escasos cabellos de la autoritaria testa revueltos en cómica disposición, la augusta panza derramada sobre la cama y las egregias nalgas, arrugadas, tristes y chupadas, de cara al espejo instalado en el cielo de la habitación.

Rosaura entró al cuarto para ver si todo estaba conforme al gusto del cliente y para cerciorarse de que no se le hubiera muerto durante la sesión, como le había ocurrido ya en varias ocasiones con otros inviernos que se creían veranos. Él le aseveró que se hallaba muy a gusto y que deseaba quedarse una hora más, a lo cual Rosaura respondió, complacida, que tan respetable huésped podía sentirse como en casa y actuar a su gusto. Después salió de la habitación, dejándolo a merced de las fieras.

Rosaura caminó a lo largo del corredor, entre risas lujuriosas, gemidos de placer, revoloteos de almas seniles en persecución de imberbes pubis, confesiones de vidas insatisfechas y hasta promesas de amor perpetuo. El negocio había comenzado a florecer a pesar de los tres cadáveres que recién habían encontrado en el solar de Joaquín Varela. Sería tal vez por la novedad del menú, por la curiosidad o, simplemente, porque los santeños habían llegado a la fatalista conclusión de que, si nadie podía capturar al asesino, entonces todos estaban condenados, hicieran lo que hicieran, así que no valía la pena seguir negándose a disfrutar los pocos placeres que brindaba la vida durante su breve e incierta extensión.

Satisfecha por su bonanza económica, Rosaura supervisaba el buen funcionar de su empresa cuando una voz aguda y diminuta la detuvo.

—¿Estaba bien, el señor alcalde?

Rosaura volteó para encontrarse con su amado Pascualito.

—Es aguantador, el excelentísimo —respondió la mulata.

Pascualito se sintió picado en su obsesivo complejo de inferioridad.

—¿Y cómo la tiene?

—Como beso de boba —respondió Rosaura.

—¿Y eso cómo es?

—Breve y sin gracia.

Pascual rompió en carcajadas, complacido de sentirse superior a los demás.

—Nadie la tiene como vos, mi muñequío —le aseguró ella—; ninguna se le compara.

Con su ego afianzado, el enano se acercó a la mujer la tomó de la mano y le pidió que lo acompañara al patio. Por la actitud de Pascual, Rosaura presintió que deseaba comentarle algo importante. Su corazón palpitaba inquieto en espera de que Pascual le dijera lo que tenía sujeto bajo la lengua.

—Mataron al Puma —fue todo lo que dijo, mientras la veía a los ojos.

Un silencio rocoso cubrió el espacio entre ambos hasta que Rosaura decidió quebrarlo con el cincel de su voz.

—Vos lo mataste.

El enano agachó la cabeza, cerró los ojos, soltó un fuerte suspiro y aguardó unos segundos antes de devolverle la mirada.

—Es lo que más hubiera deseado, pero no fui yo; ni siquiera sé quién lo hizo.

—Si vos lo decís.

—Lo digo... y lo sostengo.

—¿Cómo pasó?— preguntó ella.

—Le metieron un tiro en la cabeza; nadie vio a los asesinos.

—¿Y nosotros qué vamos a hacer?

—Por lo pronto, quedarnos quietos. Si hacemos ruido, nos descubren.

—¿Y Montes de Oca? No podemos dejarlo solo.

—No sé. Por lo pronto, suficiente tengo con cuidar de usted y de las niñas.

—¡Tengo miedo, mi muñequío! ¡Pudo haber sido Urtecho que lo ha descubierto todo! —añadió, temerosa, mientras se apretaba contra el diminuto cuerpo de su marido.

—Si es así, mayor razón para quedarnos quietos.

—Dámaso tenía la muerte marcada en la frente— añadió la mujer.

—El Puma era demasiado ambicioso, en algo debió haber metido las patas.

—Vos sabés algo más —le dijo Rosaura con la sombra de la duda aferrada a sus ojos.

—Doña Rosaurita, usted sabe que mi corazón está abierto para usted, ¿cómo se pone a creer que yo le ocultaría algo así?

—Te conozco muy bien muñequío, y a veces me das miedo.

—Yo no tengo ningún poder, mi amada, ¿qué daño podría causar?

—Vos decís que no tenés poder... pero a mí me consta que sí cargás un arma poderosísima.

—¡Ay, mi reina! Pero esa... sólo mata de amor.

Lorenza le trajo el café y los tamalitos de frijoles al coronel. Pascuala, tras el mostrador, le sacó la lengua al verla llegar. Estaba molesta porque desde el día de los chapulines, el coronel no la llamaba a su habitación. Tal situación jamás se había dado antes, por ello le parecía insólito que el gobernador se estuviera quieto con una sola mujer durante tanto tiempo.

Lorenza le devolvió el gesto y avanzó con inmoderada coquetería hacia la mecedora en donde Carlomagno preparaba los cigarrillos en compañía de su ahijado.

El gobernador no se percató del duelo de muecas que se tenían las dos mujeres. Sin dar siquiera las gracias, tomó la bandeja con la taza de café y el plato de tamalitos. Lorenza se quedó esperando algún piropo pero lo único que salió de labios del coronel fue un silbido monótono que repetía una y otra vez el estribillo de un viejo corrido mexicano. Pero para no dar su brazo a torcer, ella se quedó ahí a su lado, evitando las miradas burlonas de Pascuala.

—¿Qué tenés? —le preguntó Carlomagno.

—No, nada. Que me gusta estar con usted —le respondió ella.

—Mejor andá a la cocina y traé otro pocillo de café para Toñito — le ordenó el gobernador.

Herida en su orgullo y con ganas de meterle arsénico al café del mocoso, Lorenza se dio la vuelta y marchó hacia la cocina sin atreverse a mirar el resplandor de triunfo en la cara de Pascuala.

—Esas dos mujeres se van a terminar dando palo —le dijo José Antonio al coronel.

—Déjelas, eso es lo que quiero —le respondió Carlomagno—. Mejor deme su opinión sobre la señorita Clara.

—Pues, que está muy bonita, padrino —respondió el niño con inocente simpleza.

—No, hombre, yo le pregunto sobre lo que nos dijo y sobre su personalidad.

José Antonio se sostuvo el rostro entre las manos mientras se concentraba en cada uno de los gestos y las palabras de Clara Ocaña. Recordó la impenetrabilidad de sus ojos y la remolinante sensación que producía su mirada, la filosa infalibilidad de sus palabras y el metálico timbre de su voz.

—Esa mujer es engañosa, padrino —contestó, al fin, el pequeño José.

—¿Engañosa, ahijado? A ver, explíqueme eso —le pidió, interesado, el coronel.

—Es como un mar que uno ve bien tranquilo, pero cuando está metido, se topa con un gran remolino en medio, que se lo traga con todo y barco.

El coronel lo observó con detenimiento, un destello de orgullo brilló en sus ojos. Intentó decirle algo pero lo interrumpió Lorenza quien traía el café para el chico. Al irse ella, el gobernador le devolvió toda su atención al ahijado.

—Usted va a ser un gran poeta, Toñito —le dijo con admiración.

—Gracias, pero mejor póngame atención, padrino, que lo que le digo es serio.

—Siga, lo escucho...

—La señorita le tiene mucho miedo a los hombres, pero no los odia, más bien, creo que le gustaría tener uno bueno, pero está muy pendiente de lo que puedan decir.

—¿Y de dónde saca usted eso? —dijo con interés Carlomagno.

—Usted vio cómo se puso ella cuando le preguntó si alguno de los finados la había enamorado; ni en broma, permite que la metan en romances. Es muy quisquillosa en eso.

—¿Y entonces? ¿Es o no es capaz de matar a alguien?

—Yo creo que sí. Para defenderse o defender a alguien amado.

—¿Y lo de un posible enamorado entre los difuntos?

—Mire, eso está un poquito difícil de saber... me llamó la atención cómo brincó ella cuando usted le disparó la pregunta. Lo bueno sería saber con cuál de todos... o si con todos —una sonrisa pícara se dibujó en los labios del zagal.

La conversación fue interrumpida por la llegada de Amílcar Bobadilla. Entró con todo el calor de la tarde en la pulpería. Venía agitado y le pidió a Pascuala que le trajera un vaso con agua.

—¿Y bien, Bobadilla? —preguntó el coronel.

—Mire, la cosa se va a poner fea, pues —contestó Bobadilla—. ¡Doña América de Suazo tiene organizadas a todas las viejas de Santa Ana para venir a reclamarle por la casa de doña Rosaura!

—¡Sabía que esas zopilotas no se iban a quedar con el pico cerrado! —refunfuñó el gobernador mientras pisaba la colilla de cigarro.

—Ahí las tiene, todas alborotadas, diciendo que le van a quemar la casa.

—¿A Rosaurita?

—¡No, a usted!

—¡Desgraciadas! ¡Como se atrevan a acercarse a una cuadra de aquí, las mando a fusilar a todas! —sentenció el coronel. Se puso de pie y sacó su pañuelo para limpiarse el sudor que bañaba su calva—. ¿En dónde están ahora?

—Estaban donde don Saúl pero yo creo que iban primero para donde Rosaura y después venían para acá.

—¡A esas jodinchas hay que detenerlas ya! —el gobernador caminó hacia el mostrador para tomar su sombrero—. Prepará la camioneta.

Bobadilla se aprestó a cumplir la orden, pero se detuvo de súbito al recordar otra noticia que tenía para el gobernador.

—¡Púchica! ¡Coronel, usted me va a matar!

—Eso tenelo por seguro. ¿Qué pasa?

—Anduve haciendo su encargo de contactar a todos los que tuvieron alguna relación con los muertos...

—¿Cuáles muertos? —preguntó enfadado Carlomagno.

—Los muertos, jefe, los que anda matando el loco ese, pues.

—¡Ah! Hablá más claro, creí que las viejas habían matado a alguien

—regañó el coronel a Bobadilla.

—Bueno, le decía que anduve haciendo averiguaciones. A quién conocían, dónde se llevaban, qué lugares visitaban y encontré una cosa muy curiosa...

—¡Pero decilo de una vez, infeliz, antes de que esas zopilotas le metan fuego a Santa Ana!

—Pues, se trata de Gabriel Vargas. Parece que era muy amigo del juez Toro.

—¿Cómo así? —interrumpió José Antonio.

—En los últimos meses, antes de que apareciera crucificado en el parque, Gabriel iba mucho al juzgado, siempre preguntaba por el juez, lo hacían pasar adelante y salía contento. Después se gastaba buen billete donde Orbelina Pagoaga y ahí se ufanaba de tener una mina que nunca se le iba a agotar.

El pequeño y su padrino se quedaron viendo durante unos segundos, pero el viejo recordó que en ese momento no había tiempo para detenerse a reflexionar sobre el asunto. Se puso el sombrero y salió a la calle seguido de Amílcar Bobadilla a quien le reiteró la orden de sacar la camioneta. El coronel mandó al pequeño que se quedara en la pulpería y salió a esperar el vehículo.

Mientras aguardaba, se le vino a la mente la idea de que la muerte debe ser mujer, por lo enredado de sus caminos.

Una mano fría y huesuda tomó por el brazo al teniente Mendoza y lo hundió entre las sombras del callejón. Fundido con la noche, entre la oscuridad del hueco, el teniente reconoció el ratonil rostro del capitán López, quien, tembloroso, trataba de mantener en su lugar los gruesos anteojos que llevaba puestos.

—¡Caramba, mi capitán! —exclamó Mendoza—, todo el mundo lo anda buscando.

—¿No le dijo a nadie de esta reunión? —le dijo López.

—En absoluto, mi capitán... ¿Qué fue lo que pasó?

—Eso es lo que yo mismo he estado tratando de averiguar —la

voz del capitán sonó a pánico—. Mendoza, temo por mi vida, el que mató a mi general Bertrand seguro quiere eliminarme a mí.

—¿Y por qué no se puso en contacto inmediatamente?

—Porque el asesino puede ser uno de nosotros.

Mendoza sintió que el corazón se le escondía temeroso entre los pulmones.

—¿Está seguro que no fue Urtecho? —preguntó tratando de evadir la realidad.

—Urtecho ya nos habría mandado a todos al carajo —contestó López.

—Mayor razón para que usted no tema por su vida.

—No sé, no me quiero confiar. ¿Qué han dicho los medios? —preguntó el capitán mientras se acomodaba las antiparras.

—Que murió en un accidente de tráfico.

—¿Y con respecto a mí?

—Ni siquiera lo mencionan.

—¿Ve? Dan por hecho que voy a desaparecer —mientras hablaba, López asomaba la cabeza hacia el callejón para asegurarse de que estuvieran solos—. ¿Qué ha hecho el Ministerio del Interior?

—Sin usted en el Ministerio, no es posible averiguar lo que está sucediendo.

—Ni lo intenten, puede resultar demasiado peligroso, más aún si hay un traidor infiltrado.

—No puedo creer que uno de nosotros sea capaz —dijo el teniente.

—Por su vida, créalo. Ahora debemos ser más cautos.

—¿Qué sugiere que hagamos?

—Manténganse inmóviles durante cinco días. Luego, busquen contactar a los dos grupos guerrilleros y asegúrenles que el plan no ha sido alterado.

—¡Pero las armas en el sur no han aparecido!

—No importa, usted debe ganarse la confianza de ellos y garantizarles que tendrán los pertrechos.

—¿Y sobre el ataque al Generalísimo?

El capitán López se reclinó contra la pared y levantó la vista hacia el cielo.

—Tengo al hombre indicado para eso, está lo suficientemente loco para atreverse a hacerlo —respondió al fin—. ¿Usted recuerda a Adrián Rodas Baca?

—¿El loco que abofeteó a Zelaya? —le preguntó Mendoza—. Creí que había muerto hace tiempo.

—Eso es lo que Rodas Baca desearía, pero no. El Generalísimo es muy cruel en la venganza. Lo ha mantenido vivo durante diez años. ¿Se imagina usted, Mendoza, lo que significan diez años de torturas sin fin?

El teniente se estremeció al escuchar las palabras de López y se imaginó a sí mismo en una de las prisiones de Zelaya.

—¿Y dónde lo tienen?

—Está en la celda más pestilente de la prisión de La Margarita.

—¡En medio de la selva!

—Justo detrás de la cordillera de San Buenaventura.

—¿Cómo rayos vamos a sacarlo de ahí?

—Por eso necesita a los guerrilleros. Una vez que los haya convencido de mantener la alianza, deberá pedirles ayuda para realizar la operación.

—Decirlo es fácil —comentó molesto el teniente—. ¿Cómo se pone a creer que esa gente me va a tomar en serio y se va a arriesgar para sacar a un loco de prisión?

—Elías Humboldt va a entender la importancia de que Rodas Baca esté libre para eliminar a Zelaya —respondió convencido el capitán.

—Pues yo no la entiendo. Por lo menos tendrán que enviar un comando de veinte hombres para atacar la prisión; siendo optimistas, cinco saldrán con vida, todo por liberar a un sólo prisionero. Sería mejor enviarlos a todos para acabar con Zelaya.

—Siendo usted de Inteligencia Militar, debería comprender —lo reprendió López.

—¿A qué se refiere?

—Los hombres de Elías están plenamente identificados en todas las gendarmerías del país, no podrían acercarse ni a tres cuadras del Generalísimo.

—Tampoco Adrián Rodas Baca. Él sí sería reconocido en el acto. Además, Urtecho descubriría toda la trama con sólo enterarse que se ha fugado de La Margarita.

—Precisamente.

—No entiendo. ¿Quiere que Urtecho se entere de toda esta descabellada operación?

—Véalo así, teniente. Usted sólo puede mirar hacia un lugar a la vez. Si su atención se concentra hacia lo que tiene enfrente, usted no podrá ver lo que viene detrás. ¿Me explico?

—¡Usted piensa utilizar como señuelo a Rodas Baca!

—¿Ahora comprende por qué es importante liberarlo?

—¿Pero qué gana Humboldt haciéndolo? — insistió el teniente.

—Al desviar la atención de Urtecho hacia Rodas Baca, él podrá colocar a uno de sus hombres en posición de acabar con Zelaya. Si lo logra, el hecho de haber eliminado al tirano lo elevará políticamente.

—Nosotros tendremos, entonces, a dos asesinos a nuestra disposición.

—A cuatro.

—¿A cuatro? —preguntó intrigado el teniente.

—El tercero lo proveerá Marcos Pastor, es seguro que no querrá quedarse fuera del juego, todos persiguen un trozo de gloria.

—¿Y el cuarto?

—El cuarto es usted, teniente.

La respuesta fue un tiro de nieve en medio de la frente de Mendoza Menocal quien miró con ojos de incredulidad al rostro de roedor del capitán López. Sus ojos, abiertos en estupefacción, se cargaron de delgadas venas rojas que le inyectaron pavor a su furiosa mirada. Tomó por las solapas al endeble capitán, lo alzó en vilo y lo empujó con violencia contra la pared.

—¿Qué carajos de conspiración es la que está tramando, López? ¡Está loco si piensa que me voy a dejar matar!

El capitán tembló tanto que las gafas se le deslizaron sobre la nariz y le quedaron colgando del cuello de la camisa. Sus pies se balancearon en el aire mientras Mendoza lo apretaba contra el muro.

—¡No sea pendejo, teniente! —dijo López con la respiración ahogada—. A usted lo ocupamos vivo; usted es el único de los cuatro asesinos que tendrá la oportunidad de salir con vida.

—¡Explíquese bien, capitán, porque, si no, aquí mismo le rompo el cuello! —dijo Mendoza, con el veneno de la ira inyectado en cada palabra.

—¡Déjeme respirar! —suplicó el capitán con el rostro amoratado.

Mendoza Menocal hizo un esfuerzo sobrehumano para contenerse, disminuyó la presión sobre el cuello de López dejándolo caer de rodillas sobre el fangoso suelo del callejón. El capitán tosió un par de veces y, con las manos trémulas, buscó los anteojos.

—Ahora hable —le ordenó Mendoza.

—Urtecho le va a seguir la pista a Rodas Baca, eso es indudable, y es seguro que va a pensar en la posibilidad de un segundo atacante. Va a cubrir muy bien esos espacios; ahora, si es tan astuto como creemos, es probable que incluso piense en un tercer hombre, pero yo, que lo conozco mejor que nadie, estoy más que seguro de que jamás nos creerá capaces de colocarle un cuarto individuo en el camino —López se puso en pie y miró a los ojos de Mendoza con fanática determinación—. Usted estará cerca de ambos cuando se desate la bulla y, en medio de la confusión, tendrá una excelente oportunidad de despachar a esos dos demonios al carajo. Lo único que le recomiendo es que no le diga a nadie de nuestro grupo que usted será el cuarto hombre, ni siquiera les mencione la posibilidad de que hayan más de dos atacantes, no lo comente, no se lo diga ni al general Asfura... y yo le garantizo que la operación será un éxito.

El teniente observó con detenimiento al capitán, escudriñó a profundidad en el abismo de sus ojos de ratón y, despacio, acercó su rostro al de López.

—¿Y cómo sé que no es usted el traidor? —el aliento de la muerte congeló el aire alrededor de ambos oficiales.

—Si quisiera acabar con ustedes, sólo tendría que llamar a Urtecho —respondió el capitán con una insospechada calma.

Al teniente no le gustó la respuesta pero aceptó que era cierto, la muerte de Bertrand no tenía que ver con el ministro del interior y López era quien más perdía con la ausencia del general.

—Ahora a mí me corresponde trazar los planes —sentenció Mendoza.

El capitán comprendió muy bien la desconfianza del teniente.

—¿Trajo el dinero? —le preguntó López.

Mendoza sacó un fajo grueso de su bolsillo y se lo entregó al capitán. Éste lo guardó apresurado, se arregló el cuello y trató de limpiarse las manchas de lodo que ensuciaban su ropa. Volvió a asomarse hacia el callejón para asegurarse de que no había nadie en los alrededores. Tomó la mano del teniente y la estrechó con fuerza.

—Gracias. Voy a permanecer en contacto.

El teniente Mendoza Menocal no le respondió nada, tan sólo se limitó a observarlo mientras se alejaba con su distorsionada sombra siguiéndole los pasos sobre los húmedos adoquines del callejón.

Clara exorcizó con su rostro de viento fresco y su voz de metales afilados, las imágenes de lujuria que habían atormentado a Montes de Oca durante sus primeros días en Santa Ana. En el alma del cartógrafo ya no había más deseo por la lascivia canela de Rosaura, ni por el níveo erotismo de Elvira, tan sólo anhelaba la brisa azul que acompañaba a la señorita Ocaña.

Montes de Oca había encontrado la interlocutora ideal, capaz de seguir la conversación por cualquiera de las rutas que él iniciara y proponiendo, ella misma, caminos en el diálogo que Amado jamás habría pensado recorrer. Así es como exploraron, en un par de horas, los variados vericuetos del alma humana, comenzando desde las supersticiones hasta la infalibilidad del método científico, cuestionando las razones de la superficialidad humana y buceando en las remotas profundidades de la espiritualidad, analizaron la causa y el efecto, la dialéctica, el devenir del súper-hombre, en fin, trataron tantos temas como en la larga plática que sostuvieron en el jardín del hospedaje Ocaña, pero en esta ocasión se habían atrevido a tocar dos líneas de conversación que habían rehuido la vez anterior.

El primero fue la dictadura, algo de lo que nadie hablaba mucho por aquel entonces. Amado se arriesgó con Clara declarándose inconforme con el orden de las cosas, con la hipocresía política, el fatal engaño que nos había convertido en un pueblo autómata, hincados ante la imagen del gran padre y postrados por siempre bajo sus edictos. Se declaró rebelde de corazón y dispuesto a comprometerse de lleno para lograr un cambio radical en el país.

Clara admiró su sinceridad y agradeció la confianza que le había mostrado al comentarle tan delicados asuntos. En retribución, ella misma entreabrió las pesadas hojas que custodian la bóveda de su alma y le permitió echar un vistazo a sus ideas. Le confesó que coincidía con él en que la sola existencia de Zelaya era un vejamen para la vida de todos, pero admitió no tener esperanza alguna, por lo menos a corto plazo, de ver un cambio significativo en el orden que les había sido impuesto.

Ambos tenían un fuerte punto de coincidencia sobre el tema: el repudio a la existencia del gobierno Zelayista, pero, disintieron en otros aspectos: Amado creía en la acción frontal, heroica y desesperada; Clara se oponía y defendía la tesis de la espera, de la resistencia pasiva, del constante y tenaz ataque del agua contra la roca que terminaba por desmoronar los peñascos más inconmovibles. Cada uno sustentó con vehemencia su postura y expuso razones de peso para hacerla valer; se enredaron en tácticas y estrategias que reforzaron sus discursos, buscaron ejemplos cercanos o distantes que fundamentaban sus ideas, aplicaron fórmulas de diversa índole para mostrar que sus teorías eran correctas y entre ingenio e ingenio y ataque y contraataque, sin saber cómo, ni cuando, ni en qué lugar de la charla, se abrió entre ambos la puerta vedada; en un instante de descuido se coló entre ellos el inquieto y travieso cupido, disparando, sin razón ni sentido, las saetas que los derribaron, sin remedio, en el oscuro foso de una conversación mil veces más peligrosa que el Generalísimo Zelaya y todos sus secuaces: de la nada, Amado y Clara comenzaron a hablar de amor.

—¡Halloran, Bertrand, Soares Bastos y, posiblemente, Marcos Pastor también, están muertos! —el doctor Machuca se peinó las patillas, caminó de arriba a abajo y expulsó una nubecilla de color biliar de su acalorada cabeza—. ¡López está desaparecido, el contacto en Santa Ana no nos ha enviado ningún informe y nos enfrentamos a la posibilidad de tener un traidor en nuestras filas! —se detuvo sudando rabias en frente del teniente Mendoza Menocal y, desafiante, lo miró a los ojos—. ¿Y con todo eso, usted se atreve a sugerirnos que contactemos a los rebeldes y pactemos con ellos un atentado suicida? ¡Mendoza, usted está loco de atar!

Sansón Urrutia estaba a punto de colapsar y el nerviosismo del doctor Machuca lo estremeció hasta el punto de hacerlo sudar un hielo frío e hiriente, con minúsculos coágulos de sangre congelados en cada gota.

Indiferente a los reclamos, enfriando a puro autocontrol la lava que bullía en su interior, Mendoza les dio la espalda y observó a través de la gran ventana del estudio.

—Mire, doctor —intervino con su voz de fantasma el general Asfura—, lo primero es guardar la calma...

Machuca deseó replicar, pero Asfura lo detuvo con un gesto de su mano y prosiguió:

—Mendoza Menocal está en este grupo por su capacidad analítica, después de López, él es el más competente para estudiar la situación. Yo le doy mi voto de confianza y si él dice que debemos contactar a los rebeldes, yo lo secundo —las palabras de Asfura fueron determinantes y definieron la postura que exigía de los demás.

—Yo también lo apoyo —agregó el coronel Lucio Gómez Prieto.

La nubecilla de vapor biliar que emanaba de Machuca se volvió más densa hasta cuajarse en todo el recinto. Una estremecedora corriente eléctrica se desplazó entre los cinco conspiradores ante la situación que se les presentaba: los tres militares estaban de acuerdo en apoyarse, ahora todo dependía de la opinión del licenciado Urrutia.

Por su parte, Sansón sentía que lo habían puesto a tragar hierro fundido, las tripas se le retorcieron y el estómago se le arrugó, sintió el irrefrenable deseo de evacuar sus angustias en el inodoro, pero sabía que no podía abandonar la habitación en ese momento tan crucial. Si se negaba a apoyar a los oficiales, se pondría en evidencia como el posible traidor. Por otro lado, si aprobaba la moción de Mendoza, Machuca se iba a sentir traicionado y era seguro que buscaría desquitarse.

Todos los ojos estaban concentrados en Sansón Urrutia mientras meditaba su respuesta. El licenciado se pasó el dorso de la mano sobre la frente, balbuceó tres o cuatro incoherencias y caminó de un lado al otro.

—¡Vaya, licenciado, diga de una vez cuál es su opinión, usted es el líder! —le increpó el doctor.

Arrinconado y sin salida, Urrutia buscó apoyarse sobre el librero, mientras los intestinos se le anudaban en la panza y el sudor se le derramaba por todo el cuerpo.

—Creo... creo que deberíamos esperar un poco —respondió con la voz apagada y agregó—: pero bueno, es cierto lo que dice Mendoza que habrá que contactar a la guerrilla.

—¡No joda, licenciado! —explotó el coronel Gómez Prieto—. Las pendejadas que acaba de decir es como decir que no pero que sí. ¡Sea claro, carajo!

Urrutia se vio atrapado, el pelotón de fusilamiento estaba frente a él y no había poder en el mundo que pudiera rescatarlo, así que, por fin, decidió salvar el pellejo uniéndose al más fuerte.

—¡Está bien, estoy de acuerdo! Que Mendoza se encargue de hacer el contacto —chilló Urrutia en desesperación.

Los demás asintieron y pasaron su atención al doctor Abelardo Machuca.

—Está decidido —respondió con frialdad—; no se diga más.

El cuajo biliar comenzó a derretirse y a medida que la tensión en el estudio aflojaba, los conspiradores fueron acomodándose en sus sillas. Sólo Sansón Urrutia permaneció de pie, estremecido por leves temblores.

—Ahora, el otro asunto son las elecciones —dijo Asfura.

—En esa vaina no vamos a intervenir —respondió el doctor Machuca.

—No, por ahora vamos a estar quietos, además, debemos averiguar bien qué ocurrió con el Puma y qué fue de López —concluyó Asfura.

—¡Señores! —interrumpió con timidez, entre leves escalofríos, el licenciado Urrutia—, antes de proseguir con este asunto, permítanme un segundo —todos aguardaron con interés las palabras de Sansón, quien los deja en suspenso al terminar la frase:

—Ya vuelvo... voy al baño.

Tenían las piedras listas para arrojarlas con toda la furia de sus resecos corazones hacia la puerta de la casa de Rosaura. Estaban dispuestas a meterle fuego al inmueble entero para asegurarse de que el pecado fuera cercenado de Santa Ana por completo.

En el frente de batalla estaban América de Suazo, Olivia Toro, la beata Sagastume, Chila, la mujer de Menecio, el barbero, Odalia de Coca, esposa del alcalde, Romelia de Rojas, señora del doctor Rojas, Felicidad Mendoza, querida del general Gonçalvez Vieira, Ana Elisa de Gonçalvez, esposa del mismo general; Aminta Varela, Juana Gallo y dos docenas más de distinguidas mujeres de la sociedad santeña, muy destacadas por su devoción al santo rosario y su resuelto catolicismo apostólico, recalcitrante y románico.

—¡Vade retro, Satanás! —gritó doña América mientras alzaba su roca para aventarla hacia la casa de Rosaura cuando, de pronto, se detuvo en seco, asustada por la repentina explosión del escape de gas de la camioneta del gobernador.

Antes que las mujeres pudieran recuperarse de la impresión, Bobadilla estacionó el vehículo entre ellas y la casa de citas levantando una densa nube de humo y polvo.

—¡Señoras, señoras, no pierdan la compostura, ni la decencia, por el amor de Dios! —les rogó el coronel Obregón tras descender del coche.

Las mujeres lo recibieron con improperios y reclamos.

El teniente Flores y media docena de gendarmes aparecieron, con paso acelerado, por la esquina opuesta. Algunas de las mujeres gritaron aterrorizadas al verlos, otras se replegaron hacia el recodo, al final de la calle. Carlomagno, con la mano levantada, les ordenó a los gendarmes que se detuvieran, se volvió hacia las señoras e intentó calmarlas asegurándoles que, mientras él estuviera ahí, no iban a sufrir daño alguno.

—¡Mis estimadas damas! ¿En qué estaban pensando cuando decidieron venir a armar este alboroto? —les preguntó, suplicante, el gobernador.

Ninguna respondió, algunas por vergüenza y otras porque no sabían qué decir. El coronel apretó un ojo y con el otro convertido en una lanza, incisivo y furioso, las perforó una a una. Ellas voltearon para no hacerle frente, agacharon la cabeza y se miraron entre sí. Nadie habló y, por un breve espacio de tiempo, el silencio se pudo percibir como el aire en la boca del horno.

—¡Estamos aquí para defender la moral de Santa Ana y para salvarlos a ustedes de la condenación eterna! —doña América se atrevió a levantar la voz sintiéndose inspirada por un soplido mesiánico.

—Eso suena muy noble, y se lo digo de corazón, doña América —respondió el gobernador—, pero estos asuntos no se componen así. Por eso, yo les pido que se calmen, que olviden este bochinche y que regrese cada una a su casa; ya va siendo hora de la cena y todas tienen que ir a atender a sus maridos.

—Ustedes los hombres tienen una forma muy conveniente de ver el mundo, ¿no es así, coronel? —le contestó doña América—; a los relajos que ustedes arman les llaman guerras de independencia, batallas por la democracia y la justicia, luchas por la reivindicación social... conquistas de la humanidad, pero cuando una mujer reclama y protesta, entonces es bochinche, bulla, escándalo... menopausia, ¿verdad, don Carlomagno? —el coronel intentó interrumpirla pero ella lo calló de inmediato—. Nosotras sabemos lo que hacen nuestros maridos con esas golfas y no nos causa gracia... a nosotras, pobres diablas, nos toca parirles los hijos, criárselos, administrar sus casas, lavarles sus calzoncillos cagados y limpiarles el carmín que por descuido traen en sus camisas y ¿cuál es nuestro pago? Rezongos, quejas, desprecios, burlas, in-fi-de-li-da-des. No señor, y, además de todo eso, ¿usted nos pide que nos quedemos quietas, sumisas y santas?

Las demás mujeres comenzaron a alborotarse, encendidas por las palabras de doña América. El coronel percibió que la cosa se le iba a ir de las manos de nuevo y decidió intervenir con lo mejor de su oratoria.

—Tiene usted toda la razón, muy digna señora, pero quiero que advierta que en su búsqueda de la justicia, está cometiendo una grave injusticia.

—¿Injusticia, dice usted, señor? ¡A ver, muéstremela! —reclamó, doña América.

—Respóndame, doña América... ¿a quién castiga Dios? ¿Al pecado, o al pecador? —le preguntó el coronel.

—¡No entiendo su pregunta! —respondió la señora con incomodidad.

—Está bien, yo se lo explicaré —le dijo Carlomagno—. Dios castiga a los pecadores, no al pecado. Y al pecador que se arrepiente, Él le concede la gracia de su perdón. ¿No era la Magdalena una mujer de vida licenciosa? Y aún, el santísimo Jesús, perdonó sus faltas pasadas y le permitió lavar con lágrimas y costosos perfumes sus divinos pies.

—¡Usted nos quiere enredar! —protestó doña América.

—Al contrario, señora mía, yo quiero despejar la confusión de sus mentes —dijo el gobernador—. Hago referencia a este punto, señoras, porque, no es destruyendo una de las fuentes del pecado, la manera en la que ustedes van a lograr redimir al pecador; no, en ningún momento van a obtener resultados positivos por esa vía, más bien van a incitar más al penitente a que se recrudezca en su vicio. Ustedes deben castigar al pecador, en este caso a sus maridos, antes de intentar hacer daño alguno a estas pobres criaturas que no son más que desdichadas víctimas de la crueldad del hombre y sufren, al igual que ustedes, bochornosos vejámenes por su condición de mujeres desprotegidas. ¿Por qué afilan sus lanzas contra el desvalido y dejan huir al verdadero culpable?

El discurso del coronel pareció ponerles almidón y engrudo en la boca a todas las manifestantes. Doña América intentó contraatacar, pero escuchó, entre sus aliadas, frases como «Tiene razón», «Ese desgraciado de mi marido es el que merece que lo apedreen», «Esas muchachas son mujeres como nosotras». Sin embargo, doña América no se amilanó y decidió alzar la bandera una vez más.

—¡Pero tampoco vamos a permitir que las cosas sigan como están!

—¿Y qué propone usted? —preguntó, un tanto frustrado, el gobernador.

—¡Queremos ver un sincero arrepentimiento en estas mujeres y, además, que cese la prostitución en esa casa! —las demás aplaudieron a su líder.

El coronel les pidió calma. Tardó un par de minutos para lograr que se restableciera el silencio necesario para pronunciarse y cuando por fin logró tener la atención de todas, comenzó a hablar.

—No puedo hacer compromisos a nombre de ellas —murmullos de desaprobación y amenazas de un nuevo zafarrancho. Carlomagno alzó las manos para pedir atención pero el relajo iba en ascenso. El gobernador hizo un nuevo llamado a la calma. Las voces de protesta se alzaron, abucheos, lo mandaron a cerrar el pico y le mentaron la madre. De súbito, el coronel sacó su revólver del cinto, hizo un disparo al aire provocando un aterrado silencio entre las damas—. ¡Cállense, que así no llegamos a ninguna parte! —les ordenó—. Yo no puedo hablar por ellas, pero soy la máxima autoridad de esta provincia —aclaró—, y me comprometo a darles un ultimátum —voces de triunfo entre las mujeres—; les voy a condicionar su permanencia en este pueblo siempre y cuando ellas acepten ir a misa todos los domingos.

—¡Ah, no! —reclamó doña América—. ¡Eso no basta!

—¿Y qué más quiere? —preguntó agobiado el coronel.

—Primero, que pare la fornicación en esa casa.

—Sólo tendrán permiso para operar como expendio de licor —prometió Carlomagno.

—¡Debe regularles, también, los días de apertura! —exclamó Olivia Toro.

—Es demasiado —arguyó el gobernador—. Les concedo que cierren domingos, lunes y martes —acepta—. ¿Quedan satisfechas?

—Coronel, esto no termina aquí —amenazó doña América—; vamos a estar vigilantes y además, aténganse al castigo que les vamos a imponer a todos estos adúlteros.

Tras la respuesta, una a una fue partiendo del lugar con el corazón palpitante por la emoción recién vivida y con el sabor de una media victoria que las reivindicaba.

En la calle no quedaron más que el gobernador, Bobadilla, el teniente Flores y los seis gendarmes.

—¿Piensa meter a esas putas en la iglesia? —le preguntó Flores al gobernador.

—Mayores milagros se han visto —le respondió el coronel con un guiño en el ojo.

El sol se abrigó entre el manto de montañas. El canto de las cigarras y los grillos se volvió más evidente y las fatigas del día fueron buscando un cómodo colchón donde reposar. La llegada de la noche le devolvió la ansiada frescura a Santa Ana, mientras cada uno de sus habitantes se encerraba con sus esperanzas y sus penas entre cuatro paredes, intentando hallar refugio seguro ante las incertidumbres de la calle.

Clara y Amado volvían de su largo paseo envueltos en los marjales de las filosofías del amor. El tema que antes había sido un tácito tabú entre ambos, se había convertido en excelente combustible que mantenía encendida la conversación. A su vez, el asunto, en sí, como narcótico los indujo a continuar explorando todas sus alucinantes variaciones. Mientras lo hacían, algo de su veneno había logrado perforar la gruesa protección que ambos creían construida en torno de sí mismos y, navegando entre sus venas, llegó a precipitarse en sus corazones, intoxicándolos de emociones que creían imposibles, olvidadas. Una calidez extraña los invadió mientras intentaban despedirse y el temible hado de lo inevitable los asaltó cuando se vieron a los ojos. Amado no pudo reprimir el impulso y tomó de la mano a Clara. Ella se volvió dócil a su tacto y permitió al cazador, atrapar sus alas. Él le disparó una sonrisa desbaratadora. Clara le respondió con el brillo de sus ojos. Se miraron con indómita intensidad. Se percibió un intenso aroma de almizcle y fuego en el aire. Los fantasmas de la familia Ocaña se arremolinaron para observar el desenvolvimiento de aquella intensa trama. La noche guardó silencio, expectante, tensa, curiosa. La luna no se atrevió a dar el rostro mientras las estrellas, apenadas, se ocultaban tras la gruesa capa de nubarrones. Con hidalga gallardía, Amado Montes de Oca le estampó un beso, de sabor añejo, cuajado de romances de caballería y cortejos del siglo antepasado, en el dorso de la mano. Ella contuvo la respiración y haló, con tremenda fuerza, las riendas de su desesperado deseo para impedirle que se desbocara por los pedregosos caminos de la pasión. Amado comprendió que su gesto había desatado terribles tormentas, capaces de ahogarlos a ambos en el mar de lo desconocido, por eso dio un paso atrás y se despidió dejando a los dos con la tremenda asfixia que produce el tener el objeto del deseo a un milímetro de distancia y no poder atraparlo.

Dos ojos felinos los observaban. Tenebrosamente inmóviles, habían seguido todo el ritual. Elvira, oculta tras los arbustos al fondo del zaguán, estaba emparedada tras un inmenso muro de preguntas.

MARZO...

La noticia rodó dentro de su cuerpo como una bola de nieve. Las primeras palabras entraron de una manera casi imperceptible en su cerebro, de la misma forma en que, desde hacía más de veinte años, solían penetrar en su conciencia las cosas que él le decía. Pero a medida que las frases giraron hacia lo interno de su ser, doña Leticia Oyuela de Zelaya, primera dama de la nación y esposa del Generalísimo señor jefe de estado, don Marco Augusto Zelaya y

Ferrer, empezó a comprender que el mundo, tal y como lo conocía, se había ido a la porra por los siglos de los siglos y, aferrándose al rosario que siempre llevaba prendido del cuello, lo más que pudo llegar a decir fue amén.

Después que la avalancha hubo causado un estropicio en su interior, el silencio se impuso frío y contundente entre ambos. Una cosa eran los viajes de gira que se prolongaban durante semanas, o los cruceros vacacionales en los que se ausentaban del país durante meses enteros hasta que algún rumor de cuartelazo o de huelga los interrumpía, pero era otra vaina contemplar la idea de un exilio eterno de su tierra.

Al verlo, pudo descubrir en sus ojos la burlona y eterna sonrisa de la muerte, quien, desde ya, se iba convirtiendo en la única compañera del caudillo para el resto de la eternidad. Entonces, sintió compasión por él, pero a la vez, también le provocaba ira el pensar que, a causa de su aventura de veinticinco años al mando del país, se les negaba la gracia de tener un pedazo de tierra en donde poder ser enterrados junto a su hijo, al lado de sus padres y sus abuelos, condenados a ser eternos extranjeros en una tierra ajena a ellos.

—Terminaste por mandarnos a todos al carajo —fue lo único que Leticia le respondió, con el alma arrugada como una hoja de papel inservible.

El Generalísimo se reservó toda palabra y continuó, con su mirada de muerto, comiéndose las ciruelas de la fuente, mientras ella buscaba refugio en el gran ventanal que dominaba la vista del valle. Con el sollozo anudado en la garganta, doña Leticia absorbió el magnífico paisaje con toda la intensidad que pudo, a sabiendas que no lo volvería a ver nunca más. Ella y sus hijos eran cómplices del dictador, habían sido copartícipes de él y de sus ministros en el saqueo de la nación, tuvieron todo el lujo y el boato que les brindó su cargo, fueron sordos e indiferentes al clamor del pueblo, vivieron de apariencias, regando migajas de compasión para alimentar los artículos sociales de los periódicos y poder ofrecerle fotografías conmovedoras a las revistas de vanidad. No había esperanza de perdón, la misma turba que había decapitado a los reyes franceses, derribado el imperio de los zares, expulsado a los terratenientes mexicanos y linchado a los fascistas italianos, se aprestaba para dar cuenta de ella y de toda su familia.

Trató de resignarse pensando que Estados Unidos era un país más civilizado que este hoyo montuno que acunaba caciques y bandoleros, reflexionó que, después de todo, tenía el suficiente dinero para pasarlo bien en la Florida, California, Nueva Orleans o Nueva York, sus hijos no vivirían los sobresaltos de los golpes de estado, las sublevaciones campesinas, las huelgas de obreros, las manifestaciones estudiantiles, ni el acoso de los guerrilleros marxistas. Comprendía bien que ella se convertiría en la cabeza de la familia en el destierro pues, la única razón para que Marco Augusto aceptara su inminente salida del poder era que su muerte estaba cerca. Ante esa idea, Leticia sintió un repentino peso que estremeció sus entrañas y le inyectó frío en los huesos. Se apartó de la ventana y, sin volver la vista hacia él, salió de aquella habitación, para siempre.

Lo último que Urtecho recordaba era el coche dando vueltas y luego una grieta sobre el cristal del parabrisas, después, la nada. Abrió los ojos y una intensa luz blanca lo llenó. Una voz lejana alcanzó sus oídos y varias frases se apelotonaron en torno a él. Cuando advirtió que era el Tenampa quien hablaba a su lado, se convenció de que no estaba muerto.

—¡Está consciente, doctor! ¡Revíselo!

Parecía que estaban dentro de una gruta por el eco y la resonancia de las palabras. Urtecho volvió a cerrar los ojos para acostumbrarlos poco a poco a la luz. Aguardó unos segundos y los abrió de nuevo, muy despacio. Nuevas formas iban llenando su campo de visión. Sintió un leve mareo al ver las láminas del cielo falso pasando frente a él, perdió su ubicación en el espacio, no sabía dónde quedaba arriba o abajo, ni dónde estaba o cómo había llegado hasta ahí. Trató de alzar la mano izquierda pero una fuerza extraña la mantenía sujeta junto a su cuerpo, entonces, intentó mover la otra y lo logró con suma facilidad; la llevó hasta su frente y al tocarse sintió un vendaje húmedo sobre su cráneo.

—Tenampa... ¿qué putas pasa? —preguntó, casi en susurros.

—Trate de no hablar, ministro —le ordenó una voz extraña.

—¡A mí nadie me calla! —reprendió Urtecho al desconocido.

—Nos emboscaron, jefe, pero ya todo está bajo control —intervino Tenampa.

Urtecho quiso preguntar más, pero las fuerzas lo traicionaron y se hundió de nuevo en la oscuridad...

El tiempo transcurrió, él pudo sentirlo, pero no sabría decir cuánto...

ya no estaba en movimiento, había mucho silencio, tenía un fuerte dolor de cabeza...

era de día, había mucha luz a su alrededor, volvió a cerrar sus párpados, sólo un segundo...

oscuridad, tenía abiertos los ojos, pero sólo percibía la oscuridad...

debían ser alrededor de las cinco de la tarde porque la luz que inundaba la habitación era dorada, todo estaba impregnado de ese color, nada se movía excepto las cortinas de la ventana que parecían un par de fantasmas asomándose sobre él.

—¿Puede oírme, señor? —preguntó a su lado la voz de Tenampa.

Él volteó hacia la derecha, tratando de ubicarlo y lo halló de pie junto a la cama.

—¿Estoy completo? —dijo ansioso el ministro.

—Sólo un poco magullado, jefe —lo confortó su agente.

—¿Cuánto llevo aquí? —Urtecho tosió un poco y reclinó el rostro hacia atrás.

—Dos días.

—¿Dos días? ¡Carajo! —el ministro cerró los párpados—. ¿Qué has hecho?

—Silenciamos la noticia —aseguró con prontitud Tenampa.

—Bien ¿Y los hijueputas que planearon esto? —dijo el ministro, abriendo los ojos.

—Fueron cinco, atrapamos a cuatro, al otro no lo hemos localizado —admitió con vergüenza el agente.

—¿Guerrilleros?

—No, esos jodinchos eran parientes del doctor Resinos.

Urtecho tardó un buen rato en procesar aquella información. Se trataba de una venganza, eso era evidente, la pregunta era cómo se habían enterado de su participación en la muerte del yerno del Generalísimo y qué era lo que sabían de ese caso.

—¿Sobrevivió alguno? —interrogó el ministro.

—El único que se salvó es el que está prófugo.

—¿El Generalísimo sabe?

—Él es quien ha manejado todo, personalmente.

—Decile que ya estoy consciente y que me voy a encargar de esta vaina —Urtecho tosió un par de veces y continuó—. Quiero a ese cabrón vivo. Al que lo mate le voy a comer la cabeza. ¿Quién es el que escapó?

—Norberto Resinos.

—¿El ingeniero?

—El mismo.

—Alguien ha hablado demasiado. Quiero que investigués eso también —Urtecho se reclinó sobre la almohada—. ¿Quiénes eran los otros?

—En el carro que desvió al coche escolta iba Esteban Resinos, el hermano del doctor. Murió en la colisión —respondió Tenampa—; los otros tres eran Adrián Macedo, primo de ellos, Emilio Resinos, tío, y Silvio Resinos, otro primo.

—¡Les resultó demasiado fácil! ¿Qué ha dicho la familia Resinos?

—Actúan como si no hubiera pasado.

—¡Pero la familia debe saber lo que ocurrió!

—El Generalísimo no ha querido meter bulla y ellos tampoco —le aseguró Tenampa.

Urtecho observó el frasco de suero, conectado a su brazo por una sonda. Con la mirada fija en el incesante goteo del bote comenzó a desabotonarse el pijama.

—Llamá a los muchachos, nos vamos de aquí —le ordenó al guardaespaldas.

—No creo que el doctor...

—¡Al doctor me lo paso por los cojones! —Urtecho se sentó al borde de la cama— ¡Ahora vamos a soltar el mero infierno!

Elsa quitó la venda ensangrentada con sumo cuidado y la arrojó hacia el bulto de vendajes manchados. Examinó el orificio de bala con detenimiento, limpió con alcohol la sangre coagulada sobre la piel, y observó que la lesión se veía peor conforme avanzaban las horas. Estaba preocupada, el doctor Medina tardaba demasiado en llegar y pronto tendrían que mover de nuevo a Norberto, antes de que los secuaces de Urtecho dieran con él. Ella se preguntaba el por qué no habían actuado ya y cómo habían logrado mantener la noticia fuera de los periódicos y las radioemisoras.

Era una locura. Desde la noche en que Norberto se había desplomado de bruces frente a ella, empapado en su propia sangre, el mundo había sufrido un vuelco demencial. Don José Alberto, su padre, el único con conocimiento de todo lo que pasaba, la había inmiscuido en la trama, ordenándole que trasladara al herido a la casa de campo, mientras llegaba el doctor Medina.

Afuera, las nubes, eran carneros enfrascados en estremecedores combates de topetazos que hacían tronar los cielos. El viento delataba a la tormenta que ya se erguía, amenazante, sobre la mansión, mientras los pinos gemían canciones tristes. Dos pequeños faros iluminaron el camino hacia la casa de campo de la familia Resinos. Elsa los observó desde la ventana mientras se acercaban. Podía ser el auto del doctor Medina, pero igual, podría tratarse de la gente de Urtecho que venían por su hermano. Su corazón se acurrucó entre los pliegues de su angustia en un vano intento por ocultarse del miedo. Esperó, no le quedaba más por hacer; sus puños, buscando a qué aferrarse, estrujaron las cortinas a medida que el vehículo se aproximaba a la casa.

Ella respiró aliviada al ver la solitaria figura del doctor descendiendo del coche. Corrió hacia la puerta y la abrió antes que él tocara. Sin perder el tiempo en saludos, el médico pidió que lo guiara hacia la habitación en donde descansaba el herido. Con el rostro sombrío se sentó al lado de Norberto y comenzó a examinar la zona en donde había recibido los impactos de bala. Elsa pudo adivinar, por la expresión de sus ojos, que la situación era en extremo grave. El doctor Medina pidió que le hirviera agua y que consiguiera gasas esterilizadas.

Mientras preparaba las cosas, recordó los días en que los tres, Alberto, Norberto y ella, jugaban por los salones de la casa de campo, pintándola de risas y algarabía. Las lágrimas comenzaron a inundar sus ojos y se sintió inmersa en un extraño viento de desolación. Sintió un hueco frío y oscuro en lo más profundo de su estómago y un mareo traicionero la atrapó en un descuido lanzándola al suelo entre densas sombras y grises nubarrones.

Cuando volvió en sí estaba en los brazos de su padre, quien, con el rostro contraído la miraba mientras acariciaba sus cabellos con ternura. Elsa intentó decirle algo pero él colocó sus dedos sobre los labios de ella, haciéndola callar. Una gruesa gota resbaló por las mejillas de don José Alberto Resinos y su barbilla comenzó a temblar.

—¡Todo es mi culpa! —exclamó.

—¿Qué pasa papá? —preguntó ella.

—¡No debí haberles dicho nada!

—¿De qué hablás?

—Olvidalo, pequeña. Ya te he expuesto demasiado. Ahora yo me voy a hacer cargo.

Don José Alberto la ayudó a ponerse en pie y la condujo hacia la sala en donde el doctor Medina aguardaba. Al verlo, ella le preguntó por el estado de su hermano. El doctor buscó apoyo en los ojos de don José, pero no lo encontró así que optó por murmurar una respuesta ambigua y después guardó silencio.

—Mauricio te va a llevar —le dijo su padre mientras la abrazaba—. Andá y cuidá a tu madre, está muy desconsolada.

—¿Qué va a pasar ahora? —la inquietud en su pregunta alcanzó lo más sensible de don José Alberto.

—No sé pequeña... pero te prometo que haré todo lo posible porque pase lo que pase, todo acabe bien.

Ella lo apretó con fuerza, intentando capturar aquél momento por toda una eternidad. Mientras se alejaba en el coche sintió la aglomeración de todas las cosas que aún no le había dicho ni a él, ni a su hermano, pesaba como rocas en su pecho y la ahogaba junto al irresistible deseo de llorar. Echó la cabeza hacia atrás y lanzó un débil sollozo.

Gamoneda se quitó su sombrero de abogado y se lo colocó bajo el brazo mientras se secaba el sudor de la frente. Esperó a que el doctor Machuca cabalgara hasta la sombra, y luego se apeara del caballo. El doctor también bajó de su montura y ambos se sentaron a la sombra de los mangos.

Llevaban ya buen rato cabalgando por la propiedad de Machuca y aún estaban agitados. Gamoneda se refirió a los excelentes caballos de don Abelardo, el doctor siguió el hilo de la conversación hablándole de las diversas cruzas que había tenido que hacer para contar con animales de aquella calidad. Gamoneda siguió dándole vueltas a la plática, midiendo el terreno para buscar el momento apropiado en que pudiera guiarla hacia el asunto que lo había traído desde Yorito. Machuca podía intuir las ocultas intenciones del abogado, pero no quería exponerse a mostrar sus cartas antes que él. Gamoneda era un experto en serpenteos sutiles que evadían las defensas de sus víctimas hasta tenerlas enrolladas y, una vez sujetas, trituraba sus mentes hasta pulverizarlas; sin embargo, con lo que el abogado no contaba era con que Machuca fuese una víbora de la misma calaña.

—Doctor, el gobierno de Saborío no va a durar ni dos semanas después de que muera el Generalísimo.— El ambiente se volvió tóxico alrededor de ellos.

—Es una situación muy lamentable —aceptó Machuca mientras trataba de enroscarse en el cuello de su interlocutor—. Parece que estamos condenados a la anarquía.

—Con el agravante de la amenaza comunista a nuestras puertas —agregó Gamoneda, pinchando más veneno en la conversación.

—La pregunta es quién puede manejar una situación tan explosiva cuando muera Zelaya —Machuca metió su propio tósigo en la plática.

—Debe ser alguien que conozca muy bien el manejo del Gobierno —respondió el abogado.

—Además tendría que ser un líder capaz de aglutinar a una sociedad polarizada...

—Con mano fuerte para evitar la anarquía.

—¿Y el Generalísimo no habrá previsto eso? —agregó ponzoñoso el doctor, evitando dar la respuesta que Gamoneda estaba esperando.

—Él se está muriendo —contestó con acritud el abogado—. Además, es seguro que su plan es llevar a su hijo Jorge Augusto al poder.

—Usted, tan leal a él, debe apoyar sus planes —Machuca sabía que con ese comentario le estaba haciendo añicos la nuca a Gamoneda.

—Y lo hago —se apresuró a asegurar el abogado—; pero Jorge Augusto es aún demasiado joven para afrontar una tormentosa transición.

— Estoy totalmente de acuerdo —asintió Machuca—. Tan sólo nómbreme a alguien capaz y habilidoso y yo le brindaré mi completo apoyo.

Gamoneda se sintió inquieto, acorralado y frustrado por no haber podido inducir a Machuca hacia la respuesta que él estaba aguardando. Meditó durante unos segundos sobre la conveniencia de revelar su juego o de mantenerlo oculto y, por último, se dejó vencer por la impaciencia y decidió soltarlo todo.

—Doctor, necesito su apoyo. Usted sabe que cuento con los recursos y la capacidad para ponerle orden a este país cuando Zelaya desaparezca, pero necesito que ustedes, los empresarios me respalden —el silencio de Machuca lo desesperó aún más y soltó el último as que le quedaba—. Tenemos que aliarnos para vencer en tres frentes...

—¿Tres frentes, abogado? —Machuca sintió interés ante esa nueva variable.

—Los comunistas, los militares y los partidarios de la continuidad del Zelayismo.

Por un instante le pareció interesante la propuesta al doctor. Cambiar al timorato y endeble Sansón Urrutia por un hombre más capacitado para ejercer el mando, pero después de un rápido examen se dio cuenta de que eso era lo que, precisamente, él debía evitar: alguien capaz de disputarle el poder. Alejandro Gamoneda era un embrión de dictador; mantenía a la provincia de Balboa sojuzgada bajo el plomo de su puño y una vez que tuviera en sus manos todos los recursos para someter al país, no habría quien lo echara del trono.

—¡Es un alivio saber que el país cuenta con un hombre como usted! —le respondió el doctor—. Cuente conmigo en todo momento ¡Cómo pude pasarlo por alto! Pero es que lo veía tan cercano a Zelaya que no me imaginé... bueno... tan buenas nuevas.

—Comprendo, doctor —Gamoneda no podía ocultar la alegría en su voz—. Pero déjeme reiterarle que mi propuesta está inspirada, tan solo, en la tremenda necesidad que tiene la patria en esta hora en que las garras de la anarquía la amenazan.

—Con mucha más razón, abogado, tenemos que actuar con firmeza.

—Gracias, Machuca, yo sé que usted es un patriota a cabalidad —Gamoneda le tendió la mano y Machuca correspondió veloz al gesto—. Esta es la mano de un amigo que estará de su parte todo el tiempo.

—Y ésta —contestó Machuca— es la de otro amigo que lo seguirá hasta el fin.

Mientras caminaban, a la sombra de los mangos, Machuca meditaba que en la guerra por el poder no había amigos, tan sólo débiles alianzas que se inclinaban conforme a los vientos de la conveniencia particular.

Miriam, pensaba el ministro del interior mientras se aproximaba a la mansión campestre del Generalísimo. Sabía que estaría inquieta ante su repentino silencio, pero no tenía tiempo para ocuparse de ella, debía retomar el control de la situación y extirpar de la tierra a quienes habían osado hacerle frente a su autoridad. El dolor de cabeza continuaba trepanándole el cerebro. Sería una reunión complicada, tendría que enfrentarse al caudillo, derrotado por primera vez en la vida, librado de la muerte por un hilo de araña.

El automóvil se estacionó frente a la escalinata de la entrada. Tenampa le ayudó a salir y le sirvió de apoyo en el trayecto hacia las habitaciones de Zelaya. Sabía que aquel era un espectáculo fuera de lo común para los guardias del Generalísimo, pero ninguno de ellos dejó entrever asomo alguno de curiosidad.

El hedor a herrumbre fue el primer impacto que recibió al entrar en el dormitorio. Le revolvió el dolor de cabeza, le perforó el olfato y le estremeció las entrañas. Le ordenó a Tenampa que abandonara el recinto, una vez a solas con Zelaya, avanzó hacia él cojeando. Se dejó caer sobre una silla al lado de la cama y echando la cabeza hacia atrás cerró los ojos.

—Esta vez te jodieron —le dijo el Generalísimo con la respiración fatigada.

Urtecho se frotó el rostro con las manos y lanzó un suspiro de cansancio.

—Yo me voy a hacer cargo —le respondió Urtecho.

—No vayas a masacrar a los Resinos —el dictador hizo una larga pausa antes de proseguir—. Mucho me ha costado mantener este asunto en silencio —volvió a tomar aire y tosió con violencia. Urtecho pudo observar el pañuelo ensangrentado con el cual se limpiaba la boca.

—¿Resinos sabe algo?

—No sé si estaba al tanto de lo que planeaban, parece que no.

El ministro del interior sacó de su americana una caja de cigarrillos, extrajo uno y lo encendió. Cerró los ojos y se frotó la sien izquierda.

—Ellos sabían —aseguró Urtecho.

—Encontrá y eliminá a Norberto. Encargate... —Zelaya tuvo que detenerse debido a un nuevo acceso de tos—; ...encargate de hacer circular la versión de que hallaron los cinco cadáveres en el lago de San Jorge... Hacé que parezca un accidente de pesca.

Urtecho estaba incómodo, sabía que aún quedaba un punto por tratar y el Generalísimo lo estaba evadiendo de manera intencional.

—¿Quién filtró información? —preguntó con aspereza.

—El informante es asunto mío —le contestó tajante Zelaya.

El ministro estaba desconcertado, por primera vez en muchos años, el caudillo tomaba en sus propias manos un golpe.

—¿Usted sabe de quién se trata?

—Te dije que dejés eso en mis manos... yo voy a resolver esa vaina.

Urtecho apagó su cigarrillo. Se puso en pie y caminó despacio hacia la puerta.

—Encargate de Norberto Resinos, pero no abusés —le advirtió Zelaya con firmeza.

Urtecho pensó bien la respuesta:

—Poder que no abusa, se desprestigia.

Pascual Baquedano jugueteaba con el anillo en su dedo mientras el Puma Bertrand lo acechaba con la mirada. La situación era en extremo compleja; negarse significaría exponerse a la ira del general y aceptarlo, constituiría su derrota final. El enano no estaba dispuesto a mostrar su inquietud. Extendió su corto brazo hacia la mesa en donde tenía el mojito, y tomó un trago.

—A ver, Pascualito, no sigás jodiendo y respondé —el tono del general sonaba cordial, pero ese era sólo un antifaz que ocultaba la peligrosa estocada—. Te lo voy a poner así de fácil. Yo te saco del lío que tenés con el palestino, pero tu deuda es mía y vas a trabajar para mí. Pensalo bien, la información que tengo es más que suficiente para que Urtecho te mande a reventar.

El enano se tragó la hiel de su rabia y entrelazó sus pequeños dedos con fuerza.

—Usted sabrá —fue lo único que pudo responderle con su menuda voz.

—Estamos a mano, Pascual. Seamos socios, total ¿qué de malo hay en eso?

—Usted sabe que yo también poseo información —Pascual se arrepintió de las palabras que recién acababa de pronunciar.

Bertrand no perdió la compostura, sonrió con frialdad y lo miró a los ojos.

—Sos un enano hijueputa —le dijo sin borrar la sonrisa de su boca—, por eso te dije que estábamos a mano. Ahora, quiero que entendás cuál es la gran diferencia —el general se acomodó bien en la silla y tomó su trago de Cuba Libre antes de continuar—. Si algo me llegara a suceder a mí, por lo menos mi mujer y mis hijos quedan protegidos y seguros, pero si te pescan a vos, también se van a joder todas estas putas que tenés bajo tu tutela.

Pascual apretó los puños hasta que los nudillos se le pusieron blancos y su cuerpo comenzó a temblar.

—Te vuelvo a preguntar —dijo el general—. ¿Cuento con vos?

El enano miró hacia la ventana por donde se filtraba la dorada luz del atardecer y trató de relajarse.

—¿Qué es lo que quiere? —se atrevió a preguntar.

—Primero quiero una parte del negocio que hacés con el licor de contrabando, el burdel y la droga. Yo te fijo una tarifa mensual y vos me la das cuando venga a visitarte.

—¿Y de cuánto será esa tarifa?

—Diez mil pesos mensuales me bastarán.

—¿Y yo qué voy a ganar? —preguntó indignado, Pascual.

—¡Que no te metan plomo en esa cabeza de pichingo que tenés!

Pascual cerró los ojos para hacer cálculos mentales de las pérdidas que tendría por su sociedad con el Puma Bertrand.

—De nada me va a servir librarme de la deuda con el palestino.

—No sé vos, pero yo no le veo más opciones a este asunto.

La imagen de su amada Rosaura violada y asesinada por los soldados era más que intolerable para Pascual. Estaba dispuesto a ceder, de todas maneras eso le serviría para ir ganando tiempo para que Gamoneda actuara.

—Además, tus operaciones van a estar más seguras que nunca —el Puma se puso en pie y avanzó hasta detenerse frente a la ventana, junto a Pascual; se sintió poderoso al comparar su estatura con la del tratante de blancas—. No seas pendejo, es un favor el que te estoy haciendo. Sin mí, terminarías preso en tres meses.

De nada había servido para Pascual el intento de refrescarse con el mojito, sentía que el bochorno se apoderaba de todo su cuerpo y deseó en ese instante, tener un revólver a mano para vaciárselo todo al extorsionador.

—Está bien, general, vamos a ser socios, pero para que esto funcione bien, quiero que me quite al palestino de encima, para siempre —el rufián sabía que la situación era indefendible así que estaba dispuesto a sacarle el mayor provecho.

—Mirá, Pascual, no me gusta que me pongan condiciones...

—General —lo interrumpió el enano—, mi prosperidad será, de ahora en adelante, su prosperidad, así que si está interesado en mantener a la gallina de los huevos de oro, tendrá que ayudarme a hacer a un lado al estorbo del palestino... de manera definitiva.

—Veré qué puedo hacer, pues. Mientras tanto, vos encargate de tenerme listos mis diez mil pesos para este viernes —respondió, al fin, Bertrand.

—Si no hay más que tratar, yo tengo un negocio que atender —le dijo Pascual, deliberadamente descortés.

—Por mí no te preocupés, Pascualito, yo me voy a quedar un rato... tengo una cita pendiente con Rosaura —la ponzoña en las palabras del general penetró en el enano.

Pascual no respondió ni le mostró gesto alguno. Salió de la habitación tratando de consolarse con la esperanza de que Gamoneda acabaría pronto con Bertrand, además, tenía el sosiego de saber que su miembro era cinco veces más grande que el del pinche militar.

El secretario asistente, Edward Foch, entró agitado en la oficina del embajador Nichols. Ante la abrupta aparición, el diplomático se quedó mirándole en espera de que su asistente le brindara una explicación.

—Röemer lo acaba de confirmar —dijo Foch, agitado, buscando el refugio de una silla frente al gran escritorio de caoba del embajador—, era el coche de Urtecho.

A Nichols le pareció inverosímil lo que estaba escuchando; el hombre más temido del país, el más avisado ante cualquier tipo de atentado, había sido víctima de una emboscada.

—¿Pero iba él dentro? —preguntó el embajador.

—Röemer dice que es muy probable que sí, la verdad es que él tampoco está muy seguro de eso.

—Debemos buscar la manera de obtener la información del mismo Zelaya —insistió Nichols.

—El Generalísimo sigue aislado del mundo en su casa de campo. Röemer asegura que su estado es terminal —le informó Foch.

—La situación se agrava —el embajador se dirigió hacia el bar en donde sirvió dos vasos de bourbon, regresó al escritorio y le brindó uno de los vasos a Foch.

—La verdad yo preferiría que Urtecho estuviera fuera del panorama —le dijo el asistente tras saborear un sorbo de licor.

—No debería olvidar lo importante que es Urtecho para nuestros intereses —le recordó el embajador mientras se sentaba sobre el borde del escritorio.

—Sería más fácil y menos sucio manejar este conflicto sin él —protestó Foch.

—Tal vez, pero debemos mantenerlos a ambos con vida, por lo menos hasta que haya un gobierno de transición que nos favorezca.

—Urtecho es demasiado inestable para nosotros; está loco y puede traernos más problemas que beneficios —Edward Foch se puso en pie y caminó hacia el librero.

—Röemer no piensa lo mismo —insistió el embajador.

—No en todo debemos coincidir —se defendió el asistente mientras leía los lomos de los libros. Sabía que, oculto en alguno de ellos, podía haber un micrófono grabando la conversación.

—¿Por qué detesta tanto usted al ministro? —le preguntó Nichols con curiosidad.

—La verdad no lo detesto, simplemente lo veo como un viejo dinosaurio que agoniza, pero que en su caída va a destruir todo a su alrededor —el asistente caminó de vuelta hacia el escritorio.

—Pero si lo elimina, usted está precipitando esa caída.

—Sí, pero lo hago caer donde yo quiero que caiga.

El embajador se levantó del escritorio y volvió al bar en donde se sirvió otro trago. Bostezó a sus anchas y luego avanzó hacia el sofá junto a la ventana, se quitó los zapatos y se sentó con las piernas extendidas a lo largo del mueble.

—Yo ya tomé una decisión con respecto a él —le dijo a su asistente.

—¿Ah sí, señor? —se interesó Foch.

—Así es —el embajador observó el pardo líquido en el vaso mientras formulaba la frase—. Lo vamos a mantener con vida y nos lo llevaremos a casa. Ahí nos servirá como asesor sobre la región y lo dejaremos establecerse tranquilo; estoy seguro que, lejos de su país, el temido Urtecho se va a convertir en una bestia domesticada.

—¿Y quién va a domesticar a la fiera?

—Miriam Grant —respondió con sencillez Nichols.

—¿Y usted cree que Miriam siga con él cuando todo haya acabado? —preguntó Foch.

—Usted aún es muy joven, mi querido Edward y no puede apreciar que la naturaleza humana es enrevesada —el licor le había despertado la vena poética al embajador—. El caso de Miriam y Urtecho es el del cazador cazado, sólo que ahora es el captor quien se ha enamorado de su rehén.

—¿Miriam está enamorada de Urtecho?

—Perdidamente, tanto que la única razón por la cual sigue colaborando con nosotros es porque teme que él se entere de todo y la repudie.

—¡Debió haberla retirado de inmediato al percatarse de lo que pasaba! —protestó el asistente.

—¿Ve a lo que me refiero? —lo reprendió el embajador—. Usted actúa con la impulsividad irreflexiva de los jóvenes. Miriam enamorada es un arma aún más valiosa en nuestras manos... ahora la controlamos gracias al miedo, el dinero ha pasado a un segundo plano para ella. Tiene miedo de ser descubierta. Ahora Miriam nos mantiene al tanto de todos sus movimientos, y se encargará de controlarlo cuando lo tengamos viviendo en los Estados Unidos.

—Creo que usted confía demasiado en poder dominar a Urtecho.

—¿Y por qué no habría de hacerlo?

—Discúlpeme, señor, pero yo dudo mucho que él sea un hombre controlable. Él nunca olvida y tiene un brazo muy largo capaz de destruir a quien desee.

—Usted lo sobrestima, Foch —le respondió el embajador, tratando de restarle importancia al comentario.

—Lo subestima, señor —insistió Foch—. Recuerde que en el 30, los agentes del Ministerio del Interior eliminaron en México a Jacobo Melgar. En el 32, hombres de Urtecho acribillaron en Buenos Aires a Robert Lennox, un sindicalista británico involucrado en la organización de obreros en este país. En 1938, una explosión hizo pedazos al antiguo rector de la Universidad Nacional, Andrés Cerritos, en Dallas, Texas... USA —el asistente se sentó junto al embajador mientras proseguía con el relato—. La lista es interminable, señor, incluso hay sospechas de que este hombre pudo haber estado involucrado en un atentado contra un ciudadano ruso en Berlín Oriental, hace tan sólo un mes, coincidiendo con la visita del Generalísimo a París.

El embajador tomó el resto del licor que quedaba en su vaso, se quitó las gafas y se pasó las manos sobre los párpados.

—Edward —le dijo al fin con indulgencia—, yo sé quién es Urtecho, estoy muy al tanto de todas sus acciones dentro y fuera del país, sin embargo es necesario que entendamos los tiempos en que vivimos. El sudeste asiático está en convulsión; China se mueve inquieta; Stalin es una amenaza a nuestros intereses en Europa; México, en nuestro propio traspatio, nos mira con recelo; en Guatemala tenemos un gobierno izquierdista expropiando empresas norteamericanas; hay señales de agitación en todo el continente, incluso en casa —el embajador se puso en pie sin calzarse y caminó hacia el bar para servirse otro trago—. ¿Le sirvo el otro?— le ofreció al asistente.

—No gracias, es suficiente por ahora.

—Creo que Ike va a ganar las elecciones. Él y Nixon van a adoptar una postura más radical en cuanto a la amenaza bolchevique y echarán mano de todas las armas de que dispongan para contrarrestarla —Nichols se apoyó en el bar—; van a pedirnos cuenta por elementos tan valiosos como Urtecho; para ellos, él significará un arma muy efectiva para identificar, eliminar o neutralizar a los comunistas centroamericanos.

Foch no se veía muy convencido aún por las teorías del embajador Nichols, no obstante, estaba dispuesto a cederle terreno, sabía que la clave del juego era esperar.

—De todas formas parece que la guerrilla ya se encargó de él —anotó el asistente.

—El ministro tiene muchos recursos, Foch, recuerde que ni Röemer ha podido confirmar que él haya estado en ese auto.

—Pronto lo sabremos, Miriam nos lo dirá —contestó el asistente.

El embajador se detuvo a pensar en la perturbadora mujer, admitió que era fácil perder la cabeza por alguien como ella, y se estremeció al pensar que él también podría haber caído en una trampa similar. La política era un juego que no admitía distracciones, debían estar alertas en todo momento para evitar caer en sus pegajosas redes. Tomó otro sorbo de bourbon, lanzó un suspiro y camino hacia el sofá para calzarse de nuevo. Mientras caminaba murmuró una sola palabra:

—Shit.

El chofer tuvo que pisar el acelerador para no contrariar las órdenes del ministro de Interior. Frente a ellos corría el coche escolta adicional. En el asiento posterior, Urtecho revisaba la información que le proporcionaba Tenampa Mujica. Papeles y fotografías eran leídos y releídos, estudiados y vueltos a estudiar. Por los datos que su sicario le daba, el ministro estaba seguro que la hermana de Norberto Resinos estaba al tanto de toda la situación y era muy probable que ella supiera el paradero del prófugo.

—El jueves salió de su casa y regresó hasta la madrugada del sábado —notificó Tenampa.

—¡Ella esconde a ese hijueputa! —gruñó Urtecho.

—Pero no la podemos tocar. El Generalísimo...

—¡Me vale un coño el Generalísimo! —interrumpió el ministro.

Tenampa, acostumbrado a los exabruptos de Urtecho, optó por guardar silencio.

—Hacele señal al coche de avanzada para que se detenga —ordenó Urtecho al conductor—. Luego te parás vos también en la intersección con Santander.

Mujica comprendió lo que aquello significaba: el ministro pensaba hacer una de sus salidas misteriosas. No estaba de acuerdo con la idea, pero no era él quien se atrevería a contrariarlo. Los tres autos se detuvieron donde el ministro les había indicado. Urtecho bajó de su vehículo. Les ordenó a su conductor y a Tenampa que descendieran del sedán y que esperaran junto a los demás mientras él regresaba. Luego, tomó el volante del automóvil y se perdió entre las estrechas calles del centro.

Quince minutos más tarde, Urtecho estaba tocando la bocina frente a la casa de Miriam Grant. Casi de inmediato, el portón de la cochera se abrió y el sedán negro penetró a la seguridad de la residencia.

No hubo palabras, tan sólo arrebato. Urtecho ni siquiera se tomó la molestia de entrar a la residencia. Allí mismo, en el zaguán, agarró con desesperación y estremecimiento a la mulata, con fuerzas inusitadas alzó a la mujer en vilo, con furiosas dentadas le arrancó la blusa, sin piedad la desprendió de su falda y a tirones se deshizo de sus prendas íntimas. La besó, la mordió, la estrechó contra sí y la penetró con trémula ansiedad. Rodaron sobre el césped, sin pausas, sin compasión, engulléndose a besos, explorándose hasta la saciedad, robándose la respiración, ahogándose en sus carnes, persiguiendo, anhelantes, un estado de plenitud que estaban condenados a no hallar nunca en tanto estuvieran sometidos a la tiranía de sus deseos.

Para el ministro y su amante, el arrebato transcurrió en el lapso de un siglo, para la vil realidad del mundo no pasaron más de siete miserables minutos. Sus deseos llegaron a las alturas de la sublimidad de la unión carnal, para descender, después, en el vacío fugaz y etéreo de los gozos humanos. Sus cuerpos, que parecían amalgamados por la eternidad, se desprendieron el uno del otro y yacieron a la par, unidos por un triste remedo de abrazo.

En medio de aquel momento de fragilidad entre ambos seres, surgió un tímido rayo de ternura, anidado en los ojos de la mujer y cegando por un breve instante la mirada del hombre. Finalmente, comenzaron a tocarse con suavidad, con menos prisa, saciados los arrebatos, calmados los ímpetus. Él pasó sus dedos entre los ensortijados cabellos y ella depositó la suave palma de sus manos sobre la áspera corteza de piel que recubría el rostro de su amante. Ella lo besó de nuevo, con la necesidad de asegurarse de que en verdad él estaba junto a su cuerpo, vivo, completo, suyo. Él se dejó apreciar, se sintió colmado, más seguro de sí, de nuevo en control de su mundo.

—Tenía miedo —comenzó a decir la mujer, pero Urtecho la calló con otro beso.

Él se apartó de ella y la miró con intensidad.

—Estoy aquí —le susurró—, eso debe bastarte.

Ella se arrellanó en su pecho y le pidió que la abrazara con fuerza.

—Vienen momentos muy difíciles —le dijo Urtecho mientras la acariciaba—. Todavía quedan más de cuatro meses antes de que podamos vivir en paz.

—Imagínate... ¡Tantos días! —exclamó ella mientras dejaba escapar un suspiro.

Urtecho trató de confortarla brindándole, de nuevo, su abrazo, pero Miriam se apartó con suavidad y caminó hacia la casa.

—¿Alguna vez te he reprochado algo? —le preguntó al entrar.

—No —respondió él.

—¿Y en algún momento te he importunado exigiéndote algo para mí?

—Jamás —reconoció Urtecho.

—¿Me amás? —la pregunta era un proyectil certero hacia la conciencia del ministro.

—¿Estás molesta por algo? —le respondió esquivando la respuesta.

—No me contestés con otra pregunta, tan sólo decilo: ¿me amás?

—Vos sabés que sí. Ya te lo dije antes: sos mi única debilidad.

—¿Estás cómodo teniéndome en espera perpetua?

Urtecho se arregló el traje frente al gran espejo del tocador, comprobó que el nudo de la corbata era perfecto y que todo él lucía impecable. Al fin, cuando encontró las palabras adecuadas, volteó hacia Miriam.

—No quiero que esperés… si es contra tu voluntad —sus palabras fueron tajantes y Miriam lo comprendió así.

Ella se acercó a él y le dio un beso profundo, prolongado, un beso en el que puso toda el alma y el corazón. El inconmovible ministro del interior se sintió tocado y tuvo que admitir que también él era humano, y se entregó a los labios de Miriam sin reparos ni estrategias. Media hora más tarde, mientras su vehículo se volvía a poner en marcha junto a los dos coches escolta, aún podía saborear el estrecho abrazo de su amante.

Ana Leticia observó los movimientos de su madre desde el umbral de la puerta. Se fijó en el rítmico y metódico vuelo de sus manos hacia la ropa. Doña Leticia era la personificación de la paciencia, la calma en medio de la tormentosa vida al lado de su padre. Quería correr hacia ella, cobijarse en sus brazos como lo hacía cuando era una niña, pero la detenía el ancla de su orgullo y no la dejaba zarpar en dirección a la única persona capaz de brindarle un puerto de consuelo. Sabía que la plática que había sostenido con su padre, el Generalísimo Zelaya, tendría funestas consecuencias para todos, en especial para ella, sin embargo, ya no le importaba tanto. Ana Leticia había firmado una declaración de guerra contra el «todopoderoso». La batalla se venía dando desde mucho tiempo atrás; hasta el momento había sido un encuentro silencioso, tácito, de rebeldías asolapadas, rabietas, caprichos y actitudes de niña mimada, pero al enterarse, por boca de su mismo padre, que él mismo había mandado a matar a su esposo, el conflicto se volvió una lucha a muerte. Ana Leticia sabía que el Generalísimo agonizaba y ya muy pocas cosas podrían infligirle el dolor que ella deseaba devolverle, así que elaboró un plan para crearle una desazón que no le permitiera pasar en paz sus últimos días de vida y que, incluso, lo haría revolverse en su tumba.

Fue ella quien incitó la venganza de los Resinos en contra de Urtecho e, incluso, les proporcionó detalles clave para poder emboscarlo, lo cual habría concluido tal y como estaba planeado de no ser porque, tanto ella como los parientes de su difunto esposo, desconocían lo del blindaje del sedán negro del ministro del Interior.

Si bien era cierto que su desquite le había causado a Zelaya un dolor más agudo que el del cáncer, la revancha había cobrado un precio demasiado elevado, cuatro miembros de la familia Resinos estaban muertos y era muy probable que Norberto tampoco sobreviviría; Urtecho seguía con vida, era un animal furioso y en la peligrosidad de su rabia podría llevarse de encuentro a don José Alberto, a su esposa y a Elsa. Ella había sido la causante de una terrible desgracia que no podría resarcir.

—No te quedés parada ahí, ayudame que aún queda mucho por hacer —la voz de su madre la hizo sentir mejor. Avanzó hacia ella y le dio un abrazo. Se quedó un buen rato en la comodidad de aquél arrullo y soñó con que de nuevo era la niña mimada de mamá.

Ana Leticia estaba segura de que su padre siempre había deseado que ella hubiese sido varón, capaz de ensamblarse en el engranaje de gobierno dinástico en el que el dictador soñaba. Podría afirmar, con plena convicción, que esa era la causa por la que también el caudillo había odiado tanto a su finado esposo, Alberto, era evidente que le resultaba inaceptable verla sometida a la simiente de otra casa con la cual no simpatizaba mucho.

La amarga herencia que su padre le había dejado era la soledad, el vacío, y un agudo dolor que no cesaba de trepanarle el tuétano de los huesos y de desgajarle las fibras del corazón. Ahora ya no tenía marido, no tenía hogar y pronto, incluso dejaría de tener un país.

—¡Mamá, lo odio! —murmuró entre sollozos, sobre el hombro de su madre.

Doña Leticia guardó silencio, apretó los labios y contuvo, con todas las fuerzas de las que pudo echar mano, las lágrimas en el interior de su alma. La abrazó con ternura, acarició sus cabellos y besó sus mejillas, húmedas por el llanto. Trató de hallar las palabras correctas, las frases exactas, pero la opresión en su corazón se lo impidió. Se dio cuenta de que, después de tantos años, cuando ya habían caído al suelo los amores resecos, las pasiones marchitas, la confianza podrida y el respeto enmohecido; cuando ya no había metas, ni futuro, ni sorpresas; al ver las palabras agotadas, las caricias perdidas, los detalles olvidados en algún bolsillo arrugado de una chaqueta militar apolillada; cuando ya sólo los unía la costumbre y una enmarañada red hecha con el alambre de púas del resentimiento, las ataduras de la conveniencia y la soga de la inercia; cuando todo se juntó, ella había comenzado a odiarlo también, pero jamás, en todos aquellos años en que fue anidando la amargura en su corazón, se atrevió a aceptar que en efecto, aquel hombre al cual amó, había muerto en 1927, en el momento en que decidió beber del veneno del poder.

Madre e hija continuaron abrazadas, en silencio, todavía un largo rato más, hasta que las lágrimas fueron consumiendo todo el fuego que las devoraba en su interior. Ya más calmadas, se separaron, y sin añadir ninguna palabra, continuaron arreglando las maletas.

El doctor Machuca se inclinó sobre el tablero de damas españolas y respiró profundo. Perder era inaceptable, por tanto, estudió bien cada una de las rutas que podía seguir con sus fichas y analizó las eventuales respuestas de su adversario: no cabía duda, Sansón le había tendido una trampa.

En apariencia, el doctor tenía la oportunidad de salir airoso en las siguientes dos jugadas, sin embargo, más adelante le aguardaba el pozo de la derrota. El licenciado había colocado sus piezas en forma tal que, después de hacer que Machuca se sintiera cómodo con las primeras victorias, al final, y sin mucho esfuerzo, en tres movimientos se coronaría con una reina.

El doctor se peinó las patillas, se acomodó los lentes, tosió un par de veces y se echó hacia atrás fingiendo desinterés. Se levantó en busca de un vaso con agua y dejó la partida en suspenso. Dejó diluir el tiempo y luego regresó a donde lo esperaba Sansón Urrutia. Con enfado, decidió dejar la partida en el vil olvido y comenzó a hablar del tema que le interesaba.

—¿No va a mover? —le dijo con enfado el licenciado Urrutia.

—Tenemos otro problema —dijo Machuca, seguro de que la frase de inicio desconcertaría a Sansón y le haría olvidarse por completo del juego de damas.

—¡Ya estoy hasta el culo de problemas! —protestó el licenciado.

—No pierda la compostura, mi amigo —lo reprendió, divertido por la reacción, el doctor Machuca.

—¡A qué horas nos enredamos en esta vaina! ¡No he dormido en paz desde el desgraciado día en que se me ocurrió meterme en estas papadas!

—Piense en su compromiso con la historia.

—¡A mí la historia me vale un huevo!

—Siempre se queja usted; deje esa actitud, caramba —el tono de Machuca era conciliador—. Lo que vamos a conseguir a cambio de tantos sobresaltos vale la pena, licenciado.

—No sé si yo pueda estar tan seguro de eso... pero ya no hay marcha atrás, así que diga de una vez, ¿cuál es el problema?

Machuca se sentó junto al licenciado, tratando de brindarle confianza.

—El problema que le menciono es de cuidado, pero igual lo podemos sortear; se lo planteo como muestra de la confianza que tengo en usted.

—¡Dígalo de una vez! —chilló Sansón.

—Se trata de Gamoneda...

—¿Se ha enterado de todo? —preguntó alarmado el licenciado.

—¡Déjeme terminar, hombre! Él no se ha enterado de nada, lo que pasa es que persigue lo mismo que nosotros, pero no estoy dispuesto a dejarlo entrar en el juego.

—Sería un aliado poderoso...

—Y peligroso, también —el doctor Machuca sacó un habano del bolsillo de su chaleco, lo cortó y se lo llevó a la boca sin encenderlo—. Gamoneda quiere para él todo el poder. Dejarlo llegar hasta una posición de dominio nos puede costar la cabeza a todos nosotros.

—¿Y qué vamos a hacer con él?

—Al abogado Gamoneda lo vamos a tener que sacar del juego lo más pronto posible —el doctor tomó un paquete de cerillos y encendió el habano.

—Con Gamoneda no se juega —advirtió Urrutia.

—No pienso jugar con él, pienso liquidarlo —respondió Machuca con palabras cuajadas de hielo.

Urrutia sintió que una fuerza extraña lo sacaba del asiento, se puso en pie y comenzó a caminar nervioso por todo el salón. Machuca se peinó las patillas de nuevo mientras seguía con la vista el atribulado andar del rechoncho licenciado.

—¿Sobre cuantos cadáveres vamos a tener que trepar para llegar a la cima? —fue lo único que atinó a preguntar Urrutia.

—Sobre todos los que se pongan en nuestro camino... y unos cuantos más —le respondió el doctor saboreando su puro.

Sansón miraba horrorizado a través de la ventana. No se consideraba a sí mismo un hombre de escrúpulos, estaba consciente de haber cometido un sinnúmero de delitos en su ascenso al poder y había dado su beneplácito a favor de más de una masacre de campesinos o disidentes del Gobierno, pero todas esas muertes le parecían lejanas, propias de todo proceso político y de la consolidación de un régimen de fuerza como el de Zelaya. «Todo líder se tiene que acostumbrar a embarrarse de sangre» había dicho él mismo en más de una ocasión cuando alguien cuestionaba los brutales procedimientos del Generalísimo. Sin embargo, lo que Machuca le proponía era demasiado. Hablaba de eliminar gentes con las que trataba a diario, de su misma clase y condición, a quienes tendría que ver a los ojos y hablarles por un buen tiempo antes de asestarles la estocada mortal por la espalda.

—Es demasiado peligroso —dijo con voz temblorosa el licenciado.

—La opción que tenemos en este punto es matar o morir, mi querido Sansón. Y créame que yo prefiero seguir vivo y en buena posición.

—No sé...

—Sansón, ellos planean hacer lo mismo con nosotros.

—Gamoneda tiene un ejército de matones a su disposición; meterse con él sería un suicidio.

—Ya he previsto ese inconveniente y créame, Urrutia, por la plata baila el mono —el doctor analizó de nuevo la jugada de damas de Sansón y descubrió un pequeño error en la disposición de las piezas de su oponente.

—¿Entonces, está decidido? —el licenciado tragó saliva y se aproximó a Machuca.

—Totalmente... usted está conmigo, ¿no es así, licenciado? —preguntó el doctor con veneno en la voz, a la vez que analizaba la forma de aprovechar el descuido de Urrutia en la partida de damas.

—Estamos unidos —respondió con resignación Urrutia.

—Esa es la forma en que debemos actuar para sobrevivir —le contestó el doctor—. ¡Ahora volvamos al juego! —Machuca hizo el movimiento indicado y Sansón Urrutia cayó en la trampa; creyó que iba a poder continuar con la jugada prevista pero se encontró con un obstáculo inesperado: Abelardo Machuca lo había hecho morder el cebo y lo tenía entre sus manos.

No pidió permiso para pasar adelante. Ordenó a sus sicarios que revisaran toda la casa hasta que encontraran a Elsa. La criada salió corriendo hacia el interior en busca de la señora, pero fue interceptada por el Tenampa. Al oír el alboroto, apareció el jardinero, pero otros dos esbirros del ministro se hicieron cargo de él y lo dejaron inconsciente sobre el suelo. Cuando apareció la señora Resinos, Urtecho la tomó con brusquedad y la condujo hacia la sala en donde la interrogó sobre el paradero de su esposo y de su hija. La mujer, confundida y aterrorizada ante el salvaje comportamiento, no encontraba palabras para responder. Entonces, otros dos agentes entraron a la habitación escoltando a Elsa Resinos. Su madre comenzó a llorar exigiéndole al ministro una explicación sobre lo que estaba ocurriendo. Urtecho le escupió un par de groserías y le ordenó guardar silencio; sin añadir más, abandonaron la residencia, llevándose a Elsa.

Hora y media más tarde, echaban abajo la puerta principal de la residencia de campo. Abrieron boquetes en las paredes, tumbaron muebles, desgarraron colchones de camas, quitaron el cielo falso, como un torbellino fueron destruyendo todo. Al no hallar nada, la furia de Urtecho se desbocó por completo; con la sangre convertida en ácido hirviente, se lanzó contra Elsa y la bofeteó haciéndola caer. La joven recibió una tanda de patadas que la habrían matado de no ser por la intervención del Tenampa.

—Jefe, todavía tenemos que interrogarla —balbuceó el sicario, temeroso de contrariar a su patrón.

Urtecho se contuvo haciendo un gran esfuerzo. Su mirada era lejana y perdida como la de un poseído, y sus músculos faciales temblaban sometidos a una gran tensión.

—Hacela hablar —ordenó mientras salía al exterior a fumar un cigarrillo.

Afuera, la noche se había vestido de una belleza arrebatadora. Las estrellas brillaban deslumbrantes sobre el pinar y la luna, con su esfera trazada a la perfección, reinaba con plenitud sobre el cielo. Urtecho aspiró profundo. Se dejó inundar por el viento que bailaba entre los árboles, la frescura menguó el bochorno que sentía sobre el rostro. Pensó en Miriam Grant. Habría sido ideal tener un lugar así para pasar juntos el resto de sus días... si no fuera por los gritos de Elsa Resinos, todo sería ideal. Sería lindo vivir en una cabaña de troncos, con una gran chimenea en la sala. Pero los gritos... los gritos desfiguran el sueño. En la primavera plantarán flores en el patio y harán un huerto con verduras y legumbres. La mujer no para de gritar. En verano bajarán a un lago, navegarán en sus calmadas aguas y luego se tumbarán sobre el césped a la orilla, para buscar figuras en las nubes. No se cansa de gritar. En otoño correrán entre las hojas doradas, comerán pastel de calabaza y celebrarán el Thanksgiving. Tenampa es un salvaje, la hace gritar demasiado. Y en el invierno, cortará un pequeño pino y lo instalará en la cabaña, lleno de luces y adornos y luego, se meterán en la cama de barrotes de bronce y no pararán de hacer el amor. Esa maldita no para de gritar. Los gritos son la realidad, los gritos son el recuerdo de que antes de llegar al paraíso, Urtecho tiene que recorrer los caminos del infierno, los gritos le recuerdan que él tiene una esposa e hijos a los que nunca abandonará y por los que, aún en otro país, seguirá llevando una doble vida, jamás completa, jamás llena, porque la voracidad de una devorará a la otra y viceversa, condenándolo a vivir en retazos, a soñar imposibles. Esa era la realidad amarrada a cada chillido de Elsa Resinos, él jamás vivirá una existencia completa porque los pecados de toda una vida se pegan a la piel, se enganchan en el alma, moldean la existencia e impulsan sin remedio hacia donde uno no desea ir. Ya no quería oír los gritos; fue mala idea traerla, jamás dirá nada en contra de su padre y de su hermano, quizás si hubieran traído a la madre la hubieran hecho hablar; no tenía caso seguir, el error ya estaba hecho.

Mucho más calmado, devolvió sus pasos hacia la casa. Se fumó otro cigarrillo mientras caminaba, alzó la vista para gozar el espectáculo de la luna llena. Entró en la residencia envuelto en el aire del pinar. Siguió por entre los corredores, hacia la habitación de la cual salían los gritos. Cuando entró, halló a Elsa desnuda, de rodillas, esposada a una columna de madera, su rostro estaba ensangrentado y la piel de sus espaldas se veía cubierta de cardenales.

—¡Suficiente! —ordenó. Se acercó a la víctima y se inclinó junto a ella. Le acarició la cabeza y le susurró:

—Ya terminó.

Se puso en pie de nuevo y caminó hacia el Tenampa. Urtecho lo interrogó con la mirada y la respuesta fue inmediata:

—Ella no sabe nada. Lo único que dijo es que las cosas se comenzaron a revolver en su casa después de una entrevista que la señora Ana Leticia tuvo con el señor Resinos —informó el agente.

—¿Ana Leticia? ¿La hija del Generalísimo? —preguntó el ministro.

—Ella misma.

Urtecho volvió la vista hacia la prisionera y sintió pena por ella.

—Ya habló suficiente... llévatela —le ordenó al enorme sicario.

La levantaron entre dos hombres. Urtecho se percató de que la mujer iba temblando y les ordenó que le pusieran una manta encima. La siguió con la vista hasta que la sacaron de la habitación. Su cerebro trabajaba a una velocidad vertiginosa, tratando de descifrar el misterio de la entrevista de Ana Leticia con Resinos. Era obvio que había sido ella quien le informó a don José Alberto sobre la participación del ministro en la muerte del doctor, ahora, la nueva pregunta era cómo se había enterado ella. Afuera sonó un disparo seco que anunciaba otra muerte más en su conciencia.

Don José Alberto Resinos dejó a su mujer e hijo, en la embajada de México para que recibieran protección como refugiados políticos. Él se negó a quedarse ahí, estaba dispuesto a concluir las cuentas pendientes con Urtecho. Cuando la información llegó a oídos del ministro del interior, éste convulsionó en un acceso de rabia, le propinó dos pescozones al mensajero y ordenó que, de inmediato, sus agentes levantaran un cordón de seguridad alrededor de la embajada y giró instrucciones para que hallaran a José Alberto Resinos a toda costa. Así comenzó una cacería despiadada a la cual no fueron ajenas ni las más influyentes familias del país. Violentaron las casas de sus más cercanos amigos y colaboradores, todas sus propiedades, empresas y cuentas bancarias fueron intervenidas y los bienes de su casa, confiscados. La prensa se mantuvo en silencio a pesar de que ya era un rumor bastante extendido el enfrentamiento entre los Resinos y el ministro del interior. Sin embargo, a pesar de los coletazos de bestia furibunda de Urtecho, fue imposible para sus hombres dar con el paradero del fugitivo y, aunque el ministro jamás dio por terminada la búsqueda, tuvo que quedarse con las ganas de exprimir a la presa entre sus garras. A José Alberto Resinos se lo tragó la tierra y Urtecho no lo volvió a ver sino hasta el día de su muerte.

Marco Augusto Zelaya y Ferrer, Generalísimo de los Ejércitos de la Nación, Padre de la Patria, Defensor de la Libertad, Custodio Vitalicio de la Democracia, Excelentísimo Señor Jefe de Estado, Modernizador de la Economía, Reformador de la Sociedad, Transformador de la Historia, Impulsor del Desarrollo, Presidente

Contralor de los Tres Poderes del Estado, Señor de la Vida y de la Muerte, condecorado con múltiples distinciones por parte de los gobiernos de treinta y ocho países e incluso, ordenado Defensor de la Fe Católica por su Santidad el Papa, todos los honores, las pompas, las medallas y las galas, todas las recepciones, los desfiles, las lisonjas, las comodidades, los lujos, las extravagancias, cada una de las perversiones, los favores de las mujeres, la deferencia de los poderosos y el avasallamiento de los débiles, los humildes, a su entera disposición, nada, absolutamente nada, te puede quitar por un sólo segundo el dolor que te provoca ese monstruo informe que te devora las entrañas y que te hace cagar sangre. Pero valió la pena, cabrón, nadie te podrá quitar ya nada de lo que tomaste, ni la puta muerte te va a arrebatar lo que ya fue tuyo. Te cagaste en todos y te has reído a pulmón partido de ellos, lástima que el circo no pueda continuar porque te habrías seguido divirtiendo a costa de sus miedos y sus pequeñeces por toda la eternidad. Pero este chingado cáncer llegó cuando menos te lo esperabas. Es irónico, ni todos ellos con sus conspiraciones y sus armas, con el apoyo de los bolcheviques del mundo entero, con todas las fuerzas de la envidia y la pequeñez en tu contra, nadie, ninguno pudo tumbarte y, al final, vino a ser tu propio cuerpo el que produjo al único enemigo mortal capaz de tirarte de la silla. Irónico es también el gran fraude, la gran mentira del demonio que es esta vida; tanto afán, tanta jodarria, y es todo tan ilusorio porque el tiempo avanza tan vertiginoso que nunca podemos atrapar ni un trozo de lo material. Todo está en constante estado de putrefacción, llevamos enterrada la semilla de la muerte desde el segundo en que nos conciben, sin duda es un mecanismo de autodefensa de la naturaleza para evitar que le destrocemos el mundo, pero nada es real porque lo que era hace tan sólo un segundo atrás, ya no es lo mismo un segundo después. ¡Aaaaaahhhh... el dolor! ¡El dolor es caballo! No se detiene, no tiene piedad. Esta vaina no me va a matar, primero me mato yo antes de dejarla vencer. ¿Ah, y entonces... en qué acaba todo esto? Mirá a tu alrededor, no hay nadie... afuera sólo están los dos guardias que custodian la entrada a las habitaciones, esperando que llegue la hora del relevo. La enfermera vendrá en una hora para revisar que todo esté en orden, luego se irá. Pensás en Viola Scheller y Antón Zadorov, arropados de sudor y besos en medio de las gélidas noches de Berlín. Ahora, con la objetividad que te imprime la inminencia de la muerte, tenés que reconocer que ella nunca te amó, tan sólo te utilizó como un escudo ante su angustiosa situación en una ciudad hecha escombros por las bombas de los aliados. Llenamos nuestros huecos con la esencia de los otros, a la vez que llenamos los huecos de ellos con nuestros espacios llenos; pero hay seres egoístas que no llenan a nadie mientras se adueñan de todo, vos no sos de esos, le has brindado mucho a los demás, dedicaste tu vida entera a convertir este país de salvajes en un lugar decente para vivir y, en agradecimiento, todos te quieren romper el culo. Pero ellos no comprenden, jamás entendieron lo que querías hacer. Imbéciles, dejalos, cuando te hayás ido van a desear que volvás; ellos no tienen memoria. No saben lo que ha costado, en el camino dejaste a tu hijo Marco Antonio, a Viola, a tu yerno Alberto, a tus padres, a tu mujer, a tu hija Leticia... Ana Leticia... Leti... jamás comprenderá. Nunca entenderá que Alberto Resinos era el peligro más grande para la supervivencia de la familia. Alberto era una amenaza mil veces mayor que la de los conspiradores de Urrutia, total, los últimos eran sólo marionetas en tu esquema de transición del poder, pero Resinos era incontrolable, tenías que eliminarlo para cortar de raíz el veneno que había comenzado a esparcir, estaba dispuesto a desatar una revolución sangrienta con el propósito de borrar del mapa todo vestigio de la familia Zelaya y Ferrer, incluida tu hija. Resinos era una combinación peligrosa de ambición desmedida, frialdad, mezquindad y paciencia. Lo que el estúpido de Resinos jamás tomó en cuenta fue la razón principal por la cual todas las conspiraciones en tu contra fracasaron: el miedo. Vos tenías razón, el terror era la mejor forma de controlar a estos indios pendejos, por eso no escatimaste en recursos para inyectarle el pavor al pueblo; todos tenían miedo de que el vecino los chiveara. Todos los alzamientos morían al nacer porque siempre había quien delatara a sus cómplices, todos para quedar bien con vos y asegurar que sus cabezas no rodaran. Esa fue la perdición de Resinos, el muy baboso confió en Gamoneda y el Compa Pirulín, ni corto, ni perezoso, corrió a ponerte al tanto. La decisión fue rápida, un tiro en la nuca y capítulo cerrado. Pero la novela de Resinos no acabó allí, por tu propia boca Ana Leticia se dio cuenta y jamás te lo perdonará, nunca te va a dar lugar a que le expliqués... tal vez... en el otro mundo. Hedés a herrumbre, mortadela y formalina... en otro tiempo olías a los mejores perfumes... hace tan sólo unos meses... y tenías tanta vitalidad... el Compa Pirulín te servía a las putillas a toda hora, y vos como toro, nomás les levantabas las faldas, les bajabas las bragas y las embrocabas. Eso te quitaba la ansiedad y te ayudaba a pensar mejor. Te reís y con razón, todos eran unos pendejos, te cogiste a sus hijas, sobrinas, nietas, esposas y de alguno que otro, hasta las madres, y ninguno dijo nada, todos muy complacidos de ver satisfecho al Excelentísimo Señor Jefe de Estado, Generalísimo de la Patria; de eso se trataba el poder: el macho que domina la manada tiene todas las hembras que quiera, su simiente es santa, magnífica, gloriosa. Vos sólo eras uno y ellos, muchos, pero entre todos te tenían miedo porque no te andabas por las ramas y no tenías los escrúpulos que a ellos los ataban. El macho rey, el gran falo gobernante, tan grande que nadie pudo con él, sólo vos pudiste acabar con vos mismo, sólo el dolor nacido en la oscuridad de tus entrañas pudo doblegarte... sos dios y renacerás. A los catorce años tuviste el valor de meterle un tiro entre los ojos a un peón que quiso apuñalar a tu papá; cuando llegó el momento de defender la República, te sobraron tripas para barrer a los conservadores y hacer taburetes con pellejo de cura; al decidirte a tomar las riendas de este país, también te amarraste los calzones y no le negaste plomo a ninguno de tus adversarios y cuando hubo que poner orden en este hervidero de revoluciones, golpes de estado y demás conspiraciones, no tuviste empacho en ponerle tres metros de tierra encima a todos aquellos caudillos de monte que se creyeron capaces de medirse con vos. Ahora, vos sos el último hombre en pie y los mantendrás postrados, sumisos bajo tu poder, aún después de que te hayás convertido en un cerro de gusanos, llevarán tu fierro marcado en sus frentes durante muchas generaciones más, tu legado dictará las pautas de los futuros gobiernos de este país e, incluso, tus hijos y tus nietos lo seguirán gobernando a su debido momento porque estos pueblos viven en el letargo de la enfermedad del olvido. A Humboldt y a los cabezas calientes que piensan como él se los devorará la historia porque creen demasiado en sus teorías, son más filosóficos, creen que el ser humano es por naturaleza bueno, no toman en cuenta variables como su egoísmo, su corruptibilidad, su irrefrenable inclinación hacia el bien propio a costillas del ajeno, su predilección por la mentira y los mitos; ellos creen en un ser humano bidimensional, acartonado, de libro de marxista pobre, sometido al bien colectivo... vos sabés que esas son pendejadas, el ser humano es mañoso, el colectivo le vale madre, lo único que quiere es tener pan y circo, eso es lo que vos les has dado, añadiéndole a la fórmula una dosis de terror... para tenerlos tranquilitos. Vos fuiste lo que de verdad querían, lo que se merecían, por eso has durado tanto y ahora nadie te está corriendo, te vas porque querés irte y a la hora que querrás, regresarás... sos dios... Pero ahora querés descansar del dolor, no permitirás que nadie te vea doblegado, sufriendo... este es el mejor momento, cuando aún podés ponerte en pie, abrir el cajón donde guardás el revólver, cargarlo, levantarlo hasta tu sien... pasar a la historia... liberar tu alma... para volver... el dolor... también lo vas a enterrar... como a todos tus enemigos... el dolor se quedará con tu esqueleto podrido, a tres metros bajo tierra... y vos vas a volver para seguir chingando a estos bueyes... respirá profundo... formalina, mortadela y herrumbre... estás cansado de tanta jodarria... no hay necesidad de cargar el revólver, vos lo mantenés cargado... Urtecho sabrá qué hacer después... nadie se dará cuenta, nadie sabrá... no habrá cadáver, por tanto serás como Cristo, eterno... serás un mito... creerán que seguís vivo y te seguirán temiendo... por eso, mejor acabar luego... Urtecho que haga lo demás... la familia se irá sin verte vencido... no habrá cadáver... nadie sabrá... Urtecho se hará cargo de todo... Urtecho... hasta el final, Urtecho… el revólver está cargado... nunca lo habías sentido tan pesado... no pesó así cuando tuviste que matar al coronel Laureano Escorcia, él quería rendir la plaza de Santa Ana y vos no podías permitírselo, pero ese secreto morirá con vos... el revólver pesa... no pesaba tanto cuando le volaste los sesos al padre Dino Giullianni, ni cuando le llenaste de plomo el pecho al sindicalista Robert Lennox... antes no pesaba tanto esta pistola... está fría... la piel sobre tu sien se congela cuando le pones el tubo helado encima... nunca imaginaste que el tiempo podía volverse tan largo... tan viscoso... no habrá cadáver, Urtecho se hará cargo... el dolor se irá al carajo... no habrá cadáver, serás como Cristo... inalcanzable, mítico… qué pesado... qué frío... nunca imaginaste que el tiempo podía volverse tan largo.

Las elecciones se desarrollaron sin sorpresas, ni sobresaltos. Sin embargo, durante el fin de semana de los comicios, hubo ciento treinta y cinco muertos, la mayor parte, a causa de disputas al calor de los tragos o de viejos rencores disfrazados de rivalidad política. Otra de las razones por las que falleció un buen número de personas fue la gran cantidad de accidentes de tránsito. Muchos perdieron la vida mientras eran transportados en camiones hacia las urnas de votación. En Santa Ana pereció una familia entera cuando la camioneta que los llevaba se volcó en el paso del río Pitaguana. Como compensación a los dolientes, Celín Suazo, candidato a diputado provincial a la Asamblea, pagó el licor que se repartió en el velorio, los gastos del entierro y las misas de novenario. Pero siempre, a pesar de la gran cantidad de fallecidos, la gente se entusiasmó con todo el circo que hicieron los políticos y se enredaron en el mismo carnaval y al mismo son que les tocaron, como venían haciéndolo cada cuatro años desde que el Generalísimo estableció el sufragio para elegir presidente de Gobierno.

El resultado de las votaciones quedó huérfano de sorpresas, el licenciado Saborío había sido declarado ganador, tal y como se había previsto. En menos de una semana estuvo integrado el nuevo Gabinete con el licenciado Saborío en la presidencia. Como siempre, el Generalísimo brindó sus discursos de apertura y cierre de elecciones, sin embargo, a diferencia de otros años, Zelaya no hizo su alocución desde la Asamblea Nacional, sino desde su residencia de retiro, en donde, según la prensa oficial, el caudillo se recuperaba de una prolongada dolencia.

Por aquellos días, Elvira y yo guardamos en el baúl de los juguetes las conversaciones sobre muñecas, princesas y golosinas, y sacamos los diálogos sobre romances, novios, besos y coqueterías, vestidos con el novedoso encanto del misterio recién descubierto. Ante la insistencia de Elvira, tuve que confesarle que yo aún no había tenido novio y que mis labios se hallaban todavía inmaculados. Ella se rio de mi inocencia.

—Yo ya sé besar, y lo hago muy bien —me confesó.

Yo me quedé horrorizada ante el atrevimiento de mi amiga, pero también sentí una enorme curiosidad por saber la identidad de la persona con la que había practicado semejante acto. Elvira hizo caso omiso a mis preguntas. Su hermetismo fue inexpugnable, a pesar de mis ruegos, mis amenazas de enfadarme con ella, y mis insistentes reproches, ella no soltó ni una sílaba. Pasaron un par de días sin que yo pudiera ver saciada mi voraz curiosidad. Mi amiga estaba entrando en un mundo por completo ajeno al mío y, de forma deliberada, me dejaba rezagada, viéndole las espaldas mientras ella era impulsada a toda velocidad por los vientos de la vida. No podía tolerar que me dejara en la barrera, observando a la distancia todos los nuevos eventos que transformaban su existencia. De pronto, un impulso ajeno a mi naturaleza, me hizo retarla.

—Quiero aprender a besar como vos —le dije, sin despegarle la vista a sus enormes ojos felinos.

Ella mantuvo fija su mirada sobre la mía. No sé lo que pensaba, pero era seguro que la idea revoloteaba en su cabeza. Luego, giró la vista alrededor del gran patio de la casa Ocaña, para comprobar que estábamos solas. Me tomó de la mano y me susurró: «Vení». El corazón se agitaba enjaulado en mi pecho y yo sentía que una avalancha de rocas me arrastraba hacia un abismo frío y pedregoso, mientras Elvira me llevaba consigo hacia el rincón más apartado de aquél exuberante jardín. Percibí el detalle de cada sonido como nunca antes lo había hecho, descubrí el aroma de cada fruto y el color de cada flor como si estuviera apreciando el inicio de la creación; era como si mis sentidos despertaran sensibles para percibir un universo recién estrenado. De pronto me detuvo, apretando mi mano, como deseando meterse bajo mi piel y poder sentir mis latidos.

—¿Estás segura que querés aprender? —me preguntó con la respiración atropellada entre sus senos.

En ese momento me arrepentí de lo que había pedido, pero no podía dar marcha atrás al derrumbe ocasionado por mis palabras. Un terremoto interior me estremecía mientras Elvira esperaba mi respuesta.

—Tranquila —su voz era un ronroneo empalagoso, envolvente, sedoso.

Con una de sus manos tomó mi mejilla y con la otra acarició mi cabello. Una sonrisa dulce se delineó sobre su rostro y, entonces, una paz absoluta me envolvió, era una sensación de cobijo que me invitaba a abandonarme a mí misma, a soltarme sin temores y precipitarme en aquél abismo insondable.

—Cerrá los ojos.

Yo estaba perdida en su mirada, en su pálida faz enmarcada por las lenguas de fuego de su pelo, ya no era yo, era de ella, parte de su ser, yo era Elvira. Y cerré los ojos, dejé que la oscuridad me abrigara y no me preocupé por nada más.

—Abrí tu boca... no tanto...

Fui obediente, arcilla en sus manos, un leve temblor me estremeció y una corriente, parecida al bochorno de la tarde, se concentró en la punta de mis pezones. Sentí que se aproximaba a mí, algo así como un campo de energía que hacía contacto conmigo. Su piel aún no se había posado sobre la mía pero ya podía sentirla, se acercaba más, lento... durante un segundo titubeó, sus ojos me miraban, lacerantes, los sentía penetrar mi dermis, ella estaba temblando también, volvió a acercarse, tragué su aliento que sabía a hierbabuena mezclada con almendras; la carne de sus labios, trémula, ansiosa, estaba a punto de rozar mi boca y su vigor me sacudió hasta sentir que el universo entero iba a estallar en mil pedazos.

—¡Elvira! —la voz de la señorita Clara nos derribó de forma brutal de las alturas que habíamos alcanzado.

—¡Nos llaman! —dijo Elvira, turbada por la interrupción.

—Es mejor que vayamos —le respondí con el corazón a galope.

Así fue como mi primera experiencia en el arte del beso quedó interrumpida aún antes de iniciar. Las llamas aún se agitaban dentro de mi corazón y el soplo del huracán seguía tumbando muros en mi interior mientras caminábamos hacia la casa. No me metí de cabeza al pecado, ni sacié como deseaba, mi curiosidad, pero, aunque mis labios aún seguían castos, mi inocencia quedó enterrada bajo las hojas secas, entre dos árboles de mango, al fondo del gran jardín de la casa Ocaña.

—Tiene cojones para venir hasta aquí —la voz de Elías Humboldt se ocultaba bajo un denso manto de frialdad.

El teniente Mendoza y Montes de Oca estaban atados, con las manos a la espalda, y sus rostros cubiertos por una bolsa de lona. Mendoza había perdido la cuenta del tiempo que llevaban cautivos, un día entero tal vez, lo cierto es que debía ser de noche por el agudo frío que estaba haciendo y por el intenso canto de las cigarras. Se sentía agotado, y comenzaba a dudar de que la venida al campamento de la Armada Revolucionaria de Liberación había sido una decisión prudente.

—¿Sabe? —dijo el comandante—. Tengo conmigo a gente de Marcos Pastor. Ellos estaban en la galera de Puerto Mendoza la noche de la masacre. Tienen muchas ganas de ponerle las manos encima. —Un asomo de rabia traicionó la voz de Elías.

Humboldt ordenó que les quitaran la capucha. El lugar estaba iluminado por la débil claridad de un candil. Junto a él, de rodillas, tenían a Montes de Oca, y en frente lo observaban, de pie, Elías Humboldt y cuatro hombres a los que no pudo identificar.

—¿Y bien? ¿Qué vino a hacer aquí? —preguntó impaciente el comandante.

—Vengo a reanudar nuestra alianza —respondió el teniente.

—Estás loco o sos el descarado más grande del mundo —lo amonestó, con un fuerte acento argentino, el hombre que estaba a la par de Elías.

—Por eso he venido personalmente. No tuvimos nada que ver en la masacre de la galera. Eso lo hizo Urtecho...

—¡No vengás con cuentos! ¡Yo estaba ahí y vi a los soldados! —Lo interrumpió el desconocido.

—Era la Guardia de Honor Presidencial. La armada no participó en la operación —aseguró el teniente—. Usted, mejor que nadie, debe entender, todos perseguimos el mismo objetivo. ¿Por qué habríamos de poner en peligro la alianza?

—Tal vez el embajador Nichols también está inmiscuido. Al

gobierno gringo no le conviene que ustedes y nosotros nos aliemos, así que les ofrecieron apoyo a cambio de que nos eliminaran del camino —respondió el argentino.

—¿Y entonces, por qué estoy yo aquí?

—Muy buena pregunta —dijo Elías—. Contéstela.

—¿Están ciegos? —interrumpió Montes de Oca—. Ellos han armado las tropas de Marcos Pastor en la costa norte y trajeron un cargamento de armas al sur...

—¡Armas que nunca nos llegaron! —lo interrumpió Elías.

—Pero las trajimos —dijo el teniente Mendoza—. Estamos tan decididos como ustedes en derrocar a Zelaya y necesitamos la alianza para lograrlo. Nichols no nos va a ofrecer tropas yanquis para que mueran derrocando al dictador que, además, resulta ser su amigo personal y su socio.

—¡Debemos permanecer unidos! —dijo Montes de Oca.

Elías guardó silencio, los observó con frialdad. Caminó alrededor de ellos, era un puma olfateando la presa, midiendo sus fuerzas. El argentino permaneció inmóvil en su rincón, también los miraba con detenimiento.

—Además, yo les voy a entregar armas —la afirmación de Mendoza lanzó una fuerte corriente eléctrica en el ambiente.

—¿De qué estás hablando? —preguntó el argentino.

—Voy a desviar parte de un cargamento que va dirigido al batallón de Santa Ana.

Humboldt y el argentino se quedaron viendo sin decir palabra. Luego, el comandante, avanzó hacia el lugar en donde Mendoza estaba tendido.

—Entrégueme esas armas y entonces, sólo entonces, vamos a hablar —le dijo Humboldt—. Y cuando lo haga, tenga mucho cuidado; un hombre los seguía desde que salieron de Santa Ana, pero huyó al percatarse de que mi gente los observaba.

—¿Quién era? —preguntó Montes de Oca.

—El cohetero —respondió uno de los hombres al fondo de la

tienda de campaña.

—Es un agente de Urtecho —dijo Elías—. Ya di la orden de que lo eliminen. Usted concéntrese en traer las armas para que podamos hablar.

—Pero hay una condición —dijo el teniente.

—¿Cuál? —le preguntó el argentino con tono agresivo.

—Con la entrega de las armas vamos a ratificar la alianza. Nosotros vamos a exponer el cuello, pero ustedes deberán comprometerse a realizar una acción decisiva para eliminar al Generalísimo —la voz del teniente era tajante.

—¿Ah, sí? ¿Y qué se supone que debemos hacer? —preguntó Humboldt.

—Liberar a un prisionero de La Margarita...

El disparo atrajo la atención de los fisgones. Todo se paralizó, los vendedores se quedaron con sus gritos congelados en la garganta, los que iban con alguna diligencia hacia arriba, dieron vuelta hacia abajo, y los que estaban abajo, caminaron hacia arriba. La primera en llegar hasta el molino de Anaxágoras, fue la beata Sagastume, con su ropaje de zopilote revoloteando en busca de muerto, luego, a la vieja ave de rapiña se le fueron sumando otros de su especie.

Mientras los buitres se aglomeraban en la calle, en el interior del edificio se oían los gritos del molinero, de Chila y de su marido Menecio, el barbero. Todos podían imaginar lo que había ocurrido ahí dentro: Menecio había encontrado a Chila en flagrante adulterio con Anaxágoras y los amenazaba a ambos a punta de pistola.

Afuera, el sofocante sol de las dos de la tarde no parecía importarle a los curiosos. Al paso de los minutos, se extendió sobre ellos un grueso manto de silencio que revolvió la ansiedad de la turba, pero seguía siendo más poderosa su cobardía que su curiosidad, así que todos permanecieron inmóviles, aguardando a que las cosas se resolvieran solas.

—¡Vaya alguien a ver qué pasa, no sean maricones! —reclamó con su voz desdentada, la beata Sagastume.

—¡Vaya vea usted, vieja metiche! —le respondió un muchacho.

—¡Que vaya tu madre, malcriado! —le dijo, con arsénico en la voz, la mujer.

De pronto, un estruendo en la casa cerró las bocas de todos. Un centenar de astillas volaron por los aires al desprenderse la puerta principal de su marco. Menecio, con la furia mordiéndole las tripas, le había propinado una formidable patada. La muchedumbre se hizo para atrás conteniendo la respiración. El barbero traía sangre en los ojos, su rostro descompuesto encaraba a la multitud de curiosos; en una mano llevaba una escopeta y con la otra, traía a rastras a la adúltera. Chila estaba desnuda, su piel mostraba varios cardenales y uno de sus ojos lucía amoratado. La gente abrió el círculo alrededor de Menecio y su mujer, mientras la arrastraba hacia el centro de la calle.

—¡Soltame, imbécil! —gritaba la adúltera—. ¡Todos te están viendo los cuernos, idiota!

—¡Callate o te meto un tiro! —le ordenó su marido—. ¡Lo que te están viendo es el coño, puta!

Anaxágoras, tembloroso y humillado se arrimó a la puerta del molino.

—¡Vos quedate donde estás, desgraciado, si no querés ser el primero en irte al infierno! —ladró Menecio obligando al molinero a esconderse en el interior de la casa.

Menecio apuntó la escopeta hacia la multitud. Varios salieron huyendo, pero la mayoría se mantuvo anclada por el miedo y la curiosidad.

—¡Esto es lo que querían mirar! —exclamó— ¡El amante, la puta y el cornudo! ¡Ustedes quieren ver sangre! Son peores que esta zorra...

—¡Por tu madre! —rogó Anaxágoras con voz entrecortada— ¡No vayás a hacer una locura!

—La locura la hiciste vos, compadre —le respondió—. Me la jugaste mal creyendo que otra vez iba yo a quedarme con la rabia debajo de la lengua. Pero hoy no, fijate... hoy no. ¡Ya me harté! Todo este pueblo se ha cogido a mi mujer, se la comen hablando de ella después de haberla gozado y luego todos se lavan las manos, como

Pilatos, y dicen «¡Ay, Dios, qué inmoralidad!» Ustedes son peores... tiran la piedra y esconden la mano. ¡Ahora va a haber justicia aquí! ¡Menecio va a lavar su honra! ¡Por ésta que la lavo! —el barbero hizo la señal de la cruz y se persignó.

—¡Lavá el orgullo, cornudo! —le gritó un atrevido desde la muchedumbre.

Menecio pudo distinguir el pelotón de gendarmes que venía calle abajo, en dirección a él. Cargó la escopeta y colocó el cañón sobre la cabeza de Chila.

—¡Yo ya lave mi orgullo! —dijo con lágrimas en los ojos—, pero no para darles gusto a ustedes. Yo he hecho lo que tenía que hacer. Yo quise mucho a esta mujer, y la perdoné mucho... pero así es ella. La curiosidad la tienta.

—¡Cornudo! —le gritó otra voz anónima.

—¡En este pueblo hay más cornudos de los que te imaginás, compa! —le respondió Menecio al identificar la voz—. Si no, preguntale a tu mujer quién se la coge mientras vos le tirás el cuento a la hija de Leandro Castillo.

Una silbatina de burla ahogó las palabras del acusador anónimo.

El teniente Flores y los gendarmes estaban cada vez más cerca y Menecio sabía que el tiempo se le agotaba.

—Yo ya lavé mi honor con sangre —dijo Menecio, con la vista fija en los policías que venían subiendo la calle—. ¿Y de qué me ha servido? Me manché las manos tres veces por esta mujer... ¡ya estoy harto!

—¡Compadre, no hagás una locura! ¡Todo tiene arreglo...! —la explosión de la escopeta congeló la voz del molinero y el murmullo de la multitud.

El barbero recargó la escopeta y apoyó el cañón sobre la cabeza de Chila.

—¡Soltá el arma! —le ordenó el teniente Flores, mientras se abría paso entre la multitud.

—¡No voy a salir vivo de aquí, teniente! —respondió Menecio, con amargura en la voz—. Mejor escuche lo que voy a decir antes de que me vaya, porque le interesa...

—¡Buey! —gritó otra voz sin rostro.

El teniente ordenó de inmediato que capturaran al insolente, pero la muchedumbre lo protegió ocultándolo en el anonimato.

—Esas palabras ya no me importan —dijo con resignación el barbero—. Yo ya me cobré las traiciones de esta mujer. Lo peor es que la quiero. Es un vicio, una enfermedad.

—Soltá la escopeta, Menecio, vamos a solucionar esto —intentó disuadirlo Flores.

—Ya no tiene arreglo, teniente —le respondió mientras halaba el percutor de la escopeta.

—¡No hagás locuras! —lo amenazó el oficial apuntándole a la cabeza con su revólver.

—Teniente —respondió con voz serena el barbero—, Froylán Céspedes, Alonso Quijano y Mauricio Borjas, son cuenta mía, pensé que matándolos se me iban a borrar los cuernos, pero me equivoqué, a quien debí haber matado desde un principio era a Chila.

—¡Soltala, hombre; no vale la pena que te arruinés la vida por ella! —insistió Flores.

—Yo me desagracié el día en que la conocí, teniente —había una soledad insondable, una tristeza capaz de llenar las fosas más profundas del océano, en cada palabra que pronunciaba Menecio.

El teniente Flores se fue colocando a escasos metros de él. Era evidente que planeaba una maniobra audaz para desarmar a Menecio y salvar a Chila. Pero el barbero también podía percatarse de las intenciones del oficial y sabía que el tiempo se hacía agua en sus manos.

—Teniente, si da un paso más, acabamos la cosa de un escopetazo —le advirtió Menecio.

—Voy a poner mi revólver en el suelo, para que estés más tranquilo —trató de calmarlo el Comandante de Policía.

—No voy a compartirla con nadie más —advirtió el barbero—. Debo tres muertes por esta mujer —había un timbre de orgullo en su voz, una especie de redención en su tono—, he limpiado mi

252

honra con la sangre de tres hombres —al terminar la frase, Menecio también pudo ver que la muerte era aún más bella de lo que se había imaginado, irradiaba una paz profunda, una frescura envolvente, en medio del calor de aquella masa humana que se apiñaba para ver un espectáculo de sangre.

—Ahora vas a venir conmigo, Menecio, y vamos a arreglar esta vaina de la mejor manera posible —la voz del teniente Flores se escuchaba lejana, perdida en otro mundo al cual ya no pertenecía el barbero.

—Esta vaina ya se arregló... —fueron las últimas palabras de Menecio. Las dijo sonriente, con una paz aterradora regada sobre su rostro. Su dedo presionó el gatillo y un escupitajo de pólvora y perdigones salió por el cañón de la escopeta, justo en el momento en que el proyectil del Máuser de uno de los gendarmes destrozaba la masa encefálica del barbero. El grito del oficial ordenando el alto al fuego se quedó congelado sobre las cabezas de los curiosos, quienes por instinto se habían agachado. El cuerpo de Chila se estremeció al recibir de lleno el escopetazo, mientras Menecio caía rígido, de espaldas, con la cabeza reventada, salpicando al teniente con su sangre.

Aníbal Robaina terminó de pegar el papel de colores alrededor del cilindro. Examinó con minuciosidad la mecha y lo pesó sobre la palma de su mano: era perfecto, como todo lo que hacía. Haría una excelente explosión al final de la carrera de bombas.

Había heredado el arte de fabricar cohetes de su padre quien, a su vez, había aprendido el oficio con su abuelo, tal y como todos los primogénitos de su familia lo habían hecho desde hacía más de ciento cincuenta años. Pero el cohetero tenía otro trabajo, una ocupación que de veras le despertaba el instinto: él era agente de Urtecho.

Es probable que Robaina nunca hubiera descubierto sus habilidades para el asesinato de no haber sido por las peleas de gallo y las apuestas.

Todos los sábados, a las dos de la tarde, la gallera de Pasto Alto se llenaba para albergar a más de un centenar de aficionados que llegaban estimulados por la sangre y el dinero que corrían en el palenque. Entre ellos estaba siempre presente Aníbal Robaina. Aunque él nunca había sido afortunado en las apuestas, cada vez que podía se jugaba las pequeñas ganancias que lograba con los fuegos artificiales.

Aníbal mordía esperanzas, ataba ilusiones y arañaba ansias por ganar cada vez que jugaba, no obstante, todo el dinero del mundo no habría bastado para saciar sus deseos. Llevaba más de seis años perdiendo dinero y vergüenzas hasta el día en que la fortuna se derramó sobre él. Ocurrió un día helado, el frío se había metido a tientas en el palenque desde temprano, y poco a poco se fue apoderando de aquella vieja galera hasta quedar untado en todos los rincones. Era tan intenso que estuvieron a punto de cancelar las peleas, sin embargo, para la hora de iniciar, ya había amainado el mal tiempo y los apostadores exigieron que se abrieran las puertas.

Robaina entró con su gallo bajo el brazo, un tenebroso brillo de locura se reflejaba en los ojos del cohetero a medida avanzaba hacia el ruedo. Las navajas en las espuelas de los gallos estaban ya listas, los galleros sacaban los rollos de billetes y el capitán de la galera dio el grito de «¡Cierren las puertas!», dando la orden para que las peleas comenzaran. Aníbal no aguardó a que le tocara el turno a su gallo, apostó lo poco que llevaba encima desde el primer encuentro y se sentó tranquilo a esperar.

Con una mirada aún más helada que el frío que los envolvía, siguió la lucha entre los dos animales, miraba cada detalle, podía contar cada pluma, cada navajazo. Muerte. Frío. El contrincante cayó, bañado en su propia sangre. Aníbal se levantó para ir a cobrar los primeros veinte pesos que se había ganado aquella tarde. Conforme fueron pasando las horas, su buena racha siguió en aumento. Pronto, los veinte pesos se convirtieron en sesenta y estos, luego se multiplicaron hasta que llegó a acumular quinientos pesos. Ya no tenía frío, se sentía invadido por un calor intenso, escondido en el tuétano de sus huesos, una sensación de tibieza que lo llenaba de poder. Con la bolsa repleta de dinero llegó al momento de echar a pelear su propio gallo. Tomó en un puño los quinientos pesos que se abultaban en sus pantalones y, sin vacilación, los colocó sobre la mesa del tomador de apuestas. Al instante, el silencio comenzó a regarse por todo el palenque. Nadie se atrevía a responder al reto, quinientos pesos eran quinientos días de buen salario, de estar trabajando hasta de noche para ganarlo y jugarse tanto era casi una locura. Pero como el que busca encuentra, Robaina se encontró con otro tan loco como él. Felipe Valle, ganadero, criador de caballos y dueño de la mitad de Pasto Alto, se le plantó enfrente, con su gallo bajo el brazo y mil pesos en la mano.

—Nos vamos a doble —le dijo Valle sin quitarle la vista de encima.

—A doble sea —contestó el cohetero, inspirado por un soplo celestial.

El capitán pegó el grito mientras los apostadores hacían apresurados tratos de última hora. Los galleros comenzaron a instigar a los animales para que se atacaran con saña. A la voz del capitán los soltaron y la pelea comenzó. Picotazos. Aleteos. Gritos soeces. Órdenes. Procacidades. Puños crispados. Aguardiente. La primera gota de sangre. Breve silencio. La respuesta. Ira animal. Aníbal Robaina mantenía la pasmosa calma que lo invadió desde la primera contienda, alejado del mundo, rodeado por una paz absurda. Navajas. Plumas. Tabaco. Sudores. Palpitaciones. Felipe Valle no estaba tan calmado como Robaina; sus dedos no paraban de jugar con las puntas del bigote, sus botas golpeaban con ansiosa insistencia el suelo recubierto de aserrín, mordía el habano en su boca. Saliva. Fuerza. Más gritos. Frío. Rabia. Filos. Carmín. Ferocidad. Muerte. Felipe Valle se quedó con el grito ahogado, atorado con tenaces anzuelos a sus pulmones. El gallo de Aníbal Robaina bailaba, sin compasión, sobre el cadáver del animal de Felipe.

—Disfrutalo mientras podás —fue lo único que le dijo Valle al pagarle la apuesta.

Aquella noche, mientras Aníbal dormía complacido, arrullado en el abrazo de su triunfo, voraces lenguas de fuego comenzaron a devorarle la casa. Al principio, fueron trepando silenciosas, por los horcones del corredor; se colaron bajo la ranura de la puerta; mordieron muebles, mamparas de manta, divisiones de papel y periódicos viejos; a medida avanzaron, fueron elevando el tono de sus siniestros murmullos hasta que despertaron al cohetero. Un hielo de horror congeló por un instante sus miembros, al recordar el taller donde fabricaba los fuegos artificiales. Sus músculos se tensaron y una sola idea cruzó por su mente: él y su familia debían salir de la casa de inmediato. Pero la reacción llegó demasiado tarde; la explosión lo atrapó con su pequeña hija en brazos. Una enorme lengua de fuego lo embistió de lleno, enrollándose alrededor de su cuerpo, alzándolo por los aires y aventándolo a través de la ventana. Nunca supo en qué momento había soltado el cuerpecito de la pequeña.

Pasó mucho tiempo recuperándose de sus heridas en la casa parroquial. Ahí, el cura intentó exorcizarle el dolor a punta de caldos de pollo, cacao con leche y frases de consuelo, pero nada de lo que hacía parecía surtir efecto en Robaina quien vivía en un abismo de silencio. Pero el dolor de un hombre es insuficiente para detener el tiempo, de tal forma que las semanas siguieron su transcurso, y con ellas, se fueron también las heridas, dejando en su lugar, un mapa de cicatrices. Por último, con las últimas lesiones, también Aníbal Robaina desapareció de la casa cural.

Las peleas en el palenque nunca se suspendieron. Entre los asiduos estaba Felipe Valle quien, después del incendio de la casa del cohetero, asistía siempre de buen humor a la gallera, hasta que una tarde, tan fría como cuando le vencieron a su gallo, un fantasma lejano se paró frente a él. La mirada del espectro veía hacia el centro mismo de Felipe Valle, le hurgaba las vísceras invadiéndole la esencia, revolviéndole las blanduras de su interior hasta sacar a luz sus terrores más intensos. El silencio se desenvolvió sutil, sin que nadie se percatara, hasta que su manto los cubrió por completo, robándole el ruido a la vida. Aníbal Robaina no rompió la afonía, Felipe tampoco agregó nada al mutismo del ambiente; un vacío desorientador mareó a todos. Robaina no hizo nada, tan sólo levantó su dedo índice y miró hacia el cielo, Felipe lo siguió con la vista, después, tan silencioso como había llegado, el cohetero dio la media vuelta, pero antes de llegar al portón, la semilla que había sembrado germinó: nadie pudo explicar nunca cómo ocurrió, no había una respuesta lógica para entenderlo, una estruendosa explosión reventó en el vientre de Felipe Valle, partiéndolo por mitad y matando a dos personas que estaban a su lado. El estallido los dejó a todos sordos, sumidos en el pánico, buscando salidas, gritando incoherencias y bañando de sangre todas las paredes; trozos de tripa y huesos caían del cielo en una lluvia macabra.

Aníbal no permaneció prófugo por mucho tiempo. Dos semanas después, un pelotón lo detuvo cerca de Perritos. No hubo juicio, una turba encabezada por el alcalde de Pasto Alto decidió hacerlo fusilar al día siguiente. No había pruebas contra él, sin embargo, la gente le tenía miedo. Bajo un cielo malva, antes que saliera el sol, lo colocaron ante el paredón; se veía resignado, una tranquilidad pasmosa brotaba de sus ojos y una leve sonrisa cruzaba su rostro. No aceptó que le colocaran la venda, pero obedeció cuando le ordenaron que no viera al rostro a ninguno de los presentes. Con la mirada clavada en el suelo aguardó la instrucción de fuego, en medio de un silencio gélido, apenas roto por los últimos chirridos de los grillos, pero la orden nunca llegó. Dos oficiales de la Guardia Presidencial llegaron justo a tiempo para detener la ejecución, llevaban disposiciones expresas del ministro del Interior de trasladar al prisionero a Ciudad Capital; Urtecho estaba muy interesado en sus habilidades.

Los pormenores de la muerte de Felipe Valle se habían dispersado por todo el litoral del sur y no tardaron en llegar a oídos de Urtecho. Al día siguiente del inconcluso fusilamiento, después de mandar que lo vistieran y alimentaran, ordenó que llevaran a Robaina hacia sus oficinas, ahí, por espacio de cuatro horas dialogaron.

Desde entonces, Aníbal, sirvió al ministro del Interior como delator, asesino y espía. Su capacidad para mentir, traicionar y eliminar a sus enemigos con frialdad, lo convirtieron en el favorito de Urtecho.

Una penumbra viscosa se adhirió a las paredes, al piso de losetas de barro, a los hombres que observaban el cadáver de la mujer, tendido sobre una mesa de madera y cubierto con una manta blanca con manchas negras de sangre seca.

—¿Por qué no me avisaron antes? —el enfado reprimido se percibió en la voz del gobernador.

—Todo pasó muy aprisa —se excusó el teniente Flores.

—¿Confesó que él había matado a esos hombres? —El gobernador estaba fastidiado, sobre todo, por no haber estado en el lugar de los hechos.

—Mencionó a Froylán Céspedes, Alonso Quijano y Mauricio Borjas; dijo que eran cuenta suya —Napoleón Flores se quitó el quepis y se acomodó el cabello engominado.

—¿Y los demás? ¿Vargas, Facussé, el gringo, los dos desconocidos?

—Él sólo dijo que debía la muerte de tres hombres, nada más— le respondió Flores.

—Estamos jodidos, entonces. Este misterio se nos enreda y nos quedamos sin testigos ni sospechosos.

El coronel tapó el rostro del cadáver de Chila y, con su andar penoso, caminó hacia la puerta. Tenía las ideas atravesadas en su corteza cerebral, pero no lograba colocarlas en un orden que lo satisficiera. Caminó seguido de los otros dos hombres, buscó el corredor de la casa para poder sacar uno de sus cigarrillos de tuza.

—Debería dejar el tabaco —le aconsejó el doctor al verlo llevarse el pitillo a la boca.

—No me joda, doctor; a mi edad, mejor me muero de fumar que de puro aburrimiento.

El teniente Flores, a diferencia del gobernador, se veía aliviado, libre de cavilaciones. Tal como habían resultado las cosas, podía dar por terminado el asunto, tenía otras preocupaciones de mayor interés para él.

—Coronel, con su autorización, pienso notificar que el caso ha sido resuelto —se atrevió a decirle.

—Creí que podía contar con su ayuda, pero me equivoqué —le respondió con hostil frialdad Carlomagno—. Usted es como todos esos oficialitos de academia, sólo les interesa la política y la promoción de rango.

—Señor, si me disculpa, no hay razón para continuarle dedicando tiempo y esfuerzo

—¡Carajo! —gritó el gobernador— ¡Hay todavía cinco muertes sin explicación! Uno o varios asesinos están sueltos y yo no me voy a dar por vencido hasta tenerlos en mis manos, con su ayuda o sin ella.

—¡Coronel, yo estoy de su lado, pero no podemos seguir en esta cacería de fantasmas! —protestó el teniente.

—¡Fantasmas que dejan un rastro de sangre! —la respuesta de Carlomagno llevaba un tono acre y filoso.

Se detuvieron al final del corredor. El coronel fijó la vista en las estrellas. Terminó la última aspirada a su cigarrillo, lanzó la colilla a la oscuridad y soltó la bocanada de humo.

—Teniente, ahora estoy convencido de que se trata de varios asesinos. De ser cierta la confesión de Menecio, él era uno de ellos. Tenía un buen móvil para hacerlo: la frustración, los celos, la venganza. Igualmente, ahora hay un lazo que une a los tres con el posible asesino, el adulterio. ¿Pero qué pasa con los otros cinco cadáveres? Por mi cuenta, he averiguado que dos de ellos tenían algo en común, pero no hallo ninguna relación con los otros tres...

—¿A cuáles dos se refiere? —preguntó con genuino interés Napoleón Flores.

—Eso no puedo decírselo aún, tengo que estar más seguro —respondió Carlomagno—. A lo que voy, teniente, es a que, por lo menos, dos asesinos se encuentran sueltos, no conocemos sus móviles, así que debemos actuar pensando en que van a volver a matar.

—Coronel, hay rumores de un golpe de estado. Se dice, incluso, que han atentado contra el Generalísimo. La guerrilla está a dos pasos de Santa Ana y, a pesar de la aparente calma que hemos tenido después de las elecciones, se está preparando una huelga que puede abarcar todo el país, pero en el contexto, lo más importante para mí, es responder bien a las órdenes del Ministerio del Interior. ¿Qué haría usted en mi lugar?

Carlomagno suspiró cansado, sacó de nuevo su pañuelo para secarse el sudor.

—Yo también soy militar, conozco el significado de la disciplina, pero sé priorizar. Yo me ocupo de resolver esta vaina, sólo le voy a pedir que me apoye diligentemente cuando se lo pida y que no me estorbe cuando no lo llame. Por ahora sólo le ruego a Dios que no aparezcan más cadáveres. Suficiente tenemos con todo el panteón de difuntos que llevamos a cuestas, ¿verdad mi querido teniente?

Bautista abrió el portón en el momento en que Amado y el teniente Mendoza recién descendían del camión que conducía el indio tuerto. Mientras el vehículo arrancaba de nuevo, Bautista tomó las mochilas y acompañó a los huéspedes hasta sus habitaciones.

Clara los observó desde su dormitorio, su rostro delataba el deseo de salir corriendo a recibir a Montes de Oca, pero una soga invisible la detenía.

Dejó el bordado sobre la cómoda, tomó el candil y salió hacia la cocina en busca de una jarra de agua. Mientras cruzaba el corredor, observó una figura blanca en uno de los extremos del patio, era la vieja india que parecía estar hablando sola. Acostumbrada a las excentricidades de su empleada, Clara continuó su camino sin darle más atención. Llegó a la cocina y llenó una jarra con agua, terminó la operación y al voltear chocó con la sonrisa de Amado.

—Discúlpeme, Clara, pero tenía que verla —le dijo él.

Ella no supo qué responder y se sintió ruborizada. Le devolvió la sonrisa, intentó estructurar alguna frase y ante la impotencia de hacerlo, lo único hizo fue poner la vasija de agua sobre la mesa de la cocina.

—Me ha hecho falta verla estos días —se atrevió a decir el cartógrafo.

—Su ausencia también se ha notado en esta casa —logró responder Clara.

—Con saber que usted notó mi falta, me basta —dijo él.

Clara se limitó a sonreír.

—¿Y su amigo? —preguntó al fin.

—Se está preparando para marcharse.

—¿No piensa quedarse?

—No tiene tiempo.

Un mortificante silencio se les colocó en medio y durante largos segundos no hicieron más que verse el uno al otro, como dos colegiales bobos, descubriendo que la amalgama de las almas es algo más que el desesperado contacto de la carnes.

—¿Le llevo el jarrón? —preguntó Amado.

—Está bien así. No es correcto que me acompañe a mi cuarto a estas horas.

—¿Valdrá la pena hacer siempre lo correcto? —dijo con osadía, Amado.

Clara le lanzó la respuesta con precisión:

—Por lo menos nos ayuda a evitar problemas.

—¿Y quién quiere evitarlos? —Montes de Oca estaba muy cerca de ella... demasiado cerca.

—¡Perdón, oí ruidos y entré! —la inesperada voz de Elvira los devolvió a la realidad.

—¿Qué hacés levantada tan tarde? —preguntó molesta la señorita Clara.

—Duermo poco —respondió la joven.

—Pues deberías dormir más. Andá a tu cuarto —Elvira dio la vuelta entre rezongos y murmullos.

Clara Ocaña tomó el jarrón de agua y caminó hacia la puerta. Se detuvo para despedirse de Montes de Oca, le dio las buenas noches en un tono muy formal y salió junto a su pupila. Antes de salir, Elvira le lanzó una mirada inquietante a espaldas de Clara.

Rosaura estaba exhausta. Era difícil seguir al ritmo de Pascualito cuando éste estaba inspirado. La cama se les había hecho demasiado pequeña; la madrugada, demasiado corta; las miles de caricias, insuficientes. Rosaura temía un par de ataques más, Pascual tenía en mente, tres. Pero, mientras se reiniciaba aquel estremecimiento de ansias y carnes, los músculos exigían una pausa para recuperar el vigor. Envueltos en el sopor del entresueño, se acariciaban, más con ternura que con lascivia. Un aire de complicidad y camaradería había refrescado los vapores del deseo y el ansia. La mujer soltó el abrazo para buscar un vaso de agua, el pequeño hombre se acomodó mejor en el espacio vacío que dejó el cuerpo de la mulata. Rosaura lo observó desde el otro extremo de la habitación; era impresionante ver aquella contradicción: un cuerpo tan diminuto, pero tan lleno de fogosidad y con la herramienta, más que sobrada, para responder a ese ímpetu. Un estremecimiento le recorrió el cuerpo y buscó una manta para cubrirse mientras se sentaba en la mecedora.

—¿Qué la inquieta, mi doñita? —la fina voz del enano emergió entre el alboroto de sábanas.

—¿Nunca dormís? —evadió la pregunta la mulata.

—Dormir junto a usted sería pecado de omisión —respondió Pascual.

—Sólo pensás en eso —protestó Rosaura.

—Muéstreme al hombre que a su lado no piense en cogérsela, y yo le mostraré un ser de piedra o un maricón.

Rosaura contempló orgullosa a su marido. Había conocido muchos hombres a lo largo de su vida, pero ninguno como él: siempre dulce, siempre fiel, tan deseoso de poseerla como el primer día en que habían saciado sus ansias dentro de una vieja carreta, mientras huían de la Guardia Nacional de Nicaragua, pocos días después del asesinato del líder revolucionario nicaragüense, Augusto César Sandino, en febrero del treinta y cuatro.

Es probable que Rosaura hubiera acabado violada y asesinada por la desenfrenada jauría somocista de no haber sido por la intervención de Pascualito, quien, en aquel entonces, era uno de sus clientes más asiduos. El enano trabajaba de amanuense, escribiendo cartas, notas, esquelas, textos publicitarios y todo lo que aquellos que no podían leer, ni escribir, le confiaban. El pequeño estaba enamorado de ella desde siempre, pero nunca se había atrevido a confesárselo y, quizás, nunca lo habría hecho de no haber sido por aquella trágica noche en que las tropas somocistas se desataron sobre Jinotega.

Cuando Pascual se enteró de lo que estaba pasando en las calles, no lo pensó mucho. Sin darle explicaciones a Rosaura, la sacó del lugar tan rápido como pudo. Despreciando las limitaciones de su corta estatura, Pascualito burló el cerco de la Guardia y libró a Rosaura del peligro.

Anduvieron juntos durante varios días, asustados, hambrientos y con el cansancio sobre sus cuellos, mientras huían de los somocistas. En una de esas jornadas, sería por la cercanía a la que los empujaba el destino, o por el temor de no llegar a decírselo nunca, Pascual le confesó a Rosaura su reprimido deseo, más por ternura y agradecimiento que por otra cosa, la mulata accedió a entregársele. Lo que jamás se hubiera imaginado la mujer, era descubrir aquel descomunal falo, hecho de duro granito y extendido como agonía de pobre, pendiendo, insolente y retador, de tan diminuta criatura. La sensación de ser invadida por todo aquel ímpetu acumulado en una bolsa de pasión, le reveló a ella que sí había en el mundo un ser hecho para amarla.

Desde entonces comenzó la larga peregrinación que los llevó por casi todos los países de Centroamérica hasta que se asentaron aquí, en donde bajo la administración de Pascual y la gerencia de Rosaura, pronto llegaron a tener la casa de citas más importante y rentable de toda la región. Al llegar la década de los cincuenta, Pascual manejaba una red de contactos colocados en los puestos más cimeros del Gobierno y entre los más habilidosos contrabandistas del país.

Por supuesto, Urtecho estuvo al tanto de los delictivos negocios del enano y la celestina, pero ante ese tipo de faltas, el ministro del Interior no actuaba con la rigurosidad acostumbrada. Así que no se metió con Pascual, el enano no le causaba problemas al dictador e, incluso, ayudaba al abogado Gamoneda a conseguir muchachitas, nínfulas, para saciar los perversos apetitos del gobernante.

Pero a pesar de su fortuna, el Puma Bertrand les había destrozado la meticulosa labor de años por una ocurrencia tan disparatada que sólo podía haber sido elaborada por una mente a punto de colapsar: ir de espías al fin del mundo, con todo su bagaje de oropeles y putas, encargados de vigilar los pasos de un cartógrafo y de protegerlo contra el ataque de un enemigo desconocido.

Rosaura, con su preclara intuición femenina, vislumbraba algo más que la locura en la extravagante estratagema del malogrado general, sabía que, en el fondo de su decisión, tenía que haber alguna coincidencia entre la presión por involucrarlos en sus enredos sediciosos y la adúltera relación que sostenía, desde hacía mucho tiempo, con ella. Lo cierto es que Bertrand les mandó al carajo el negocio y, de remate, ni siquiera les pagó las molestias contraídas. No obstante el revés económico que les significó el traslado y la encarnizada guerra que les habían declarado las matronas del lugar, Pascual y Rosaura habían encontrado en Santa Ana, el sitio ideal para retirarse de la opresiva y laberíntica vida de Ciudad Capital, para planear una vejez apacible y sin sobresaltos. Con el Puma muerto, enterraron sus problemas. Pero aún había muchos cabos sueltos y eso no le gustaba a Rosaura. ¿Por qué Dámaso les había confiado aquella descabellada aventura? ¿Qué iba a pasar después de la muerte del general?

—¿Ve, doñita? —insistió Pascual desde la cama—. Parece como ausente, usted está intranquila.

—Me gustaría que tuviéramos más definido lo que vamos a hacer con esta vaina —le respondió ella desde la mecedora.

—¿Se refiere a Montes de Oca?

—Vos sabés a lo que me refiero, muñequío. No podemos dejar a ese hombre sólo.

—Usted tiene un gran corazón, mi doñita, pero no actúa en forma práctica— le reprochó Pascual con paciencia—. En primer lugar, no somos espías, ni conspiradores. Luego, no sabemos quién pueda ser el agente de Urtecho y tampoco tenemos idea de lo que planea con Montes de Oca, si quiere hacerle daño o tan sólo espera conseguir información.

—Pascual, Urtecho no deja enemigos con vida —lo interrumpió Rosaura.

—Rosaurita, mi vida, ni siquiera conocemos qué es lo que busca Montes de Oca y por qué Urtecho querría eliminarle.

—Por lo menos estemos pendientes de él —insistió la mulata.

—¿Pendientes de él? ¿Yo? ¿Usted? ¿O quizás las niñas?

—No me hablés con sarcasmo, muñequío. Mirá, yo no sé, pero no me siento bien estando así de brazos cruzados, por lo menos deberíamos avisarle.

—¿Y salir de nuestro anonimato? No, esa idea no me gusta.

—¡Muñequío, vos sos muy valiente y astuto! ¡Hacé algo! Hacelo por mí.

—Me estoy empezando a poner celoso —dijo Pascual, un poco en broma, un poco en serio— ¿A qué viene ese repentino interés en el cartógrafo?

—No seás absurdo, tesoro, me conocés lo suficiente para responder vos mismo a eso. Su vida está en peligro y nosotros tenemos una deuda con él.

Pascual Baquedano estiró la pequeña longitud de su cuerpo para desperezarse, bostezó y se acomodó en la almohada. Contempló, sin prisas, cómo la perturbadora figura de la mulata se derramaba sobre la silla. Las cortinas se mecieron sorprendidas por un viento ligero. El enano se quitó de encima las sábanas para exponerle, sin vergüenzas, a su mujer, el prolongado miembro, erecto, indomable, apuntando hacia un punto en el firmamento.

—Venga y convénzame —la retó Pascualito.

—¡Ay, mi niño, no tenés compostura!

—La cuestión es ¿cuándo matarlo? —el doctor Machuca se peinó las patillas y apuntó con decisión.

—Pues, cuando lo tenga en la mira —respondió con simpleza el licenciado Urrutia.

—No es tan sencillo, mi buen amigo, uno debe ponerle algo más de acción a este asunto —el doctor dejó de apuntar hacia el árbol y bajó el cañón de la escopeta.

—Yo estoy de acuerdo en eso —añadió el asistente Foch—. La emoción de la cacería está en la persecución y no en el trofeo.

—Para mí, es más la fatiga —respondió displicente el licenciado.

Aún era temprano y, sin embargo, el calor era cada vez más insoportable.

—Usted es muy injusto al calificar de esa forma el arte de la caza —insistió Foch—. ¿Sabe? produce adicción, si no, mire el caso de nuestro amigo Urtecho, ha vivido este juego toda su vida.

Un temblor sacudió a Urrutia al escuchar el tenebroso nombre del ministro.

—Llevamos horas dando vueltas y no he visto ni un tan solo venado —continuó quejándose el licenciado Urrutia.

—¿Lo incomoda que nombre al ministro? —lo picó Foch.

—En absoluto —respondió, mohíno, el licenciado.

—Caballeros —dijo Foch, adoptando un aire más serio—. Creo que ha llegado el momento de que hablemos de la razón por la cual los invite.

El doctor Machuca recostó el arma sobre el tronco de un árbol. Se quitó las gafas y, sin mostrar emoción alguna, se hizo del timón de la plática:

—Creo saber el motivo de su interés, míster Foch. Yo también esperaba esta conversación, lo que me extraña es que se haya tardado tanto en hacerla.

Foch reaccionó sorprendido de encontrar a alguien capaz de robarle la iniciativa, pero no se dejó quitar la dirección con facilidad.

—¿Cuál cree usted que es ese motivo? —preguntó el secretario de la Embajada.

La respuesta puso en desequilibrio a Machuca.

—Dígamelo usted —fue la única réplica que el doctor acertó a encontrar.

Foch confirmó que tenía de nuevo el control, eso lo relajó más y volvió al esquema que tenía preparado para la conversación.

—Como usted estará enterado, desde marzo contactamos a míster Urrutia para expresarle el apoyo de mi Gobierno en su búsqueda por una apertura más democrática para este país —Foch distribuyó cada palabra con cuentagotas.

—Agradecemos su postura —intervino el doctor.

—Estamos muy agradecidos con el embajador Nichols, el presidente Truman y, en especial, con usted por este aliento que nos brindan —el licenciado Urrutia pensó extenderse más, pero el doctor Machuca le atajó la frase en el aire.

—Pero sabemos que su Gobierno ha condicionado ese apoyo.

—Por eso estamos aquí —aclaró el tejano—; nos preocupa, sobremanera, la participación que extremistas bolcheviques puedan tener en su proyecto.

—Nosotros no queremos tener tratos con ellos —mintió con prisa Urrutia.

—Por supuesto que no —le siguió el juego Foch—, pero hay una facción de su grupo que está haciendo lo imposible por relacionarse con ellos.

Machuca sabía que era inútil pretender engañar al gringo y tomó el toro por los cuernos.

—Está bien, míster Foch, aceptémoslo, pero sucede que si no nos aliamos a ellos tendremos que combatir en dos frentes.

—Comprendo muy bien, doctor, pero usted también debe entender que una guerrilla armada y victoriosa será un peligro latente para ustedes.

—Estamos muy conscientes de eso, pero es el único camino que nos queda —insistió Abelardo Machuca—. Ustedes no van a enviar tropas, ni siquiera van a actuar abiertamente contra el Generalísimo. Una larga y sangrienta guerra civil no es buen negocio para nosotros.

—Los comunistas tampoco lo son.

—¿Y usted qué propone? —intervino el licenciado.

Foch recostó su espalda sobre el tronco de un árbol y observó a los dos hombres.

—Esta discusión la hemos repasado varias veces ya —dijo—. El Generalísimo va a dejar el poder sin necesidad de que ustedes involucren a la izquierda...

—Usted sabe algo que no nos ha querido decir —dijo con suspicacia el doctor.

—Debe conformarse con saber que podrán alcanzar lo que desean sin necesidad de negociar con los comunistas.

—¿Por qué tanto enredo? ¿No es más fácil entender qué es lo que pasa, de una vez por todas? —insistió Urrutia.

—Es un poco más complejo y hay mucho en juego —Foch tomó su Winchester y comenzó a andar, los otros dos lo siguieron ansiosos por la respuesta—. Lo cierto, y eso se los puedo garantizar, es que, a corto plazo, el Generalísimo va a dejar el poder. Para cuando eso ocurra ustedes deberán estar listos para asumir el Gobierno. Por eso es necesario que todo vínculo con los comunistas sea disuelto.

—Pero los militares insisten en que los ñángaras son indispensables —contestó, más dócil, el doctor.

—En este momento es necesario tenerlos quietos —admitió el diplomático—, pero eso sólo significa que ustedes deben darle largas a las promesas que les han hecho.

—Asfura está planeando llevarles armas —se le escapó decir al licenciado.

Foch pretendió no haber puesto mucha atención al comentario.

—Nosotros estábamos enterados del contrabando de armas desde el inicio.

Los conspiradores, abochornados, pretendieron también no darle mucha importancia a las palabras de Foch.

—Las armas no deben ser entregadas, yo mismo hablaré con Asfura y él entenderá. Por lo demás, ustedes sigan adelante con sus planes.

Un venado saltó entre los arbustos, a menos de cien metros de ellos. Los tres elevaron sus armas al mismo tiempo. Las descargas se sucedieron unas a otras y el aire se llenó de humo. Cuando acabaron los disparos, los cazadores descendieron hasta los arbustos en busca de la presa. Apartaron ramas, revisaron la zona, pero no encontraron nada. A lo lejos, corriendo a toda velocidad, se escabullía el venado; no se detuvo, ni para volverse a mirar a sus atacantes.

El abogado Gamoneda se sentía frustrado y, como solía ocurrir siempre que se encontraba en tal situación, buscó remedio en los brazos de su secretaria. Después de cinco minutos de embestidas de pollo, agitaciones asmáticas y aullidos gatunos, logró llegar al estado de lasitud que anhelaba. Trató de acomodar su voluminoso cuerpo sobre el sofá donde acababa de desahogar el sinsabor de su entrevista con Urtecho. El ministro del Interior estaba cociendo un caldo venenoso y no cabía la menor duda que pensaba servírselo a muchos en el mismo Gobierno.

En la cocina del apartamento, la amante de Gamoneda, con todas las carnes al descubierto, preparaba el Cuba Libre que él le había pedido.

El abogado desistió de seguir esforzando su mente, estaba agotado, su cuerpo había sido restregado, torcido, exprimido y sacudido con vehemencia por la hembra que ahora le preparaba el trago. Pensaba esperar la bebida antes de seguir con sus cavilaciones. Se levantó del incómodo sofá y caminó hacia la habitación contigua en donde terminó derramando sus doscientas setenta y nueve libras de pellejo y manteca sobre la cama. La mujer le llevó el licor hasta allí y, después de robarle un sorbo del mismo vaso, se tendió de bruces a su lado.

—¿Sabés cuándo pierde una mujer el noventa por ciento de su inteligencia? —preguntó el abogado, mientras se hurgaba el ombligo.

—Cuando se enamora de un fulano como vos— le respondió la mujer sin darse la vuelta.

—¡No seas pendeja! —la regañó bromeando— La respuesta es: cuando se le muere el marido.

—¡Penco!

La mujer se levantó y se dirigió hacia la ducha, empurrada y sin pronunciar palabra.

—¡No me digás que te ofendiste! —insistió él tratando de mortificarla aún más, pero la única respuesta que obtuvo fue el ruido del agua al abrir la regadera.

Después de un largo trago, Gamoneda se recostó para pensar con más calma. Le parecía insólito que hubiesen transcurrido ya dos meses sin que su compadre, el Generalísimo, se hubiera dignado a recibirlo, o, cuando menos, a llamarlo a medianoche para hostigarlo. Tenía que estar agonizando, en estado deplorable, para que Urtecho se dedicara con tanto celo a evitar su contacto hasta con sus más cercanos colaboradores. En abril, se había extendido el rumor de que el Tenampa Mujica se había suicidado en la misma residencia del caudillo; dos eventos extraños en el mismo lapso de tiempo.

A pesar de su elevada posición, el abogado no podía pasar sobre Urtecho para investigar, y si el ministro disponía el aislamiento total del dictador, no había más que argumentar. Pero Gamoneda no era hombre de esperas, así que estaba decidido a utilizar todos los medios posibles para enterarse de lo que pasaba en la mansión del Generalísimo; pensaba sobornar a uno de los soldados de la Guardia, era arriesgado, sabía bien que todos ellos profesaban una lealtad perruna hacia Zelaya y su ministro del Interior.

Gamoneda se puso en pie, agobiado por el enorme peso de su masa adiposa y por el azaroso sabor de tanta intriga, para ir hacia la cocina a servirse otro Cuba Libre; pero no alcanzó a llegar. En la sala se topó con un rostro que le era muy familiar, tenía una horrenda cicatriz que le partía la cara por mitad, iba acompañado por otros cuatro sujetos de peor semblante. Todos estaban armados y le apuntaban con sus revólveres. El abogado sintió el pestilente olor de la muerte mientras un hilo de sus propios orines descendía como tirabuzón alrededor de su voluminosa pierna. Voy a morir en pelotas, pensó.

—¡Tu pistola! —le ordenó el de la cicatriz. Por señas, indicó a los otros que buscaran entre la ropa del abogado regada por toda la habitación. Uno de ellos se puso a buscar con afán, hasta dar con el arma. Se la dio al cara cortada quien la examinó con curiosidad.

—Está bonito este bicho —dijo—, lástima que no me pueda quedar con él.

Alejandro Gamoneda y Pereira no tuvo tiempo de decir las últimas palabras que soñó con pronunciar algún día para que quedaran apuntadas como legado a la posteridad. Lo único que escapó de su garganta fue un lamento oscuro y ahogado que más pareció el relincho de un burro en celo... después, nada, tan solo el hielo del cañón de su propia Colt sobre la sien derecha y la explosión que le reventó la cabeza. Le habían dicho que se veía un túnel de luz, que los recuerdos de toda su vida pasarían en cascada ante él, misteriosamente simultáneos, pero nada de eso ocurrió, en lugar del túnel de luz sólo pudo sentir una nada que no era ni negra, ni blanca, ni de ningún otro color que en su vida hubiera visto, tampoco vino a su memoria cosa alguna, tuvo que haber recordado los arrullos de su madre, los juegos de la infancia, pero tampoco se acordó de eso, así como tampoco llegaron al sitio de sus reminiscencias el día de su boda, el nacimiento de sus hijos, la investidura del legislativo, ni los sabores de ninguno de sus adulterios o crímenes, la verdad es que lo único que se le vino a la mente fue el recuerdo de un toro Brahma tirándose a una vaca, una tarde, en su hacienda en Yorito y esa imagen quedó repitiéndose ante él en la desquiciante espiral de la eternidad.

Los asesinos se dirigieron hacia el baño mientras los restos de Gamoneda quedaban de bruces sobre las frías baldosas de la sala. La mujer seguía bajo la ducha, no se había percatado de la suerte de su amante y, para ella, el universo habría seguido igual, inmutable, pero la realidad se le despeñó encima cuando el cara cortada, a punta de balazos, hizo añicos el cristal de la puerta del baño. La secretaria de Gamoneda quedó tendida, soltando sangre a chorros sobre los azulejos de la ducha, con los ojos abiertos y la expresión de sorpresa de quienes descubren de súbito el rostro de la muerte. El agua siguió cayendo sobre su cadáver.

De vuelta en la sala, el de la cicatriz colocó el arma en la mano derecha del abogado, le acarició la cabeza al muerto, se acercó a su rostro pálido y frío, y le murmuró al oído:

—A ver si ahora encontrás a alguien con más pelotas que yo.

La bala rasgó la tela de la fatiga, raspándole una buena porción de piel. Finas gotas de sangre salpicaron su rostro. Humboldt escupió un par de improperios con el paladar impregnado del herrumbroso sabor a plasma; se recostó contra la pared del edificio administrativo mientras el fuego de la metralla arrancaba a mordiscos, trozos enteros del repello. Aprovechó el instante de pausa para examinar la situación, inventariar sus recursos y analizar un plan alternativo para salir de aquel atolladero.

De los veinte hombres que habían llegado con él a la prisión de La Margarita, uno había caído abatido por las balas de los centinelas. El plan de Mendoza Menocal había marchado a la perfección y tenían a Rodas Baca con ellos.

Pequeñas y mortíferas lenguas de fuego volaban por todos lados.

Elías cargó de nuevo su ametralladora y, apuntándola hacia la torre de vigía, se asomó por la esquina del edificio, hizo cinco disparos impactando a uno de los centinelas que cayó hacia el otro lado del muro exterior.

—¡Cubran la puerta de la bodega! —gritó a sus hombres— ¡Que no tomen los morteros!

Mendoza Menocal había cumplido su parte del trato, les entregó las armas prometidas —eran menos de las que debían haber recibido con el cargamento de Halloran pero era mejor tener poco que nada— también les ayudó a emboscar a la tropa de relevo que estaba destinada a la prisión, los instruyó sobre las claves del ejército para que se hicieran pasar por soldados y les dio algunos planos de la construcción.

—¡Cusuco, la granada! —ordenó Humboldt a uno de sus hombres—. ¡Cincuenta metros adelante, nueve para arriba!

Cusuco sacó una granada de la bolsa y se asomó por la esquina, cubierto por el fuego de la ametralladora de Elías, y sin vacilar, la lanzó hacia la torre. Los tres centinelas que disparaban desde ahí salieron hechos pedazos en medio de la bola de fuego. Rodas Baca no entendía lo que estaba pasando, temblaba de miedo, cubriéndose la cabeza entre los brazos.

Desde que llegaron, al distinguir la oscura silueta de La Margarita, Humboldt sabía que no iba a ser fácil sacar al prisionero. El aire alrededor de la fortaleza estaba cargado de angustia y desesperanza y un filoso hedor a podredumbre y moho se filtraba en humaredas verdes a través de sus grietas. Mientras atravesaban el portón de seguridad, Elías y sus hombres habían sentido que eran engullidos por una bestia monstruosa; esa era la misma sensación que millares de hombres, antes que ellos, sintieron al ver morir sus esperanzas en aquella caverna de ignominia y muerte.

—¡Cusuco, hay otro nido de ametralladoras treinta metros a la izquierda del muro! —Elías volteó hacia atrás en donde Chilillo, Danto y Pizote cubrían la retaguardia. Unos cuantos metros más allá, entre la capilla y la bodega, el cadáver del jefe de la guardia yacía de bruces sobre un charco de sangre. Los soldados no se habían atrevido a ir por el cuerpo del oficial. Humboldt sabía que sus hombres jamás lo habrían abandonado a él.

Dos murallas concéntricas protegían al complejo principal. Un asalto desde afuera resultaba inefectivo ante la descomunal altura y grosor de sus muros; y aunque un afortunado ejército lograra hacer sucumbir el primer bastión, aún quedaba la segunda muralla, igual de inexpugnable. Un motín desde el interior era también improbable dado que, una vez que el reo era lanzado a su celda, jamás volvía a salir de ella y nunca se ponía en contacto con los demás prisioneros. En ese sentido, el plan de Mendoza era el ideal: introducir un virus en aquel monstruo y vencerlo desde adentro.

Al inicio, Humboldt había propuesto que llevaran una nota de traslado que facilitara la operación, pero Mendoza se opuso ya que nunca nadie había sido trasladado desde La Margarita hacia otro lado, la bestia engullía el bagazo humano que le arrojaba Urtecho, así que sería demasiado inusual que uno de los presos fuera requerido, eso hubiera obligado una comunicación con la Capital para verificar.

—¡Ahora! —le ordenó Elías al Cusuco. El pequeño y musculoso guerrillero se levantó, granada en mano, y la lanzó en la dirección que le indicó su comandante. El explosivo hizo blanco, reventando el nido de ametralladoras, despejándoles el camino hacia el portón interno. Tras la orden de Humboldt, los hombres se pusieron en pie y, tan veloces como pudieron, aceleraron hacia la salida.

Las balas rompían sin misericordia el aire alrededor de ellos, ráfagas calientes zumbaban junto a sus oídos. De pronto, un golpe seco, un grito, el cuerpo de Chilillo cayendo de espaldas. Pizote retrocedió de inmediato, en medio de los proyectiles se echó sobre los hombros al compañero caído y a toda prisa se reunió con los demás en el refugio que les ofrecía el portón interior.

Elías examinó a Chilillo, la herida no era mortal, pero sí seria, la bala le había atravesado la clavícula, fracturándosela. Aún debían llegar hasta el vehículo para después intentar echar abajo el portón externo. Tenían suficientes municiones, sin embargo estaban bastante fatigados, desde que emboscaron a la tropa de relevo habían pasado tres días en los que no habían podido dormir.

273

—¡Alacrán, Danto! ¡Al camión! ¡Pizote, cubrilos! —gritó Humboldt mientras vaciaba su ametralladora sobre la segunda torre.

Cuando por fin ubicaron al prisionero, se escabulleron hasta su celda y lo sacaron; también intentaron liberar a Abdenego, el compañero de Rodas, pero éste se negó y se quedó acurrucado en un rincón de la bartolina. Los guerrilleros eliminaron sin titubear a los guardias de los puestos de control y liberaron a todos los reos que pudieron, para distraer al resto de la tropa con un motín. Humboldt tan sólo esperaba que sus hombres en la selva ya hubiesen derribado los postes del telégrafo y dinamitado la torre de radio.

—¡Cusuco! ¡Alistá la pedrada! ¡Diez metros izquierda, nueve para arriba! —Elías echó un vistazo hacia el lugar donde estaba el camión. Alacrán y Danto habían logrado llegar hasta él e intentaban arrancarlo—. ¡Cubrilos bien Pizote, yo cuido al Cusuco! —La metralla mordió un trozo de su oreja y lo hizo retroceder, envuelto en dolor, hacia el refugio del muro. Pero ya había sobrepasado el punto del miedo, montó su arma y salió de nuevo para bañar con plomo a los centinelas. Cusuco se asomó, granada en mano; el tiro fue certero y la explosión inmediata, justo en ese instante, Alacrán y Danto llegaron con el camión. Sin perder un segundo, Elías y otro de sus hombres metieron a Chilillo y a Rodas Baca en la parte trasera del vehículo. Los demás lograron subirse en medio de las balas. Alacrán aceleró hacia los portones; Elías tragó saliva esperando que el camión resistiera el impacto.

El primer beso que le dio Amado Montes de Oca, le supo a canela y cardamomo. El contacto de sus labios le provocó un violento terremoto que le desprendió toda la piel dejando su alma al descubierto. Estaba consciente de que no había sido una iniciativa espontánea de Amado, sino una respuesta a la provocación que ella misma había estado alimentando, pero no le importó: al verlo lejano, sumergido en otros mundos, tratando de no demostrar deseo u atracción alguna ante sus insinuaciones, rodeado por aquella pálida aura de santo con mirada de mártir, no se pudo contener y, con todo el descaro del mundo, se le entregó. Ahora, anclada a su boca, llegó a la certeza de que él era un hombre distinto a los demás, que ocultaba, bajo su aparente tranquilidad, una pasión que desbordaba en los linderos de la locura y el desenfreno, era como si todas las ansias contenidas a lo largo de su auto-impuesto celibato, se abrieran camino a mordiscos, desde el fondo de su corazón. Ella zozobró en sus sabores, se hundió en su saliva y no buscó tabla de salvación, ni sacó la cabeza para respirar. Quería ahogarse, estaba segura de ello. La luna cantó, los grillos festejaron, el viento bailó, las estrellas temblaron, en suma, el mundo entero celebró. Ellos eran el centro de la galaxia, el eje del globo; en cada esquina de la tierra había un ángel observándolos con envidia, en las grutas de los infiernos chillaban los demonios impotentes de destruir aquél eslabón humano, sellado por la frivolidad de un beso. Viniera quien viniera, ya no importaba: el hecho consumado fue, y nada en este universo sería capaz de hacer retroceder el tiempo para impedir la colisión de sus cuerpos, para evitar el descenso del águila sobre el nido que le aguardaba. Ella lo había provocado, era cierto, ¿y qué? Ese momento era suyo y de nadie más; que se hundiera Santa Ana, que se hiciera polvo la cordillera de San Buenaventura, uno a uno que se vinieran abajo los cerros de La Pijuila, que ardiera la selva entera, se secara el Pitaguana y se inundara el desierto, que todo el País se desprendiera del continente y pereciera en el abismo más profundo del Caribe, nada de eso importaba, ella había atrapado sus labios, había conquistado sus carnes, había demolido su voluntad. Dejó que sus manos la exploraran, que aletearan sin pudores e inquietudes sobre su anhelante geografía, se afianzó a él, se le pegó como seda, deslizándose sobre su cuerpo, dándole a entender que la puerta estaba abierta, que toda la casa estaba lista para recibirle en alocada celebración, que había llegado el momento.

Pero de pronto, la lava incandescente y líquida se petrificó: Con una voluntad sobrehumana, Amado tomó por las crines al desbocado corcel del deseo y lo detuvo de un tirón brutal. Abrumado por un bochorno incomprensible se apartó de ella, esquivó su mirada, alejó su cuerpo que insistía en buscarlo.

Ella no entendía por qué, no se explicaba cómo.

Él no dijo nada, pero su cara denotaba una profunda perturbación. Su respiración era agitada, finas gotas de sudor perlaban su frente. Jamás le había pasado antes, una vez que el macho se encabritaba, nada detenía su atropellado galope; pero él sí se detuvo: Amado Montes de Oca no era de este mundo.

Se limpió el rostro, tragó saliva, buscó un lugar donde anclar la mirada y al no hallarlo, decidió huir, desapareciendo en medio de los corredores de la casona azul.

Silencio, nada, soledad, incertidumbre, deseo, fue todo lo que le quedó a la jadeante Elvira.

Todos llegaron a dar el pésame ocultando en su corazón el alivio que les causaba la desaparición del cacique de Balboa, el abogado Gamoneda. Debajo del riguroso luto había dichas pintadas en tonos de fiesta y entre las lamentaciones de las plañideras, se podía percibir el suave rumor de una canción de júbilo. Hubo muchos comentarios y no pocas bromas sobre el bochornoso final de Alejandro Gamoneda y Pereira quien, según el parte oficial, se suicidó tras asesinar a su amante, cegado por un violento ataque de celos haciendo honor a una frase que él repetía siempre y que fue el epitafio que grabaron sobre su lápida: «La pasión me impulsa», al cual, años después, algún pícaro añadió con un atomizador de pintura roja: «...al hoyo».

Titulares noticiosos...

Bandera a media asta...

Honores de ordenanza...

Veintiún descargas de salva...

Tres días de luto sin suspensión de labores...

Cúmplase.

MAYO...

Fue un relámpago de certidumbre, un destello despiadado de realidad el que impactó sobre su pecho, en medio de la vasta soledad del despacho en el Ministerio del Interior, a las once con cuarenta y seis minutos de la noche del sábado veinticuatro de mayo, de mil novecientos cincuenta y dos. Hasta ese momento de pavorosa lucidez, Urtecho no se había percatado de que todo había sido una alucinante trampa de la vida, que más le hubiera valido dedicarse a sembrar frijoles y a multiplicar su prole sobre aquella tierra remota y virgen donde lo fue a parir su madre porque, al fin de cuentas, todo su afán fue para arar sobre el mar y podar nubes de escurridizos vapores. No tenía a su familia, no tenía amigos, no tenía a quien seguir y no tenía patria, no le quedaba siquiera el amargo consuelo de tener un pedazo de tierra en donde ser sepultado, no tenía el vaho caliente de Miriam Grant en las tardes amarillas del verano... lo único que le restaba era la vana ilusión de un poder que cada día se alejaba más y más de él.

A él lo habían llamado para que fuera el arquitecto de aquel ingenio de terrores y represión, para organizar las jaurías del diablo y enseñarles a devorar carne humana, él hizo realidad el invento de poder de Marco Augusto Zelaya y Ferrer, y en medio de la locura, él, el único cuerdo capaz de ver la realidad no quiso hacerlo, cegado por su sentido del deber, por su atrofiada mente de lacayo, de máquina perfecta, de mecanismo de precisión, «Ahora no hay vuelta atrás don Marco, todos nos odian, todos tienen que morir», ecuaciones siniestras de los gobernantes: uno más uno igual a demasiados enemigos; para los poderosos es más rentable restar y dividir cuando se trata de la oposición, y sumar y multiplicar, cuando se trata de los beneficios propios. Urtecho sabía que él no había sido el operador sino, tan sólo, el símbolo de la operación. Pero él también tuvo que pagar el precio: no sabía si volvería a ver a su negra amada y a su familia. A pesar de tener bajo su control los futuros cien años de esta nación, de haberse revestido con todos los poderes de nuestra sociedad, aunque él fuera el amo de la vida y la muerte, una angustiosa verdad lo acechaba:

...estaba solo...

Solo entre sus eternos archivos de sospechosos, bajo la sombra de sus inagotables listas de enemigos, rodeado únicamente por aquella atmósfera siniestra de emboscadas y traiciones. Solo, soledad, cigarrillo tras cigarrillo, soledad envuelta en virutas de humo y noches insomnes.

Alzó la vista hacia el reloj de pared: las once con cuarenta y siete. Sabía que estaba sentado sobre alacranes, sus días se acababan. El odio en su contra ya rebalsaba la olla de aquel caldo de ejecuciones sumarias, desapariciones forzadas, extorsiones y asesinatos. La muerte de los Resinos había sido la gota que colmó la sopa. No se podía eliminar a una familia tan influyente sin revolver el avispero de la aristocracia nacional. Norberto Resinos y su madre habían salido del país con un salvoconducto de la Embajada de México; él lo permitió, enfriando la furia en razones; recordó que no tenía tiempo para distraerse y que un conflicto internacional estaría fuera de sus manos. Tuvo que aguantarse el escándalo que armó la prensa mexicana, denunciando el barbarismo sanguinario del gobierno Zelayista y solicitando apoyo de la comunidad internacional para derrocar al dictador.

Pero nada de eso le quitaba el sueño, lo importante eran las elecciones. Todo debía verse dentro de la más absoluta normalidad, sobre todo, el Generalísimo. El pueblo necesitaba su presencia una vez más, alzando los brazos en gesto triunfal, dando discursos de «¡Vamos adelante! ¡Sigamos en la ruta de la transformación! ¡La Revolución sigue hoy, más vigente que nunca!» Pero la seguridad en torno al tirano gigante no sería la misma, se intensificaría como nunca antes. El extendido rumor de la fatal enfermedad del caudillo también era un punto a su favor, muchos bajarían la guardia en espera de su muerte, olvidando que Urtecho todavía contaba con cuerda para rato.

Unos golpes en la puerta... el ministro del interior no les prestó atención, encendió con parsimonia el décimo cigarrillo de la noche y exhaló una bocanada de humo. De nuevo los golpes.

—¡Entrá, carajo! —ordenó por fin con fastidio.

Omar «El Tenampa» Mujica abrió la puerta con temor, su enorme silueta interrumpía la lengua de luz que penetraba desde el pasillo. Avanzó con timidez hacia el escritorio de Urtecho y se detuvo a unos pasos de él.

—¿Lo has memorizado todo? —preguntó el ministro.

—Sí señor —murmuró El Tenampa.

—Entonces andate y descansá, mañana va a ser un día duro.

Mujica titubeó; comenzó a jugar con el sombrero entre sus manos.

—¿Pasa algo? —Urtecho se incorporó de la silla y caminó hacia la ventana.

El Tenampa aguardó en silencio, buscando refugio entre las sombras de la habitación. El ministro estaba de espaldas a él, contemplando las luces de la ciudad.

—Usted sabe lo que hace, jefe; yo sólo hago lo que usted ordene.

—¿Tenés alguna duda?

—Esta vez es otra cosa.

Urtecho le dio la espalda a su esbirro, se concentró en las luces de la ciudad. Parecía un nacimiento navideño asentado en el lomo de una bestia en apariencia tranquila.

—No es distinto, lo único es que va a durar más. Vos hacé lo que sabés hacer y no te preocupés por nada, yo voy a estar atento a cualquier cosa —las palabras de Urtecho provocaron un efecto calmante en el guardaespaldas.

Tenampa pidió permiso para retirarse y salió en silencio, con el sombrero entre las manos. El ministro permaneció callado, escrutando la oscuridad de Ciudad Capital. Ya no le importaba la idea de la soledad, era sólo un sentimiento más de los que había aprendido a desechar a lo largo de su vida; no importaba, como no importaban ni el dolor, ni el gozo, ni la alegría o la tristeza, al igual que todo lo demás, sólo tres cosas importaban: el generalísimo, la familia y el deber.

Capital era suya, el país entero le pertenecía, ¿qué importaba la soledad?... él mandaba y al final los iba a dejar a todos con su caricatura de país para que se pudrieran en sus asquerosos tremedales mientras él gozaba a su ardorosa negra al arrullo de las azules olas de Miami.

Con la moribunda colilla que aún humeaba entre sus dedos, encendió el onceavo cigarrillo de la noche.

El viejo y el niño cruzaron el parque sin decirse palabra; cada uno iba sumergido en sus propios cálculos, analizando de antemano las diversas coartadas que Valentín Toro les daría y tratando de encontrar los argumentos para derribar sus respuestas. Mientras marchaban envueltos en su nube de inquietudes algo le robó la concentración al ahijado del gobernador cuando se detuvieron frente al gran ceibo, en donde habían hallado crucificado a Gabriel Vargas. El coronel tuvo que darle un ligero empujón para espantarle los fantasmas y devolverlo a la realidad. Con sus enormes ojos fijos en el rostro del anciano, José Antonio garabateó la oración sobre el viento:

—¡El juez Toro no lo hizo solo! —dijo al fin el chico.

Carlomagno lo quedó viendo sin comprender del todo lo que había oído. Sacó el pañuelo blanco y se secó el sudor de la calva. Tomó aire y le hizo la pregunta:

—¿Qué dijo, ahijado?

—Mire la altura del lugar donde lo clavaron, todavía están las marcas sobre el tronco —señaló José Antonio apuntando con el índice hacia las ramas donde aún se veían las señales de los clavos y las manchas de sangre coagulada—. Un hombre solo no podría clavar a otro en un lugar tan alto, se necesitan dos, uno sosteniéndolo y el otro clavando; además, lo hicieron apurados, antes que pudieran descubrirlos. Se arriesgaron mucho... ¿Por qué tuvieron que hacerlo en pleno centro del pueblo?

—Para despistar —el gobernador entrecierra un ojo y con el otro observa el enorme árbol—. Tenía que verse como los demás, si no, no hubiéramos ligado este caso a los otros y habríamos buscado a los verdaderos sospechosos desde antes.

—Bautista es el cómplice, ¿verdad padrino?

—Elemental, ahijado, elemental.

Continuaron su camino. José Antonio aceleró el paso, apurando también al gobernador. Era un día muy agitado, día de elecciones, y seguro habría mucha actividad en el juzgado, así que tenían que aprovechar el tiempo al máximo para evitar que el sospechoso se les escabullera con la excusa del trabajo.

Al llegar, el relajo en la oficina del juez era una mojiganga de dimensiones carnavalescas; soldados y empleados del Gobierno corrían de un lado a otro con urnas de votación, papeletas, libros de actas, boletas; unos gritaban órdenes sin sentido que nadie acataba y otros aullaban contraórdenes que, igual, eran pasadas por alto. En medio de aquel despelote de circo, no había una sola persona que hiciera caso al gobernador. El coronel comenzó a perder la paciencia y se dispuso a entrar sin anunciarse a la oficina del juez, pero justo en el momento en que tomó el picaporte, una mano descendió sobre su hombro como una libélula al posarse sobre una hoja; Carlomagno se estremeció al escuchar la voz grave e inconfundible del juez Toro.

—¿Viene a echarnos una mano o sólo está aquí para supervisar, coronel? —la pregunta de Valentín Toro se despeñó en el profundo abismo del angustioso silencio del gobernador mientras éste trataba en vano de conectar dos ideas coherentes que le permitieran encontrar una salida de aquel bochornoso lapso.

—¡Ya ve, padrino, le dije que no caminara tan rápido! ¡Tome aire, que se va a ahogar!— intervino, oportuno, José Antonio.

—Disculpe, Valentín, los años no pasan en balde —el coronel le siguió la corriente a su ahijado e incluso, tosió un par de veces para darle mayor verosimilitud a la actuación. Sacó su pañuelo, se limpió y volvió a toser una vez más. Cuando al fin decidió terminar con su farsa, tomó al juez por el brazo y lo encaminó hacia la oficina. Una vez en el despacho, el coronel se adueñó con toda confianza de un asiento. Valentín Toro se mantuvo de pie en espera de que el gobernador le refiriera la razón de su visita.

—Este es un día muy especial —comenzó Carlomagno—. Hoy, nuestro pueblo va a reafirmar su vocación democrática y su apoyo al sistema republicano, fielmente custodiado por nuestro benefactor, el Generalísimo Zelaya.

El juez, intuyendo que la visita iba para largo, se atrevió a interrumpirle:

—Disculpe, gobernador ¿se siente mejor?

Carlomagno asintió, haciendo un comentario trivial sobre el calor mientras se abanicaba con el pañuelo.

—Decía —continuó— que hoy es un día muy importante para nuestro país, por lo que se demanda de cada funcionario una conducta acorde con la dimensión de la jornada, por tanto, es mi deber, como gobernador político, indicarle personalmente a cada director gubernamental dentro de mi jurisdicción, que debe supervisar con exhaustivo rigor el desempeño y la conducta de aquellos a su cargo, a fin de garantizar que sea cumplida la voluntad popular expresada a través del voto.

Valentín quedó observando al coronel, convencido de que el viejo no tardaría en caer derrotado por la demencia senil.

—Es para mí un honor, señor gobernador, poder asegurarle que ya se han dispuesto los mecanismos para garantizar que el personal a mi cargo se comporte a la altura que exige la patria.

—Usted es un funcionario ejemplar, juez Toro —comentó el coronel, consciente del efecto que la adulación tenía sobre Valentín—. Por tanto, puedo retirarme confiado en que su gente actuará con la seriedad debida —terminó de decir mientras intentaba pararse—. Es un alivio contar con gente como usted, así podré despreocuparme y seguir mi trabajo atendiendo asuntos graves que no pueden aguardar —añadió ya de pie el gobernador.

—¿Asuntos graves? —mordió el anzuelo el juez ante la mirada expectante de José Antonio.

—Sí, mi querido Valentín —respondió satisfecho Carlomagno al ver que su ardid había dado resultado—. La vaina esa de los asesinatos sigue siendo un rompecabezas y me da temor pensar que posiblemente, jamás lleguemos a saber quién fue el responsable.

—¿Siguen sin una pista? —preguntó Valentín, más interesado, mientras el ahijado del coronel escudriñaba cada uno de sus gestos.

—Sí, hombre, es muy difícil. Y es que como ninguno era de aquí, se nos complica establecer un móvil o una relación —le contestó Carlomagno poniendo cara de agotamiento.

—Tal vez tengan que engavetar el caso...

—Eso mismo pienso yo —mintió el gobernador—. Fíjese usted, el más conocido en Santa Ana era Gabriel Vargas, pero tampoco él tenía muchas amistades...

—O enemistades —agregó Toro.

—Aunque, ahora que lo menciona... —Carlomagno interrumpió la frase para picar la curiosidad del juez—, me han dicho que probablemente Vargas tenía algún asunto pendiente aquí en el juzgado, porque se le vio venir muy seguido.

Aunque el estruendo de alarma en su interior era atronador, el juez Toro no mostró la menor reacción al comentario de Obregón.

—¿No me diga? —fue el lacónico comentario de Valentín.

—Así es —prosiguió Carlomagno—. En sus últimos días vino muy seguido —le contestó Carlomagno sabiendo que ponía el dedo sobre la llaga.

Valentín Toro se percató que se estaba metiendo en aguas demasiado profundas e hizo un rápido viraje para salir de ellas.

—Interesante —comentó con frialdad—. Voy a investigar yo mismo qué vino a hacer ese hombre aquí y en cuanto sepa algo le voy a informar.

—Se lo voy a agradecer muchísimo —el coronel le dio la mano y se despidió de él con una cálida sonrisa, mientras se apoyaba en su ahijado para caminar hacia la salida—. Quizás no tengamos que engavetar el asunto después de todo —añadió sin volver la vista hacia el juez.

Serafín Gallo venía bajando del campanario cuando escuchó el murmullo. Era un rumor oblicuo, sinuoso; la mayor parte de la bulla provenía de voces femeninas. Las gargantas masculinas estaban silenciosas, sólo a una voz, la del juez Toro, se le escuchó decir: «¡Qué descaro!».

En medio de aquel pantanal de cuchicheos y vahos verdes, sobresalió el taconeo de doce pares de coloridos zapatos altos, decorados con flores, chongos, hebillas de latón y mariposas de cuero. El sacristán sabía que aquellos ruidos no eran ordinarios en la misa matutina y que algún acontecimiento insólito debía estarse llevando a cabo bajo sus pies. Mordido por la curiosidad, Serafín se arriesgó a inclinarse sobre la baranda para poder ver mejor lo que estaba pasando. En ese preciso instante, la procesión de meretrices cruzaba la nave central de la iglesia de Santa Ana, con Rosaura a la cabeza, tomando de la mano a Pascual y seguida por su séquito de hetairas. La visión que se le atravesó al sacristán estuvo a un paso de ser fatal, puesto que el perturbador escote de Rosaura, mal disimulado por un insuficiente chal, desfiló en toda su majestad ante los atolondrados ojos de Serafín provocándole un tropezón que le hizo rodar sin freno por las gradas. El alboroto de la caída silenció todos los demás ruidos dentro de la iglesia.

Nadie hizo nada por socorrer al maltrecho sacristán, todos estaban anclados al suelo en estupor. Entonces, entre el grupo que acompañaba a Rosaura, surgió un movimiento inesperado; Cuca, la chica que se había fracturado al volcarse el camión en que las sexo servidoras llegaron a Santa Ana, apoyada en sus muletas y con la pierna aún entablillada, avanzó hacia donde yacía Serafín para auxiliarlo. Dos hombres reaccionaron y también corrieron hacia la pila bautismal para ayudar al deslomado varón.

La primera imagen que vio el sacristán cuando recuperó la conciencia fue el rostro de Cuca que reflejaba la más genuina conmiseración.

—Calma, chiquito, ya pasó, papi. No te preocupés todo va a estar bien —le dijo ella con un tono maternal que hizo a Serafín anhelar el regazo materno que, tan generoso, se ofrecía ante él.

La caricia suave y tibia de la mano de Cuca sobre su mejilla, había sido la sensación más dulce que hubiese gozado en toda su vida, y tal fue su emoción al ver el atractivo rostro de la mujer, que volvió a desmayarse.

Al observar la escena desde el altar, el padre Occhiena se persignó y corrió hacia donde estaba tendido Serafín Gallo. Le pidió a Cuca que se hiciera a un lado y comenzó a palpar al herido para asegurarse que no tuviese algún hueso roto. Al comprobar que no tenía ningún daño aparente, intentó reanimarlo con unas cuantas palmadas.

Al recobrarse, Serafín casi se desvaneció de nuevo al ver que el suave rostro de Cuca se había transformado en la pedregosa faz del cura, pero el padre no le dio tiempo para colapsar otra vez, lo suspendió de un tirón y al confirmar el buen estado de salud del sacristán le añadió un chichón más en la cabeza, increpándolo por su desastroso descuido y el alboroto que había causado. A pesar de las súplicas de Cuca, el padre Occhiena lo hizo marchar a empellones hacia el altar para iniciar por fin aquella accidentada misa.

«In nomine pater, et fili, et spiritu sanctii...» las miradas estaban muy lejos del presbítero que iniciaba los ritos religiosos. «...la paz del Señor Todopoderoso y la comunión de todos los santos esté con vosotros...» unos se preguntaban hasta dónde llegaría el descaro de las meretrices, «...y con tu espíritu...» otros fabricaban imágenes pecaminosas en sus corazones «...levantemos el corazón...» Rosaura estaba satisfecha, no era ajena a la conmoción que había causado y no le importaba ser el blanco de todas las miradas «...lo tenemos levantado hacia el Señor...» así que, con disimulo, se arregló el escote robándole la paz a las damas y la santidad a los caballeros «...demos gracias al Señor nuestro Dios...» el Alcalde, que por obligación no se perdía ni una sola misa dominical, estaba sudando helado, temiendo que Malena lo fuera a comprometer mandándole un saludo «...es justo y necesario...» doña América de Suazo y doña Olivia Toro se abanicaban conteniendo una furia descomunal «...en verdad es justo y necesario, es nuestro deber y salvación darte gracias siempre y en todo lugar, Padre Santo y eterno...» pero si doña América hubiese podido leer la mente de su esposo, don Saúl Suazo, no se habría contenido más, dejando escapar toda su furia para destruir a Rosaura «...yo confieso, ante Dios Todopoderoso y ante vosotros hermanos, que he pecado mucho de pensamiento, palabra, obra y omisión...» se podía sentir una masa gelatinosa de odios, lascivia, dudas y repugnancia en medio de la congregación, «...por mi culpa, por mi culpa, por mi gran culpa, por eso ruego a Santa María siempre virgen, a los ángeles, a los santos y a vosotros hermanos, que intercedáis por mí ante Dios nuestro Señor...» Serafín Gallo no podía apartar la vista de Cuca «...que Dios nuestro Señor perdone nuestros pecados y nos lleve a la vida eterna...» pero en medio de toda la tensión, nadie se atrevió a interrumpir la misa y a despertar la ira del padre Occhiena «...amén...» Amílcar Bobadilla se estaba divirtiendo de lo lindo viendo el incesante intercambio de miradas, ojos de puñal, de risa y de deseo, caras pálidas, caras verdes y caras rojas, cuchicheos, vergüenza «...hermanos, démonos fraternalmente la paz...» una cáscara de hielo, que nadie se atrevió a cruzar, se formó alrededor del lugar donde estaban Rosaura y sus discípulas, así que ellas se limitaron a darse el saludo de paz entre sí mismas «...Santo, santo, santo es el Señor...» el padre Occhiena también observaba con ojo atento cada gesto de los santeños y en ese momento sintió el roce del ángel «...Santo eres en verdad, Señor Todopoderoso, Tú que en tu misericordia hiciste el cielo y la tierra...» doña América buscaba en su mente un recurso definitivo para deshacerse de sus enemigas; pensó primero en mandar a matar a alguna de ellas para que las demás se asustaran y huyeran del pueblo, pero tenía dudas sobre cuánto le costaría redimirse del pecado que significaba llevar a cabo esa idea.

Cuando llegó el tiempo de la lectura del evangelio, por estar más pendiente de Cuca que por hacer su trabajo, Serafín ya había tropezado un par de veces, y cometido unas cuantas torpezas. No obstante el enfado, el padre Occhiena tenía muy claro el tema que se disponía a improvisar para su sermón «...lectura del santo evangelio según San Juan...» no era el libro que ordenaba el misal para ese domingo, pero era el tema más apropiado ante las circunstancias «...Los escribas y fariseos le llevaron una mujer sorprendida en adulterio, la pusieron en medio y le dijeron: «Maestro, esta mujer ha sido sorprendida en flagrante adulterio...» la incomodidad empezó a reflejarse en los rostros de todos «... Moisés nos mandó en la Ley apedrear a estas mujeres. ¿Tú qué dices?...»» el párroco sabía que sus palabras llevaban un filo agudo «...Esto lo decían para tentarle, para tener de qué acusarle. Pero Jesús, inclinándose, se puso a escribir con el dedo en la tierra...» había regocijo en los ojos del cura, hacía mucho tiempo no sentía aquél arrebato rebelde en su corazón «... Pero, como ellos insistían en preguntarle, se incorporó y les dijo: Aquel de vosotros que esté sin pecado, que le arroje la primera piedra...» doña América hizo el ademán de levantarse pero don Saúl la retuvo del brazo con firmeza, mientras el padre Occhiena los observaba con una mirada desafiante «...E inclinándose de nuevo, escribía en la tierra. Ellos, al oír estas palabras, se iban retirando uno tras otro, comenzando por los más viejos; y se quedó solo Jesús con la mujer, que seguía en medio...» Rosaura sonrió con alivio mientras estrechaba la pequeña mano de Pascual entre las suyas «...Incorporándose Jesús le dijo: Mujer, ¿dónde están los que te acusan? ¿Nadie te ha condenado?...» Amílcar Bobadilla estaba admirado por el valor del sacerdote, jamás hubiera creído que dentro de aquél cuerpo frágil y diminuto había un espíritu tan temerario «...Ella respondió: Nadie, Señor. Jesús le dijo: Tampoco yo te condeno. Vete, y en adelante no peques más...» en ese momento, la sensación dentro de la iglesia era como estar flotando dentro de una burbuja, en el abismo más profundo del mar, rodeado de un silencio impenetrable. El padre Occhiena los observó con cuidado, uno a uno. Una delgada sonrisa se dibujó en los labios del párroco y entonces, inspirado por el viento del Santo Espíritu, Giovanni Emmanuel Occhiena comenzó a darles el más iluminado sermón que hubiese pronunciado en todos sus setenta y dos años de vida. Les habló con una pasión inaudita sobre el valor intrínseco en cada ser humano y sobre el profundo amor que Dios tenía hacia todas sus criaturas, a tal grado que, no habiendo un tan solo justo en el mundo, Él en su infinita misericordia se despojó de su gloria para vivir como hombre, y siendo humano, no tuvo en cuenta su anterior majestad si no que se hizo siervo, aún a costa de su vida, permitiendo que se le entregara a muerte oprobiosa y de dolor indescriptible; descendió hasta los infiernos, ahí predicó a los condenados y trabó batalla contra la muerte y Satanás venciéndolos; al tercer día resucitó victorioso, envió a sus discípulos a predicar las buenas nuevas del Reino de Dios, nos dejó al Espíritu Santo con poder, sabiduría y amor para todo aquel que creyese, se arrepintiera de sus pecados y siguiera su divino nombre, todo lo hizo por simple misericordia suya para salvarnos del pecado y la corrupción de la carne; Él no nos juzgó, sino que vino a salvarnos para que ninguno se perdiese. Con los ojos nadando en un conmovedor lago de lágrimas, el padre Occhiena desnudó su alma para exhortarles al cambio, rogándoles que abrieran sus corazones a la palabra del Señor, que no se volvieran de piedra, insensibles al llamado de auxilio que les hacía el hermano, a la necesidad de amor fraterno de los corazones huérfanos de Dios, les dijo que la construcción de un mundo mejor estaba en las manos de cada uno, que libres de prejuicios, mezquindades y resentimientos podríamos establecer el reino celeste aquí en la tierra y que los santeños estaban llamados a ser los primeros elegidos que, con su ejemplo, transformarían a la humanidad. El párroco abrió entonces los brazos y exclamó a viva voz que ante él brillaba la visión de la Santísima Trinidad, custodiada por arcángeles, serafines y querubines, revelándole el secreto del amor fraterno, fuente eterna de renovación espiritual y de libertad de las cadenas de la muerte. Concluyó su magnífico discurso de rodillas, pidiéndole perdón a Dios por aquél pueblo inicuo de cerviz dura y gélido corazón. Creyó haber tocado sus conciencias, pensó que había despertado la sensibilidad de sus corazones, que al abrir de nuevo los ojos, hallaría un pueblo convertido a la justicia del Señor, pero cuando se levantó, las únicas caras conmovidas que pudo ver entre su rebaño fueron los doce rostros de las meretrices y la faz de niño cabezón de Pascualito; los demás observaban sus relojes, incómodos por el largo sermón, se abanicaban con vehemencia para espantarse el sueño, repartían miradas furtivas ya sea de lascivia o de odio hacia las atrevidas prostitutas, algunos se hurgaban la nariz, otros bostezaban, el alcalde había intentado fugarse a medio sermón e, incluso, Serafín Gallo estaba en otro mundo contemplando a Cuca y su maternal regazo. Entonces, en un arranque sin precedentes, tras el rito de la transubstanciación del pan y el vino, llevó, él mismo, la comunión a Rosaura y su séquito, volvió al altar, terminó la misa y se marchó negándose a darle la Santa Cena al resto de la feligresía.

Elvira era una salamandra, amaba el fuego. El peligro era su fascinación. No perdía la oportunidad de saltar a las llamas y jugar con sus lenguas ardientes. Ese irrefrenable impulso la condujo hasta el campamento del cohetero para verlo armar sus morteros y sus bombas. Arropada en un silencio de esfinge, clavaba su profunda mirada sobre las cicatrices que surcaban las espaldas de Aníbal Robaina. Ella sabía que él estaba nervioso a causa de su presencia, que hacía un enorme esfuerzo por no demostrarlo, por ocultarle el rabioso deseo de tomarla entre sus brazos, rasgarle el vestido a mordidas y comérsela a besos. Este hombre no es quien dice ser, pensaba ella mientras repasaba todas las cosas que él había hecho desde que la vio venir en dirección al campamento.

Aníbal era un territorio dividido: por un lado lo halaba el ansia, pero por otro, la imagen amenazadora de Urtecho lo obligaba a enfocarse en su verdadera misión en Santa Ana. Elvira intuyó la lucha, ya había visto un conflicto similar antes: Amado Montes de Oca. Cada uno era una mentira, un misterio, una trampa.

—¿Qué has venido a buscar? —le preguntó Aníbal con torpeza.

—¿Qué le gustaría a usted que yo buscara? —Ella le devolvió la pregunta con malicia.

—Si te encuentran aquí conmigo puedo tener serios problemas y eso no me conviene— Aníbal buscó la salida de la tienda. ¡Carajo Robaina! ¿Qué te pasa, coño? Sos un profesional y estás asustado por una mocosa, pensó él.

—Vine porque me gusta verlo hacer los cohetes —dijo Elvira sin darle importancia.

El sentido del deber encauzó al cohetero hacia su habitual frialdad.

—Bueno, ya viste cómo los hacía, ahora ¿por qué no te vas? —la interrogó huraño.

—¿Y eso es lo que de verdad quiere? —La chica estaba sentada sobre un baúl, se echó hacia atrás y al hacerlo dejó entrever sus torneadas pantorrillas.

—Niña, ¿ya has tenido hombre? —Robaina se sentó encima de un barril de pólvora y mantuvo sus ojos fijos sobre ella.

—¿Qué tiene que ver eso con los cohetes?

—Decímelo vos.

Ella se volvió a incorporar, la duda comenzó a rodearla. En medio del juego de las falsedades, la pelota había cambiado de cancha y la táctica de su oponente se vislumbró amenazante. Elvira caminó con coquetería, entre los cajones que se apilaban dentro de la carpa, se detuvo y observó de reojo a Robaina; quizás lo subestimó al dejar pasar por alto aquel olor a homicidio que emanaba del cohetero.

—Usted me mira como si quisiera comerme —la falsa inocencia en el tono de su voz la hizo ver más trastornadora—; pero luego se acobarda y pareciera que me tiene miedo.

—Sos un imán de problemas —le respondió Aníbal.

—Y usted no quiere meterse en problemas ¿verdad?

—¿Valdría la pena hacerlo?

—Si no prueba, no se va a dar cuenta nunca.

El reto dejó la atmósfera en suspenso. El tiempo se derritió sobre ellos, envolviéndolos en un cuajo de inmovilidad y silencio. El cohetero inclinó el cuerpo hacia delante, intentando taladrar aquella superficie engañosa de Elvira; ella era, por fuera, una ligera capa de arena, pero a escasa profundidad, bajo esa capa, se convertía en un terreno basáltico.

—¿Sabés? Tengo un problema y necesito tu ayuda —resolvió decir al fin el cohetero.

Ella lo observó con detenimiento, intrigada por el comentario. No respondió nada y aguardó a que él prosiguiera.

—Yo conocía al gringo ese que hallaron enterrado de cabeza. La verdad, no éramos muy amigos, pero sí nos hablábamos, por eso sé que tenía una mujer en Honduras, y sé también que ella estaba preñada de él— Robaina hizo una pausa, fingiendo tratar de acomodarse sobre el cajón, observó a Elvira para asegurarse de que le había creído la mentira—. El asunto es que voy a tener que informarle a la pobre que el gringo está muerto, pero me gustaría averiguar si él le dejó algo que yo pudiera llevarle.

—Yo no tengo tratos con los inquilinos— le respondió ella.

—No dije que los tuvieras, solo pensé que, tal vez, él les dejó algo a cuidar.

—La policía ya hizo la misma pregunta— Elvira se puso de pie con enfado.

Aníbal Robaina entendió que no iba a conseguir nada por ese rumbo. Recorrió con la mirada aquél cuerpo de dualidades irreconciliables: sólido y ágil; pedregoso a ratos, satinado siempre; impenetrable, pero abierto a la conquista.

—¿Y qué les dijiste?

—¡Que yo no sé nada de ese señor; que se fue como vino! —Elvira respondió atropellando las palabras, pegándoles dentelladas de enojo. Avanzó hacia la salida de la tienda, sin voltear hacia el cohetero.

—¿Qué hacés?

—Me voy, ya vi lo que venía a ver... y usted ya me enseñó lo que me iba a enseñar.

Aníbal se mantuvo inmóvil, sentado sobre el cajón. El deseo volvió a tomar el lugar del deber y la batalla interior se reanudó, pero esta vez, Aníbal Robaina estaba dispuesto a dejarse vencer.

—Esperá...

—¿Más preguntas? No, gracias.

—No, tené paciencia, sólo quiero enseñarte algo...

Urtecho extrajo cinco de las seis balas del revólver, hizo girar el tambor varias veces y, con un movimiento ágil de su muñeca, montó de nuevo el arma. Atado por el pavor, Urrutia lo observó desde el otro extremo de la habitación.

—¿Alguna vez jugaste la ruleta rusa? —preguntó el ministro del interior.

El licenciado no contestó, su cuerpo era presa de incontrolables temblores. Tenía los ojos rojos, desorbitados y el sudor chorreaba de cada uno de sus poros.

—¿Te comió la lengua el gato? —la voz de Urtecho era un puñal en las sienes de Urrutia—. Mirame, así se juega... monto el revólver, pongo el cañón pegadito a tu sien y halo el gatillo así...

El golpe del percutor sonó seco y aterrador en los oídos de Urrutia. No hubo explosión, ni piel desagarrada o huesos astillados, la sangre no corrió a lo largo de su cara y los sesos no le salieron volando en todas direcciones, sin embargo, la vejiga lo traicionó con descaro y un pequeño charco de orines se formó a sus pies.

—Te measte, cabrón —se burló Urtecho.

El licenciado Sansón Urrutia no pudo sostenerse más y se desparramó bajo una tormenta de lágrimas. Urtecho lo observó con sarcasmo mientras ponía a girar de nuevo el tambor del arma.

Cuando terminó de dar vueltas, tomó una silla y se sentó frente a él.

—No tengo tiempo para estarte esperando. Decime ¿qué es lo que planea hacer Machuca?

Urrutia lo quedó viendo con una mirada indefinida entre el terror y el odio, las palabras en su garganta eran una manada de corceles salvajes.

—¡Usted está loco, fuera de control!

Sin decir nada, Urtecho se levantó de la silla y le puso el cañón del arma sobre la frente, haló el gatillo… la bala no salió. El licenciado cayó hacia atrás entre convulsiones. Urtecho lo sentó de un tirón, sin contemplaciones, tomándolo por las solapas.

—¡Vos no te me morís ahorita, pendejo! —escupió las palabras con rabia.

El ministro dejó que el prisionero recuperara el aliento. Durante el instante de tregua encendió el vigésimo quinto cigarrillo del día. Aspiró con placer la amarga combinación de alquitrán y nicotina. Dejó que la nubecilla de tabaco lo condujera fuera de aquél claustrofóbico espacio, lejos, muy lejos, hasta Miami, junto a su negra caliente, solos los dos, con olor a sal y brisa marina, empapados de cantos de sirenas, dichosos bajo una lluvia de perlas celestiales. La vida que él merecía y que no podía alcanzar por culpa de todos aquellos desgraciados conspiradores que lo ataban a aquel hoyo de enredos y disparates. Arrojó con rabia, lejos de sí, el pitillo, y caminó airado en dirección a su presa. Le colocó el cañón bajo la barbilla e hizo hacia atrás el percutor.

—¡Esta puede ser tu última oportunidad! —masculló Urtecho.

—¡Lo va a matar! ¡Lo va a matar! —gritó el licenciado.

Urtecho sonrió satisfecho. Volvió a colocar el percutor en su posición original y retiró el cañón del rostro sudoroso de Urrutia.

—Ya, calmate. Ahora sos amigo mío otra vez —le dijo con voz delicada—, pero antes de irte tenés que decirme cuáles son los planes de Mendoza Menocal.

El licenciado paró su llanto. Alzando la vista, sacó de la profundidad de su ser el valor para ver a los ojos de su torturador.

—¿No se cansa, Urtecho? —preguntó con una voz menos chillona.

—Porque estoy cansado quiero acabar luego con esta pendejada —le respondió.

Entonces, el espíritu de Urrutia dejó la pelea y prefirió descansar, acomodado en su rol de traidor.

—Insiste en la alianza con Humboldt y Pastor...

—Eso no es nuevo ¿Cómo piensa convencerlos?

—¡No lo sé! —gimió el licenciado—. ¡Sospecha de todos, no quiere hablar! Está así desde que usted mandó a matar a Bertrand.

—Yo no di esa orden —replicó Urtecho.

—Eso dice él —añadió Urrutia.

—¿Quién? ¿Mendoza?

Sansón asintió mientras Urtecho encendía otro cigarrillo.

—No cabe duda que es despierto el muchacho —comentó el ministro del interior—. Ahora decime, el teniente salió hacia el sur ¿para qué?

Por un segundo, el silencio llenó todo el espacio de la habitación y parecía querer instalarse allí, pero Urtecho hizo como si se dispusiera a girar de nuevo el tambor del revólver y Urrutia comenzó a hablar.

—Va a liberar a un reo de La Margarita.

La sorpresa enmudeció al interrogador. Su mente de calculista buscaba la conexión entre el prisionero de La Margarita y toda aquella endemoniada conspiración.

—¡Lo van a usar contra el Generalísimo, para matar al caudillo! —adivinó el ministro y, sin esperar a que el detenido le confirmara su teoría continuó—, pero Mendoza es lo suficientemente astuto para saber que yo me enteraría de sus planes... no, él va a hacer algo más.

Urrutia lo observó con temor, viéndole hablar solo mientras analizaba sus estrategias.

—¡Ese fulano, quien quiera que sea, es el señuelo!

Urtecho se sintió a gusto con el reto, Mendoza Menocal le proponía una partida interesante y él estaba dispuesto a jugarla. Se trataba de descubrir cuál era la pieza con la que el teniente pretendía darle el jaque.

—¿Sabés? —el ministro volteó hacia donde estaba Sansón, una sonrisa cálida cruzaba su rostro—. Ya días no me sentía tan bien...

—El amor es la sustancia que mantiene unida a la pareja cuando la pasión mengua —le respondió Amado Montes de Oca. Se lo dijo sin pompa, con sencillez, más como un matemático demostrando la solución de una integral, sin embargo, esa fue la frase que hizo que entre él y Clara Ocaña segregaran ese elemento del cual hablaba y que terminaría por unirlos más allá de la carne y del tiempo.

Clara, por su parte, guardó silencio. Caminó hacia la fuente y se sentó sobre el borde. La superficie era un espejo negro que reflejaba la brillante esfera lunar. Amado permaneció de pie, junto al mango, admirándola.

—¿Qué ha venido a buscar aquí, Amado Montes de Oca? —la voz de Clara se escuchaba más tintineante que en otras ocasiones.

—El trazo geográfico del País —contestó Amado.

—Eso debería estar casi concluido —dijo la mujer.

—No es tan sencillo como pareciera —se defendió él.

—Le voy a tomar la palabra... ¿Y qué hará una vez que termine?

—Entregarlo, cobrar mi dinero y afincarme en Santa Ana —le dijo Amado con una sonrisa.

Clara lo miró sorprendida, tratando sin éxito de ocultar su agrado ante la idea.

—Creo que este es un buen lugar para vivir, es un sitio muy prometedor —explicó el cartógrafo—. Pero no es ese el tema del que hablábamos, doña Clara —apuntó.

—No, no lo es, preferí darle un giro a la conversación —le aclaró ella.

—¿Y puedo preguntar por qué?

—Eso es cosa mía —lo reprendió coqueteando—. El amor es un

tema muy escabroso.

—¿Rehúye los riesgos? —la intrépida pregunta de Montes de Oca la sacó de balance.

—No los rehúyo —respondió la Clara—. Los calculo para analizar si vale la pena tomarlos.

—¿Y no es el amor un riesgo que vale la pena tomar?

—No siempre. A veces es mejor dejarlo pasar.

—¿De veras? ¿Cuándo, por ejemplo? —La azuzó Amado.

—Cuando puede costar la vida —la respuesta lanzó una bomba de silencio en medio de la conversación.

—Veo que usted ha llegado a amar muy profundo —volvió al ataque Amado.

—¿Lo adivina, o lo asegura? —Eludió la pregunta Clara.

—Me gustan sus respuestas —el sarcasmo le dejó a Montes de Oca un sabor a limones con miel—. Ha sido un día agitado —comentó cambiando el curso de la conversación.

—Un día trágico, diría yo —apuntó ella.

—Tiene razón, las elecciones han sido una farsa lamentable.

—Usted sólo piensa en política, Don Amado; no me refería a la tragedia electoral, hablaba de esa pobre gente que volcó en el camión.

—Es penoso, pero ¿sabe? —trató de reivindicarse Amado—. Lo que pasó ahí también está relacionado con la corrupción política. Los llevaban como ganado, por un plato de comida y un trago de guaro. Los que gobiernan se han creído sus propias mentiras y hacen cualquier cosa para hacerlas pasar por verdades.

Clara no respondió, se limitó a observarlo fijo.

—¿Cuándo va a revelar lo que oculta? —la pregunta de Clara desconcertó a Montes de Oca, obligándolo a guardar un breve silencio.

—Tal vez cuando usted también me muestre lo que guarda— respondió él.

INFORME CCMI-MAY2852-00345

CLASIFICACIÓN A1 / CONFIDENCIAL

EXCLUSIVO PARA 101-MI-000111

REPORTA 101-E2-005674

1. Hecho: Reunión grupo sedicioso en la residensia del Dr. Abelardo Machuca, estando presentes en dicha residensia los sospechosos: General DEM Francisco Asfura Handal, Coronel Lucio Gómez Prieto, Teniente Joaquín Mendoza Menocal y Doctor Abelardo Machuca Castillo. Faltantes: Capitán Salustino López Cantarero y Licenciado Sansón Urrutia Puerto.

2. Hecho: los susodichos presentes llegaron al sitio aproximadamente a la misma hora: 011500. Todos provenientes de la reunion de celebración de día de elecciones.

3. Hecho: Dada la ausensia del Licenciado Urrutia, los presentes procedieron a contar chistes soeces sobre el susodicho, poniendo en entredicho su hombria, declarando que lo consideraban sospechoso de gustar de actos sodomitas.

4. Hecho: Una vez reunidos en el salón privado de la tal residensia, los implicados comentaban la extraña actitud del Señor Ministro del Interior, quien celosamente impedía el acceso hasta el Generalísimo Don Marco Augusto Zelaya y Ferrer y dispuso su temprana partida a su residensia de retiro.

5. Hecho: Concluidas las referencias al asunto, el Teniente Mendoza apuró a los susodichos para que discutieran los asuntos pendientes por lo cual dieron inicio a la conversasión. El susodicho Teniente Mendoza los apuró a que tomaran una decisión sobre el asunto de los grupos insurgentes, sobre todo, lo que iban a hacer para convenser al directorio del ARL de mantener la alianza para derrocar al Generalísimo Don Marco Augusto Zelaya y Ferrer. El Doctor Machuca se mostró molesto diciendo que ya habían aceptado que se establecería contacto con ellos, que de todos modos era responsabilidad del Teniente Mendoza y que él se lavaba las manos de ese plan de liberar a un reo de La Margarita. El

Teniente insistió en su punto alegando que lo que debían discutir era el asunto del dinero para financiar la operación. El Doctor Machuca volvió a tomar la palabra para decir que ya había invertido mucha plata en aquel asunto y que no se había visto nada concreto y que ya estaba empezando a sospechar que probablemente ese dinero estaba yendo a parar a otro lado. El Teniente Mendoza no se contuvo y se quiso ir a los golpes con el Doctor, pero los demás presentes se pusieron en medio para evitar la pelea. El General Asfura protestó indignado por la injuriosa insinuación del Doctor, haciendole ver que era lamentable que siendo un militar en retiro y conociendo la honorabilidad de los que integraban las filas del alto mando, hiciera esa insinuación que denigraba a toda la hermandad castrense. Al verlo tan enojado y dispuesto también a propinarle una bofetada, el Doctor recobró el buen juicio pidiendo mil disculpas, reconosiendo que había sido un comentario lamentable e injusto y que lo había hecho porque estaba nervioso y disgustado , pero que contaran con él y con todo su apoyo para que todo resultara bien. Debido a esa situación, todos prefirieron terminar la reunión y despues de acordar lo del asunto del monto del dinero que sería de P. 25,500 (veinticinco mil quinientos pesos exactos) los cuales se le entregarían al General Asfura, debido a que el Teniente Mendoza se negó rotundamente a volver a tocar los fondos del grupo, los presentes abandonaron la residensia.

6. Conclusión: Sigue en pie el plan de contactar a los insurgentes del sur.

7. Conclusión: Sigue en pie el plan de liberar a un reo de La Margarita.

8. Conclusión: El contrabando de armas en el sur sigue sin aparecer.

FIN DEL INFORME
CC: ARCHIVO SECRETO MI
QAP 101-E2-005674

—Decile a este pendejo que aprenda a escribir —ordenó Urtecho después de hojear el documento.

El guardaespaldas se mantuvo de pie frente a él, esperando una nueva orden. Urtecho no dijo nada, se limitó a encender otro cigarrillo, el undécimo de la tarde, y se dejó envolver por una nube de tabaco. Se llevó una mano a la sien y se mantuvo pensativo durante largo rato.

—Mañana vas a mandar a Padillita y a Carrasco al Estado Mayor. Ya va siendo hora que hable con Asfura. Que lo vigilen y cuando termine de almorzar me lo traen. Te recuerdo —le dijo al guardaespaldas haciendo hincapié en cada palabra—, cuando termine de almorzar, no antes. Sin brutalidad, de buenas maneras.

La rabia le venía mordiendo los tobillos a Elvira, estorbándole cada paso hasta llegar a la casa. No podía soportar dos frustraciones seguidas: Halloran y Aníbal. El cohetero se había burlado de ella con descaro. Cuando la llamó, estaba segura de tenerlo al fin sometido a su voluntad, sobre todo cuando la estrechó contra su pecho desnudo, devorándola con un beso tempestuoso, que la despojó sin miramientos de toda calma y le soltó las llamas de su cabello. Ella sintió decenas, centenares, miles de libélulas posándose con las alas batientes sobre su piel, tratando de metérsele por cada poro, invadiéndola, despertando los terremotos que dormían bajo las fibras de su cuerpo, y en el momento de mayor estremecimiento, cuando él la enrolló por la cintura con su enorme brazo y la alzó en el aire, en un acto de incomprensible locura, frenando con brutalidad aquella desbocada corriente de sensaciones, la colocó boca abajo sobre sus piernas y le dio tres fuertes nalgadas que le espantaron todas las libélulas del cuerpo. La mandó a que se pusiera la blusa, con la reprimenda de que una jovencita no tenía que andarse metiendo sola en el cuarto de un hombre y la despachó a su casa, advirtiéndole que no se acercara más al campamento.

Aquello le había convertido la sangre en un caldo burbujeante y eso, sumado a la historia de que Halloran tenía una mujer preñada en Honduras, la tenía al borde de un ataque.

Recordó cada una de las mentiras del norteamericano; antes habían sido como una luz que la llenaban de esperanza, pero al darse cuenta de lo que Aníbal le había dicho, se dijo a sí misma que estaba bien que el chele mentiroso acabara abierto en canal y enterrado de cabeza. Todos los hombres merecían igual muerte, no había uno solo confiable, estaban hechos del mismo barro, y la misma fruta de pecado y engaño se les había atascado en el cogote a cada uno de ellos; sí, eso era aquella protuberancia horrible que les brotaba del cuello, a la que llamaban manzana de Adán, era la bolsita de los embustes, el depósito de sus palabras de perdición. Halloran era un vividor, Aníbal lo mismo, si la rechazaba es porque había algún engaño mayor que debía ocultar. También Montes de Oca era una copia exacta de todos los demás, detrás de su falsa castidad existía el mismo deseo primal, los instintos de la bestia, la baba de la alimaña. A todos los iba a deshacer, los convertiría en abono, en bosta de vaca, en festín de moscas y gusanos.

En ese momento, al darse cuenta de todo ello, Elvira comprendió la verdadera dimensión de Clara. La imagen de la señorita Ocaña creció de súbito en su conciencia. Ahora comprendía a la perfección lo que ella quería decir cuando hablaba que lo único que ellos deseaban era atravesarla con su despiadada lanza y partirla en dos, pisotearle los sentimientos, chuparle la inocencia y escupir su alma sobre el fango de sus deseos brutales. El hombre era una bestia que debía ser domada. Ellos no la miraban como ser humano, la miraban como cosa, una estrecha y húmeda vagina diseñada para calmarles el ardor y elevarles el ego de machos todopoderosos, un agujero de placer que debía abrirse a sus órdenes y permanecer sellado, cosido con alambre, cuando ellos no lo estuvieran usando. Entonces, compartió el mismo odio, la misma rabia acumulada en su inconsciente colectivo, heredado de millares y millares de generaciones de mujeres mutiladas por el egoísmo y la soberbia del semental; hembras eunucas con deseos castrados, mariposas discapacitadas con alas de sueños mancos. Pero le estaba bien conocer, aunque fuera de aquella forma grosera, su lugar en el mundo; no sería más la libélula díscola, ahora era la ira de Dios.

Si bien Valentín Toro era una montaña en apariencia inconmovible, la verdad era que su organismo traicionaba su fingida impenetrabilidad, delatándolo con un vergonzoso y maligno herpes que se abría en supurante flor sobre sus labios siempre que las tensiones se acumulaban sobre él. La primera vez que aparecieron las llagas fue el día en que Vargas comenzó a chantajearlo, había sido un momento horripilante, recordó el juez, cuando al llegar a casa, su esposa le hizo notar que tenía algo extraño sobre el labio. Lo primero que pensó fue en una enfermedad venérea. Estaba asustado, no tenía a quién recurrir ni dónde buscar alivio; hacerlo significaría el suicidio social. No podía acercarse a su esposa, ni mucho menos a sus hijos, contagiarlos acabaría por destruirlo. Así que se inventó un catarro y se recluyó en el dormitorio. Se levantaba a cada instante de la cama para revisarse en el espejo, con la angustiosa esperanza de ver desaparecer la lesión por arte de magia. Pasó una semana antes que la llaga se desvaneciera.

Cuando por fin el juez salió de su encierro, buscó al doctor Rojas y con cualquier excusa, como si fuera parte de una plática irrelevante, lo indujo a que le explicara las causas del herpes. Mucho lo consoló saber que el mal también podía tener un origen nervioso, sobre todo en aquellas personas que eran muy dadas a ocultar las pasiones que los atormentaban.

Así fue como, la segunda vez que le apareció la pústula blanca, siempre tras una discusión con el chantajista de Vargas, se lo tomó con más calma que la vez anterior y soportó con paciencia el tiempo de reclusión requerido para evitar las miradas sospechosas y las preguntas impertinentes. Después que el vendedor ambulante apareció crucificado sobre el ceibo del parque, el juez Toro se creyó libre de volver a sufrir la escandalosa enfermedad; sin embargo, la visita del gobernador, el día de elecciones, le desgarró esa ilusión. El disparo de alarma lo estremeció después de la cena, cuando su hijo mayor se le acercó con curiosidad y le dijo:

—¡Papá, te está saliendo una espinilla sobre la boca!

El juez fingió no hacer caso a la observación del chico, pero, en cuanto pudo, se fue al espejo para comprobar que una vez más era víctima de la maldición de Gabriel Vargas. El herpes había llegado en un momento inoportuno, no pudo asistir a los actos de la Celebración de la Democracia en el Palacio Municipal, tuvo que redactar decenas de excusas para justificar su ausencia de todos los eventos públicos a los que solían invitarlo y, para colmo de males, le fue imposible conciliar el sueño, arropado con el frío manto del miedo, temiendo que el gobernador llegara a averiguar demasiado sobre su relación con el desgraciado de Vargas. Fue ahí cuando el plan comenzó a reptar por su cerebro; sabía que el más interesado en resolver los asesinatos de Santa Ana era Carlomagno Obregón. Entonces, la solución apareció diáfana ante sus ojos: eliminar al fisgón y enterrar de una vez el asunto, tres metros bajo tierra. La cuestión era cómo hacerlo; sería mejor que pareciera una muerte relacionada con la edad del gobernador y no con la investigación, así se desviaría toda pista hacia el cenagal del olvido. El problema era la salud del viejo, no había enfermedad alguna capaz de penetrarle el cuerpo. Era un hombre bastante fuerte para su edad, la leyenda de su extraordinario vigor sexual era bien conocida en todas las provincias del sur, así como su frenético ritmo de trabajo. Liquidarlo sin despertar sospechas requeriría de mucho ingenio.

Algo más que tenía indeciso a Valentín Toro era tomar la determinación de involucrar o no a Bautista, sabía que el negro era leal, pero también torpe y podría echarlo todo a perder. Había muchos planes por analizar, en eso ocuparía los días en que tendría que permanecer inmovilizado por aquel inoportuno herpes, a lo mejor no le había caído tan mal después de todo, porque ese tiempo era el adecuado para elaborar una maquinaria precisa que diera por producto la desaparición de todos los escollos en su vida.

Tratar con Machuca era una operación de cirugía mayor. Después de López y Mendoza, era el más hábil conspirador, mejor incluso que Asfura y Bertrand. Mientras los militares creían tener bajo su dominio a los civiles, Machuca ya tenía todo listo para cortarles la cabeza. Urtecho lo sabía muy bien. No eran en balde las reuniones del doctor con Gamoneda y Urrutia, incluso, estaba convencido de que el mismo Machuca había empujado a Urrutia a entrevistarse con el secretario de la embajada norteamericana. Era un sedicioso nato, un alacrán peligroso con una desmedida hambre de poder. No se había atrevido a clavar el aguijón antes porque sabía que, en el juego de las conspiraciones, era mejor que otro mostrara sus cartas antes que él, así fue como los cándidos militares cayeron en su poder. Pero Urtecho ya lo había estudiado muy bien, conocía a profundidad sus debilidades y sus artimañas y comprendía a cabalidad el mecanismo que lo impulsaba hacia el festín del Gobierno. Sabía que encontraría cierta oposición inicial, como de hecho ocurrió, y que haría valer ante el ministro su propia cuota de poder económico y político en el País, para eso Urtecho le había preparado un par de sorpresas tomando en cuenta que Machuca desconocía que él no tenía ya más nada que perder y que, por tanto, podía lanzarse sin temor a realizar cualquier barbaridad. El plan de Urtecho era simple, quebrantar el ánimo combativo del doctor, lanzarle un cañonazo de verdades a la cara y no darle margen de maniobra. Comenzó por mandarlo a detener justo durante un almuerzo de negocios con los miembros del Consejo de la Empresa Privada, calculó que, con tal de evitar el escándalo, el doctor acompañaría a los agentes sin oponer resistencia. Urtecho estaba consciente de la angustia que le provocaría verse conducido de aquella manera, al igual que muchos otros que jamás habían regresado, eso lo molería lo suficiente para rebajarle la espuma de la furia. De paso mandó que le dieran unas cuantas vueltas por los suburbios de la ciudad para ablandarlo más. Cuando por fin lo llevaron a su presencia, en una de las casas de seguridad que el Ministerio tenía distribuidas por Ciudad Capital, el temple del doctor había sido desmoronado, así que, cuando Urtecho comenzó a hablarle, lo único que aguardaba Machuca era clemencia o un tiro en la nuca.

—No te voy a matar —fueron las primeras palabras del ministro—, ni te voy a torturar para que me digás lo que yo ya sé. Te voy a dar la oportunidad de ayudarme —Urtecho supo que el doctor estaba en sus manos cuando vio la reacción de alivio en su rostro—. ¿Cómo putas se pusieron a creer ustedes que yo no me iba a enterar? ¿En qué mundo viven? ¿Se les olvidó que tengo oídos en todas partes, que de cada cinco personas en este país de pendejos, tres son mis delatores? Pero eso no importa ya, los tengo bien cogidos... a todos. Ahora escuchame, te tengo una sorpresa...

Los ojos del doctor se clavaron en él, anhelantes, buscando la luz de la misericordia.

—Yo también quiero que se revienten al Generalísimo, de hecho, es una prioridad de Estado que lo hagan —Urtecho analizó cada gesto sobre el rostro de Machuca—. En lo que no estamos de acuerdo es en el afán que tienen ustedes por meter a los comunistas en esta vaina.

—¡Yo tampoco estuve de acuerdo! —se apresuró a decir Machuca—. ¿Pero cómo iba a saber que usted también estaba a favor del golpe?

—No lo estoy —la frase fue una bofetada para el doctor—, sin embargo las circunstancias me han obligado a verlo como la única salida lógica al enredo que tenemos en este país.

La desconfianza se volvió más evidente sobre el rostro de Abelardo Machuca.

—¿Si es así, por qué no nos pusimos de acuerdo antes? —se atrevió a preguntar el detenido.

—¡Aquí quien hace las preguntas soy yo! —le gritó Urtecho en un súbito arranque de furia—. ¡Yo hago las cosas en mi tiempo y como se me antojen, oíste, no lo olvidés! —el exabrupto le sirvió al ministro para mantener intimidado a su prisionero—. Te decía que lo que no me gusta es tener a los ñángaras metidos en este negocio. El nuevo Gobierno va a necesitar apoyo de otros países, en especial de los gringos, y ellos no nos van a ayudar ni mierda si huelen que tenemos ñángaras entre nosotros, así que tenés que evitar que sigan haciendo planes con ellos.

—Yo ya hice eso y no me escucharon —le respondió Machuca—, hábleles usted.

—Son pocos los que todavía quedan por convencer —admitió Urtecho—. Ya me haré cargo, vos guardá silencio, no les entregués la plata y dedicate a oponerte a esa alianza, así todos vamos a tener lo que queremos y nadie va a morir, ¿entendés?

Machuca no respondió, tan sólo asintió mientras respiraba con alivio. Urtecho tomó su sombrero y avanzó hacia la salida.

—¿Por qué está jugando al gato y al ratón? —se atrevió a preguntar el doctor.

—No estoy jugando —respondió el ministro.

—¿Entonces por qué no nos ha mandado a matar?

—Porque no me interesa hacerlo. Quiero que triunfen... pero bajo mis términos.

—Es difícil creerle.

—Eso no me importa. ¡Ah! Una cosa más —Urtecho sabía que no podía irse sin disparar el tiro de gracia—. Tené cuidado con Gamoneda. No sigás buscando matones baratos, yo te voy a ayudar.

Cuca desafinaba en cada nota. Era un desconcierto total, la viva incapacidad de acomodar las cuerdas vocales a la partitura, no importaba la tonalidad en que le pusieran la música o la sencillez de la melodía, tenía tanto oído como un pedazo de corcho. Sin embargo, para Serafín Gallo, oírla era como estar escuchando los coros angélicos en toda su plenitud. El Do de pecho era su favorito pues hacía lucir aún más esplendoroso el perturbador escote de Cuca; la abigarrada sucesión de corcheas y fusas desaparecía ante la exuberante belleza de aquel par de alocados senos. Mientras el resto del mundo sufría el agónico quejido de la extraviada sirena, él se sumergía en la mística visión de aquellos dos querubines lácteos, soñaba nadar entre sus graciosas pecas, deslizarse en medio de su hendidura de amor, regodearse en las blancas mieles de sus panales arrulladores para despeñarse en los abismos profundos de los gozos de la carne. Inspirado por la gracia de aquellos melones bailarines, Serafín fue presa de una pasión irrefrenable que poseía sus dedos; el sacristán tocaba el viejo órgano de viento como nadie antes que él lo había hecho.

Y es que desde que Cuca mencionó su deseo de formar el coro parroquial, Serafín se dedicó a ensayar, con arrebatada entrega, la música que luego ejecutaría para acompañar a su amada. Tanto se afanó por su musa, que descuidó sus obligaciones en la iglesia. Las arañas comenzaron a invadir los rincones con sus intrincadas redes, el polvo cubrió con descaro las venerables cabezas de los santos y los incontrolables jates se dieron el gran festín con las hostias. Por fortuna para él, el padre Occhiena ya no se percataba de esas cosas, tanto que jamás se dio cuenta que unas palomas habían hecho nido en el regazo de la Santísima Piedad. Así que mientras las plagas devoraban la casa de Dios, el cuidador se ocupaba en revolver antiguos arcones y carcomidas cajas en busca de partituras de música sacra, para ponerlas a merced de su enamorada.

Otro apuro de Serafín fue el de conseguir un sustituto que le permitiera tocar el órgano durante la misa, los chicos de Santa Ana no eran muy devotos que se diga, así que el sacristán tuvo que recurrir a todas sus artimañas para lograr convencer al coronel Carlomagno que le prestara a José Antonio. El viejo le tenía alergia a los curas y se opuso a la idea, pero, después de interminables visitas a la pulpería del gobernador, Serafín lo convenció diciéndole que era en beneficio del desarrollo cultural de Santa Ana.

No obstante, los obstáculos no acabaron allí, José Antonio tampoco quería participar, así que el sacristán lo tuvo que sobornar para que aceptara, prometiéndole que lo dejaría ver a las muchachas en los ensayos del coro. Una vez superado el escollo, Serafín se entregó por completo a la música. Fue la época más feliz de su vida, rodeado de tanta sensualidad, inmerso en las desentonadas notas y soñando con el amor de Cuca, colgado en un sentimiento que al principio sólo era eso, puro sueño, absoluta ilusión, platónica entrega, pues, aunque en Santa Ana era bien conocida la fama de lépero y mujeriego del sacristán, éste no se atrevió a proponerle nada a su sirena, a pesar de saber que ella a diario recibía más hombres que un urinario de estanco.

Cuando por fin llegó el domingo del debut del coro, sólo quedaban tres valientes cantantes, Cuca, Malena y Meches; a pesar de que el grupo sonaba como un par de ángeles acompañados por un diablo sufriendo tortura, el padre Occhiena, que era medio sordo, no reparó en eso, y más bien tuvo por buena señal el ver a tanto hombre congregado en la iglesia.

Serafín estaba en la gloria al ver a su amada cantando y habría estado dispuesto a continuar tocando a su lado, bastándole la simple satisfacción de seguir contemplándola, si no hubiese sido por José Antonio, quien harto de tanta bobería le abrió los ojos diciéndole:

—¡Ah no, Serafín! ¡Si no se la coge ya, se la coge otro!

Estremecido por la certidumbre de aquellas palabras y convencido de ellas, el sacristán no dio tiempo a que la sentencia se cumpliera y ese mismo día, sin mediar palabra alguna, Serafín metió a su amada Cuca en el confesionario, allí, envueltos por el eco reminiscente de los pecados privados de Santa Ana, le afinó la voz a punta de febriles embates de pasión, mientras la extasiada meretriz, con los calzones enredados en los tobillos y los pechos liberados de la atadura del escote, con los pezones apuntando de manera impune hacia el cielo, le juraba que lo amaría por siempre. Desde ese momento de fuegos desencadenados y fulgores revoloteando, se comenzó a fraguar la fuga del sacristán con la hetaira, lo cual le salvaría la vida a Amado Montes de Oca.

Urtecho se reclinó sobre la silla, frente a su escritorio, echó hacia atrás la cabeza y lanzó un suspiro de alivio. Se llevó la mano hacia el bolsillo de su americana y extrajo el paquete de cigarrillos, tomó uno pero, contrario a su habitual costumbre, no se lo llevó a la boca; lo observó mientras lo sostenía entre sus dedos, sonrió complacido y volvió a meter el tabaco en la cajetilla, la cual lanzó sobre el escritorio, cruzó las manos sobre su nuca y cerró los ojos. Ahora estaba más cerca que nunca de su amada negra, podía oler su aroma de margaritas y paladear el sabor salobre de su piel. Aún le quedaban unos veinte minutos antes que apareciera el Tenampa, así que resolvió tomar una siesta y caminó hacia el diván, al fondo del despacho. Al recostarse, pudo sentir el absoluto goce que le producía el alivio de tantas preocupaciones. Su plan estaba ya casi completo, sólo le faltaba esperar; la única piedra en el zapato eran las armas de Santa Ana.

A pesar de que Aníbal Robaina tenía bien identificado al agente de los conspiradores, aún no había logrado dar con el paradero de los pertrechos. No obstante ese inconveniente, casi todos los involucrados en el complot estaban en sus manos, el único al que no había intentado doblegar era a Mendoza Menocal, sabía que era inútil, el teniente habría preferido morir antes de entregársele, así que no se complicaría más con él, lo iba a liquidar y punto.

Luego estaba el asunto de Elías Humboldt, ese era harina de otro costal, sacarlo del juego no era tan fácil y aún sin armas, representaba un serio peligro para sus planes... pero el Tenampa ya venía en camino con la respuesta así que podía sentirse tranquilo. Le hacía mucha falta dormir... soñar... soñar con Miriam Grant y su risa de alboroto, sus pechos de algarabía y su cascada de cabellos negros y ensortijados.

Sin saber cómo ni por qué, se le vino a la mente el capitán López y recordó que ese era un eslabón en el cual no había pensado, seguía escondido sin que nadie pudiera dar con él, nunca lo había considerado un peligro relevante, pero el no saber qué intenciones tenía, ni dónde estaba ubicado, lo volvían un elemento inestable en aquel compuesto de maquinaciones; sin embargo, por el momento prefirió no darle más importancia: todo estaba en el lugar que él había dispuesto, en el perfecto orden que había trazado, sólo restaba esperar al 14 de julio.

De nuevo volvió su mente hacia Miami, aún no terminaba de decidirse si mantener su doble vida en los Estados Unidos o si se divorciaría de una buena vez para irse a vivir con Miriam. Estimó que por los momentos le seguía resultando conveniente seguir con su familia; tal vez cuando los chicos por fin se independizaran, quizás cuando no hubiera más anclaje entre él y su esposa, podría navegar a toda vela hacia el océano abierto de Miriam Grant.

Estaba consciente que los gringos no lo dejarían en paz durante los primeros años, lo utilizarían como manual de operaciones contra el comunismo en Centroamérica hasta extraerle la última línea de información, pero no le importaba pagar ese precio por un retiro pacífico y tibio, en medio de los pechos de su negra ardorosa.

Algo que sí iba a extrañar de este «hoyo de mierda», como solía decir, eran las ciruelas, su delicioso sabor entre ácido y dulce, sobre todo, las que solía regalarle el Generalísimo, pero eso era otro asunto, ahora podía descansar y olvidarse de seguir sosteniendo aquel mundo en avalancha.

Abrió los ojos al escuchar los golpes en la puerta, quiso no tener que levantarse, pero sabía que era necesario hacerlo. Una última entrevista, un último arreglo que le permitiera jugar con las piezas a su favor, y lo demás estaba listo. Vio el reloj, eran las dos de la madrugada, calculó que sólo ocuparía una hora para llegar a un arreglo, después se iría por fin a descansar al hotel, bien le hacía falta una cama suave y una taza de té.

Volvieron a llamar, él por fin decidió ponerse en pie. Sus pasos sonaban lejanos en la inmensa soledad del despacho mientras caminaba hacia la puerta. Quitó la llave de la cerradura y corrió el pestillo para dejar pasar a sus invitados. Envuelto en la penumbra y custodiado por el Tenampa, entró el comandante del Frente de Restauración Nacional, Marcos Pastor.

—Usted es un descabellado —murmuró Pastor a manera de saludo—, pero creo que yo lo soy mucho más por haber aceptado venir.

—Esta reunión es en beneficio de ambos —le sonrió Urtecho—, ya verá cómo se vuelve provechosa a medida que hablemos.

JULIO...

A medida que pasaban los días, Elías Humboldt iba creyendo menos en el plan del teniente Mendoza. Observaba con preocupación que Rodas tardaba más tiempo del previsto en asimilar aquella avalancha de realidad que se le había venido encima. Su corazón seguía prisionero en la oscura celda de La Margarita.

Trataron por todos los medios de convencerlo de su libertad, pero él se empecinaba en ocultarse, haciéndose un ovillo en los distintos rincones del campamento; temblaba de pánico cada vez que veía un hombre armado, despertaba llorando a mitad de la noche y constantemente se orinaba encima.

Todavía más deplorable que su estado mental era su apariencia física; una desnutrición inmisericorde le había devorado la humanidad, estaba tan demacrado que la nariz y el pellejo le colgaban del puro hueso; la sarna, las ladillas y una costra atormentadora se le adherían con cruel tenacidad, destrozándole la piel. Había perdido todo el cabello y la mitad de los dientes, las uñas se le resquebrajaban con facilidad y apenas podía andar a causa de los voraces hongos que le comían los pies. Lucía un color mortecino, de verdosa palidez, bajo sus ojos pendían gruesas cortinas moradas cuajadas de tristezas, melancolías y esperanzas vejadas por el oprobio de la injusta prisión.

Sin embargo, aun cuando parecía extinguido todo vestigio del ser luminoso que un día llegó a ser, había algo muy peculiar en sus ojos, un ligero destello, un lejano reflejo de una sabiduría preexistente en medio de aquellas ruinas de humanidad, los rescoldos de un antiguo fuego, sublevado e indómito que, a pesar de las inclementes tormentas de la prisión y la tortura, seguía vivo dentro de las oscuras cavernas de aquella mirada desafiante.

Elías descubrió en esa chispa la solución a su dilema: Tenía que encarar a Rodas Baca con el Generalísimo a fin de exorcizarle todos los demonios de la prisión. La temporada política estaba a su favor. Centenares de carteles con la imagen del dictador llenaban las calles de todo el país, así que envió a dos de sus hombre por varias de estas imágenes. Obligó a Rodas a pararse frente a uno de los inmensos rótulos y lo dejó hacer. Al principio, Adrián estaba paralizado frente a la imagen, pero poco a poco le fue perdiendo temor hasta que, de súbito, lanzó un estremecedor alarido y se lanzó sobre ella para hacerla pedazos. La operación fue repitiéndose durante varios días, siempre que Rodas miraba la estática sonrisa de Zelaya, se volvía una fiera y hacía añicos los carteles, hasta que un día ya no reaccionó con ira, tan sólo observó la imagen de aquel hombre uniformado y cubierto de medallas, se acercó a él con una calma desconcertante y se meó encima del rótulo.

Elías supo, entonces, que el arma estaba lista.

—El coronel Obregón es una amenaza —el juez pronunció la frase sabiendo que en realidad estaba dictando una sentencia de muerte. Bautista lo escuchó en silencio, se reclinó sobre la pared, fundiendo la oscuridad de su piel con las sombras que invadían la casucha—. También será mejor no volver aquí, la gente comienza a comentar de los ruidos.

—¿No nos vamos a ver más? —la mirada perruna de Bautista le pareció insoportable a Toro. Caminó unos pasos y le dio la espalda sin responderle—. ¿Eso es lo que quiere, don Valentín?

—No seas pendejo —le respondió sin compasión—, no estoy diciendo eso.

—¿Y al coronel, qué? ¿Lo mato? —preguntó Bautista, más animado.

—¿Qué vas a hacer con él? —Valentín quedó viéndolo fijo.

—Usted sabe... unos cuantos puyones y listo.

—¡Negro estúpido! —Aulló el juez—. ¿Querés meternos en más problemas?

—¡No entiendo, don Valentín!

El juez caminó alrededor de la habitación tratando de calmar su desesperación. Se llevó las manos al rostro y se frotó los ojos. Un pliegue de angustia cruzó su frente mientras una gota de amargura se regaba sobre sus labios.

—El coronel es una amenaza —el juez se detuvo frente a Bautista—, eso no se discute. El problema es que él es una leyenda nacional; si resulta evidente que lo han asesinado se va a desencadenar una persecución implacable ¿Estás entendiendo?

—No soy tan bruto —le reprochó Bautista.

—¡Vale más! —El sarcasmo de Valentín no le pasó desapercibido—. En todo caso, que te quede claro: la muerte del gobernador tiene que parecer natural o, por lo menos, accidental.

Bautista bajó los ojos y se perdió entre la oscuridad de las sombras.

—Yo sé hacer bien lo que hago —contestó.

El rostro de Valentín estaba descompuesto, sabía, desde la muerte de Facussé que las cosas se le habían ido de las manos y que aún faltaba mucho para que la avalancha se detuviera.

—¡Esto de los muertos tiene que terminar! —exclamó.

La voz de Bautista salió entre el velo de sombras para declarar con tenebrosa sencillez:

—Algún día se tiene que acabar...

Como la ola que surge sin aviso, se levantó la huelga; ya no era un fantasma de rumores y susurros, sino un monstruo incontenible.

Tomó por sorpresa a todas las provincias del litoral sur; sacudió el comercio y los servicios públicos de las ciudades y pueblos costeros, atascó las embarcaciones en los puertos y estremeció las fincas bananeras desde sus raíces.

El teniente Flores estaba en vilo, esperando las disposiciones de Ciudad Capital. En aquel momento, él necesitaba algo tan sólido y real como el mandato de sus jefes para asirse a su responsabilidad, pero las únicas órdenes que recibió lo dejaron en suspenso: «Manténgase QAP». QAP, queda al pendiente, inmovilícese, espere hasta que le avisemos. El corazón se le comprimió mientras aguardaba, desmenuzando segundos, entre las encaladas paredes del comando policial de Santa Ana.

El gobernador Obregón estaba contrariado por las noticias, sabía lo que aquello significaba: sangre... sangre de santeños, regada por santeños y todo por culpa y a favor del Gobierno; eso no le gustaba para nada. Además, la huelga se le vino encima cuando estaba por atrapar a uno de los asesinos que con tanto afán había perseguido durante meses. Se le subió la presión, perdió el apetito y el genio se le agrió de tal forma que ya no se le escapaba ningún piropo al ver pasar a las tentadoras santeñas frente a la puerta de su pulpería. Intentó hablar con los líderes de la huelga, pero no halló interlocutores, nadie sabía darle razón de con quién hablar o a quién dirigirse; todos estaban conscientes de lo que hacían y lo que debían seguir haciendo, pero nadie estaba seguro de quién comandaba la huelga.

Para la mayoría de nosotros, el origen de aquel paro fue un misterio durante décadas. Las autoridades estaban en lo correcto al pensar que después de las elecciones y, sobre todo, tras la desaparición de los líderes obreros en el norte del país, no se iban a suscitar más amenazas de insurgencia durante un buen tiempo. Sin embargo, y como por arte de magia, un buen día amaneció organizada y unida la antes polarizada fuerza obrera-popular del litoral sur del País. Con una precisión insólita, las fincas de banano fueron abandonadas y en sus accesos aparecieron barricadas surgidas de la nada, los puertos estaban desiertos, llenos de mercaderías en descomposición y del estupor de los marinos que creían hallarse en un lugar habitado por fantasmas. No había nadie en los billares, ni en las cantinas, incluso el próspero negocio de Rosaura y Pascualito había cerrado sus puertas, quizás por solidaridad, quizás por temor al repudio. Todo estaba en suspenso.

Otro hecho extraño era que el movimiento huelguístico no se había expandido al resto del país. Sus límites comprendían las cuatro provincias marítimas del sur y nada más, el resto de la nación tan sólo observaba asombrada aquella extraña cadena de acontecimientos, inimaginables en otros tiempos. La huelga en el sur, movía resortes que se creían oxidados, metía candela en los rincones más húmedos del alma nacional e hizo temblar sus extremidades en aquella hora decisiva, pero el País estaba demasiado polarizado, tenía putrefacta la unidad, reseco todo sentimiento solidario, cada quien buscaba salvar su propio pellejo y el de los demás no importaba; la emoción jamás llegó a concretarse en acción y, lo único que la gente pudo hacer, fue seguir alimentando su rabia de vasallos mientras observaban con ansiedad hacia el sur.

Pero esa rabia de ellos era el mismo coraje que se volvía denso en las calles de Santa Ana, un sentir que se mezclaba con un manto de tensión y silencio. No obstante, a pesar del éxito que parecía tener el paro, aun cuando todos habían actuado en coordinación para suspender las labores y colocar en vilo al Gobierno, lo insólito era que no había ningún comité de huelga, aquél enorme movimiento parecía no tener cabeza, no se habían presentado demandas a las autoridades, nadie hizo el esperado pronunciamiento, ni siquiera existía la redacción de un pliego conteniendo el manifiesto de los huelguistas, el evento era un hecho sin padres, un impulso huérfano que persistía por la manipulación de alguna oscura fuerza guiada por propósitos ocultos.

En vano esperó el teniente Flores, de nada sirvieron los corretos del gobernador, el alcalde y las demás fuerzas vivas, sencillamente, Santa Ana estaba suspendida en una burbuja de tiempo, inmóvil, silenciosa, bajo un siniestro manto, indescifrable, entre la luz del bien y las sombras del mal.

Durante la inmovilidad del litoral sur, la comunicación entre Aníbal Robaina y Urtecho se volvió más frenética. El uno enviaba mensajes contrariado porque el paro le hacía más difícil la búsqueda de las armas perdidas, el otro respondía impaciente, con amenazantes plazos para cumplir lo demandado hasta que al cohetero le llegó el mensaje definitivo: «Despinte el color rojo. La mercancía ya no importa.» Robaina se sintió aliviado, nunca antes había tenido tantos problemas para cumplir con las órdenes de Urtecho, así que lo mejor era lo que le mandaba a hacer: liquidar a Montes de Oca y salir de aquel insoportable predicamento. Despachar al cartógrafo no presentaba el menor inconveniente, era un aprendiz de conspirador y actuaba con mucho descuido, bastaría con prepararle una emboscada.

Tenía dos opciones: seguirlo hasta que la situación fuera propicia o atraerlo en el momento y al lugar que a Robaina le parecieran adecuados. La segunda alternativa le pareció mejor, daba menos lugar a imprevistos y le permitía tener un mayor control de los eventos. La pregunta era cómo haría para abordarlo, podía ir directo a él y decirle que era urgente que le acompañara para revelarle la ubicación de las armas, pero, aunque Montes de Oca era un inexperto, no iba a ser tan cándido como para confiar en sus palabras de buenas a primeras. Otra opción era utilizar un intermediario, alguien en quien el cartógrafo confiara lo suficiente como para dejarse llevar hacia donde Aníbal quisiera. Eso hacía surgir otra interrogante... ¿quién?

Robaina hizo un rápido repaso de toda la gente con la que Amado Montes de Oca se había relacionado desde su llegada y pronto encontró la única respuesta probable entre las opciones que tenía: Elvira.

—¡Ustedes están locos! —los gritos rodaron furiosos fuera de la boca del teniente —¡Humboldt no va a aceptar más excusas, él quiere las armas ya!

—Humboldt jamás va a tener las armas —la respuesta del doctor Machuca envolvió a Mendoza bajo un manto glacial—. Locos tendríamos que estar para armar la mano que busca tajarnos el cuello.

—¡Hicimos un trato! —insistió el teniente.

—Los tratos se rompen —contestó el doctor con más hielo en la lengua.

—¡Ellos tienen a Rodas Baca, si no les cumplimos, todo se viene abajo!— Mendoza se sintió mareado, le parecía estar viviendo una pesadilla.

—Los planes han cambiado, teniente —las palabras del general Asfura dejaron al teniente mudo de estupor y rabia; el capitán López se lo advirtió, pero jamás llegó a pensar que toda la manzana estaba podrida hasta la semilla.

—¿Entonces, puedo saber cuáles son los planes ahora, mi general? —preguntó Mendoza tratando de mostrar calma.

—Vamos a volar la limosina del Generalísimo. El maldito se va a ir en pedacitos al infierno con todo y su perro, Urtecho —la cavernosa voz de Asfura sonó convencida y todos se veían seguros y anuentes con su respuesta.

El teniente estaba convencido de haber sido traicionado por todos, era el bufón de la corte, el mártir iluso que comprendía hasta el último instante que su sacrifico había sido inútil.

—El capitán López ya había diseñado un plan parecido, pero no quisimos seguirlo porque era peligroso ¿Lo recuerda licenciado Urrutia? —Mendoza midió bien la dosis del veneno que quería inyectarle a los presentes y el resultado fue el esperado: un silencio bochornoso que paralizó la reunión.

—Hemos perfeccionado la idea —respondió al fin, con torpeza, el coronel Lucio Gómez.

—¿Ah, sí? No me lo habían comentado —insistió en acorralarlos el teniente.

—Fue un golpe de suerte —salió al rescate el doctor Machuca—, Urtecho le ha ordenado al general Asfura que coordine la seguridad en el Altar de la Bandera.

—¿De verdad? ¡Ese sí es un golpe de suerte! —le contestó Mendoza, ocultando la rabia que los consumía.

—La oportunidad no podría ser mejor —continuó Machuca—, Asfura mismo, o incluso usted, teniente, podrán colocar la bomba.

—Lo haré yo mismo —intervino Asfura.

—Veo que ya está todo decidido —dijo Mendoza.

—Ya no necesitamos a los ñángaras —retomó su argumento el doctor.

—Para eliminar al Generalísimo, no —aceptó el teniente—, pero ¿cómo vamos a someter la resistencia de las tropas leales a Zelaya?

Otra vez, el silencio se les clavó en la lengua a todos. Urrutia le dio la espalda tratando de restarle importancia, el coronel Gómez Prieto se sirvió otro trago de ron, Machuca se peinó las patillas y Asfura ganó tiempo encendiendo un habano.

—He logrado establecer una red de contactos en las diferentes guarniciones —respondió, por fin, Asfura—. Tenemos gente leal en todos los batallones, no habrá resistencia; todos están cansados de Zelaya y de su Gobierno.

—Suena más fácil hoy que hace unos meses atrás —comentó Mendoza—, que bueno ver que ya no hay temores y que por fin vamos a lograr nuestro objetivo; lo único que resiento es que no me hubieran avisado. Creí que éramos un equipo.

—¡Por favor, teniente! —protestó Urrutia—. Usted ha estado fuera y han habido decisiones apresuradas que tuvimos que tomar, pero ahora le estamos informando de todo. ¡Alégrese, hombre! Vamos a alcanzar nuestro sueño.

—Tiene razón el licenciado —asintió Mendoza—, ahora sólo queda esperar.

El general Asfura le sirvió un whisky al teniente.

—Ahora brindemos porque todo salga según lo planeado —lo invitó Asfura.

—Gracias, mi general —Mendoza tomó el vaso y lo alzó en su mano para brindar mientras observaba a cada uno de los presentes—. ¡Que todo salga según lo planeado... por el bien de este pobre país!

Mientras el teniente tomaba su bebida, un escalofrío indescriptible acompañó al líquido que se deslizó por su garganta.

El coronel Obregón sabía que las casualidades no existían, así que no se tragó el cebo del accidental encuentro con Amado Montes de Oca. El cartógrafo fingía estar levantando un nivel justo en medio de la calle por donde el auto del gobernador tenía que pasar. Lo hizo detenerse con la excusa de que no podía mover los aparatos topográficos. Simuló tomar con rapidez las falsas mediciones y al terminar, aprovechó la despedida para hacerle una pregunta destinada a obligarlo a detenerse por un rato más: «¿Cómo va con la investigación, coronel? ¿Tiene alguna pista?» Era una interrogante estúpida. ¿Qué le importaba a aquel dibujante de líneas imaginarias los avances en la investigación? Sin embargo no lo despachó con una respuesta seca, su intuición se empeñaba en decirle que había algo en Amado Montes de Oca que podría resultarle interesante en la pesquisa.

—Pistas tengo de sobra, lo que me hace falta es tiempo para poder investigarlas.

—Usted y el teniente Flores deben estar bien atareados —comentó Montes de Oca mientras guardaba sus instrumentos en una bolsa de lona.

—El teniente Flores tiene demasiados problemas en la cabeza con la huelga como para meterse a perseguir criminales.

—Creí que perseguir criminales era labor de la policía.

—No en este país, mi amigo, aquí la policía sólo sirve para cuidarle el lomo al Generalísimo —contestó el gobernador.

Montes de Oca se rio de la aguda observación del coronel e hizo como si ya se ponía en camino. Carlomagno sabía que el cartógrafo estaba esperando que le ofreciera un aventón hasta el pueblo, pero se reservó de hacerlo para ver hasta dónde llegaba en su intento por entrometerse en la investigación.

—No dude en llamarme si le puedo ser útil en algo, coronel.

—¿Es usted policía? —le preguntó interesado Carlomagno.

—Oh, no, pero me considero una persona con una aceptable capacidad de análisis y, si está tan agobiado como dice, yo podría ayudarle en algo.

—Don Amado, esto no es un juego —trató de desalentarlo el

coronel—, es una investigación oficial y yo, como autoridad, no puedo permitir que un civil inexperto se involucre.

—Lo lamento —contestó el cartógrafo—, sólo quise ser de utilidad.

—Por otro lado, un par de manos extra en el asunto podrían venirme bien —dijo el coronel—, aunque debo admitir que su comportamiento es extraño.

—¿Extraño? ¿Por qué? —Amado se sintió descubierto y trató de disimularlo.

—¿Cuánta gente conoce usted, tan dispuesta en ayudar a la policía?

—No muchos, supongo —respondió el cartógrafo.

—Supone bien —dijo el gobernador—, pero ya habrá tiempo para que hablemos de eso; ahora, ¿quiere subir? Se hace tarde.

—¿Y el dinero? —preguntó el capitán López con la boca aún llena de carne de pollo— ¿Lo trajo?

—Aquí está —le respondió Mendoza entregándole un fajo de billetes de a veinte pesos—, hay como ciento cincuenta pesos, suficientes para que aguante la semana.

Mendoza sintió lástima por el capitán. Se veía desvalido sin el uniforme, tratando inútilmente de llenar con su endeble cuerpo la enorme montaña de harapos con los que pretendía vestirse.

—¿Qué dicen los otros de mí? —dijo López con su voz de ratón en desgracia.

—No saben qué opinar; unos creen que usted está involucrado, y los otros, que ya debe estar bien muerto.

—Mejor, así me van a dejar en paz —López siguió rebuscando entre las bolsas de comestibles que el teniente le había traído—. ¿Qué han dicho de la alianza?

—Hace unos días lo habían aceptado; ya teníamos listo lo del dinero para comprar más armas...

—¿Y qué ha pasado?

—Se han echado para atrás.

—¿Quiénes? ¿Todos? —López sacó de su boca el hueso que había estado chupando con deleite.

—Incluso los militares, Asfura fue el primero en retirarme el apoyo y Gómez Prieto lo siguió. Ninguno quiere negociar con la guerrilla.

—¡Se lo dije! ¡Estamos infiltrados! —sentenció López alarmado.

—Tal vez tengan razón, quizá no nos hagan falta los guerrilleros.

—¿Está loco, Mendoza? Sin los guerrilleros no tendremos poder suficiente para frenar a los generales arribistas, ni para poner orden aquí cuando se arme el despelote. Además, sirven como contrapeso moral para que no terminemos canibalizándonos. Por otro lado, ya les dimos armas a los del FRN, sería una estupidez echarse en contra a los insurgentes, la mitad de ellos están bien equipados... por nosotros mismos.

—Puede que tenga razón, pero el grupo está decidido: No más contactos con la guerrilla.

—¡Urtecho los tiene a todos bajo control! —aseguró López agitando las manos.

—¿Pero si ya sabe de nosotros, por qué no nos ha destruido?

—Porque Urtecho no es pendejo. Él nos necesita para algún plan que desconocemos y lo único que le estorba es nuestra alianza con la guerrilla.

—¡Si él ya se infiltró no hay nada que podamos hacer!

El capitán lo observó con detenimiento, una chispa feroz brilló en sus ojos.

—Sí, podemos hacer algo —dijo López con determinación—, pero ya sólo quedamos los dos para apoyarnos.

—¡Pero no tenemos logística!

—Todavía nos queda esto —le respondió el capitán, colocándose un dedo sobre la sien.

Clara cerró los ojos. Clara soñó. Clara, la de las mil noches solitarias, se hundió en los abismos de su ser; nadó con fuertes brazadas intentando hallar el palacio de sus sueños, perdido allá, en las más lejanas profundidades de aquel abismo incomprensible de su alma. Clara, la misma de la voz de cuchillo, la que reía como metal afilado, la que no cantaba más que en sus silencios, buscó una música que creía olvidada entre los cachivaches amontonados dentro del viejo armario de sus recuerdos. Esa Clara es la que soñaba. En sus sueños no había pasados, no existían los sables mohosos de furibundos conquistadores, los delirios alcohólicos ni el doloroso murmullo de los fantasmas, tampoco se sufría la angustia de los amores callados, cobardes, incapaces de desnudarse a la luz del día y de entregarse plenos a la caprichosa voluntad del destino. Clara, la Clara que comprendía, hasta ese momento, que la sangre no lava, que la sangre no limpia, porque la sangre y la venganza tan sólo dejaban mancha, huella indisoluble, herida profunda que no cicatrizaba, que no paraba de doler. Ese era el sueño de Clara: que el amor redimía, que el amor diluía la sangre, que el amor borraba el pasado, que el amor curaba. Ahora creía en el amor porque lo sufría. Clara soñó. La misma Clara de las mil solitarias noches. La que cantaba los salmos de las sirenas, los cantos que llevaban a los hombres a su ruina y destrucción, al profundo abismo de un torbellino sin fin.

—¡Gonçalvez Vieira quiere probar sangre! —dijo el gobernador con la voz envuelta en tormentas— ¡Cuando menos lo esperen se les van a venir encima, con todo el batallón, y los van a despanzurrar a todos!

—¿Y qué quiere que yo haga, coronel? ¡Yo no controlo esta vaina! —respondió angustiado el representante de los obreros de la bananera, Atilano Bonilla.

—¿Y quién putas la controla, pues? —le increpó exasperado el viejo gobernador.

—Todos recibimos la misma orden y nadie se va a atrever a contradecirla —la mirada de Atilano delató el miedo que había en él.

—¿Qué orden? —preguntó el teniente Flores.

Atilano guardó silencio. Midió las consecuencias de su respuesta y sopesó todas las posibilidades que tenía de salir de ese embrollo en el que se había metido sin saber cómo ni cuándo. Sabía que el viejo coronel Obregón era hombre de palabra y no le iba a tender una emboscada, sin embargo, estaba consciente de que había mucho en riesgo y, además, tampoco le agradaba la presencia del teniente Napoleón Flores.

El líder obrero se levantó del taburete en donde había estado sentado los últimos diez minutos y avanzó hacia la puerta que daba a la cocina, miró hacia el interior de la alta casona de adobe, como queriendo salir en carrera y no volver más a ese infierno. Atilano había vivido toda su vida entre las quimeras y abismos de infortunio de la fiebre bananera, y al igual que sus compañeros había soñado con el día en que pudieran mentarle la madre a los capataces, a los soldados y a los desgraciados gringos, pero ese día era un sueño lejano, una ilusión que no valía la pena alimentar hasta que, de repente, sin saber de qué manera, una fuerza extraña inmovilizó toda aquella maquinaria de sometimiento. Un día, tan desgraciado como cualquier otro, comenzó la huelga, envolviéndolo en una serie de acontecimientos insólitos que jamás hubiera llegado a imaginar.

—¿Entonces, Atilano? ¿Vas a hablar o nos olvidamos de las pláticas y esperamos a que Gonçalvez se los coma? —insistió el gobernador.

—Tres días antes de la huelga, varios hombres estuvieron visitando a cada jefe de grupo de trabajo, en las fincas —la voz de Atilano salió cuajada de resignación.

—¿Quiénes eran esos hombres? —preguntó el teniente.

—Nunca los habíamos visto por aquí —respondió el obrero—. Decían que eran de la guerrilla, de la ARL, que pronto iban a dar un golpe y que teníamos que parar los trabajos en la Compañía, que ya habían hablado con la gente del puerto y de los negocios de Santa Ana, para que toda la provincia se uniera en una huelga.

—¿Y por qué les hicieron caso? —interrogó el gobernador, mientras intentaba encender un candil para iluminar más la habitación.

—Porque amenazaron con matar a toda la familia del que no colaborara con ellos —dijo Atilano con voz trémula.

Flores se puso en pie y planchó las arrugas de su uniforme. Dio una vuelta por la desordenada habitación y se detuvo en el centro de la misma.

—Nunca me imaginé que la guerrilla tuviera las pelotas y el poder para atreverse a tanto. Ustedes no son gente que se asuste con facilidad, ¿qué les hizo creer que cumplirían la amenaza?

—Carlos Urbina, el líder de la Unión de Sastres de Santa Ana, no los tomó en serio. Después que lo visitaron, se fue a la comandancia para hablar con usted, teniente, pero jamás llegó. Le salieron al paso antes que llegara y lo devolvieron encañonado a su casa. Ahí lo estaba esperando otro grupo de hombres armados, tenían atada a su mujer y a sus hijos y amenazaron con matarlos frente a él. Lo golpearon hasta dejarlo hecho mierda y esperaron a que se le pasara el desmayo para que viera como le cortaban media oreja a todos los de la familia... no perdonaron ni a la niña de cuatro años... —Atilano no pudo proseguir, su cuerpo temblaba mientras buscaba un asiento.

—¿Cómo es posible que un puñado de hombres tenga dominados a todos los gremios de la provincia? —preguntó, incrédulo, el teniente.

—Yo se lo voy a decir —respondió el gobernador—, y sé que Atilano piensa lo mismo que yo— Carlomagno, sacó su pañuelo blanco, se limpió el sudor de la calva y dijo—: Esos hombres no son guerrilleros, Napoleón.

—¿Ah no? ¿Por qué dice eso?

—La guerrilla vive del apoyo popular, busca aterrorizar a los simpatizantes del régimen, a los funcionarios y a los colaboradores, pero jamás se echarían en contra a los gremios de la manera en que cuenta Atilano.

—¿Y entonces, quiénes son?

—¿No lo ve, mi querido teniente Flores? —el gobernador le sonrió con compasión—. Se trata del Ministerio del Interior. El coordinador general de esta huelga del carajo es, ni más, ni menos, que su amigo Urtecho.

Elías se puso en pie buscando la salida de la tienda. Sábato lo siguió después de sacar de su mochila el tabaco para su pipa. Afuera, el aire se sentía más cálido y húmedo que de costumbre. Elías se quitó la boina para secarse el sudor que le humedecía los cabellos. Buscó con la vista a Rodas Baca y lo vio más allá del corral en donde tenían las cabras. Lo vio transformado, todavía le faltaba ganar unas cuantas libras, pero, sin duda, ya era otro, distinto a aquella criatura temerosa y desconfiada que habían sacado de la prisión de La Margarita.

—Sos un genio, ¿sabés? —comentó Sábato—. Nunca se me hubiera ocurrido eso de confrontarlo con la imagen del Generalísimo.

—Lo que a mí me asombra es la rapidez del cambio —admitió Humboldt.

—Mirá vos, quién diría que ese desgraciado iba a salir de su demencia.

—Así de fácil.

—Así de fácil —repitió Sábato, soltando una bocanada de humo.

—En una semana, Rodas va a estar listo —explicó Elías—. Hay suficiente odio en ese tipo como para encargarse de eliminar a toda la Guardia de Honor Presidencial.

—El odio es una bomba muy destructiva —admitió el argentino—; es imposible medir hasta dónde va a llegar.

—Haga lo que haga, Rodas es un peón a nuestro favor —Elías observó a Rodas Baca. Había una sombra de compasión en los ojos del comandante.

—Ese pobre diablo vive por alcanzar un sólo segundo de venganza —comentó Sábato.

—Es el asesino perfecto, no le importa sobrevivir —agregó Humboldt con lástima.

—Conozco tu pequeño secreto —Robaina le disparó la frase sin misericordia. Ella permaneció en silencio, midiendo al hombre con sus enormes ojos de gato—. Pero no te asustés, estoy de tu parte —dijo en un tono menos amenazante.

—Todos tenemos secretos, y no solo uno, varios —respondió Elvira, desafiante.

—Dejémonos de rodeos, vos sabés a lo que me refiero, se trata de lo del gringo —Aníbal terminó de liar el mortero que estaba fabricando y lo colocó junto a otros ya acabados.

—Como usted mismo dice: dejémonos de tantas vueltas y dígame qué tengo yo que ver con él —lo retó la muchacha.

Robaina sabía cuándo apretar el nudo, así que aguardó el momento más indicado para hacerlo. No respondió nada hasta que terminó de acomodar los explosivos y con infinita paciencia volvió hasta donde estaba ella para sentársele de frente.

—Vi todo lo que pasó aquella noche, a la orilla del río —le dijo, casi susurrando.

Elvira se mantuvo inconmovible, un tenebroso contraste se adueñó de sus facciones: por un lado, la tersura de su piel y la delicadeza de sus rasgos, y por otro, la frialdad, la rugosa dureza de un escarpado peñasco dominando su mirada.

—¿Qué quiere? —le preguntó ella sin vacilaciones.

El cohetero sonrió satisfecho, pero no pudo evitar el relámpago de escalofríos que recorrió su cuerpo ante la actitud de aquel ser de insólitos contrastes.

—Dos cosas —respondió Aníbal, inquieto ante la penetrante mirada de Elvira—, primero decime dónde quedó el cargamento que traía.

—Hundido, a unos cuatro minutos de donde él estaba, río arriba, en la poza de Las Mercedes.

—¿Vos misma lo hundiste?

La joven mantuvo la vista sobre él, como si fuese ella quien tuviera el dominio de la situación.

—¿Vos lo hiciste? ¿Viste el contenido del camión? —insistió Aníbal.

—El camión está hundido con toda la carga —le respondió con frialdad—, no vi lo que traía, eso no me importaba.

Al ver el escalofriante dominio propio de la muchacha, Aníbal se sintió aliviado de no haberse dejado seducir por ella.

—Usted dijo que quería dos cosas, ¿qué es lo otro que quiere? —preguntó Elvira.

—Que me ayudés en un asunto que tengo pendiente —Aníbal se puso de pie, no soportaba más la penetrante mirada de la chica—. Necesito que llevés al profesor Montes de Oca al lugar donde hundiste el camión.

—¿Montes de Oca? ¡A él no lo meta en esto! —Elvira se levantó impulsada por el resorte de una ira súbita.

Aníbal se puso alerta.

—¿Qué tiene él que ver con este asunto? —preguntó ella.

—Eso no te interesa a vos —respondió con brusquedad el cohetero—; limitate a llevarlo al lugar que te digo. Basta con que le digás en dónde es, no tenés que ir con él.

—Usted piensa matarlo...

—¡Te dije que esa vaina no es de tu incumbencia! —contestó Aníbal aún más enojado—. ¡Vos hacelo llegar, luego yo me arreglo con él!

Elvira no le despegó la mirada mientras caminaba en derredor, despertando sus temores.

—¡Si de alguna forma le advertís... si llego a sospechar que has hablado con él, te hundo! —amenazó Robaina.

Con su vista convertida en dos peligrosas lanzas, Elvira dio un paso hacia él y Robaina, sin poder dominar su reacción, retrocedió la misma distancia ganada por ella.

—Aníbal Robaina... te vas a morir —susurró la muchacha.

—Eso espero —respondió envalentonado el cohetero—, todos somos hijos de la muerte, niña, y yo no pretendo vivir tanto tiempo como el Judío Errante.

Elvira sonrió, una sonrisa desconcertante, un gesto que removió escalofríos en el corazón de Robaina, sacudiéndole temores y desnudando su vulnerabilidad. Luego, le dio la espalda y se alejó por el camino hacia Santa Ana.

Aníbal no se quedó solo, junto a él permaneció una visita inesperada, alguien a quien, hacía mucho, no tenía cerca... el miedo.

—Veamos el cuadro general de la situación —propuso el capitán López extendiendo la hoja de papel. Tomó una pluma y comenzó a escribir nombres y a garabatear flechas, círculos y líneas entre los nombres.

—Parece una telaraña —comentó el teniente Mendoza.

—Es un nido de tarántulas, y de las más ponzoñosas —afirmó el capitán mientras se acomodaba las antiparras—. Véalo usted mismo, empecemos con estos cinco nombres: Urrutia, Machuca, Gómez Prieto, Asfura, Bertrand y... Urtecho. La relación entre estos cuatro y el ministro es obvia, el viraje que han dado hace evidente su traición.

—¡Parece increíble, todos conspiradores y todos delatores! —exclamó el teniente.

—Lo importante es averiguar qué es lo que cada uno persigue, ahí vamos a descubrir sus debilidades —contestó López—. Urtecho es un temible sabueso, huele el miedo a leguas, esa es su principal arma. ¿A quién pudo olfatear primero?

—¡A Urrutia! —le respondió Mendoza.

—¡Exacto! Ese fue el primer eslabón que cedió; Urtecho tuvo que haber olido el tufo a pánico que despedía el maricón de Urrutia y se le echó encima con todo, hasta sacarle la última gota de información.

—¡Ha podido acabar con nosotros en cualquier instante! —Mendoza se estremece al saber lo cerca que han estado de la muerte—. ¿Pero, por qué no nos aniquiló de un sólo golpe?

—Esa es muy buena pregunta, Mendoza, sobre todo si tomamos en cuenta que a Urtecho le gusta acabar con los problemas cuando aún son pequeños.

—Algo tuvo que haber ocurrido— afirmó el teniente.

—Yo sé que pudo ser...

—¿Ah, sí? Dígame entonces.

—¿Recuerda el colapso que sufrió el Generalísimo en enero? —le preguntó López mientras escribía la palabra «colapso» junto al nombre de Zelaya.

—Debió haber sido más grave de lo que imaginamos —Mendoza se alejó de la única ventana que iluminaba el cuartucho del hospedaje.

—Creo que cuando eso ocurrió, Urtecho comenzó a fraguar un plan en caso de que Zelaya muriera —comentó López sin alzar la vista del papel.

—¿Ya para entonces los tenía dominados a todos? —preguntó el teniente mientras caminaba alrededor de aquel breve espacio.

—No lo creo —aseguró López—, de ser así no habría permitido los dos desembarcos de armas. No, los demás comenzaron a caer después, entre marzo y abril, cuando Halloran desembarcó con el segundo contrabando y desapareció.

—Es mucho tiempo entre lo de Urrutia y la llegada del gringo...

—Supongo que la vaina era más complicada, la atención de Urtecho se desvió por varios asuntos: la muerte de Resinos, el viaje del Generalísimo a Europa, el atentado contra el mismo ministro. Son muchas cosas y todas graves. Urtecho se decidió a apretar más las tuercas cuando se enteró de las armas.

—¿Entonces no se lo dijo Urrutia? —preguntó Mendoza.

—No, no se lo dijo, el cagón de Urrutia debió tenernos tanto miedo a nosotros como a Urtecho y sabía que si abría el pico en este asunto iba a quedar expuesto.

—¿Y cómo se enteró...? —un inesperado ruido en el corredor los silenció. Mendoza, desenfundó su pistola y avanzó decidido hacia la puerta mientras López tomaba un cuchillo que estaba sobre la mesa. Sin vacilaciones, el teniente abrió de un tirón y apuntando su arma salió al corredor. Al fondo, un hombre caminaba con su maleta hacia las gradas. Mendoza buscó en todas direcciones pero no vio nada amenazador en los alrededores y volvió a entrar.

—¡Es una mierda tanta zozobra! —exclamó el capitán López. Volvió a la mesa con el pecho agitado, pero se sobrepuso y siguió con sus garabatos—. El segundo al que Urtecho debió atrapar tuvo que haber sido Gómez— dijo cuando hubo recuperado el aliento.

—¿Y por qué precisamente él?

—Porque es el más bruto de todos y además, es el que está en una posición más vulnerable.

—¿Será posible que Bertrand se resistió a Urtecho y por eso lo mató? —preguntó el teniente mientras vigilaba la calle desde la ventana.

—No, sobre ese asunto sigo pensando que a mi general lo mató uno de nuestro grupo, Urtecho no habría mostrado su juego tan fácilmente.

—¿Pero quién haría semejante cosa?

—Verá usted, entre más lo pienso, más seguro estoy que tuvo que haber sido Asfura.

—¿Asfura? ¡Pero si era su mejor amigo! —repuso el teniente.

—Y era también quien más ganaba con la muerte de mi general. Hay algo que usted debe saber; mi general Bertrand no estaba dispuesto a ser siempre el segundón de Asfura. Esos dos mantenían una rivalidad oculta —explicó el capitán.

—¡Ahora Urtecho los tiene a todos bajo sus órdenes! ¿Qué tipo de conspiración es esta?

Ambos guardaron silencio durante largo espacio, mientras López se enfrascaba más y más en sus rayas, flechas y círculos.

—¿Cómo sabe que yo no estoy también bajo el dominio del ministro?

—No lo sé —admitió López—, sólo rezo porque no sea así.

La pluma se desliza sobre el papel y escribe:

«Sábado 5 de julio, 1952.

Santa Ana ha desaparecido del mapa, en su lugar ha quedado un hueco caliente y verde habitado por melancolías y temores. Una huelga absurda, sin objetivos, huérfana de metas, se ha apoderado de la ciudad. Es una gigantesca babosa que se desliza con toda su descomunal aflicción, aplastando los corazones de los habitantes.

El gobernador anda muy agitado, está empeñado en evitar una confrontación lamentable entre las fuerzas del gobierno y la población. Eso ha impedido que continuemos con la investigación de los asesinatos. El tiempo es una colosal bola de granito que se me viene encima.»

Amado Montes de Oca levantó la pluma de la hoja en el momento en que se percató de la presencia de José Antonio. El pequeño llevaba ya buen rato observándolo. Amado guardó la pluma y el cuaderno de viaje en una bolsa de cuero y se puso en pie. Una taciturna soledad se había adueñado del parque y de sus calles adyacentes, sólo el cartógrafo y el niño, desafiaban el fantasmal estado impuesto por la huelga.

—Manda decir mi padrino que por favor vaya a la pulpería —le dijo el chico.

Amado no se hizo esperar y siguió a José Antonio hasta la casa del gobernador. En la tienda, el pequeño mensajero lo hizo sentarse en un taburete en donde, de inmediato, llegó Pascuala a servirle café, y Lorenza a brindarle un par de panes de yema.

—¡Vinieron rápido! —exclamó contento el gobernador al verlos.

—Estaba cerca, aquí en el parque —dijo Amado.

—Que bien. Bueno dejémonos de rodeos y vamos al grano; mi buen amigo, necesito su ayuda— la expresión del rostro de Carlomagno era grave y sus ojos denotaban urgencia. Se limpió el sudor e intentó colocar su pesado cuerpo sobre la hamaca—. El otro día usted ofreció echarme una mano en caso de que fuera necesario y este es el momento.

—Explíqueme de qué se trata y con gusto yo le ayudo —dijo Montes de Oca.

—Ahijado, traiga la carajada aquella —ordenó el gobernador. José Antonio salió corriendo hacia el interior de la casa.

—Se trata de algo muy curioso y a la vez, estoy seguro de que implica un grave riesgo —el tono de las palabras de Carlomagno revolvió la curiosidad de Amado—. Hace unos minutos recibí una nota muy singular. ¿Usted es experto leyendo mapas, no es así?

—Lo soy —afirmó Amado—, pero no veo aún la relación.

—Ya la verá, tenga paciencia.

José Antonio entró de nuevo a la habitación con un plano enrollado y se lo entregó a Montes de Oca. El cartógrafo lo extendió y comenzó a analizarlo. De pronto, una escritura en el borde de la hoja le llamó la atención:

«aki bas ayar otro bultito»

—En este país nadie sabe de ortografía —comentó Amado.

—Esa es la idea, que nadie sepa, pero eso es otro asunto. Observe bien el mapa —apremió el gobernador—. Es un mensaje del asesino.

—Ya me di cuenta, pero ¿quién se lo entregó?

—Nadie, lo dejaron arrimado a la puerta de atrás, mi mujer lo halló —contestó Carlomagno.

—No es un mapa común.

—Eso ya lo sé —afirmó el gobernador—, lo que necesito saber es de dónde vino y qué carajos de lugar señala.

Amado observó con detenimiento el amarillento pedazo de papel, por su estado y los dibujos que contenía, debía tener por lo menos uno o dos siglos de antigüedad.

—Esto viene de un archivo viejo de mapas —es lo único que el cartógrafo pudo explicar—, pero igual como puede que lo hayan tomado del registro municipal, también es posible que venga de los archivos del juzgado, o la casa cural.

—¿Y el lugar? —preguntó José Antonio.

—¡Ahijado, compórtese! —lo amonestó el gobernador—. ¡Prosiga, profesor, el lugar, el lugar!

Montes de Oca estudió bien las coordenadas, los símbolos, le dio vuelta y volvió a colocarlo de nuevo en su posición original.

—Es un mapa muy impreciso, pero creo saber cuál es el lugar que describe.

—¡Bueno, de una vez, de una vez! —insistió el coronel Carlomagno.

—Si no me equivoco, es el cerro de San Felipe.

—¡A la orilla del mar, al este de la ciudad! —dijo José Antonio.

—¡Ahijado! —lo regañó de nuevo el gobernador.

El cartógrafo permaneció en silencio unos segundos, observando el papel.

—¿Hay algo más? —preguntó ansioso Carlomagno.

—Esto no está bien —comentó Amado.

—¿El qué no está bien? —el viejo coronel sudó más de lo acostumbrado y trató, con su pañuelo blanco, de parar el incontenible flujo de sudor que bañaba su calva.

—¿Por qué dejó esto el asesino? Antes no avisó sobre la ubicación de los otros cadáveres, ¿o sí?

—No, profesor, no hubo ningún mensaje —contestó el gobernador—. Verá, mi amigo, esta es una trampa; el asesino nos quiere en ese lugar para tendernos una emboscada, eso es obvio. Pero no me perdería estar ahí por nada del mundo, ¡es nuestra oportunidad de capturarlo!

—¡No entiendo el juego! —el embajador Nichols se sirvió el cuarto bourbon de la mañana y se quitó los zapatos para recostarse sobre el sofá—. ¿Qué rayos pretende con esa huelga? ¿Están seguros que él es el responsable?

—Cien por ciento. Está ayudando a los conspiradores —respondió el asistente Foch.

—Ayúdeme a entender —solicitó Nichols.

El joven tejano hizo un gesto de fastidio a espaldas de su superior, pensó en las elecciones de noviembre en su país y soñó con el día en que se libraría de él.

—Urtecho impidió la alianza con la guerrilla, pero sabe que es necesario tener a raya a los corruptos y ambiciosos coroneles de las guarniciones del sur para que no interfieran en su esquema de sucesión, así que ideó todo eso de la huelga para mantener a los cuarteles en alerta y lejos de los asuntos de la Capital. Así les proporciona a nuestros amigos, un flanco seguro para sus maniobras y ya no necesitarán a la guerrilla.

—¿Y qué pasará con el FRN? —preguntó Nichols antes de tomar otro sorbo de licor.

—A estas alturas Urtecho ya debe tener todo bajo control. Usted tenía razón —admitió Foch—, el viejo es un zorro. Nosotros deberíamos tener un par de cerebros como el de ese mestizo, así habríamos resuelto mejor lo de Corea.

—¡Es una lástima haber perdido la ayuda de Miriam Grant!

—Era inevitable; si hubiéramos insistido en retenerla, Urtecho habría sospechado.

—La verdad, Foch, no creo que Urtecho se hubiera enterado de nada. La pasión es un veneno que inmoviliza los sentidos.

—Usted es un romántico, señor, eso es peligroso en un puesto como el suyo —le reclamó el asistente Foch.

—Y usted es muy confiado en sí mismo, Foch, eso será fatal para su vida —el embajador remojó la amenaza con un sorbo largo de alcohol y estiró las piernas proyectándolas fuera del sofá.

—Todos están bajo el control de Urtecho, están asustados y son peligrosos —aseguró el capitán López, ajustándose los lentes para ver mejor el complejo mapa de relaciones que tenía ante sí—. Recuerde, Mendoza, lo de la muerte del abogado Gamoneda; estoy seguro que ese pobre imbécil intentó entrometerse con alguno de estos alacranes y pagó el precio.

—¿Y a mí, por qué no me han eliminado? —preguntó el teniente mientras se alejaba de la ventana.

—Porque todavía es útil. Primero, por sus contactos con la ARL; ellos piensan utilizarlo para demorar a Elías Humboldt hasta el último minuto, saben que después de la exitosa operación en La Margarita, usted es la persona de quien Humboldt recela menos y esperan que él confíe en la falsa promesa de la armas hasta que ya sea demasiado tarde para la guerrilla.

—¡Son unos hijos de puta! —dijo el teniente.

—Además de eso, Asfura y Gómez Prieto cuentan con que usted, como militar, siga subordinado a sus órdenes; ellos lo ven como un idealista iluso, teniente, un tonto útil y leal.

—¡Cabrones! —Mendoza Menocal volvió a la ventana, una

rabiosa palidez dominaba su rostro mientras observaba la actividad en el exterior—. ¿Pero qué pasa con Urtecho? ¿Para qué necesita la conspiración?

—Volvamos al asunto aquel del desmayo del caudillo —sugirió López, viendo más hacia su interior que al papel que tenía frente a sí—. Imagine... esto sólo es una hipótesis, por supuesto, pero imagínese qué pasaría en el País si de repente, el Generalísimo Zelaya muriera.

Mendoza Menocal guardó silencio unos segundos. Un sedán negro que pasaba por la calle capturó su atención.

—Eso lo consideramos desde el inicio: habría un estado de confusión, pero con una fuerza política, económica y militar bien organizada, además del apoyo yanqui, pronto volveríamos a un estado de normalidad— el sedán se estacionó a la vuelta de la esquina obligando a Mendoza a estar más alerta.

—Verá usted, teniente, yo no creo que Urtecho busque asaltar la silla presidencial, no, ése es un manipulador, lo que lo apasiona es controlar todo desde la sombra.

El teniente tenía la mirada fija en el coche negro, no había detectado ningún movimiento sospechoso desde que se estacionó, pero no le despegó la vista.

—Urtecho cree que no vamos a ser capaces de lograr una transición ordenada y que el País se nos va a ir al carajo, así que él nos va a llevar de la mano —López volteó hacia la ventana en donde Mendoza permanecía inmóvil, se ajustó las gafas y prosiguió—; es más, es muy probable que el muy cabrón decida quién va a ser el sucesor.

—Está enfermo —murmura Mendoza.

—Entre tanta vaina hay algo que me inquieta aún más...

—¿Sí? —otro movimiento atrapó la atención del teniente: el vendedor de frutas que estaba en la esquina avanzó hacia el sedán.

—Podría afirmar, sin temor a equivocarme, que el Generalísimo está muerto.

La frase fue de tal impacto para el teniente que por un instante despegó la vista de la ventana y se fijó en la ratonil expresión del capitán López.

—No sé con exactitud cuándo fue, pero sí creo que debió ser en las horas previas al descubrimiento del cadáver de Omar el Tenampa Mujica —aseguró López.

—¿Qué tiene que ver lo uno con lo otro?

—En el Ministerio del Interior escuché el rumor de que Zelaya tenía un doble; lo utilizaban en ocasiones en que era arriesgado para el caudillo aparecer en público. Tenampa tenía el mismo porte de Zelaya y, atando cabos, supongo que el rumor era cierto. Con un poco de maquillaje y actuación, Tenampa se convirtió en el Generalísimo y Urtecho es quien nos ha estado gobernando todo este tiempo.

Mendoza regresó a la ventana, conmocionado por aquellas revelaciones del capitán López. Iba a decir algo pero las palabras se le cuajaron en la garganta.

Del sedán descendieron cinco hombres con el aspecto siniestro de la policía secreta de Urtecho. Mendoza los reconoció de inmediato y volteó alarmado hacia el capitán.

—¡Nos han descubierto! —gritó mientras empuñaba su pistola— ¡Traiga ese papel y salgamos de aquí!

El tono de voz de doña América de Suazo no era amenazante... pero eso lo volvía aún más peligroso.

—Monseñor se va a enterar de esta situación y creo que no le va a agradar —le dijo con la sedosa voz de una víbora al padre Occhiena.

—Tiene usted razón, doña América —aceptó el sacerdote—, le va a entristecer muchísimo el fariseísmo de este pueblo— el epíteto tocó las membranas más delicadas del orgullo católico, apostólico y romano de doña América—. Las circunstancias que estamos atravesando por causa de la huelga deberían impulsarnos a la reflexión y a la búsqueda de lazos de unión entre unos y otros.

—¡A mi marido es al que le gustaría tener lazos de unión con esas p...!

—¡Doña América! ¡Recuerde ante quién está! —la cortó el sacerdote.

Un tanto abochornada, doña América agitó más de lo acostumbrado su abanico.

—Usted sabe cuánto lo hemos admirado y apoyado, padre —continuó la señora a manera de esquivar el mal momento—, pero creemos que le están tomando el pelo.

—¡Y ahora me llama idiota! ¿Cree que estoy tan senil que no me entero cuando intentan verme la cara? —exclamó el cura, atropellando su acento piamontés con su mal aprendido castellano y resbalando en alguno que otro sonido del latín clerical.

Más apenada que antes, doña América trató de calmarle la divina ira persuadiéndole que se tomara otro sorbo de té y que le permitiera explicar mejor lo que había intentado decirle.

—¡Cada vez que abre la boca se jode más! —vociferó el padre Occhiena. Cuando el anciano cura se percató de la palabrota que se le había zafado, trató de retener la estela de vergüenza tapándose la boca, pero ya lo dicho, dicho estaba.

—No importa, padre, déjelo así, estamos a mano —lo calmó doña América—. Déjeme explicarle con más sosiego nuestra postura. Esas mujeres no han venido aquí para acercarse a Dios— dijo doña América—, han venido para que nosotras nos alejemos de ellas.

—¡No me diga que también las frecuentaban ustedes! —brincó Occhiena.

—¡Santo Dios, padre! Nos quieren alejar porque hemos estado presionándolas para que cierren esa casa de perdición.

—Explíquese mejor y evitémonos más penas, ¡por el amor de Dios! —le reprochó el sacerdote.

Doña América agitó aún más el pequeño abanico y dejó escapar un suspiro de cansancio. La conversación había perdido todo sentido y pensó que iba siendo tiempo para llamar a retirada, pero se decidió por un último asalto.

—El coronel Obregón les hizo prometer que vendrían a misa a cambio de permitirles continuar con su asquerosa casa de citas —las palabras le salieron a ritmo fatigado y penoso, como revelando cosas que serían dolorosas para el clérigo.

El padre Occhiena se quedó observándola sin decir palabra. Le atravesó cada capa de piel, penetró más allá del tejido adiposo, se introdujo en sus venas y navegó entre su torrente sanguíneo hasta llegar a la oscura cavidad del corazón en donde buscó, en vano, la esencia oculta de su humanidad.

—Hija —dijo al fin el sacerdote—, Dios actúa por sendas misteriosas que sobrepasan todo entendimiento; Él hace su santa voluntad conforme le place y si Su deseo es utilizar a un impío, ateo y masón para convertir el corazón de una ramera, ni usted, ni mucho menos yo, podemos oponernos a esa orden de nuestro Creador.

Doña América iba a decir algo, pero el intempestivo grito de José Antonio la interrumpió, engullendo los monosílabos que la mujer comenzaba a balbucear.

—¡Padre Occhiena, padre Occhiena! —chilló el pequeño— ¡Apúrese! ¡Mi padrino se está muriendo!

El fantasma de mamá Alicia se veía más triste que nunca. La observó con ojos vidriosos, lejanos; parecía cargar sobre sí todas las penas del mundo. Elvira no le despegó la vista. Ambas compartieron un diálogo de miradas, la una flotando sobre la fuente central del patio y la otra, recostada sobre el tronco de un ciruelo.

La realidad es un espejo roto, pensó la jovencita.

La realidad sos vos, le respondió en su idioma de silencios, el espectro.

Los hombres sólo son buenos cuando están muertos, la idea no era nueva para Elvira, siempre lo había creído, por eso Dios les exige que se arrepientan antes de morir, si no, no tiene chiste, porque ya muertos no pueden pecar. Pero no es tiempo de que Amado duerma; el que tendría que estar bajo tierra desde hace mucho es el cohetero.

¿Amado es distinto?, le preguntó mamá Alicia.

Sí, él sueña cosas lindas y no anda todo el tiempo pensando en hacer la cochinada, le contestó Elvira sin pronunciar palabra.

¿De veras? ¿Por qué lo decís?, Mamá Alicia permaneció levitando sobre el agua mientras la interrogaba.

Yo me le ofrecí y él no me tomó, Elvira se puso colorada por su respuesta.

Pues, lo mismo pasó con el cohetero, le recordó el fantasma.

Sí, pero él no lo hizo porque me tiene miedo y quiere utilizarme, aclaró la muchacha.

Todos los hombres llevan la mancha del pecado, Amado no es distinto.

El sueña cosas mejores, insistió Elvira.

Son sueños vanos, él cree que cambiando las reglas de su mundo, cambiará a la gente... Amado verá tiempos en donde todas las revoluciones humanas probarán ser inútiles. La única revolución que perdura es la revolución en el corazón de cada individuo y esa, no la conquista ningún mortal, las palabras de mamá Alicia estaban hechas de la misma sustancia espectral que la rodeaba, se alargaron, envolvieron a la chica, y la atraparon en la penumbra de su significado.

No importa, respondió Elvira, de todas formas, lo que Amado desea es más noble que lo que busca el cohetero, por eso merece vivir.

El otro te ha amenazado... le dijo mamá Alicia.

Él no conoce ni la mitad de las cosas que dice conocer, replicó la muchacha, haré lo que tenga que hacer; las consecuencias van a venir de una forma o de otra, y prefiero que sea de la manera en que yo elija.

Mamá Alicia la observó con detenimiento y, aunque la tristeza en sus ojos se volvió más profunda, una sonrisa tímida cruzó sus labios.

Arriesgás tu vida.

Hace mucho que lo hago, respondió Elvira.

La pasión envenena.

Todo lo que es del mundo, mata, la determinación en los ojos de la muchacha era desafiante.

Has sellado tu propio destino, respondió el espíritu mientras se desvanecía con la suavidad del humo en el viento, envuelta en una inesperada y ligera brisa.

Pascual tomó la carabina que tenía guardada en uno de los baúles y salió a la calle sin mediar palabra con Rosaura, en el instante en que se enteró de la fuga de Cuca.

Eran alrededor de las tres de la tarde cuando las mujeres del burdel se percataron de la ausencia de su compañera y, aunque en principio no le dieron mayor importancia, la alarma recorrió la casa de inmediato cuando Malena descubrió que las pertenencias de Cuca y el dinero de la caja habían desaparecido. La certeza del robo fue lo que transformó en ira la tristeza que sintió Pascual ante la deserción; no estaba dispuesto a permitir que un miserable y desvergonzado sacristán le robara una de sus mujeres con todo y el dinero que tantas zozobras le había costado juntar durante una vida de largo bregar. Se montó en su pequeña bicicleta y enfiló hacia la iglesia. Ahí tuvo un encuentro desagradable con doña América de Suazo, quien iba llegando para exigirle al padre Occhiena que no le siguiera permitiendo a Rosaura pisar el sagrado suelo del templo. El sacerdote no pudo atender su solicitud de informarle sobre el paradero de Serafín Gallo, limitándose a darle la dirección de la casa del sacristán. El enano condujo hacia allá su bicicleta de juguete, pero igual, fue un viaje inútil, no encontró ningún rastro del truhan ni de la díscola Cuca. Pascualito giraba la vista en torno a los cuatro puntos cardinales, temblando de rabia, tratando de atravesar el horizonte con sus ojos para poder localizar a los prófugos. Alguien le dijo que los habían visto tomar hacia el este; más adelante, unos chiquillos le informaron que los vieron cruzar por el Puente de Palo; luego, Roque Coca le comentó que los miró pasar por la Calle de los Horcones, a la salida de Santa Ana; una patrulla de gendarmes los vio dirigirse por el camino que conducía hacia el Cerro de San Felipe, más allá de las vías del tren. Quince minutos más tarde, el pequeño Pascual subía a pie, la empinada pendiente del monte; la lengua le arrastraba sobre la polvorosa vereda pero, en lugar de menguar su violenta sed de venganza, avivaba aún más el fuego que le consumía hasta el hígado. Fue entonces cuando escuchó la primera detonación. Cada músculo de su breve ser se puso tenso en espera de un inminente ataque. Por su mente cruzó la terrible idea de que, no conformes con haberle traicionado y robado, ahora Cuca y su miserable amante intentaban

337

asesinarlo. El segundo disparo permitió que comprendiera que él no era el blanco. El enano recogió del suelo el valor, su orgullo y la rabia que se le habían caído tras el estruendo del primer impacto, y con ellos en un puño, decidió subir a la cumbre.

Desde el cerro, Pascual pudo ver a Bautista que estaba de espaldas, apuntando con un fusil hacia abajo. En ese momento, el negro dejó ir otra descarga. El enano se asomó con cautela, tratando de ver cuál era el blanco; su sorpresa fue mayúscula cuando descubrió, abajo, volcada a un lado de la vereda, la camioneta azul del gobernador. Ninguno de sus ocupantes daba señas de vida. Pascual vio a Bautista descender por la ladera, sin dejar de apuntar al vehículo. Se detuvo a unos diez metros del auto y comenzó a rodearlo. En ese instante, alguien se asomó a través del parabrisas roto. Bautista lo encañonó con el fusil y le ordenó que se incorporara. Pascual no lo podía creer cuando vio el pálido rostro de Amado Montes de Oca. Pudo observar con claridad la cara de consternación del negro y dedujo que Bautista no esperaba la presencia del cartógrafo en compañía del gobernador. Hubo un instante de confusión durante el cual, el del fusil no terminaba de decidir qué hacer con su inesperada víctima. La alarma se disparó dentro del pequeño cuerpo de Pascual cuando vio cómo el negro alzaba el arma para disparar contra Amado. Sin pestañear, el enano se puso en pie y soltó un disparo a los pies de Bautista.

—¡Soltá ese fusil! —le gritó desde la cima.

Bautista volteó asustado hacia el lugar desde donde Pascual le apuntaba con la carabina. Sus músculos se negaban a cumplir la orden del enano, sabía que si soltaba el arma, todo habría acabado para él y para el juez Toro, pero tampoco podía deshacerse de los dos hombres al mismo tiempo. Si disparaba contra Montes de Oca, era seguro que el enano le iba a vaciar encima su arma. Bautista se la jugó, volteó el fusil tan rápido como pudo hacia Pascual... ni siquiera alcanzó a sentir el ardiente trozo de plomo que se incrustó en su pecho, derribándolo sobre la pedregosa vereda.

Pascualito descendió tan rápido como se lo permitieron sus cortas piernas. Amado estaba sentado sobre el suelo, recostado en el vehículo, se veía aturdido y más pálido que nunca. El enano lo examinó para cerciorarse de que no tuviera ninguna herida de gravedad, luego, con cuidado de no cortarse con los restos del parabrisas roto, se metió en el auto. Adentro halló dos cuerpos ensangrentados. El primero que revisó estaba muerto, tenía el cuello destrozado por un balazo, Pascual pudo reconocerlo, era Amílcar Bobadilla. Al otro lo identificó de inmediato, era el gobernador. Su traje blanco estaba salpicado de sangre. Pascual tuvo que hacer un gran esfuerzo para sacar el cadáver de Bobadilla del coche. Luego regresó al interior para ver el estado del coronel Obregón. Extendió su mano en dirección del inerte cuerpo de Carlomagno. La detuvo un segundo a mitad del aire y miró con compasión al anciano héroe. Una mano poderosa y fría atrapó la muñeca de Pascualito y lo dejó sin aliento. El coronel se estaba aferrando a la vida.

Por primera vez, a Clara le importó un bledo lo que las ofidias lenguas de Santa Ana fueran a decir. Las profundas aguas de su ser se abrieron como el mar rojo ante el paso de los judíos, mostrando sin temor los sentimientos que nadaban en sus remotos abismos. Lo que ocupó toda su mente, todo su corazón, fue el febril letargo de Amado Montes de Oca; Clara se vació de sí misma para llenarse por completo de otra presencia que no le era extraña ni incómoda. Desde que Pascual regresó al pueblo para pedir auxilio, ella tomó la determinación de ocuparse por completo de Amado. Clara se convirtió en un comandante inflexible, dando órdenes. ¡Que consigan una cubeta de agua fría, que mándenme suficientes toallas, que quiero una esponja, que me pongan aquí el Agua de Florida, que hiervan agua para hacer una infusión de manzanilla, que se vayan todas a la chingada por inútiles y que me traigan todo pero ya!

Una vez a solas con Amado, lo desvistió para limpiar sus heridas con la misma veneración con que las beatas limpian las imágenes de los santos antes de llevarlos en procesión. Sus ideas se perdieron en el resplandor de aquella piel traslúcida de ángel dormido, se hundió en la belleza del objeto de su amor y, arrastrada por las corrientes de un impulso que exige treguas a la razón, se inclinó para depositarle un beso tierno y largo, haciendo descender sus labios, como alas de mariposa, sobre los de él.

Elvira observó todo a través del ojo de la cerradura, con los cabellos rojos lamiendo el suelo sobre el cual yace tendida su alma. La muchacha tembló de rabia, de ansias, de celos. Como avalancha se le precipitaron ideas de venganza, muerte, destrucción. Elvira era tierra herida, resquebrajada, terrones sueltos que rodaban por precipicios de ira. Se mordió el labio inferior hasta que un delgado hilo de sangre empezó a correr sobre su mentón.

A lo lejos, detrás de los árboles del patio, la vieja india la miraba, calladita, la angustia le dibujaba la mirada. No estaba sola. Le hacía compañía el fantasma de mamá Alicia. El espectro se mantuvo también en silencio, mientras una lágrima salobre y solitaria se despeñaba sobre el resquebrajado rostro de la anciana sirvienta.

Tiene que cambiar, la vaina va cambiar,

tierra pa´l que la siembre

y sepa lo que es sudar.

Tiene que cambiar, la vaina va a cambiar,

al perro de Zelaya,

del palo más alto lo vamos a colgar.

Los guerrilleros rieron al concluir el corrido. La melodía siguió fluyendo de las cuerdas de una guitarra que uno de ellos tañía en un extremo del campamento.

Las notas resbalaron sobre la cortina de la noche, así como corría el sudor por la frente del capitán López mientras un iracundo Elías Humboldt les gritaba a él y al teniente Mendoza Menocal:

—¡Ahora mismo les debería meter un tiro! ¡Pero ustedes no valen ni el par de balas que gastaría en matarlos! —les dijo el comandante empuñando su pistola.

—¡Piénselo bien! —se atrevió a decir Mendoza—, ¿qué ganaríamos nosotros con venir hasta acá, exponiéndonos, para decirle que no le van a dar las armas?

—Son espías —dijo Julio Sábato.

—Es fácil explicar lo que hacen aquí —Humboldt tomó por la solapa a López—; quieren ganarse mi confianza para luego convencerme de poner en riesgo a toda la ARL y con eso, ¡jaque mate! desarticulan la revolución.

El ardor que les producía la soga con la que los mantenían atados era insoportable, López sentía el adormecimiento de sus brazos a la vez que la sed se iba adueñando de su garganta.

—La ARL no tiene opciones, comandante —se arriesgó a decir el capitán, temblando de nervios—, Urtecho sabe que ya no tendrán las armas y por lo tanto, que su capacidad de acción es limitada, así que se va a encargar de liquidarlo antes del Día de La Bandera. Si yo fuera usted, estaría esperando un ataque de los militares en cualquier momento.

Humboldt observó con incredulidad al pequeño capitán. Se agachó hasta tenerlo de frente y, conteniendo lo más posible la explosión de ira, le preguntó entre susurros:

—Explicame bien lo que acabás de decir.

López no podía ver bien las facciones de Elías, le habían quitado los lentes cuando lo atraparon, desde entonces, tan sólo veía fantasmas borrosos a su alrededor.

—Devuélvanme mis anteojos —se atrevió a exigir con una voz delgada y quebradiza.

—Tenés pelotas —respondió Humboldt, pero, lejos de callarlo de un pescozón, ordenó que le colocaran los lentes al tembloroso capitán.

—Urtecho también quiere el cambio de gobierno... —dijo López.

—¡Estás loco! ¿Creés que somos unos giles? —Sábato saltó como si le hubiesen dado una bofetada.

—Dejalo que termine de explicar —ordenó Humboldt.

—Les decía que Urtecho quiere el cambio de gobierno, pero no es porque se oponga a Zelaya, sino porque el Generalísimo se está muriendo...

—O ya está muerto —dijo Mendoza.

—¡Esto es demasiado! ¡Pegales un tiro y terminemos de una vez la joda! —reclamó el argentino.

—¡Callate Julio! Quiero oír todo el cuento —dijo Humboldt.

—Se lo voy a resumir —prosiguió López—; Urtecho está obligado a permitir el cambio de gobierno porque los días de Zelaya están contados. En enero pasado, el Generalísimo sufrió un colapso en su despacho, nos hemos enterado que después de eso lo han visto varios médicos, entre ellos, una eminencia en oncología, por eso creemos que se trata de un cáncer terminal. Si Zelaya muere, se va a crear un vacío de poder que puede poner en peligro la fortuna que han amasado durante todos los años de la dictadura, y además, al desaparecer el hombre fuerte, la vida de sus principales colaboradores y la de sus familias también estará en riesgo. Por eso Urtecho ha sacado provecho de la conspiración de Urrutia con los generales, él quiere que ellos tomen el poder con su ayuda, así los va a controlar el tiempo suficiente para salir del País con su fortuna; lo único que no estaba en sus planes era nuestra alianza con la guerrilla.

—¿Y eso en qué estorba a Zelaya? De todos modos él se va a ir —dijo Sábato.

—Él se va, pero quiere seguir en control —le respondió Mendoza—, además, los gringos le exigen que el País no quede en manos del comunismo.

—Esto va teniendo algún sentido —aceptó Elías.

—¿Pero para qué molestarse en eliminar a Zelaya si de todos modos se va a morir? —dijo el argentino.

—A quien hay que eliminar es a Urtecho —explicó López—, sólo así vamos a evitar su sombra sobre el país. Eso va a permitir un balance en el poder.

—¿Y de dónde piensan que vamos a sacar las armas para una ofensiva? —les preguntó Humboldt.

—No habrá ofensiva —respondió el capitán.

—Sólo necesitamos continuar con el plan de darle un golpe audaz —dijo Mendoza—. Comandante, no le fallé cuando planeamos sacar a Rodas Baca de La Margarita; le pido que confíe en mí, no necesitamos enfrascarnos en una batalla a gran escala, concentrémonos en eliminar la cabeza y el resto del cuerpo se va a desmoronar.

El ruido de los aviones cortó la frase. La primera explosión los estremeció antes que pudieran reaccionar mientras, afuera se escucha la detonación de los fusiles y las ametralladoras. Elías ordenó que liberaran a los prisioneros y salió de la tienda al tiempo que una segunda bomba volvía a hacer temblar la tierra.

—¡No disparen! ¡No disparen! —ordenó a sus hombres—; ¡guarden la munición, vuelan demasiado alto! —gritó mientras observaba el monomotor Mustang que venía hacia él, escupiendo todo el contenido de sus ametralladoras.

¡Si ese negro imbécil no hubiera fallado, no tendría que estar aguantando estos cochinos zancudos!, pensó Aníbal Robaina mientras verificaba, una vez más, que su fusil estaba listo para disparar. Durante los dos días en que Montes de Oca había estado convaleciente, el cohetero permaneció a la expectativa, esperando la noticia de la muerte del cartógrafo hasta que, esa tarde, Elvira le informó que Amado estaba en perfectas condiciones y que esa noche lo llevaría al lugar de la emboscada. Así que, al no verse librado de su responsabilidad de eliminar al conspirador, preparó su fusil y marchó hacia la loma que dominaba el recodo del río Pitaguana.

La luna llena irradió suficiente claridad para permitirle ver a la distancia. Robaina vigilaba el camino por el cual, se suponía que aparecerían. Mantuvo su postura de esfinge y aguardó. Los minutos pasaron con insoportable lentitud, pero él conocía bien su oficio y sabía esperar: el cazador dominaba muy bien el arte de la paciencia. El tiempo se prolongó, Aníbal respiraba lento y profundo, controlando las palpitaciones de su corazón, atento a todos los sonidos de la oscuridad. Los segundos se deslizaron al lago de los minutos y estos, se arrastraron hacia el mar de las horas hasta que todo aquel volumen de tiempo perdido se solidificó sobre los párpados del cazador, quien empezó a luchar con el sueño.

En ese instante, un ruido familiar lo sacudió. Pasos, dos personas, avanzando por el camino convenido, venían susurrando. Aunque no se habían acercado lo suficiente, Aníbal distinguió que, en efecto, eran Amado Montes de Oca y la muchacha. La carajita debió estar bien asustada, pensó el cohetero, o lo debe odiar lo suficiente para traicionarlo. Preparó su fusil y comenzó a contar en orden descendente lo pasos que le restaban a su víctima para recibir el tiro fatal. Veinte, diecinueve, dieciocho..., de pronto sintió que algo extraño en el aire, ...quince, catorce, trece..., no era un sonido, ni siquiera era un olor, ...diez, nueve, ocho..., pero, sin duda, se trataba de una presencia extraña, era algo que parecía flotar, ...cinco, cuatro, tr—. En ese instante, el tiempo de Aníbal Robaina se petrificó en el espacio:

Tic,

tac,

tic,

ta,

ti,

t,

...era sutil hasta lo insólito; tan delicado como el rumor del vuelo de la mariposa, tan silencioso como la nada, un filo helado, distante, implacable, le separó la cabeza del tronco. Tan sólo se escuchó el ahogado golpe del fusil que cayó al suelo y el ruido del cuerpo que se estremeció en los postreros estertores de la muerte.

Un proyectil se incrustó en la pierna del comandante Humboldt mientras una explosión a sus espaldas lo lanzaba en contra de unas bolsas llenas de arena. Dos de sus hombres lo alzaron y corrieron con él a rastras en busca de refugio. López y Mendoza siguieron a una columna de guerrilleros que se internó en la selva. El único que mantuvo la calma fue el argentino, Julio Sábato, quien disparaba su revólver contra los aviones mientras a su alrededor las explosiones se sucedían sin descanso. Alguien tomó a Humboldt del brazo y lo empujó en dirección a la jungla en donde los demás rebeldes buscaban protección.

De pronto, Mendoza recordó a Rodas Baca, preguntó a los demás por él, nadie le dio respuesta. El teniente resolvió volver al campamento a buscarlo, alguien intentó disuadirlo, el oficial no escuchó y se lanzó de nuevo al lugar en donde reventaban, con toda su furia, las bombas. Se metió entre las ruinas y buscó bajo los escombros, gritó su nombre, revolvió todo hasta que lo encontró en las letrinas. Lo halló acurrucado, en un lastimoso intento de protegerse cubriéndose la cabeza con sus brazos. Mendoza lo obligó a ponerse en pie y lo arrastró consigo hacia la selva.

Los rebeldes pasaron la noche escondidos en lo más profundo de la cordillera, cargaron lo poco que pudieron rescatar de la catástrofe junto con el golpe moral de la derrota. Descansaron un par de horas, tiempo que aprovechó Sábato para atender a los lesionados, entre ellos Humboldt.

Los guerrilleros cargaron con sus heridos al día siguiente, y reiniciaron la marcha en busca de refugio. Al atardecer, lograron alcanzar la cima de Pico Parado, uno de los montes más elevados de la cordillera. El sitio era un refugio ideal, los picos circundantes, cubiertos de nubes todo el tiempo, hacían riesgoso para la Fuerza Aérea intentar una incursión en la zona, mientras que, para las fuerzas de tierra, significaría aventurarse a sufrir demasiadas bajas si intentaban tomar el atalaya de los guerrilleros.

—Ahora sí va a estar jodido deshacerse del Generalísimo —dijo con tristeza el comandante.

—Alguna forma ha de haber y la voy a hallar —afirmó López con determinación.

—No va a ser fácil —dijo Sábato con pesimismo—, los militares no se van a regresar al batallón; esperarán hasta que nos venza el hambre y la sed.

Mendoza observó desde el risco la inmensidad de la selva que los rodeaba.

—Quedarnos a la defensiva es tan suicida como atacar —les dijo volviendo la vista hacia ellos—. No vamos a sobrevivir aquí arriba sin provisiones. Si voy a morir, prefiero hacerlo llevándome conmigo a unos cuantos de esos desgraciados.

—Hasta hace poco, esos «desgraciados» eran tus compañeros de armas —dijo con sarcasmo Sábato.

—Mis hermanos en armas —aclaró el teniente— son todos los que se levanten contra el perro de Zelaya.

—Usted tiene muchos años por delante, gobernador —dijo el doctor Rojas después de examinar al coronel.

—Más de los que usted o este viejo zopilote creen —afirmó Carlomagno, señalando desde su cama al padre Occhiena. Una sonrisa fatigada intentó iluminarle el rostro sin mucho éxito.

—Usted y yo tenemos todavía un pendiente —le recordó el sacerdote.

—Si Dios ha querido esperar, no se entrometa, padre, y déjelo que él y yo nos vamos a poner de acuerdo —respondió Carlomagno.

—A los negocios con el Señor es mejor darles prisa —insistió Occhiena.

—Sí, pero eso es asunto mío y de él —cortó el gobernador—. Ahora llámenme al teniente Flores... ¡ah! y también díganle a Bobadilla que quiero verlo.

Un silencio triste inundó la habitación; el doctor buscó la mirada del cura, el sacerdote trató de refugiar la suya en José Antonio, éste bajó la vista, mientras Lorenza, Pascuala y la mujer del gobernador, se excusaron y salieron del dormitorio. Carlomagno era demasiado astuto como para pasar desapercibido el predicamento de todos.

—¿En dónde está Amílcar? —preguntó con la certeza de la tragedia anudada a la cola de la frase.

—Bobadilla no sobrevivió —se atrevió a responderle el cura.

El coronel Obregón había creído que, a su edad, ya había derramado todas las lágrimas que en una vida podían verterse, pero, contrario a lo que pensaba, las fuentes de sus ojos se humedecieron y gruesas gotas comenzaron a descender por su rostro. Una soledad incomprensible lo golpeó a traición, sacudiendo las pocas fuerzas que había logrado juntar durante su convalecencia y se hundió, entre las sábanas del silencio.

—¡Tómele la presión, doctor! —urgió la mujer del gobernador.

—¡No! —la dijo Carlomagno—. Estoy bien, sólo tráiganme un vaso de agua— el coronel tomó aire, pidió que le ayuden a sentarse. Lorenza le sirvió el agua mientras él se sostenía con dificultad a la orilla del lecho—. ¿Ya lo enterraron? —preguntó el gobernador.

—Hoy por la tarde lo sepultan —respondió el doctor.

—Avísenle al coronel Gonçalvez que quiero una escolta del batallón junto al féretro —ordenó Carlomagno—. Que le rindan honores militares, cayó en cumplimiento del deber —un silencio nostálgico se le acomodó en la lengua, pero se lo sacudió con un suspiro—. ¿Qué pasó con Flores? ¡Vayan, llámenlo!

José Antonio se acercó a su padrino, lo abrazó con fuerza y luego salió disparado a cumplir la orden.

—¿Cómo es eso de que no hay patrullas? —Elías Humboldt trató de incorporarse a pesar de la pierna entablillada.

—¡Es una emboscada! —dijo el capitán López.

—No hay ni un soldado en varios kilómetros a la redonda —insistió el explorador al que habían mandado a espiar los movimientos del ejército.

—No nos podemos confiar —Sábato estaba de pie, cerca del precipicio, tratando de penetrar el follaje de la jungla con la mirada.

—Como sea, compañero comandante, no hay soldados allá abajo —dijo el explorador.

—Debemos tomar la iniciativa —intervino el teniente Mendoza.

Elías fijó la mirada en el vacío mientras un frenesí de ideas zumbaba por todos los corredores de su mente, echó hacia atrás la larga melena y apretó los dientes.

—Preparen cinco columnas, pero dejen suficientes armas para defender este puesto —ordenó con seguridad el comandante Humboldt—. Danto se lleva la columna uno; Pizote, la dos; Cusuco, la tres; Alacrán, la cuatro; teniente Mendoza, dirija la cinco.

Todos voltearon sorprendidos hacia Elías Humboldt.

—Necesitamos líderes entrenados —explicó, pero en el fondo de su mente, sus pensamientos eran otros: así nos vas a demostrar si sos un traidor o no.

El padre Occhiena y el doctor Rojas se despidieron del coronel y abandonaron la habitación. Al cabo de un par de minutos, entró José Antonio seguido por el jefe de policía.

—¡Flores! ¿Qué ha pasado con Bautista? —la urgencia en el tono de voz del coronel era evidente.

—Nadie sabe que está muerto. Piensan que lo tenemos preso —respondió el teniente.

—¡Excelente! ¿Le advirtió a Pascual que no comente nada?

—Él nos ha brindado toda su colaboración —dijo Napoleón Flores.

—Todavía hay una cosa que no le he revelado —le confió Carlomagno—; Bautista tenía un cómplice.

—¿Un cómplice?

—Se trata del juez Toro —dijo el coronel.

El teniente quedó mudo esperando una explicación.

—Toro es marica, Gabriel Vargas descubrió el secreto y lo chantajeó, así que el juez se encargó de callarlo para siempre— dijo el coronel—; el problema es que Vargas no era el único al tanto de sus aventuras; Gabriel le contó la vaina al turco Facussé. El turco quiso aprovechar el asunto para sobornar a Toro, pero el juez no anduvo con cuentos y mandó a su amante, Bautista, a despachar a Facussé. Con eso quedan resueltas dos muertes más; nada más faltaría averiguar lo del asesinato del gringo y los otros dos cadáveres.

Napoleón Flores permaneció sin pronunciar palabra.

—¡Ahora, no se quede ahí con la jeta abierta! —exclamó Carlomagno— ¡Vaya y detenga al juez antes que se entere de que Bautista está muerto y hágalo que confiese!

—Toro no va a confesar ni madre —dijo al fin el teniente.

—¿Y eso por qué? —preguntó el coronel acomodándose en la cama.

—Un par de horas después de que lo trajeron a usted y al profesor Montes de Oca, la mujer del juez lo halló desangrado en la bañera, con las venas abiertas.

El estruendo sacudió las barracas y sacó a los soldados de su confiado sueño. Apresurados, los pocos oficiales que se habían quedado resguardando el cuartel de Santa Ana, salieron al patio de armas, descamisados y con los pantalones sin abrochar. Hubo disparos sin sentido hacia blancos inexistentes. Una segunda explosión los volvió a tomar por sorpresa y muchos se tiraron al suelo. Gritos, órdenes, contraórdenes, balazos y el atronador rugido de las llamas devorando las caballerizas, todo junto hacía la mezcla perfecta para la confusión y el desatino. Fue hasta después de la tercera explosión que alguien se acordó de usar la radio para notificarle al coronel Gonçalvez Vieira, quien andaba con el grueso de la tropa cazando a los guerrilleros de la ARL en la cordillera.

Cuando el coronel y su gente por fin llegaron a la guarnición, reventados por la marcha forzada y el horror de imaginarse el cuartel sometido tras el audaz contragolpe de la guerrilla, no encontraron ni señas de los supuestos insurgentes. El mayor Banegas, quien había quedado a cargo del fuerte, le exageró el informe con «fieros combates» y «decidida resistencia hasta hacer huir al enemigo», pero el coronel no estaba del todo convencido: no había prisioneros ni heridos, salvo un cabo que sufrió un esguince al saltar de la litera. Lo peor era que, ante la gravedad de la situación, creyéndose burlado por los guerrilleros, Gonçalvez se había regresado con todos sus hombres, aflojando el cerco que habían tendido en la cordillera y tendría que darle explicaciones a Urtecho. Por tal razón, el coronel decidió apoyar el informe del mayor e incluso le añadió «fuertes bajas en el bando contrario». Lo que jamás llegó a saber el coronel era que el «inesperado y brutal contragolpe» había sido obra de un cartógrafo inexperto en cuestiones de guerra y de una adolescente.

Durante la convalecencia de Amado, la señorita Clara no se le había despegado ni por un segundo, hasta que fue requerida por el teniente Flores para un interrogatorio de rutina. En ese momento, Elvira se desvistió de recatos y apariencias y entró directo a estamparle un beso profundo y arrebatado al asombrado cartógrafo. A pesar de que las tentaciones le revoloteaban en el cerebro, Amado se contuvo y con suavidad, pero con firmeza, apartó a la muchacha.

—¿Nunca va a quererme, don Amado?

Amado sabía que la aparente inocencia con la que Elvira le había hecho la pregunta era una trampa.

—Clara y yo nos amamos —respondió él.

—Pero no fue eso lo que yo le pregunté —insistió ella.

—No quiero dañar a nadie —se defendió Amado.

—¿De eso se trata? ¿De evitar dolor o de vivir lo que de veras siente?

—Los antiguos marineros griegos contaban una leyenda —Amado esquivó la pregunta—; decían que había un lugar en el mar que significaba una muerte segura para los navegantes. Ahí se encontraban dos terribles monstruos que acababan con las embarcaciones. Ambos habían sido hermosas mujeres que por su vanidad fueron castigadas por los dioses; a una la convirtieron en un peligroso escollo y a la otra, en un temible remolino. La roca se llamaba Escila y el remolino, Caribdis. Si por algún infortunio, un barco se veía obligado a pasar por ahí, el capitán tenía que decidir entre acercarse a la roca y salvarse del remolino o hacer lo contrario. Lo tremendo es que no importaba qué decidiera, si hacía lo uno o lo otro, inevitablemente perecía con su bote. Así estoy yo, fíjate; entre Escila y Caribdis, no importa la decisión que tome, siempre voy a perder. Así estamos todos en este país desgraciado, hagamos lo que hagamos, parece que no hay solución.

Elvira guardó silencio, sus enormes ojos de felino al acecho estaban fijos sobre el cartógrafo, tratando de desmenuzar aquella madeja de incógnitas y sorpresas que era Amado Montes de Oca.

—No entiendo lo que me quiere decir —le dijo ella al fin—, sólo sé que ahora lo quiero y lo respeto más que antes.

Amado respiró tranquilo mientras acariciaba con dulzura la cabellera de fuego encendido de Elvira.

—Usted vino hasta Santa Ana porque ama mucho a este país —le dijo la muchacha—. Por eso anda buscando algo que el gringo trajo.

La frase dejó a Montes de Oca en suspenso.

—¿Qué sabés vos de eso? —le preguntó tomándola de los brazos.

—Yo sé dónde está lo que usted busca, pero primero necesito que venga conmigo esta noche a donde yo le diga.

Amado Montes de Oca jamás supo cuál había sido el propósito de Elvira al llevarlo aquella noche al recodo del Pitaguana, pero él obedeció y obtuvo su recompensa: esa noche, tras una serie de rodeos, descubriría que las armas siempre estuvieron ocultas bajo los sacos de grano, en la bodega al fondo del patio de la casa Ocaña.

Ese mismo día, por la tarde, cuando todavía estaba pensando en cómo comunicarle a Humboldt lo del hallazgo, media docena de aviones surcaron los cielos de Santa Ana. Amado le preguntó a Clara si sabía de qué se trataba aquello y cuando ella le respondió que eran los aviones del Generalísimo que iban a bombardear forajidos en la cordillera, supo que tenía muy poco tiempo para actuar. Si Zelaya había ordenado el ataque aéreo al campamento rebelde, era también seguro que preparaba un asalto por tierra.

Le dijo a Clara que se sentía cansado y que deseaba dormir y en cuanto ella lo dejó, tomó su mochila y se fue a la bodega a buscar entre los pertrechos algo que le sirviera para desviar la atención de los militares. Cargó su morral con unos explosivos que había hallado y se dirigió hacia el cuartel para lanzar el «fiero contragolpe» de la guerrilla.

DÍA DE LA BANDERA...

madrugada

La Capital duerme, pretendiendo olvidar sus furias y horrores, escondiendo bajo los pliegues de la noche todos sus pecados. Tictactictactictac, duerme, niña, duerme, que por ahí anda el lobo malo, rondando, duerme, mi cielo, duerme. En los cuarteles, los cadetes pulen sus botas, limpian las armas, planchan con paciencia sus relucientes guerreras, disfrazan su servilismo con un antifaz de frases prefabricadas: patria, honor, libertad. La Guardia de Honor Presidencial está apostada frente a Palacio de Gobierno, firme, impecable, con sus uniformes negros, sus altas botas de cuero y sus cascos de estilo alemán. «Desde ayer se mantiene la vigilia junto al Fuego de la Patria, los colegios se han turnado para que, durante las 24 horas de la ceremonia, siempre haya un representante de cada centro de estudios...» el locutor de Radio Centro narra con más emoción de la debida, los pormenores de las actividades del día anterior. Tictactictactictac, duerme, niña, duerme. Un camión cargado de naranjas y asesinos entra a la ciudad sin despertar la más leve sospecha. Pasa los retenes sin problema alguno y se pierde entre los vericuetos del mercado. «¡Es un día glorioso para nuestra nación, el día de nuestro sagrado pabellón nacional, y esta es Raaaadio Centro, la primera con la noticia, transmitiendo los pormenores de esta celebración!» En una de las casas de seguridad del Ministerio del Interior, Urtecho estrecha la mano de Blas Jiménez, el presidente de la Unión de Trabajadores Nacionales y Secretario General del Partido Comunista. El pacto queda sellado y Blas sale satisfecho, abrazando con ternura, el maletín con los treinta mil dólares que le acaba de entregar el ministro.

Tu bandera sagrada, Patria mía honraré;

Empuñando la espada, por ella moriré.

Las notas del Himno Nacional suenan en todas las radioemisoras mientras el sedán negro arranca y comienza el descenso hacia el centro de la Capital, seguido del coche escolta. Tictactictactictac, el lobo feroz ya viene, duérmete ya...

Sueña el abrazo tibio de Clara, sueña su voz de espadas y metales, sueña el sabor tempestuoso de sus besos y se pregunta si será capaz de cumplir su pacto de no rebasar los límites del noviazgo antes de la boda. De todos modos, Amado se conforma con saber que él es el elegido y se abraza a sus sueños, tratando de dormir lo que resta de la madrugada.

José Antonio mantiene la vista fija sobre la danzante llama del candil; si lograra conformarse con la verdad que les ha sido revelada, quizás podría dormir... quizás... pero una verdad inconclusa no es verdad, es tan sólo una mentira mediocre que aspira a ser aceptada por la conformidad de los bobos. El chico no está contento, no se conforma con un crimen resuelto, pero sin testigos, sin convictos que purguen sus condenas, un caso en el cual todos los implicados estaban en el panteón. Menecio hizo una confesión al borde de la locura y quien pudo haber corroborado sus palabras, murió junto con la posibilidad de esclarecer el hecho. Bautista y el juez Toro también habían muerto y, lo que es peor, dejaron este mundo sin haber confesado. Así que tenían cinco crímenes resueltos a base de evidencias circunstanciales y con eso se habían contentado el coronel, la policía y toda la ciudad de Santa Ana, todos, menos él y esa es la razón por la que sigue despierto, a las cuatro de la madrugada, tratando de arrancar alguna verdad de la tenue llama del candil.

El general Asfura verifica la hora en su reloj, las cuatro y media, dentro de quince minutos tendrá que salir rumbo a Palacio de Gobierno a pasar revista a la tropa antes que inicie el desfile del Generalísimo hacia el Altar de la Bandera; el tiempo se acorta y el coronel Gómez Prieto aún no llega, eso lo impacienta. El viento silba entre la copa de los árboles, el general observa a lo lejos, las primeras luces en las barracas del Primer Batallón de Infantería. ¿Qué será lo que lo retrasa? Pese a la desesperación, Asfura mantiene su semblante inconmovible y domina fríamente cada uno de sus gestos. El ruido de un motor lejano lo pone a la expectativa. Vislumbra un par de luces entre la foresta, el ruido de una puerta al cerrarse, pasos.

—Perdoná —el coronel aparece entre los arbustos—, pero hay demasiados retenes en el camino y eso me atrasó.

—¿Venís solo? —la voz grave del general llena los huecos de la noche.

—Como lo ordenaste... ¿pasa algo? —la alarma en la voz de Gómez suena auténtica.

—Pasa que he descubierto que vos le entregabas informes a Urtecho —responde el general apuntándole con el cañón de su pistola.

—Estás equivocado... —intenta defenderse el coronel.

—Vos estabas equivocado si creías que no lo iba a descubrir.

—El que te dio esa información te mintió.

Asfura lo observa con burla y desprecio.

—Urtecho me dio tus archivos —le contesta, con una calma que infunde pavor en el coronel.

Gómez cae de rodillas frente al general y comienza a llorar.

—Urtecho nos jodió a todos —solloza.

—Vos te jodiste solo, cabrón —Asfura monta la pistola y apunta hacia la frente del coronel.

—¿Qué vas a hacer conmigo? —pregunta Gómez entre temblores.

—Con el despelote que se va a armar hoy, nadie te va a echar de menos —la explosión del arma sigue a las palabras del general. El cuerpo de Gómez Prieto cae hacia atrás, sin hacer ruido, sobre el espeso manto de hojas que cubre el suelo.

Elvira desea estar entre los brazos de Amado, pero sabe que es inútil, él ha sido hecho para Clara y ese vínculo es indestructible; se conforma con ser su amiga, pero en su corazón guarda la esperanza que algún día... algún día...

—Yo voy a subir al otro edificio —insiste el argentino mientras observa su imagen en el espejo. Se ve muy distinto: afeitado, con el cabello corto y con uniforme de oficial de la Guardia de Honor Presidencial.

—Está bien —acepta Elías Humboldt, abotonándose la guerrera. Él también se ve muy distinto dentro de su disfraz—, pero no te desesperés... no quiero que hagás un sólo disparo antes de tiempo.

—Ahora, pongámonos de acuerdo acerca del objetivo —interrumpe el capitán López.

—¡Lo que decís es una locura! —protesta Humboldt.

—Elías, escuche a López; no es en balde uno de los mejores cerebros de Inteligencia Militar —le dice el teniente Mendoza.

El comandante de la ARL se resiste a confiar en el juicio de López, camina nervioso, tratando de disimular el dolor en la pierna. Llega hasta el otro extremo de la bodega, donde han ocultado el camión; se detiene para observar cómo le colocan a Adrián Rodas la carga de explosivos; Elías da la vuelta y regresa, igual de ansioso, sobre sus pasos.

—No es fácil —insiste Humboldt—, después de tantas luchas, por fin vamos a tener al Generalísimo en la mira y ustedes me están diciendo que no es a él a quien hay volarle la cabeza...

—El Generalísimo ya está muerto, comandante —intenta convencerlo López con paciencia.

—¿Y si no lo está? ¿Si el cabrón sigue vivo? Todo nuestro esfuerzo se va a ir al carajo —añade el argentino apoyando a Humboldt—, además, vamos a tener a un enemigo más furioso y capaz de todo.

—Por favor, razónenlo bien —López persiste en su argumento—, el Generalísimo presentó síntomas muy extraños desde enero, incluso se desmayó frente a uno de sus ministros; luego, desapareció para ir a una intempestiva y misteriosa reunión en Europa; regresó y se recluyó fuera de la capital, en un aislamiento insólito y puso a Urtecho en control del Gobierno.

—Sí, pero eso no prueba que haya muerto —arguye Elías Humboldt—; además, el Generalísimo hizo una aparición pública para la celebración de las elecciones.

—Hizo un discurso radial, pero no se le permitió a nadie acercarse a él —interviene Mendoza Menocal—; hasta el embajador gringo se quedó con las ganas de hablarle.

—Tenemos informes de que Urtecho había entrenado a un doble de Zelaya, un tal Omar Mujica —insiste López—. Hay un reporte del suicidio de Mujica, precisamente en el lugar donde el Generalísimo estaba recluido; sólo hay que atar cabos, señores; uno más uno es dos. Además, si Zelaya aún estuviera vivo, ¿por qué iba a negociar

Urtecho con los conspiradores?

El silencio se adueña de la boca de cada uno. El argentino se reclina sobre una columna, tratando de armar el rompecabezas. Elías no quita la vista del capitán López, le parece absurdo que un hombrecito tan insignificante sea capaz de entender tramas tan complejas.

—No, señores, el blanco no es el caudillo; eso es lo que Urtecho quiere, ese es el cebo; tenemos que ir tras dos objetivos... —les explica López.

—¿Dos objetivos? —pregunta el argentino.

—Urtecho es uno de ellos —observa Mendoza—; es obvio que él es el cerebro.

—¿Y el otro? —interviene Elías.

—El otro objetivo —contesta López—, se trata de la única persona capaz de revivir al Generalísimo...

Sentado sobre el inodoro, Sansón Urrutia se sueña a sí mismo sobre la silla presidencial. ¡Se los va a llevar putas a todos!, piensa entre arqueos intestinales y ventosidades hediondas. Piensan que voy a ser su pelele, que me van a poder utilizar; ¡Pendejos! Me los voy a comer vivos, a esos militares babosos y al desgraciado de Machuca; les voy a moler los huesos y los voy a hacer harina para tortillas. El congestionamiento de sus evacuaciones hace que pegue un chillido de dolor mientras se aferra al aro de la taza.

Mientras los conspiradores discuten, Adrián Rodas Baca se recuesta sobre el asiento del camión; se mantiene en perfecta calma, con una serenidad que da miedo, él sabe que éste es el último día de su existencia y lo acepta con frialdad; a fin de cuentas, el destino le ha permitido acabar bien lo que debió haber terminado hace diez años, cuando abofeteó en público al dictador todopoderoso. La vida es una espiral, piensa, cruza las manos detrás de su nuca y sonríe.

Omar Mujica repasa una vez más cada uno de sus gestos frente al espejo. De no ser por la leve cicatriz sobre su ceja izquierda, él se confundiría a sí mismo con el Generalísimo Zelaya. El uniforme le queda a la perfección, sus ademanes son los correctos, incluso la leve joroba con la que el dictador caminaba está bien copiada; lo único que le preocupa es la voz, lograr el timbre áspero de Zelaya no es fácil, pero, por fortuna, no tendrá que hablar mucho. Urtecho le ha insistido que será la última aparición que hará suplantando al dictador; Mujica espera que así sea, ya está harto de vivir la media vida de otro.

El doctor Machuca se anuda la corbata, verifica que las mancuernas queden bien puestas en los puños de la camisa y que el cuello esté en su lugar. Se peina bien las patillas y el bigote. Una vez satisfecho con la impecabilidad de su apariencia, camina hacia el tocador, abre una de las gavetas y saca de ella un pequeño revolver calibre 22; lo oculta bajo su cinturón y luego, cuidando de no ajar la levita, sale rumbo a la misa de acción de gracias, en la catedral.

entre las seis y las diez...

Clara vierte la mantequilla en la freidora, coloca encima una tortilla de maíz, quiebra un par de blanquillos y los echa sobre la tortilla, tapa la comida y revuelve la salsa con la que va a rebosar los huevos rancheros. Piensa en su mansión de fantasías, pero decide no entrar en ella, no le hace falta, ya no vive entre sueños, ahora sus anhelos se han hecho realidad; ama y la aman, está completa... al pasado, que lo entierren.

Unos brazos fuertes rodean su cintura, ella reconoce el aroma, se vuelve y es él. Se deja tomar, se hunde en el beso y se olvida de lo demás.

—Don Amado... el decoro —logra murmurar.

—A ese lo vamos a ir matando de a poquito —le responde el cartógrafo.

Clara abre los ojos, lo abraza más fuerte y sonríe. Todo parece perfecto hasta que, en un instante confuso, surreal, el espectro de Angus Halloran cruza frente a la ventana de la cocina.

Ocho motocicletas, cuatro vehículos escolta, veinte agentes de a pie rodeando el carro presidencial, cincuenta elementos de la Guardia de Honor marchando al frente y cien siguiendo la caravana, todo está listo. Tras verificar los últimos detalles, el general Asfura le brinda el rutinario reporte verbal a Urtecho, le hace el saludo militar y espera la orden de arrancar. El ministro responde con un gesto de aprobación y despacha al general Asfura hacia el auto escolta. Antes de entrar al coche, Asfura ve salir de la mansión a Zelaya, se mira vital, enérgico, entra, sin vacilaciones, a su limosina. Una duda inquietante se apodera del general.

El sollozo es leve, pero Rosaura lo percibe; viene del otro lado de la puerta, del interior de su habitación. La mujer empuja con cuidado la hoja de madera hasta que logra ver el pequeño cuerpo de Pascual, de rodillas, al fondo del cuarto.

—¡Muñequío lindo! ¿Qué te pasa mi tesoro? ¿Qué te pasa? —le pregunta afligida.

—No es nada, mi doñita, despreocúpese, no es nada —intenta calmarla el enano.

—¿Cómo que nada? ¿Y por qué llora, pues?

Pascual la mira con una ternura profunda, sus ojos parecen pedirle disculpas. El pequeño sacude la cabeza y las lágrimas comienzan a brotarle de nuevo. Rosaura se conmueve y rodea con sus brazos la enorme cabeza del enano, apretándola contra el profundo cañón que se forma entre sus pechos.

—¡No llorés mi muñequío! ¡Por favor, dejá de llorar!

—¡Es que me da rabia, me inquieta, me siento impotente! —confiesa Pascual.

—¿El qué, muñeco, el qué?

—¡Es que esa pendeja y ese sacristán de mierda nos llevaron todos los ahorros de una vida! ¡Estamos condenados a quedarnos en este pueblo desgraciado, comiendo lodo hasta que se nos pudra el pellejo!

Rosaura comparte el dolor de su hombre y comienza a llorar con él, como dos niños, inconsolables, desvalidos frente al futuro.

El lugar es perfecto, piensa Julio Sábato mientras observa a través de la ventana, López tenía razón; el ángulo es el ideal para hacer el disparo; la comitiva debe doblar una curva antes de recorrer el tramo final hacia el Altar de la Bandera, se detendrá frente a la escalinata, en un claro libre de todo obstáculo que estorbe la trayectoria de la bala.

La ubicación de cada uno también es excelente, al otro lado de la calle, dentro de un edificio de oficinas, Adrián Rodas aguarda, listo para actuar, es muy probable que no alcance a llegar hasta el Generalísimo, pero, además del daño que cause la onda expansiva, la explosión servirá para distraer a la guardia mientras Julio y Elías se aseguran de eliminar a sus dos objetivos. Humboldt se encuentra abajo, filtrado entre un grupo de oficiales del ejército; sabe que es un acto temerario e irresponsable el haber asumido él mismo el encargo de ejecutar el complot, pero está empeñado en que sea su propia mano la que elimine los bastiones de la dictadura zelayista, además, su gente está preparada para actuar aun cuando él sea eliminado, Una revolución que tenga que depender de un sólo hombre, es una farsa, una triste caricatura de una dictadura fascista, ha repetido en varias ocasiones, así que está dispuesto a jugársela al todo o nada.

El teniente Mendoza se siente incómodo; una extraña sensación lo molesta desde que llegaron, es como una corriente eléctrica leve, apenas presente, pero constante. Todo marcha según lo planeado, cada paso se ha cumplido con exactitud, sin embargo, aunque conoce los propósitos de Urtecho y de los conspiradores, no deja de inquietarle el hecho de que todo haya resultado demasiado fácil; jamás, durante toda su carrera militar, había observado tanta negligencia en el dispositivo de seguridad del Generalísimo. Aunque la escolta se ve enorme, la presencia de la Guardia de Honor en la zona es mínima, no hay francotiradores en las azoteas, los encargados de supervisar los pases autorizados son inexpertos, gendarmes sin experiencia revisan los automóviles que circulan en las cercanías. ¡Algo anda mal! ¡Esto es una trampa!, la alarma se dispara en el cerebro del teniente y pone a funcionar sus piernas. ¡Tiene que alcanzar a Humboldt y a Sábato antes de que sea demasiado tarde! La muchedumbre se estremece, una exclamación al unísono delata la llegada del caudillo, la gente se aglomera impidiéndole el paso a Mendoza; tiene que pensar rápido, tiene un objetivo que cumplir y a la vez debe salvar a sus aliados; ¡Urtecho sabe que Humboldt está aquí!, piensa; no puede partir el tiempo en dos ¡La decisión es crucial! Escucha el ruido cercano de las motocicletas entremezclado con los gritos de la multitud. Se decide... debe actuar.

Silencios, profundidades abismales que conducen al centro de la tierra y parten, desde ahí, a las antípodas; suspiros, frialdad de piedra, ecos dentro de las cavernas de su alma, lava enfriada, lava seca, lava dominada por la resignación y el estupor que causa la sorpresa de saber que el mundo le ha revelado nuevas variantes de la conducta, formas de actuar que jamás se imaginó que pudieran darse en el corazón de un hombre. Elvira avanza meditabunda, taciturna, encapsulada en un mutismo insondable, con su mirada felina fija en las paredes de la casona azul. Mueve sus largas piernas sin rumbo, buscando consuelo en la presencia de espectros que se niegan a presentarse ante ella; intenta hallar algún pasado escondido debajo de las camas, detrás de puertas selladas en tiempos inmemoriales, dentro de baúles apolillados y en armarios desvencijados por el olvido; pretende hallar el imposible rumor de los fantasmas en la fuente del patio, quiere encontrar los ojos de mamá Alicia entre las sombras de los árboles del jardín, espera verlos materializarse entre el vaho dulzón de los mangos podridos. Pero ninguna presencia del otro mundo llega para rescatarla de su repentina soledad, esta vez no la salvarán, Amado se llevará a la señorita Clara y ambos la dejarán a ella a merced de las ánimas de aquella vieja casona.

Sin saberlo, sus pasos la han llevado hasta el dormitorio de la vieja india, el corazón de Elvira palpita a un ritmo frenético, reconoce la sensación, está por ocurrir de nuevo: han venido a socorrerla de la soledad que se avecina. Intenta empujar la vieja puerta de madera, pero antes que coloque la palma de su mano sobre ella, la hoja cede por sí sola, abriéndole paso con un angustioso chirrido.

Elvira sabe lo que está ocurriendo en el interior y tiene miedo de ver, cierra sus ojos temblando de pavor, su cuerpo se estremece a causa del tremendo frío, pero, a la vez, suda cataratas que se precipitan sobre su piel, empapando su cabellera, volviendo más intenso el rojo de su pelo. La puerta termina de abatirse descubriendo el oscuro interior del cuarto de la india; hay pocos muebles: un catre desvencijado, dos sillas viejas y una cómoda con un altar lleno de estampas de santos y velas encendidas y, en medio de todo, estremecida por la ira de las ánimas del Averno, la vieja india flota, entre estertores, con la cabeza echada hacia atrás, mientras el espectro del papá de Clara, don Diego Ocaña, se le mete por la boca, cambiándole el semblante, tiñendo su cuerpo de una extraña luminiscencia verde. La agitación de la india termina cuando el fantasma acaba de invadir el cuerpo de la anciana. Una calma espesa rodea toda la habitación, es como una premonición de peligro, Elvira sigue temblando. La poseída avanza hacia la cómoda y saca de ella la herrumbrosa espada del conquistador don Diego Alonso Ocaña de Mexía. Alza el arma y avanza hacia a la salida flotando sobre el suelo; pasa frente a Elvira.

La india enfila en dirección al dormitorio donde Amado Montes de Oca aún duerme, pero la mano firme y decidida de Elvira la detiene.

—¡No más! —dice la chica, resuelta, tomando fuerzas de la nada—, éste es distinto, debe vivir, él nos va a cuidar de ahora en adelante.

—¡Nunca termina! —dice el espectro desde el interior de la empleada. No es una voz, es un murmullo de voces, todas oscuras, cavernosas, angustiadas por tormentos indescriptibles.

—Prefiero matarme entes de seguir con esto —los ojos de Elvira centellean con determinación. Un puñal brilla en su mano.

Una mirada triste surca el rostro de la vieja a la vez que una fuerza invisible la impulsa hacia atrás, hasta llegar al altar, la mujer se estremece de nuevo y tras un grito desgarrador, una nubecilla gris abandona su cuerpo, dejándola tendida, de bruces.

Elvira suelta el puñal, corre hacia ella, se agacha para tomarla entre sus brazos y comienza a sollozar.

Al fondo del patio, detrás de un árbol de ciruelo, el fantasma de mamá Alicia ha seguido toda la escena, sonríe con alivio y desaparece entre la brisa.

—¡Su compadre, el Generalísimo, lleva ya varios meses muerto! —la voz del asistente Foch tiene un sabor de amargura que no le pasa desapercibido al embajador Nichols. Este le hace una seña a Foch para que lo acompañe a un rincón más privado, la ceremonia está por comenzar en el Altar de la Bandera y la gente anda alborotada por todos lados, así que no es prudente discutir un asunto tan delicado en cualquier parte. Encuentran abierto uno de los cuartos de servicio y entran en él.

—Röemer lo ha confirmado —continúa agitado el asistente—. ¡Este castillo de naipes se está desmoronando!

—¿Pero cómo es posible? —pregunta incrédulo Nichols, buscando ansioso, entre los bolsillos de su traje, la cantimplora con bourbon.

—Hace meses se suicidó; Urtecho es quien ha estado gobernando el País. El hombre que viene hacia acá es un suplantador, entrenado para hacerse pasar por Zelaya mientras huyen. Esto es una farsa y está a punto de reventar.

—Suena tan inverosímil —duda el embajador.

—Para que le resulte más creíble oiga esto, hace diez minutos, la misma Guardia de Honor, está saqueando la mansión de retiro de Zelaya —las palabras de Foch caen como una bomba de hielo en los oídos del embajador.

—¡Dígale a Riley que traiga el coche! —ordena Nichols—, ¡nos vamos a la embajada!

—Creo que es lo más aconsejable —dice Foch—; algo va a suceder aquí y es mejor estar lejos cuando ocurra.

Adrián Rodas escucha el ruido de la multitud y de inmediato

sale a la calle. Puede divisar los primeros coches de la escolta asomándose por la curva. Ve cómo enfilan hacia la escalinata del Altar de la Bandera mientras aparecen las motocicletas haciendo sonar sus sirenas. Avanza hacia el lugar en el cual supone que se va a estacionar la limosina presidencial y contiene la respiración. Durante diez años soñó con un momento como el que está viviendo, pero no sólo lo anhelaba por el ardiente deseo de venganza, sino por el hecho de verse a sí mismo como el libertador del País, el justiciero, el destructor del monstruo. El automóvil aparece por donde él lo espera y es como se lo había imaginado: lujoso, soberbio, una bofetada al rostro del pueblo que paga todo el boato de ese sátrapa, a precio de dolor, sangre y miserias. Mantiene el interruptor de la bomba bien apretado dentro del sudoroso puño y sigue sin pestañear, cada milímetro del recorrido del auto del dictador hasta que se estaciona frente a la escalinata. El rostro de Abdenego vino a su mente, su estado lamentable, el asesinato de su espíritu. La puerta del conductor se abre. La burla y la brutalidad en las caras de los torturadores mientras le aplicaban toques eléctricos en los testículos. El chofer da la vuelta detrás del vehículo, los oficiales de la escolta saludan y hacen un vallado a ambos lados de la puerta por donde saldrá el Generalísimo. Cada segundo de su prisión, tallando paredes para no volverse loco, mientras su compañero, Abdenego, se masturbaba sin cesar en los rincones de su ignominia. El conductor va a abrir la puerta...

¡KABUUUMMM!

Los vidrios vuelan en mil pedazos alrededor de Adrián antes de que apriete el interruptor, hieren su rostro y sus las manos mientras una enorme bola de humo, fuego y hierros retorcidos, se levanta en el lugar en donde, hace tan sólo una fracción de segundos, había estado la limosina de Zelaya...

...la limosina de Zelaya ha quedado atrás. El general Asfura está inquieto. No deja de sentir la aprehensión que producen los tratos con Urtecho. ¿Y si se trata de una trampa? ¿Si no ocurre nada y todo ha sido un ardid para capturarnos en público y exponernos a la mofa y el escarnio? Siente el deseo de ordenarle al conductor que detenga el vehículo para regresar al Altar de la Bandera, pero ya es muy tarde, si no alcanza a llegar a tiempo al edificio de Telecomunicaciones Nacionales, sus hombres no van a tomar por asalto las oficinas y eso podrá echar por tierra el alzamiento. Se arriesga y no da la orden, de pronto, como el alarido de un monstruo rabioso, lo envuelve la onda expansiva de la explosión...

...la onda expansiva de la explosión le aclara todo el panorama a Mendoza Menocal. Mientras lo lanza por los aires comprende cuál es la trampa: Urtecho va a matar dos pájaros de un tiro: primero, cubrirá las huellas de su huida haciendo creer a todos que también él murió en el ataque, y segundo, sabe que Elías Humboldt está ahí, Urtecho no mordió el cebo de Adrián Rodas Baca, el ministro está enterado de que el comandante de la ARL ha venido en persona y ha dispuesto alguna trampa para liquidarlo.

El cuerpo del teniente choca con violencia, de espaldas contra el duro asfalto. Hay sangre sobre su rostro. Un zumbido insoportable lacera sus oídos. Vuelve la vista, a su lado cae un brazo mutilado, humeante. Gritos, sirenas, disparos. Pero el teniente se repone rápido, ahora, más que nunca está seguro de su misión. Logra ponerse en pie con dificultad, un clavo de dolor le atraviesa el costado izquierdo y lo lanza al suelo de nuevo; Mendoza siente que tiene una costilla rota. Llamados angustiosos, llanto, histeria, más disparos. El oficial cruje los dientes y, tragándose el dolor, se levanta. Comienza a avanzar hacia el puesto de seguridad en donde sabe que habrá un coche listo para sacar de ahí a Jorge Augusto Zelaya, el hijo del Generalísimo. Cada paso es una agonía eterna, pero su determinación es cada vez más fuerte. Hay que matar al único que puede revivir a Zelaya, las palabras del capitán López hacen eco en su cerebro, cada vez más presentes. Órdenes, contraórdenes, una metralla de fusil, botas militares taconeando sobre el asfalto, un caza de la fuerza aérea vuela bajo sobre el área. Hay que matar al único que puede revivir a Zelaya, debemos eliminar a su hijo. Urtecho pretende perpetuar en el poder a la estirpe de los Zelaya, es lo que querría el tirano, su sangre gobernando por siempre, chupándole la vida a este País hasta la eternidad. Mendoza saca fuerzas de la nada. Un sedán negro gira con violencia en la curva y enfila hacia la escalinata; Ese es, piensa alarmado el teniente y, a pesar del dolor, apura el paso. Se limpia la sangre del rostro para poder ver bien y distingue a Jorge Augusto rodeado de guardaespaldas; lo llevan hacia el lugar en donde se supone lo va a recoger el sedán. Mendoza toma aire, se impulsa hacia adelante; uno de los guardianes lo detecta, le ordena que se detenga, pero el teniente ya ha sacado su pistola, derriba al agente de un certero disparo en el pecho, los otros reaccionan, aunque tarde: tres balazos más del arma de Mendoza han hecho blanco en el rostro y el tórax del hijo del dictador. El teniente recibe un baño de plomo que lo empuja hacia atrás y lo hace rodar por la escalinata. Tendido boca arriba, sobre su propia sangre, logra ver el caza de la fuerza aérea surcando el cielo sobre él. Mendoza Menocal tose sangre, una sonrisa se dibuja sobre sus labios mientras exhala...

...mientras exhala el teniente Mendoza, Elías Humboldt queda paralizado, viendo todo lo que acaba de ocurrir en la escalinata. Trata de organizar su mente, pero un profundo vacío lo ha tomado por sorpresa; el Generalísimo o su doble, quienquiera que haya sido el desgraciado, está muerto, Jorge Augusto Zelaya, también, ¿y Urtecho? El ministro no se ve por ningún lado, ni él ni su sedán negro... ¡Debe buscarlo, tiene que eliminarlo! Su presencia es una amenaza, de nada servirá el sacrificio de tanta vida si la misma esencia del mal queda libre. Elías corre con dificultad, de un lado a otro, ¡Urtecho, dónde estás mal nacido!, rostros van, rostros vienen, no lo encuentra, ¡Urtechoooo!. En medio del frenesí, un rostro conocido, una cara amiga, Julio Sábato, el argentino viene hacia él.

—¡Julio! —grita el comandante— ¡Urtecho, se escapa! ¡Hay que encontrarlo!

Sábato parece no comprender la urgencia, se queda ahí parado, tranquilo, como sabiendo de antemano lo que ocurre. Elías lo toma por los hombros cuando, de pronto, escucha un disparo demasiado cercano, siente un fuego que le perfora el estómago, sus piernas le fallan y ceden ante el peso de su cuerpo, el joven comandante de la ARL cae al suelo con la mirada clavada en el argentino.

—Así es la política —se excusa el suramericano, con el revólver aún humeante en sus manos—, ahora vos sos un héroe mártir y ya no vas a estorbar en el plan que Marcos Pastor tiene para este país... salimos ganando todos...

Una revolución que tenga que depender de un sólo hombre, es una farsa, una triste caricatura de una dictadura fascista, Humboldt piensa en sus propias palabras mientras observa la borrosa imagen del argentino apuntándole a la frente, después la explosión, después la nada...

...después de la explosión, la nada. Una cisterna del Cuerpo de Bomberos se hace cargo de las llamas y de lavar la sangre en la escalinata, la calle está desierta. A lo lejos se escuchan las sirenas, el motor de los tanques y de los camiones del ejército; los cazas sobrevuelan la ciudad, amenazantes, sin rumbo determinado. Sólo un fantasma vuelto a la vida se atreve a caminar entre las ruinas: Adrián Rodas Baca, no tiene idea de hacia dónde se dirige, lo único que sabe es que tiene que quitarse de encima los treinta kilos de explosivos y avanzar...

después del mediodía...

(Marcha militar de Schubert, breve interferencia, feedback, la voz del locutor de Radio Centro) A todas las estaciones que conforman el circuito radial del país, se les ordena integrarse a la gran cadena nacional a partir de este momento... tercer y último llamado. (Cesa la marcha militar y se escucha la voz del general Asfura)... Conciudadanos, el día de hoy, a las cero novecientas horas, un grupo de forajidos bajo las órdenes del reconocido delincuente, Elías Humboldt, atacó la escolta presidencial, causando la muerte de nuestro amado líder y benefactor, Generalísimo Marco Augusto Zelaya y Ferrer, hecho que ha llenado de luto y dolor a toda nuestra patria. Asimismo, en el atentado fallecieron el bachiller Jorge Augusto Zelaya Oyuela, hijo del señor jefe de estado, también el señor ministro del interior, Santos Urtecho Molina, los coroneles Lucio Gómez Prieto, Abraham Medina, Ildefonso Portillo, Asdrúbal Claros, Elmer García, Javier Gómez, Ricardo Morales, Fausto Pineda, Mario Sánchez y Benito

Mejía, así como el capitán Bernardo Cáceres, todos miembros de la escolta presidencial. De igual manera se han identificado los cadáveres de Elías·Humboldt, del teniente de inteligencia, Joaquín Mendoza Menocal y del agente del Ministerio del Interior, Carlos Contreras. Como resultado de estos trágicos acontecimientos, el Consejo Superior de las Fuerzas Armadas, conforme a las facultades que le otorga la ley y en aras de salvaguardar la paz, la democracia y el orden en el país, acuerdan:

Número 1: Decretar estado de sitio en todo el territorio nacional.

Número 2: Imponer toque de queda indefinido, a partir de las mil ochocientas horas, hasta las cero seiscientas de la mañana, prohibiendo, bajo pena de muerte, la circulación desautorizada, durante ese período.

Número 3: Se prohíbe toda reunión de tres o más personas. Todo acto que contravenga esa orden se castigará con pena de muerte.

Número 4: Se ordena, a toda la dirigencia obrera de las provincias sureñas del país, que depongan su actitud de huelga y todo reclamo, en tanto se retorna al orden constitucional.

Número 5: A todos los batallones, guarniciones, bases y puestos de las Fuerzas Armadas, se les ordena mantenerse en sus unidades en espera de instrucciones del Comando Central.

Número 6: Desde este momento, el Consejo Superior de las Fuerzas Armadas asume, en forma temporal y mientras se restablezca el orden, el control absoluto de todos los poderes del Estado, así como de todas sus instituciones y organismos.

Número 7: Queda designado como presidente del Consejo Superior, el general José Francisco Asfura Handal; se conformará también, una junta civil que supervisará el proceso de retorno constitucional, la cual estará integrada por el presidente de gobierno electo, licenciado Víctor Alejandro Saborío Bendeck, el señor presidente de la Suprema Corte, licenciado Sansón Horacio Urrutia Fuentes y, en representación de la Asamblea Nacional, el doctor Abelardo Sebastián Machuca Bejarano.

Léase, cúmplase, ejecútese...

¡Patria, para servirte estamos!

(Marcha Militar de Schubert)

Un silencio insólito se apoderó de todo el país...

Se callaron los motores de los vehículos...

Se calló el canto de las cigarras en el caluroso páramo...

No hicieron ruido las olas al golpear las costas...

No hubo brisa que silbara entre los árboles...

Las corrientes de los ríos enmudecieron...

Los gallos no cantaban ni los perros aullaron...

Elvira seguía envuelta en sus silencios, rodeada de una paz desconocida...

Serafín Gallo y su amada Cuca quedaron mudos después de un escabroso coito...

Pascual Baquedano dormitaba, como un bebé, en los brazos de Rosaura...

El embajador Nichols aguardaba, inmóvil como esfinge, frente al teléfono, esperando la comunicación con Washington...

El coronel Gonçalvez Vieira no sabía si pegarse un tiro o esperar...

Julio Sábato, Marcos Pastor y Blas Jiménez esperaban al general Asfura en su despacho...

El padre Occhiena se sintió sin fuerzas y sin ganas de hacer doblar las campanas...

Doña Margarita Suazo viuda de Toro, colgó su traje de luto y se metió a la cama con el teniente Flores...

Las beatas dejaron de rezar...

El licenciado y Presidente Electo, Víctor Saborío Bendeck, exhaló su último aliento sin emitir sonido alguno, mientras se mecía con suavidad, colgado de una viga, en su alcoba...

Clara se dejó llevar por el remolino de besos de Amado Montes de Oca...

José Antonio se quedó con sus teorías a medio pronunciar, en frente de su padrino...

Y de pronto, cuando parecía que el reino del silencio se instalaría para siempre sobre aquella nación llena de estupor, la tierra tembló y, en medio de un ensordecedor estruendo, el terremoto sacudió a todo el país...

EPÍLOGO...

1967...

Urtecho tiró de la caña de pescar y rebobinó el hilo. Adivinó que el pez debía ser grande y vigoroso, podía sentirlo en la fuerza con la que luchaba por librarse del anzuelo, pero el pobre animal no sabía en qué manos había caído... nada se le escapaba a Urtecho. El hombre sonrió con satisfacción cuando por fin tuvo al hermoso espécimen en la red. Lo echó en la canasta junto a los otros dos pescados y se puso en pie. Desde el pequeño muelle pudo dar otro vistazo al paisaje del lago... era un hombre afortunado.

Caminó hacia la casa, regocijando su vista en aquel cielo de azul intenso y en las altas montañas nevadas, que se alzaban majestuosas entre los pinares. Hacía seis años de su divorcio y cuatro de que los servicios de inteligencia norteamericanos ya no lo molestaban; vivía en paz.

Los primeros años en los Estados Unidos fueron de frustración y zozobra. Desde que aterrizó en Houston, los gringos no lo dejaron tranquilo ni un segundo, sobre todo por la muerte de Zelaya y Jorge Augusto. Tuvo que hacer acopio de toda su paciencia para explicarles los detalles del plan que tuvo que armar desde el suicidio del Generalísimo hasta la salida del País, y la necesidad de hacerlo del modo en que lo hizo. Admitió la decepción que le había causado la muerte de Jorge Augusto y su descuido al no haber previsto que los conspiradores buscarían eliminar toda la estirpe del dictador. Después vinieron las interminables reuniones para analizar la situación del comunismo en Centroamérica y de cómo podría valerse la CIA del contacto con Marcos Pastor y Blas Jiménez para infiltrarse entre los varios grupos disidentes en la región. Por último, cuando le exprimieron todo lo que querían, lo dejaron en paz, para vivir con su mulata el resto de sus días, quizás hasta llegaría a cumplirle el deseo a Miriam de darle un hijo, pero ese asunto lo iba a dejar para después.

Miriam Grant estaba aguardándole en el corredor que daba a la cocina.

—¿Cuántos trajiste? —le preguntó al verlo acercarse.

370

—Tres; hermosos y valientes —él le mostró la pesca con orgullo.

—Bien, vamos a ver qué tan sabrosos son...

Almorzaron en un ambiente apacible, entre dulces bromas y lejanos recuerdos del País.

—A lo que no me acostumbro es al frío —se quejó Miriam.

—Te prometo que el próximo año nos mudamos a Miami —se defendió Urtecho.

—Así dijiste el año pasado —dijo la mujer con un timbre de protesta—, yo creo que te ha gustado el frío.

—No, m'hija, yo también añoro las cosas de allá, incluso ese clima cabrón.

Al hablar de allá, Miriam recordó el asunto de las ciruelas y se lo dijo:

—Míster Manning llamó para decirme que había conseguido unas ciruelas centroamericanas y que si querías, podías pasar a comprar algunas.

—¡Esa es una buena noticia! —los ojos de Urtecho brillaron de gusto al saber que tenía a su alcance el delicioso fruto de su añorada tierra.

Después de almorzar, mientras Miriam dormía la siesta, Urtecho subió al coche y bajó al pueblo.

No se estacionó frente a la tienda de Manning, sino que fue al barbero para que le arreglaran el bigote. Al terminar, pasó por la ferretería para comprar un nuevo martillo y un serrucho. Llevó las cosas a la camioneta y luego fue por sus ciruelas. Cuando míster Manning se las mostró, vio que, en efecto, eran ciruelas del País; dulces, amarillas, con la enorme semilla en el centro. Compró una bolsa grande y no esperó a llegar a casa para comérselas. Mientras caminaba hacia el auto comenzó a disfrutarlas una a una. Con el sabor, vino el recuerdo y con el recuerdo, la melancolía. A su olfato le llegó el olor de la costa; a su piel, el viento de la sierra; a sus oídos llegó el rumor de la selva; a sus ojos, los colores del carnaval; el pasado se materializaba ante él, estremeciéndolo, hasta que, de pronto, ese pasado tomó forma humana, un fantasma que creía olvidado: frente a Urtecho, salido de la nada, estaba don José Alberto Resinos, el padre de Elsa y del doctor Alberto Resinos.

Urtecho no alcanzó a decir nada, Resinos tampoco habló; se limitó a sacar un revólver de su gabardina y sin más, lo vació sobre el ex ministro del interior. Urtecho dejó este mundo sobre un charco de su propia sangre.

Resinos desapareció, nadie pudo identificarlo y nunca más se supo de él.

Lo irónico de la muerte de Urtecho fue que no lo mató ninguna de la balas del doctor, murió de asfixia; la autopsia reveló que lo que había acabado con su vida fue una semilla de ciruela que se le atoró en la garganta.

1890...

La cometa roja danza alocada sobre aquel cielo de un azul imposible. Gira, serpentea, se alza majestuosa con sus barbas alegres y su cola juguetona. No hay nubes que la desafíen, ni vientos que la controlen, la cometa es libre, soberana, independiente; es una sola con la mano del niño que la hizo, unida a él por un cordón umbilical de cáñamo; no es de él, es la extensión de él, es su alma libre, su júbilo, su inocencia. Reina de las alturas, emperatriz de los toboganes de viento y señora de los túneles aéreos. Este momento se va a quedar colgado en las ramas del tiempo, eterno, inmóvil, Marco lo sabe, aún después que se convierta en el héroe, mucho más allá de sus años de caudillo y Generalísimo, cuando los títulos de Benefactor, Padre de la Patria, Defensor de la Fe Católica, Libertador y Salvador del Pueblo, ya se hayan podrido junto con las pinturas y las estatuas de un macro-hombre que jamás fue él, que nunca tuvo nada que ver con el chico que puso a volar su alma con una cometa. Volverá a ser libre cuando el poder abra sus garras para dejarlo escapar; nunca debió haberse ido de casa, nunca debió haber despreciado su paz para cambiarla por las mortales quimeras de la vanagloria; pero él volverá con su cometa, más allá del tiempo, en un espacio que será suyo por la eternidad...

1997...

Los conspiradores lograron lo que querían: asaltaron el País. Un año después del golpe, Sansón Urrutia asumió (por primera vez) la presidencia de la república. Al poco tiempo, el general Asfura murió en un trágico accidente aéreo cuando, por causas desconocidas, su avión privado explotó en pleno vuelo, cuando sobrevolaba la Cordillera de San Buenaventura. Dos años más tarde, mientras se preparaba para lanzar su candidatura a la presidencia de la república, el doctor Abelardo Machuca falleció a causa de un ataque cardíaco (hecho curioso tomando en cuenta la perfecta salud de la que gozaba el doctor cuando murió). Marcos Pastor firmó un armisticio con el Gobierno y se dedicó a la política, logró llegar a la silla presidencial en 1973, pero fue derrocado al año siguiente por un golpe militar, justificado como una defensa a la democracia ante la inclinación marxista del gobierno de Pastor, ya que éste amenazaba con nacionalizar varias empresas norteamericanas y hacía negociaciones para restablecer relaciones diplomáticas con Cuba. Marcos Pastor se suicidó cuando los militares alzados lo sitiaron en una de sus mansiones, mientras se hallaba junto a una reconocida dama de compañía. De Julio Sábato nadie volvió a saber nada, se dice que estaba con los revolucionarios castristas cuando el Granma llegó a las costas cubanas y que murió en una de las primeras escaramuzas contra las fuerzas de Batista.

Sansón Urrutia nos gobernó durante muchos años, hizo dos períodos desde 1953 hasta 1960, volvió a la presidencia en 1965 y concluyó su mandato en diciembre de 1968. Asumió de nuevo el poder en 1982, después del gobierno militar (1974-1982), al retornar la democracia. Después de ese período, anunció su retiro de la política, pero volvió a la carga en los comicios de 1989, ganó las elecciones y gobernó hasta 1993, un año después de haber terminado su mandato, murió de manera sosegada en el hospital militar Bethesda en Estados Unidos; su historia es algo que algún día tendré que escribir.

Después del terremoto que ocurrió el día en que mataron al supuesto Zelaya, una espantosa nube de humo, polvo, cenizas y fatalidad cubrió Santa Ana, el epicentro del sismo. Hubo una gran cantidad de víctimas, entre ellas la beata Sagastume, sobre quien se desplomó la gran cruz del altar mayor.

El coronel Carlomagno Obregón y su ahijado sobrevivieron de milagro porque andaban en la propiedad de Joaquín Varela, estudiando el terreno en donde habían hallado los cadáveres del gringo y de los dos desconocidos. Desde aquel día, los pseudo-investigadores decidieron olvidarse por un tiempo de aquel crimen sin resolver y dedicaron todas sus facultades a la reconstrucción de su abatida ciudad.

Mi familia y yo nos vinimos de allá después del terremoto, y desde entonces hemos vivido en la Capital. Yo siempre viajaba a Santa Ana durante las vacaciones, pero después que salí de la universidad, mis visitas se hicieron menos frecuentes. La última vez que estuve allá fue cuando murió Clara, en 1993. Desde entonces no había regresado hasta que, hace unas semanas, recibí un telegrama de Elvira urgiéndome a que la visitara.

Me tomó algo de tiempo realizar los preparativos, conseguir el permiso en el periódico, convencer a mi jefe de que podría regresar con una excelente historia de allá, persuadir a mi esposo que me dejara ir sola; después de todas esas peripecias, subí al avión y volé hacia la costa.

Santa Ana cambió mucho después del terremoto: se mejoró el muelle y eso permitió un mayor florecimiento comercial; hoy en día se ven edificios modernos y elevados, sobre todo en el área turística; ya no quedan trazas del viejo parque central ni de la pulpería del gobernador. Derribaron todas las construcciones que rodeaban la plaza, la casa del juez Toro, el cuartel de policía, la alcaldía, todo, a excepción de la iglesia; en lugar de todo ello, se levantó un enorme zócalo con jardines alrededor y, en el centro, una estatua del coronel Carlomagno Obregón.

El taxi que me condujo desde el aeropuerto, me llevó por calles más anchas de las que yo recordaba, por zonas que se escapaban de mi memoria. Una imagen llamó mi atención, era una pareja de ancianos muy peculiar, una mulata tomada de la mano con un enano de barbas blancas, caminando por una de las calles del centro.

Llegué, por fin, a la vieja casona azul. Todas las construcciones alrededor estaban transformadas, incluso la que había sido mi casa, pero la residencia de los Ocaña era la misma. Pese a que el color azul de antaño estaba muy demacrado, manchado por el grafiti de alguna pandilla de jovenzuelos, la casa era la misma.

Toqué sobre el viejo portón de madera y aguardé un rato. Al cabo de unos minutos, alguien llegó a abrirme, una especie de deja-vú me invadió al ver a la misma sirvienta india de los años de mi mocedad, la sorpresa fue tremenda y la alegría sincera al ver que aún estaba con vida y que no había cambiado en nada. La saludé muy efusiva, pero ella permaneció impasible, como si nada extraordinario hubiera sucedido, inmutable en cada una de las arrugas que surcaban su rostro; parecía esperarme.

Me condujo hacia las habitaciones interiores. Un olor a silencio, melancolía y penumbra, me envolvió mientras caminábamos hacia el fondo de la casa. La última vez que vine, para el funeral de Clara, aún se sentía su vitalidad en los corredores de la residencia, pero, durante aquella visita a Elvira, todo era vacío y soledad. Los hijos del matrimonio Montes de Oca se habían trasladado a la Capital desde antes de la muerte de Amado, en 1991, llevándose con ellos parte de la bulla y la alegría. Cuando murió el cartógrafo se fue la otra parte de la vida de la casona, y cuando Clara nos dejó, la tristeza se impuso en forma definitiva sobre aquel lugar.

La vieja criada me dejó frente a la habitación de Elvira y se marchó. Llamé a la puerta pero no recibí respuesta. Empujé la hoja con suavidad y esta cedió. En el interior, tendida sobre la cama, estaba mi amiga. Parecía dormir con una placidez profunda, una sonrisa pacífica surcaba su rostro; sus cabellos estaban regados sobre la almohada, lucían aún aquel color rojo encendido de cielos apocalípticos y magma subterráneo.

Fue hasta cuando acaricié su frente que me di cuenta de que estaba muerta, la frialdad de su piel me quemó. Aparté mi mano ahogando un grito de espanto. Agarré valor y le tomé el pulso, coloqué mi oído sobre su pecho, pero no encontré ningún signo de vida.

Elvira se había ido.

Yo estaba aturdida, era algo para lo que no estaba preparada. Me tomó un buen tiempo reponerme, pero al fin lo logré. Salí de la habitación para llamar a la criada, pero nadie apareció.

Volví a entrar al cuarto buscando un teléfono que tampoco hallé. Iba a salir de nuevo cuando vi la caja junto a la cama. En ella había decenas de diarios, anotaciones de viajes, cuadernos íntimos, de diversas formas y colores. Unos eran de Amado Montes de Oca y otros de Elvira.

Una fuerza que no podría describir me hizo quedarme en aquel lugar leyendo en aquellos testigos de tinta y papel. Ante mí se fueron develando las vidas de quienes tanto había querido. Así fue como me enteré de las aventuras del cartógrafo, de su amor por Clara y de la eterna e insatisfecha pasión de Elvira por Amado, la cual la hizo negarse a sí misma una vida propia para poder vivir junto al objeto de su deseo, sobreviviendo de migajas de amor hasta el final de sus días. Supe de cómo él tuvo que debatirse entre dos deseos y tomar una decisión.

Eso me hizo reflexionar en que el País entero también tuvo que tomar decisiones como las de Amado, entre Escila y Caribdis: o nos hundíamos en el destructor remolino de las revoluciones, luchando sin cesar contra una Hidra de mil cabezas, que jamás moriría y que nunca dejaría de atormentarnos, pues aunque los sistemas cambiaran, la opresión seguiría por siempre aunque con distinto ropaje; o colisionábamos contra la cruel roca de la apatía, del fatalismo suicida, del estupor que condena a los pueblos a siglos de dictaduras de tiranos nefastos y de partidos políticos que se eternizan en el poder para beneficio de pequeñas castas. Juzgar si nuestras elecciones sobre la ruta hacia el Paraíso fueron las correctas o no, escapaba de mi limitada visión humana, pues en mi pequeño lapso de historia jamás llegaría a ver la plenitud de los alcances de esas decisiones; lo que sí creo con certeza, es que la clave no está ni en la inmovilidad, ni en el cambio abrupto de toda la sociedad: no es el edificio entero, son cada uno de sus elementos; la pieza principal, la razón de todo, el que debe ser objeto de cambio no es el sistema, es el individuo, y si el individuo cambia, cambiará el sistema.

Pero, volviendo a las anotaciones de Amado y de Elvira, entre todas las cosas que leí, hubo una revelación que me conmocionó como ninguna de las demás historias lo hizo. En los diarios de mi amiga estaba escrito, con lujo de detalles, los móviles, las formas y las identidades de quienes llevaron a cabo los asesinatos de aquel verano de 1952; pude entender, con toda claridad las muertes desde Froylán Céspedes hasta Angus Halloran y los dos desconocidos que aparecieron en el terreno de Joaquín Varela, e incluso, Elvira mencionaba una víctima más que nunca fue hallada: Aníbal Robaina, el cohetero.

Debo admitir que me sentí tentada a escribir sobre aquella revelación que haría estremecer a más de alguna de las familias de abolengo de Santa Ana y por la cual el coronel Carlomagno Obregón y su ahijado José Antonio hubieran dado lo que fuera; sabía que una historia así me significaría fortuna y fama, pero en ese instante final, al ver a Elvira, hermosa en su sueño eterno, con una serenidad que realzaba más la belleza de sus facciones, lejana ya de todas las ansiedades de este mundo, flotando inmaculada y hermosa hacia las regiones eternas, pensé que aquél asunto ya no le incumbía a nadie, esa era otra historia.

Guardé todos los documentos en mi equipaje y me marché de la casona azul de los Ocaña, fue la mejor decisión... a los muertos, es mejor dejarlos descansar en paz.

Tegucigalpa, 17 de abril, 2003

ÍNDICE

Impreso en Estados Unidos
para Casasola LLC
Tercera Edición
MMXXII ©

Made in the USA
Middletown, DE
03 September 2022